莎士比亚全集

The COMPLETE WORKS *of*
WILLIAM SHAKESPEARE

4

·第四卷·

[英] 威廉·莎士比亚 ♦ 著
梁实秋 ♦ 译

湖南文艺出版社
HUNAN LITERATURE AND ART PUBLISHING HOUSE
博集天卷
CS-BOOKY
·长沙·

目　录

波里克利斯

| 001 |

辛伯林

| 113 |

冬天的故事

| 263 |

暴风雨

| 389 |

波里克利斯

Pericles

序

一　版本及著作人问题

书业公会登记簿在一六〇八年有这样的记载:

20 Maij. Edward Blount. Entered for his copie vnder thandes of Sir George Buck knight and Master Warden Sten A booke called. The booke of PERICLES prynce of Tyre. vj^{d}.

不知为了什么，Blount 没有把这部戏印出来。第二年出版的《波里克利斯》是由一个比较不重要的出版家 Henry Gosson 印行的，其标题页如下:

THE LATE, and much admired Play, Called *Pericles,Prince of Tyre.* With thc truc Rclation of the whole Historie,aduentures, and fortunes of the said Prince: As also,The no less strange,and worthy accidents,in the Birth and Life,of his Daughter MARIANA, As it hath been diuers and sundry times acted by his Maiesties Seruants,at the Globe on the Banck-side. By William Shakespeare.

Imprinted at London for Henry Gosson,and are to be sold at the signe of the Sunne in Pater-noster row, & c.1609.

这个第一四开本销行甚佳，在同一年内印行了两版，这种情形是很少见的，过去只有《利查二世》于一五九八年之内印过两次。但是这个四开本的来源可疑，很可能是盗印本，内有甚多误植，而且散文偶然印成诗体，诗体印成散文，颇像是由于速记盗印的缘故。一六二三年第一对折本没有收入此剧，其原因也许正在于是。否则这四开本是在莎士比亚生时印的，上面印了莎士比亚的姓名，没有理由不被收在第一对折本里。第一对折本的编者在一六二三年时一定是没有找到比第一四开本更好的本子。

四开本在一六〇九年印了两版，一六一一年第三版，一六一九年第四版，一六三〇年第五版，一六三五年第六版。

一六二三年的第一对折本及一六三二年的第二对折本都没有收入此剧，但是一六六四年的第三对折本第二版及一六八五年的第四对折本都把此剧收进去了，根据的是第六版四开本。厥后，除了一七二五年 Pope 的编本之外，此剧一直成为莎士比亚全集中的一部分，但是其著作人的问题也一直困扰着批评家们。如 Malone 在一七七八年所说，此剧是莎氏手笔，但是早年之作，这一说法似不能服人。一七九〇年 Steevens 说此剧是由两人合作，这一说法便较胜一筹。问题是：莎士比亚写了多少，哪一部分是他写的，其余的部分又是谁写的？现在一般公认，前两幕与莎士比亚无关，后三幕完全或大部分是莎士比亚的作品。前两幕的作者是谁，各家揣测不一，Samuel Rowley、Thomas Heywood、George Wilkins、John Day 都被举出来过，这是无法解决的一个问题。

二　著作年代与故事来源

在很久一段时间，大家相信此剧为莎氏较早时期的作品。但是把内容较差较乱的作品一律视为早年之作，也不全是正确的判断。近年的研究一致认定此剧写作当在较晚的一个时期，就在登记之前不久，在《马克白》《安东尼与克利欧佩特拉》之后，《辛伯林》《冬天的故事》之前。大概是作于一六〇六与一六〇七年之交，甚而迟到一六〇八年之初。（参看 T. S.Graves: "On the Date and Significance of Pericles", *Modern Philology*, XIlI, No. 9, Jan. 1916）

《波里克利斯》的故事来源可以远溯到中古时代及文艺复兴时期，*Apollonius of Tyre* 的浪漫故事乃是那时候许多流传故事之一，有关这一故事的中古的拉丁文抄本约有百种之多，其中最早的属于第九世纪，其共同的标题是 Historia Apollonii regis Tyrii。

但是此剧的直接来源主要的只有两个:

（一）英国诗人高渥（John Gower) 的 *Confessio Amantis*，这是一部故事集，其主旨是阐说人类的七大罪（seven deadly sins)，卷八说的是"淫欲"，里面有 Antiochus 及其女儿的故事，正是 Apollonius 整个故事的前编。莎士比亚的戏在每一幕前都有 Gower 以"chorus"的身份出现，格外可以说明莎士比亚的作品与高渥的密切关系。

（二）Laurence Twine 的"The Patterne of Painefull Aduentures"乃是从法文转译拉丁文故事集 *Gesta Romanorum* 的第一百五十三篇故事。这英译本登记于一五七六年，现存有两个本子，一个年代不详，一个印于一六〇七年，莎士比亚可能是利用了后一个本子。第四幕第三景克利昂与戴欧奈萨的会晤便是取材于此。

三　舞台历史

这个戏早年在舞台上是受欢迎的，看四开本之多即可知之。一六〇七年招待威尼斯大使，一六一九年招待法国大使，演的都是这出戏。一六三一年在环球剧院上演。一六五九年著名演员 Betterton 也主演过这戏。

但是到了复辟时代，由于风尚突变，此剧即一蹶不振。直到一七三八年 George Lillo 改编过后方得重上舞台，此一改编是删去前三幕，将第四、第五两幕改为三幕，形式较为整洁，易名为 *Marina*，演出于 Covent Garden Theatre，连演了三次。《波里克利斯》以本来面目出现是在一八五四年十月十四日，Samuel Phelps 主演，删去了高渥及妓馆各景。

此剧在近年很少演出，除了一九二一年在 Old Vic 演出过一次，一九四七年莎士比亚纪念剧院又演出过一次。

剧中人物

安泰欧克斯（Antiochus），安提奥克（Antioch）的国王。

波里克利斯（Pericles），泰尔（Tyre）的君主。

亥利凯诺斯（Helicanus）
哀斯克尼斯（Escanes）——泰尔的两位大臣。

赛芒尼地斯（Simonides），潘塔波利斯（Pentapolis）的国王。

克利昂（Cleon），塔索斯（Tarsus）总督。

赖西米克斯（Lysimachus），米提利尼（Mitylene）总督。

塞利蒙（Cerimon），哀非索斯（Ephesus）的一贵族。

萨利尔德（Thaliard），安提奥克的一贵族。

菲勒蒙（Philemon），塞利蒙之仆。

利欧南（Leonine），戴欧奈萨之仆。

司礼官。

一妓馆经理。

鲍尔特（Boult），龟奴。

安泰欧克斯之女。

戴欧奈萨（Dionyza），克利昂之妻。

载伊萨（Thaisa），赛芒尼地斯之女。

玛利娜（Marina），波里克利斯与载伊萨之女。

李科利达（Lychorida），玛利娜之保姆。

一老鸨。

贵族、贵妇、骑士、绅士、水手、海盗、渔夫及使者等。

戴安娜女神（Diana）。

高渥（Gower），剧情说明人。

地点

散布各国。

第 一 幕

安提奥克王宫前

高渥上[1]。

从死人堆里来了我高渥，
来唱一个从前唱过的歌，
我重新现出活人的形体，
来给诸君一些耳目之娱。
这篇诗歌曾在节日歌唱，
在斋日前夕或麦酒会上[2]，
贵族贵妇们在有生之年
亦曾读过它以为消遣，
其妙处是使人向往荣耀。
“好的东西是越古老越好。[3]”

你们生在这文明时代之中
如肯垂听我的古老的歌声，
如果倾听一个老人唱歌
可以给你们带来一点快乐，
我情愿还阳，像蜡烛一般，
为你们把我的生命耗完。
话说安提奥克这座城池
乃是安泰欧克斯建的主要都市[4]，
在全叙利亚是最壮观的一个，
我来告诉你们书上说些什么：
这位国王娶了一位娇妻，
她撇下了一个女儿死去，
好一个活泼美貌的女子，
好像上天给了她一切的丽质。
父王对她十分地欢喜，
引她做出了乱伦的事体[5]。
孩子不好，父亲更坏！
自家骨肉做出不该做的事来。
他们的丑事一经开始，
久之也就不觉得可耻。
这位罪恶女郎的美貌
使得许多君王纷纷赶到，
希望能和她同床共寝，
同享一般美满的婚姻。
他于是订下严法一条，

把她据为己有，把人吓倒，
谁要想娶她为妻，而不能
解答他的谜，便须送掉命，
于是很多人为了她而死去，
那些血淋淋人头便是证据。
以后如何，请诸位自己观看，
对我所说的自有公平的判断。〔下〕

第一景：安提奥克。宫中一室

安泰欧克斯、波里克利斯及侍从等上。

安泰欧克斯　年轻的泰尔的君主，你已经充分知悉你所担任的工作有多么危险。

波里克利斯　我知道了，安泰欧克斯，我因为耳闻公主盛名众口交誉，心情为之一壮，故此甘冒一死前来一试。

安泰欧克斯　把我的女儿带来，给她盛装起来，像是一个新娘就要投入天神周甫的怀抱里去一般。她在娘胎里，未诞生之前，造物主就给了她一副异禀，使她容光照人，天上的星辰曾经集会把他们的各自的优点都集中在她一身。〔奏乐〕

安泰欧克斯的女儿上。

波里克利斯　看，她打扮得像是春天一般地来了，她拥有百媚千娇，她心中萦念的全是些足以使人获得荣誉的各种美德！她的脸是一卷赞美的诗篇，其中全是精妙可喜的杰作，上面永远没有悲哀的痕迹，暴躁的脾气永远不会来和她的温柔的性格为伍。天神哪，你们使我成为男子汉，在爱情之中颠倒，在我心中燃起欲望，让我冒着生命的危险去尝试那棵树上的仙果，我是服从你们的意旨的忠仆，请帮助我获取这样一项无边的幸福吧！

安泰欧克斯　波里克利斯君王——

波里克利斯　他想做伟大的安泰欧克斯的女婿。

安泰欧克斯　美丽的乐园就在你的面前[6]，其中有累累的金果，但是触上去是危险的，因为这里有恶龙会把你吓煞。她的脸像天空一般，引诱你去瞻仰她的灿烂的繁星，只有才德相称的人才能得到她。如果才德不称，只因你的眼睛妄觑一下，你整个的身体就要死亡。那些曾经煊赫一时的君王们，和你一样，闻风而来，跃跃欲试，他们是在以无言的舌头和苍白的面孔来告诉你，

他们是死在情场，骸骨暴露，
除星光外没有任何的掩覆，
所以板起脸来劝告你，
莫要走进死亡之网，没人逃得了的。

波里克利斯　安泰欧克斯，我谢谢你，你指点我应有自知之明，这脆弱的身躯不免一死，你又指出那些可怕的东西作为我的前车之鉴，我势必要与他们同一命运。念念不忘死，便好像是一面镜子，告诉我们人生不过是一口气，信任它便是错误。那么我要立下遗嘱，并且像是病人一般，饱经沧桑，天堂在望，但是感到一股悲哀，对于人世的快乐不像以前那样恋恋不舍了，所以我愿以平安快乐奉赠给你和一切善良的人们，这是每一个君王所应该做的。我的财富来自大地，要送还大地，〔对安泰欧克斯之女〕但是我的纯洁的恋爱之火要送给你。我已准备登上生或死的途程，静候最严厉的打击。

安泰欧克斯　你既不听忠言，那么就来读一读这个谜语，如果读过之后不能解答，按照法令，你便必须像先你而来的这些人一样地流血。

女　在所有前来尝试的人们当中，愿你成功！在所有前来尝试的人们当中，我愿你幸福！

波里克利斯　像是一个斗士，我走上比武场，除了忠与勇之外，不再做他想。

我不是一条毒蛇，
我吃妈的肉，好让她生我[7]。
我想要个丈夫，东找西找，
这份恩情在父亲身上找到了。
父亲、女婿、丈夫，他一人担任，
我是母亲、妻子，又是他的孩子的身份。

他们只是两个人，这是怎样搞的，
你要是想活命，你就解答这谜语。

最后这一句可真令人吃不消，但是，天神哪！你们给天空嵌上了无数的眼睛来观察人类的行为，为什么那些眼睛不永久地闭起来呢，如果使我读来变色的这桩事情是真实的？光艳照人的尤物，我曾爱过你，倘若你这璀璨的宝匣里面藏的不是奸诈，我可以永远爱你，但是我必须告诉你我现在心情变了，因为一个男子汉明知里面藏的是罪恶而还要前去叩门，算不得是一个德行完备的人。你是一具美妙的提琴，你的情思有如琴弦，弹奏出给男人听的雅乐，可以使人间变成天上，可以使所有的天神侧耳而听，但是在你并未动情的时候来弹奏，那刺耳的乐声只合伴着魔鬼跳舞。老实说，我对你无意了。

安泰欧克斯　波里克利斯君王，你若是不想死，千万别摸她的手，因为那是我的命令中的一个条款，和其他各条一样地严厉。你的时间已经过了，现在或是解答或是接受裁判。

波里克利斯　大王，很少人喜欢听别人陈述他们所喜欢做的罪恶，我若是说出口来，恐怕是对您指责过甚。谁要是对于帝王们的一举一动都保有一本清账，他最妥当的办法是把那本账合起来，不可举以示人，因为丑事一经谈论，像是一阵飘荡的风，于飞扬之际就会把灰尘吹入别人的眼里，而这一场风波的教训不过是，风去之后，痛肿的眼睛恍然大悟当风而立只有自蒙其害罢了[8]。盲目的鼹鼠对着天空筑起圆顶的土丘，表示大地被人类霸占而没有安身之处，可怜的小动物会受压迫而死。
帝王是人间的神，可以任意作恶。
周甫做错事，谁敢议论他的过错？
你知道就够了，最好不必声张，
因为丑事愈宣扬愈肮脏。
人人都爱惜性命，那么就别说话，
让我的舌头也爱惜我的脑袋吧。

安泰欧克斯 〔旁白〕天哪，我真要你的脑袋，他已经发现其中的意义了，但是我要对他敷衍一下。年轻的泰尔君王，虽然按照我的严令规定，你若是解释错误，我就可以结果你的性命，不过看你一表人才，我对你寄有厚望，所以不打算认真执行。我宽限你四十天，到时候如能解答我的谜语，我就欣然收你做女婿，在这期间，将按照我的地位与你的身份，给你以应得的待遇。〔除波里克利斯外众下〕

波里克利斯 礼貌好像是可以遮掩罪恶，所作所为有如一个伪君子，除了外表之外一无是处！如果我真是解释错误，那么你便绝不是以乱伦的丑行来玷污你的灵魂那样的坏人，而你如今又是父亲又是女婿，由于和你的女儿非法拥抱，那种快乐应由丈夫享受，不应由父亲享受。她是吃她母亲肉的人，由于她玷污了她的父母的床，两个人都像是毒蛇，虽然吃的是香花，却产生的是毒液。安提奥克，再见！因为聪明人看

得出，
人们做了黑心事而脸不红，
必不惜用任何手段掩蔽他们的罪行。
我知道，一件罪恶会引起另外一件，
奸近杀，犹如有火就要有烟。
毒害与谋杀是罪恶的双手，
是挡箭牌，防止阴谋的败露。
我赶快逃，离开这可怕的险境，
否则为了保全你而要了我的命。〔下〕

安泰欧克斯又上。

安泰欧克斯　他已经发现了我的谜语的意义，因此我有意要取下他的脑袋。我不能让他活下去宣扬我的恶名，也不能让他告诉世人安泰欧克斯做出了这样的丑事。
所以这位君王必须立刻死亡，
他一死我的名誉才能不受损伤。
有谁在这里伺候？

萨利尔德上。

萨利尔德　陛下在叫我吗？

安泰欧克斯　萨利尔德，你是我的心腹，我和她之间的私事你是都知道的，因为你忠实可靠，我要提拔你。萨利尔德，你看，这是毒药，这是黄金，我恨泰尔的君王，你必须杀死他，你不可以问这是为什么，因为这是我的命令。说，你肯不肯干？

萨利尔德　　陛下，我肯。
安泰欧克斯　好了。

一使者上。

赶快喘口气吧，说一说为什么这样惊慌？
使者　　　　陛下，波里克利斯君王逃了。〔下〕
安泰欧克斯　〔向萨利尔德〕你拼了命追去，要像是老练射手一发中的的箭一般，你永远不要回来，除非是你来报告“波里克利斯君王已死”。
萨利尔德　　陛下，只要他落在我的手枪射程之内[9]，我一定可以把他杀死，陛下再见了。
安泰欧克斯　萨利尔德，再见！〔萨利尔德下〕
波里克利斯未死之前，
我的心一天也不得安。〔下〕

第二景：泰尔。宫中一室

波里克利斯上。

波里克利斯　〔向室外人〕不准任何人来打搅我。为什么心情陡变，沉闷的忧郁成了我的长相厮守的伴侣，在光明的白昼或宁静的夜晚——夜晚本是悲愁长眠的时候——没有一小时能给我安静？这里有各种娱乐在我眼前杂陈，而我的眼睛不看它们，我所恐惧的危险是在安提奥克，可是它的胳膊似乎太短还打不到我，但是娱乐不能使我高兴，危险的遥远距离亦不能给我安慰。事情是这样的：起初是因担心害怕而生恐惧，后来因焦虑不安而恐惧日增；起初是怕不幸事件可能发生，后来就努力设法不许它发生。我的情形便是这样的，强大的安泰欧克斯，我太渺小了，不足与他抗衡，因为他太强大了，可以为所欲为，虽然我发誓守秘，他也要以为我会泄露，如果他疑心我会破坏他的名誉，我怎样说尊敬他的话也是没有用，真相宣扬出去会使得他难为情，他一定要阻止可能泄露真相的途径。他将率领敌军压境，以庞大的军容示威，我们的士兵会闻风丧胆，不战而馁，无辜的人民饱受战祸。我是关怀他们，不是怜惜我自己，我自己不过像是树的顶盖，遮掩保护它的树根，

所以我身体憔悴，心情忧郁，

他还没惩罚我，我先惩罚了我自己。

亥利凯诺斯及其他贵族等上。

贵甲　祝圣躬愉快舒适！

贵乙　愿您心情和平安逸早日归来。

亥利凯诺斯　别说了，别说了！让我说几句有经验的话吧。对国王说恭维话的人，其实是欺骗他，因为谄媚乃是鼓

吹罪恶的风箱，受到恭维的地方，仅仅是星星之火，被那谄媚的风箱一吹便要炽烈地燃烧起来。忠贞得体的谏言才是君王所需要的东西，因为他们是人，也会有错误的，“谄媚先生”在这里宣告和平的时候，他是在谄媚你，对你的性命宣战呢。

君王，原谅我，或打我，听你的便，

我只好双膝跪落，此外无法可办。

波里克利斯　其他的人都退去吧，但是你们要去看看我们港口里有什么船只，有什么货物，然后回来见我。〔众贵族下〕亥利凯诺斯，你激怒了我，你看我脸上是什么样子？

亥利凯诺斯　怒容满面，威严的主上。

波里克利斯　如果君王脸上的愠怒真有那样的锋芒，你怎敢鼓动唇舌在我脸上激起怒意？

亥利凯诺斯　草木是靠天滋长的，怎么也敢抬头望天？

波里克利斯　你知道我有权力可以要你的命。

亥利凯诺斯　〔下跪〕我自己磨了斧头，您只消砍下便是。

波里克利斯　起来，请你起来！坐下，你不是谄媚的人，我感谢你。上天不准君王们专爱听讳言过失的话！你才是配做一位君王左右忠良的人物，以你的智慧你可以使君王受你的指挥，你要我怎样做呢？

亥利凯诺斯　耐心地忍受你加在自己身上的悲苦。

波里克利斯　你说话像是一位医师，亥利凯诺斯，给我开了一服你自己战战兢兢不敢吞服的药。那么你听我说，我到安提奥克去，你是知道的，我冒了死亡的危险去追求一位美人，希望她能给我生出一群孩子，给君王做帮手，给人民带来喜悦。她的面貌据我看是超过了一切奇迹，其余的部分，你听我说，像乱伦一样的丑恶。我发现了隐情之后，那罪恶的父亲好像并不想要翻脸，反倒对我敷衍一番，但是这道理你是知道的，暴君好像要和你亲吻的时候，你最要提防戒惧。我当时就有那种恐惧，我在昏夜掩护之下逃开了那里，黑夜好像是我的保护人，回到这里，我便反复思索已经过去的情形以及未来可能发生的状况。我知道他暴虐不仁，而且暴君的猜忌永无消灭，会与日俱增的。如果他真个起了疑心，无疑地他会起疑心，疑心我要向世人宣布他如何如何地为了他的淫乱的丑闻不致外泄而使得多少王子公孙枉自流血，他为了消除这种疑虑起见一定会兴兵进犯，借口我有什么开罪于他的地方。为了我一个人的过失，如果我可以说它是过失的话，将使得大家尝受战争的痛苦，在战争中无辜的人亦不能幸免的。我对大家的爱，包括刚刚对我诤谏的你在内。

亥利凯诺斯　哎呀！陛下。

波里克利斯　使得我不能合眼睡觉，使得我的两颊没有血色，心里胡思乱想，做了万千种考虑，如何在风暴未来之前设法予以阻止，我这身为君王的人，临时既然无法解救他们，只好先善意地劳苦他们一番了。

亥利凯诺斯　好，陛下，您既然准我说话，我就放肆了。您怕安泰欧克斯，我想您怕暴君也是理所当然的事，他会要用公开战争的方法或私下谋杀的手段轻取您的性命。所以您最好是出去旅行一下，等他怒消气平，或是等他寿终正寝。

政事可以委托别人，如果由我代劳，
我的忠心比白昼供给阳光还要可靠。

波里克利斯　我不怀疑你的忠贞，但是我不在的时候，他会不会侵害我的权益？

亥利凯诺斯　我们都是在这里土生土长，
愿一起流血洒上疆场。

波里克利斯　泰尔，我现在和你暂别，我要前往塔索斯游历，希望不时地得到你的消息，根据你的来信我再决定我的行止。我对人民福利的关怀，一起付托给你，以你的智力必定胜任愉快。我相信你所说的效忠的话，我不要你宣誓，说话不算数，宣誓也没有用。但是在我们的轨迹之内我们要坚定不移，
时间永远不能控诉我们不够坚贞，
你永远是个忠臣，我永远是个贤君。〔同下〕

第三景：同上。宫中接待室

萨利尔德上。

萨利尔德　这就是泰尔，这就是王宫了。我须要在这里杀死波

里克利斯王，如果我不的话，我回去一定要被吊死，这太危险了。唉，我觉得那真是一个聪明人，而且颇有见识，国王问他想要什么，他说别让他知道国王的秘密[10]，现在我看出他这样说是有道理的，因为如果一个国王命令一个人做坏人，他由于誓言的约束便不能不做。嘘！泰尔的贵族们来了。

亥利凯诺斯、哀斯克尼斯及其他贵族等上。

亥利凯诺斯　诸位泰尔的贵族大人，你们不要再追问有关国王出国的事，他留有密封的委任状给我，充分说明他是游历去了。

萨利尔德　〔旁白〕怎么！国王走了！

亥利凯诺斯　如果你们想多知道一点，因为他这次走好像是对诸位不辞而别，我可以解释一下。他到了安提奥克——

萨利尔德　〔旁白〕在安提奥克可有什么情形？

亥利凯诺斯　安泰欧克斯国王——我不知为了什么原因——对他有些恼怒，至少他是这样感觉，生怕是自己犯了什么过错，他就引咎自责，表示歉意，于是甘愿冒险航海，在海上每一分钟都有性命之忧。

萨利尔德　〔旁白〕哼，我现在看出，纵然我愿意，我也不会被吊死了，不过他既然出走，这消息一定会使国王高兴。他逃过了陆上的灾难，到海上去送死。我去见见他们。〔高声〕诸位大人请了！

亥利凯诺斯　安泰欧克斯派来的萨利尔德大人，欢迎。

萨利尔德　我是他派来的，有话启禀波里克利斯君王，但是自从我来到之后就听说你们主上业已出国，不知游踪何处，我带来的使命只得原封缴还。

亥利凯诺斯　你的使命是送信给我们的主人，不是送给我们的，
我们没有理由要打听内容，
不过你既要走，我们热切地希望，
以安提奥克友人的身份在泰尔欢宴你一场。〔众下〕

第四景：塔索斯。总督府中一室

克利昂、戴欧奈萨及侍从等上。

克利昂　我的戴欧奈萨，我们要不要在这里休息一下，讲些别人的悲惨的故事，看能不能使我们忘记我们自己的？

戴欧奈萨　那简直是想要灭火反而去吹火，
一个人若是因为山高而想把它挖掉，
结果是一座山挖平，另一座堆得更高。
啊我的苦恼的丈夫！我们的悲哀正是如此，
我们的悲哀也不过像我们所感觉的这样，
但是像树一般，一经修剪颠枝，长得更旺。

克利昂　啊戴欧奈萨，谁能饿了不喊饿，隐忍不言直到

饿死?
我们的愁苦的舌头
要向天空大声地叫吼。
我们的眼睛要流泪，让舌头喘口气，以便更大声地呼号，如果人类困苦颠连而苍天昏睡不醒，他们可以喊醒苍天给予他们援手。
所以我要谈谈我们几年来的痛苦，
我哽咽不能言的时候你就流泪相助。

戴欧奈萨　我尽力做便是。

克利昂　我所治理的这个塔索斯，是一个非常富庶的城市，街道上都洋溢着财富，楼阁高耸，上吻云霄，旅客看了无不惊羡。盛装的仕女招摇过市，好像彼此之间在竞奇斗艳，
他们的桌上摆满了悦目的盛馔，
不是为了吃，而是为了看。
贫穷是可耻的，人人都如此骄傲，
人人都羞于开口向人乞讨。

戴欧奈萨　啊！的确是如此。

克利昂　但是看看上天怎样摆布人！即以我们这场饥馑而论，原来的那些馋嘴，海陆空中的美味纵然大量供应，亦不能餍其欲，如今因没有东西可供大嚼而奄奄待毙，有如荒废的房屋一般；不过两年以前，非新奇的珍馐不能满足的口味，如今有面包就很高兴，而且求之不得；那些把孩子娇生惯养的母亲们，喂食不厌其精，如今恨不得要把她们钟爱的小宝贝吃下去。

饥馑的煎熬是如此地猛烈，夫妻都会抽签决定谁先死去，以便对方得以苟延残喘。这里站着一位贵族，那里站着一位贵妇，哭哭啼啼。这里有好多人倒毙，眼睁睁看着他们倒下的人却没有力气去埋葬他们。这是不是真的？

戴欧奈萨　我们的脸颊和洼陷的眼眶便是证明。

克利昂　啊！让那些得天独厚安享繁荣的骄奢淫逸的城市听听我们的哭泣吧！塔索斯的苦恼也许会轮到他们。

一贵族上。

贵族　总督大人在哪里？

克利昂　在这里。把你匆匆忙忙带来的噩耗说出来吧，因为好消息我们不敢指望。

贵族　我们在附近海岸上望见了一支盛大的队伍向此地驶来。

克利昂　我早已料到。祸不单行，永远会拖带着后果，我们的情形正是如此。一定是某一个邻邦，乘我们的危难，以艨艟巨舰装载大兵，前来打击我们这个已经狼狈不堪的城市，并且征服我这个不幸的人，虽然这样的征服是胜之不武。

贵族　那倒是无须忧虑，因为他们船上扯着白旗，表示他们带来和平，是来做我们的客人，不是敌人。

克利昂　你说话真像是没有经验的傻瓜，
表面最彬彬有礼，内心最狡诈。
不过不管他们打着什么主意，不管他们能做出什么事，我们何必害怕呢？地面是最低的地方，我们已经差不多落到了那个地步了。去告诉他们的统帅我们在此恭候，我们想知道他是为什么来，从哪里来，想要做什么事。

贵族　我去，大人。〔下〕

克利昂　如果他的来意是和平，我们欢迎；
如果是有意作战，我们无法抗争。

波里克利斯偕侍从等上。

波里克利斯　总督大人，我们听说你是，不要让我们的船只和众多的人数像是一把燃起的烽火惊骇了你的眼睛。我们远在泰尔就听到你们的灾情，现在也看到了你们街上的荒凉景色，我们此来不是要增加你们的苦恼，而是要解除你们的沉重的负担。你们也许以为我们这些船只是像脱爱的木马一样，里面藏着准备突袭的凶恶的战士，其实装运的乃是供你们急需制作面包的谷类，使你们饿得半死的人得以生活。

众　愿希腊的众神保佑你！我们一致为你祈祷。

波里克利斯　起来，我请你们，起来，我不要你们的尊敬，我要的是友情，还要为我自己，我们的船只，以及一行人众找一个暂驻的地方。

克利昂　任何人若是不肯表示感激图报，或是在心中不存一点谢意，无论是我们的妻子、我们的孩儿，或我们自己，愿天上人间一齐诅咒他们的罪恶！在这样的一天未到之前——我希望永远不会有这样的一天——我们欢迎您光临我们的城市。

波里克利斯　我接受你们的欢迎，我在此暂且逍遥，

等待我的狞眉皱眼的命运对我微笑。〔众下〕

注释

[1] 高渥（John Gower），英国诗人，1330？—1408，所著 *Confessio Amantis* 内含波里克利斯的故事。高渥在本剧中出现八次，每幕开始及全剧终了时各出现一次，第四幕第四景及第五幕第二景之前亦各出现一次。他的作用是除了说“开场白”“收场白”之外还要陈述在舞台上不便演出的若干部分剧情。此种所谓 chorus 在莎士比亚的《亨利五世》里使用过，其他作家如马娄之《浮士德博士》亦曾使用过。伊利沙白时代戏剧中的 chorus 虽然是源自希腊戏剧，（中间经过 Seneca），但是用法不同。在希腊戏剧中 chorus 自始至终在舞台上出现，其作用是以评论来补充动作，或以纯粹抒情的言词作为戏剧的点缀。在本剧中则系供给观众以舞台上所不能获得的故事资料。

[2] 斋日前夕（ember-eves），天主教会每年四次斋戒，每次历时三天，是为 ember days, 在守斋之前夕例行欢宴。麦酒会（holy-ales），昔时教会或慈善机构为筹募款项常举行之酒会。

[3]Et bonum quo antiguius,eo melius. =And a good thing,the more ancient the better it is. 有人说是亚里士多德的一个格言。

[4] 安提奥克在 Orontes 河之滨，乃纪元前三百年 Seleucus Nicator 所建，时在 Ipsus 战役之后，因此一战役而使他确实控制了小亚细亚。后

Antiochus Soter（280-261 B.C.）加以扩建，以其名命名该城。此处所提起之 Antiochus the Great（223-187 B. C.）仅略加以扩充而已。

[5] 安泰欧克斯之所以有此丑恶名声可能是因为在纪元前一九六—前一九五年他令他的儿子安泰欧克斯娶了他的女儿 Laodice 为妻。在波斯帝王之中同胞兄妹相婚是常有之事，但在小亚细亚之希腊君主之间此则尚为首创，故播为丑闻。

[6] 原文“Hesperides”的意义，伊利沙白时代作家使用时常混淆不清，有时指西方乐园（内有金苹果，由龙守卫，赫鸠利斯的十二艰巨工作之一即是攫取此果），有时指 Hesperus 的女儿们。此处显然是指乐园。

[7]viper 毒蛇，昔时相信在产子时其小蛇不待分娩即将母体咬破而出，致母于死。

[8] 原文晦涩。其大意可能是:“谈论别人的隐私乃无益之事，散播蜚语足以伤害他人。”

[9] 手枪（pistol）是伊利沙白时代文学中常见之时代错误的一例。

[10] 这故事曾数见于普鲁塔克，主要的是他的 *Life of Demetrius*，国王 Lysimachus 说:“你想要我给你一些什么东西？”诗人 Philippides 回答说:“悉听尊便，只是不要给我知道你的秘密。”

第二幕

高渥上。

诸位已经看到一位伟大的国王
居然和他的女儿做下乱伦的勾当;
还有一位好的君主，仁爱成性，
在言行方面都会能令人起敬。
不要作声，一个人应该沉得住气，
等他把极度困难安然度了过去。
诸君请看，一位乱世中的君主，
吃一点小小的亏，得到大大的好处。
这位贤良公正的人君，
是我所愿为他祝福的人，
他现在塔索斯，他一开言，
人人都奉为《圣经》上的经文一般。

为了纪念他所做的功德，
他们给他建了雕像一座，
但是相反的消息来到了诸位眼前，
我在此又何必絮聒多言？

哑剧

波里克利斯与克利昂谈话自一边上，全部侍从等随上。一绅士自另一边上，持信递呈波里克利斯。阅毕交给克利昂，赏使者，并授以骑士勋位。波里克利斯、克利昂及其他人众均分别下。

好亥利凯诺斯在家留守，
不像雄蜂那样，养尊处优，
坐享别个酿造的蜂蜜，
他剪除奸宄，让好人活下去，
并且按照他的主上的吩咐，
把泰尔发生的事一一陈述，
例如萨利尔德如何汹汹而来，
一心一意地想要把他谋害。
又说塔索斯不是最好的所在，

不可再在那里长久地徘徊。
他，果然，扬帆出海去漂泊，
在海上人们难得有舒适的生活，
现在海上开始刮起了狂风，
雷霆在上，下面波涛汹涌，
本来可以安稳渡海的大船
如今被打成为块块的碎片。
他，这位好君王，一切丧失了，
听波涛把他从一处到一处地漂。
人命与财物全部牺牲，
除了他没有一人能够逃命，
最后命运之神倦于播弄世人，
把他丢到岸上，令他快活一阵。
他来了，以后故事如何发展，
原谅我老高渥，请看戏剧上演。〔下〕

第一景：潘塔波利斯。海滨一旷地

波里克利斯湿淋淋上。

波里克利斯　天上的愤怒的星辰，请你们权且息怒！风、雨、雷霆，你们不要忘记尘世的人类不过是个生物而已，是非对你们屈服不可的。我，既是凡人一个，当然要服从你们。哎呀！大海把我撞在礁石上，把我从一处海岸冲到另一处，奄奄一息，除了即将死亡之外别无他想，你们把一位君王的所有剥夺净尽，这也就足够显示你们的力量的庞大了。
你们既然把他丢出来，不让他死在海上，
那么在这里平安死去乃是他的唯一愿望。

三渔夫上。

渔甲　怎么，喂，皮外套[1]！

渔乙　哈！过来把渔网立刻拖到这边来。

渔甲　怎么，破裤子，我说！

渔丙　你说什么，老大？

渔甲　你现在还不动一下！走过来，否则我要用劲把你抓过来。

渔丙　说真的，老大，我是在想刚才在我们面前被海水卷走了的那些可怜的人。

渔甲　哎呀！可怜的人们，我听他们对我们哀呼求助，我心里难过极了，唉，当时我们自顾不暇。

渔丙　不，老大，我看见海豚翻滚跳踉的时候不是也这么说吗？据说海豚乃是半鱼半兽，该死的东西！它们一来我就不免弄得一身精湿[2]。老大，我真不懂鱼是怎样在海里过活的。

渔甲　噫，和人在陆地上一样，大的吞食小的，我把有钱的吝啬鬼比作一条鲸鱼，那是最适当不过了，他玩玩滚滚，赶得一群可怜的小鱼纷纷逃走，最后是一口吞掉。我听说陆上也有这样的鲸鱼，他们不把整个的教区、教堂、塔尖、钟，一切吃光，是永远不肯闭上嘴的。

波里克利斯　〔旁白〕很巧妙的喻言。

渔丙　但是老大，如果我是教堂司事，我倒愿意那天正在钟楼上。

渔乙　为什么呢，你说?

渔丙　因为我就可以也被吞下去，进入他的肚里之后，我就大敲其钟，叮当乱响，他若是不把钟、塔尖、教堂、教区再呕吐出来，他绝对走不了。如果好国王赛芒尼地斯也和我一样的想法——

波里克利斯　〔旁白〕赛芒尼地斯!

渔丙　我们一定要把国内的这些雄蜂扫除净尽，因为他们只会掠夺工蜂酿造的蜜。

波里克利斯　〔旁白〕这些渔夫们从海里的鱼类扯到了人类的弱点，
从水族的领域当中居然可以找到
考验人类、暴露人类恶行的资料。
〔高声〕愿你们辛劳之际得到平安，诚实的渔夫们。

渔乙　诚实！好人，那是什么? 如果你觉得有那么一天对你合适，你不妨去查查日历，这一天你可以自己保留，别人并不想要它[3]。

波里克利斯　你们可以看得出我是被海水冲到你们海岸上来的。

渔乙　海是一个什么样的醉鬼，把你呕吐到我们这里来了[4]!

波里克利斯　一个被海水与狂风当作一只球在那大网球场上拍来拍去的人[5]，请求你们怜悯他，他是从来没有乞讨过的，现在乞求你们。

渔甲　不，朋友，你不会乞讨吗？在我们希腊有些人以乞讨为生，比我们做工的还挣得多呢。

渔乙　那么你会捕鱼吗？

波里克利斯　我从没有干过那一行。

渔乙　那么你要挨饿了，那是一定，因为如今这年头，你若是不用心机去钓取，什么也得不到。

波里克利斯　过去我是怎样的一个人，我已经忘记了，但是我现在是怎样的一个人，目前穷困的情形让我不能不想一想，一个冷得僵挺的人，我的血管凝冻，浑身没有一点热力，我的舌头都无法发出声音向你们求救了，如果你们拒绝援助，等我死了之后，姑念我也是一个人，请把我掩埋了吧。

渔甲　你是说，要死吗？哼，天神不准！我这里有一件袍子，来，穿上，使你暖和。咦，我敢说，是个漂亮家伙！来，你要跟我们回家去，我们假日有肉吃，斋日有鱼吃，此外还有布丁和煎饼，我们欢迎你。

波里克利斯　我谢谢你，先生。

渔甲　你听我说，我的朋友，你说过你不能乞讨。

波里克利斯　我只是乞求。

渔乙　只是乞求！那么我也做一个乞求者，我也可以避免挨鞭子抽了。

波里克利斯　怎么，你们所有的乞丐全都要挨鞭子抽吗？

渔乙　啊！不是所有的，我的朋友，不是所有的。如果所有的乞丐都要挨鞭子抽，那么除了教区差役之外什么差事我都不愿当了。但是，老大，我要去收网。〔与渔夫丙同下〕

波里克利斯　他们在工作之中有纯朴的欢乐，配合得多好！

渔甲　你听我说，先生，你知道你是在什么地方吗？

波里克利斯　不大知道。

渔甲　噫，我告诉你，这地方叫作潘塔波利斯，我们的国王是贤良的赛芒尼地斯。

波里克利斯　你是称他为贤良的赛芒尼地斯？

渔甲　是的，先生，他应该可以得到这样的称呼，因为他就位以来升平无事政治修明。

波里克利斯　他是一位幸运的国王，因为他以治绩博得人民称颂的美名。他的宫廷距离这海岸有多远？

渔甲　老实说，先生，半天的路程。我来告诉你，他有一位漂亮的女儿，明天是她的生日，有好多王子贵人从世界各地前来为了博得她的爱情而较量武艺[6]。

波里克利斯　如果我的命运能和我的愿望看齐，我真想也能到那里参加一下。

渔甲　啊！先生，一切事情到头来自有办法，一个人无法得到的，他可以依法用他的老婆去交换[7]——

渔夫乙、丙拖网又上。

渔乙　帮忙，老大，帮忙！这网里悬着一条鱼，就像一个可怜的人涉入讼案迁延不决一般[8]，怎样挣扎也出不来。哈！终于出来了，原来是一副锈盔甲。

波里克利斯　一副盔甲，朋友们！请给我看看。谢谢你，命运之神在我遭受一切挫折之后，你居然给了我一点补偿，虽然这是我自己的东西，我的祖产的一部分，我的亲爱的亡父的遗赠，他临终时严加嘱咐，“好好保持它，我的波里克利斯，它曾经保护我免于死亡。”指着这一块臂甲，“因为它救过我的命，要保存它，万一有同样的危急的情形——愿天神保佑你永不遭遇那种情形！——它也可以保护你。”我走到哪里把它带到哪里，我深深地喜爱它。后来汹涌的海洋，不肯饶过任何人，在惊涛骇浪之中把它攫夺了去，虽然在风平浪静之后又把它吐了出来。

我谢谢你，我的船破不算是祸端，
我的父亲的遗物现在已经收还。

渔甲　你说的是什么意思，先生？

波里克利斯　好心的朋友们，我要向你们讨这一副盔甲，因为它原是一位国王的护身之物，根据这个记号我可以辨识出来。他很爱我，为了他的缘故我想要它，请你们带我到你们王宫里去，我穿着这身盔甲就可以以绅士身份出现。

如有一天时来运转必当图报，
目前只是衷心感激罢了。

渔甲　噫，你要为了那位女郎去比武吗？

波里克利斯　我要去表现一下我的武艺。

渔甲　好，你拿去吧，愿天神让你得到好处！

渔乙　好，但是你听我说，我的朋友，是我们用海水的大针粗线把那一套服装缝制起来的，裁缝匠总得有一点好处，总得有一点外快吧。我希望，先生，如果你发旺起来，你可要饮水思源。

波里克利斯　放心，我忘不了你们。由于你们的帮助，我才得穿上盔甲。大海尽管猖獗，这宝物依然套在我的臂上[9]，我要以你所值换取良马一匹，我骑上去安然驰骋，会使得旁观的人看起来赏心悦目。只是，我的朋友，我现在还少两块罩裙[10]。

渔乙　我们一定给你预备，你可以用我最好的袍子改制两块，我亲自带你到宫里去。

波里克利斯　愿光荣是我愿望中唯一的标的！
今天我要升发，否则将一再失意。〔众下〕

第二景：同上。一条公路。露台通往比武场。附近一帐幕，为接待国王、公主、贵妇、贵族等而设

赛芒尼地斯、载伊萨、贵族等及侍从等上。

赛芒尼地斯　武士们准备好开始比武节目了吗？

贵甲　他们准备好了，陛下，等您驾临，他们就来觐见。

赛芒尼地斯　回复他们，我是准备好了，今天为了庆祝我的女儿生日而举行比武，
她在这里坐着，像美的女神一样，
上天生她就是为供世人的瞻仰。〔一贵族下〕

载伊萨　父王，您喜欢把我夸奖太过，
我的优点实在没有那么多。

赛芒尼地斯　事实上是应该如此的，因为帝王家的儿女乃是一种摹制品，上天赋予她们以天然的姿色，珠宝被人漠视便要失掉光彩，同样的，天潢不受人崇敬也要失去她们的美名。女儿，现在你要为我解释一下每位武士盾上的图形的意义[11]，这是你的光荣的职务。

载伊萨　为了维护我的名声，我是要执行这任务的。

一武士上，他在台上走过，他的侍童以其盾牌呈上公主。

赛芒尼地斯　第一个出场的是谁？

载伊萨　一位斯巴达的武士，我的尊贵的父亲，他的盾上的图形是一个黑色的衣索匹亚人，向着太阳伸着胳膊，格言是："Lux tua vita mihi."“你的光明即是我的生命[12]。”

赛芒尼地斯　他认为他的生命是靠了你，他是很爱你。〔第二个武士走过〕
第二个出场的是谁？

载伊萨　一位马其顿的王子，我的父王，他的盾上的图形乃是一个被一个女子制服了的披甲武士，格言是西班牙文的："Piu por dulzura que poe fuerza."“是由于温柔，而不是由于武力[13]。”〔第三个武士走过〕

赛芒尼地斯　第三个是什么人?

载伊萨　第三个是从安提奥克来的，他的图形是骑士的花冠，格言是:“Me pompae provoxit apex.”“光荣之冠引我前进[14]。”〔第四个武士走过〕

赛芒尼地斯　第四个是什么?

载伊萨　一个头朝下的燃着的火炬，格言是:“Quod me alit me extinguit.”“培育我的适足以销毁我[15]。”

赛芒尼地斯　这表示美貌有它的力量与主张，
它可以引发情火也可以杀伤。〔第五个武士走过〕

载伊萨　第五个是一只祥云围绕着的手，拿着一块用试金石做测验的金子，格言是:“Sic spectanda fides.”“忠诚的爱应该这样地受测验[16]。”〔第六个武士波里克利斯走过〕

赛芒尼地斯　这第六个最后一个是什么人，独身一个不带侍童而又这样彬彬有礼地出场?

载伊萨　他像是一个异乡人，但他呈献的是一根枯枝，只是顶端还有一点绿，格言是:“In hac spe vivo.”“我生活在这希望中[17]。”

赛芒尼地斯　很好的一句格言，他目前境遇落魄，希望靠了你而转运。

贵甲　他的外表实在不敢恭维，他需要有较好的身世才能把他抬举起来，看他穷酸的样子，他大概是执鞭的时候多，舞枪的时候少。

贵乙　他大概是个异乡人，因为他打扮得这样古怪来参加一个盛会。

贵丙　他是有意让他的盔甲生锈，好等到今天在地上的尘埃里去磨光。

赛芒尼地斯　世俗之见是不可靠的，总是要我们以外表衡量人的内心。且慢，武士们来了，我们要离开这个地方。

〔众下。大呼喊声，众大叫:“寒酸的武士！”〕

第三景：同上。大厅。备有筵席

赛芒尼地斯、载伊萨、司礼官、贵妇等、贵族等、比武甫毕的武士等及侍从等上。

赛芒尼地斯　武士们，说欢迎诸位的话是多余的。把你们的武艺在你们的功绩簿上加以品题，像是在标题页上一般[18]，那不是你们所期望的，也不是很适宜的，因为每一种才艺在表演的时候已经充分显露了。准备欢乐吧，因为宴会是宜于欢乐的，你们都是天潢贵胄，也都是我的宾客。

载伊萨　但是你，我的武士与上宾，我给你戴上这顶胜利的花冠，给你加冕成为今天的幸福之王。

波里克利斯　这是靠了运气，公主，不是靠了本领。

赛芒尼地斯　随便你怎么说，胜利是属于你了，我希望这里没有人妒忌你。

艺术在造就人才的时候有这样的决心，

要有些个本领高强，有些还要胜过他们，
你乃是她悉心培植的人才。来，宴会中的女王——
因为你是今天的女王，你坐在这里，
其余的各位均请按照身份入席。

众武士　好赛芒尼地斯给我们很大的恩宠。

赛芒尼地斯　诸位光临使我高兴，我爱荣誉，
厌弃荣誉的人对天神也会厌弃。

司礼官　阁下，那边是你的位子。

波里克利斯　别位会更合适些。

武甲　不必推让，阁下，因为我们都是绅士，
所以我们无论是在内心中或外表里，
对显贵的不嫉妒，对贫贱的也不看不起。

波里克利斯　诸位真是十分有礼的武士。

赛芒尼地斯　坐下，阁下，坐下。

波里克利斯　天神周甫啊，你是我们的思想的主宰，我真觉得奇怪，我只要一想到她，这些珍馐美味竟引不起我的食欲[19]。

戴伊萨　天后鸠诺啊，你是司人间婚姻的女神，我吃的一切食物都索然寡味，真希望他是我的食物。诚然，他是一位英俊的绅士。

赛芒尼地斯　他不过是一位平民绅士，他的表现不比别人高明多少。
他折断了一两根枪杆，没有什么了不起。

戴伊萨　但是由我看来，他像是钻石之异于玻璃。

波里克利斯　那位国王据我看很像是我的父亲，使我想起他当年的威仪。无数的君王，像众星一般，环拱着他的宝

座列席，他就像是受他们崇拜的太阳。任何人看到他都会自觉黯然无光俯首称臣。

所以我现在就像是夜间的萤火虫，

在黑暗中发亮，在白昼没有光明。

由此可见“时间”乃是人类的真正的君王，

他是他们的父母，也是他们的坟地，

他给他们的是随他高兴，不是照他们所要求的。

赛芒尼地斯　喂，你们都很高兴吗，诸位武士？

武甲　在陛下跟前饮宴谁能不高兴呢？

赛芒尼地斯　我在这里斟得满满一杯，你们若是高兴你们也斟满一杯敬你们所爱慕的女郎，我祝诸位健康。

武甲　我们谢谢陛下。

赛芒尼地斯　且停一下，那边那位武士坐在那里太沉闷了，好像我的宫中盛宴尚不能符合他的身份。你看出没有，载伊萨？

载伊萨　这与我何干，我的父亲？

赛芒尼地斯　啊！听我说，我的女儿，人世间的君王应该像天上的神祇一般，对任何一个前来朝拜的人都要慷慨施予，不这样做的君王们就像是蚊蚋，活的时候嗡嗡大叫，死了之后被人惊诧其身躯之渺小。所以为表示特别欢迎他的光临起见，我提议我们对他致意饮下这高脚杯的酒。

载伊萨　哎呀！我的父亲，我对于一位陌生的武士这样冒失，似乎不大相宜，他可能怪罪我的这一表示，因为男人对于女人的殷勤总是认为失态的。

赛芒尼地斯　怎么！照我吩咐的去做，否则你要招我生气。

载伊萨　〔旁白〕唉，天神在上，要我这样做，实在使我再高兴不过了。

赛芒尼地斯　还要告诉他，我愿知道他是从哪里来的，他姓甚名谁，他家世如何。

载伊萨　我的父王，先生，已经向你敬过酒了。

波里克利斯　我谢谢他老人家。

载伊萨　希望那酒便是注入你的生命中的血液。

波里克利斯　我感谢他和你，并愿由衷地祝他健康。

载伊萨　他还要请问你是从哪里来的，以及你的姓名、家世。

波里克利斯　泰尔的一个绅士，我的名字，波里克利斯。我的教育是在文艺和武艺两方面，出来到世上寻求奇遇，不幸遭遇海难，人船俱失，船破之后漂流到了这岸上。

载伊萨　他谢谢您，自称名叫波里克利斯，泰尔的一位绅士，遭遇海难，人船俱失，漂流到此。

赛芒尼地斯　唉，天神在上，我怜悯他的遭遇，我要把他从郁闷中唤醒。来，诸位，我们呆坐席上太久了，浪费了别种娱乐的时间。就是你们现在这样的身披甲胄，也未尝不可做军人舞蹈。不要说推辞的话，不要说什么。

喧嚣的音乐会吵得女士们头昏，

因为她们爱床上的也爱穿军装的男人。〔武士们跳舞[20]〕

这提议是真不错，看他们跳得也满起劲。过来，阁下，这里有一位小姐也颇想活动活动哩！我常听说你们泰尔的武士们颇擅长陪女士们跳舞，舞步非常娴熟哩。

波里克利斯　常跳舞的人才能如此，陛下。

赛芒尼地斯　啊！你这就是否认你有这一份才艺了。〔武士们与女士们跳舞〕

松手，松手，多谢诸位，都跳得很好，〔向波里克利斯〕但是你跳得最好。侍童们，点火，送这些武士们各自回到宿处去！你的宿处，先生，我已命令设在我的近邻。

波里克利斯　我听从您的吩咐。

赛芒尼地斯　诸位亲贵，我知道诸位的目标是谈情说爱，不过现在时间太晚了，

所以现在请每一位先行安息，

明天再各尽所能地追求胜利。〔众下〕

第四景：泰尔。总督家中一室

亥利凯诺斯与哀斯克尼斯上。

亥利凯诺斯　不，哀斯克尼斯，让我来告诉你，安泰欧克斯犯了乱伦之罪并未逍遥法外，他犯下这样滔天大罪，天神早已准备严加惩处，现在忍无可忍，无意再予拖

延，于是在他扬扬得意携带着他的女儿共乘着那辆价值连城的香车出游的时候，从天上降下来一把火，把他们的身体烧得枯焦，惨不忍睹，他们冒出难闻的臭味，以前崇拜他们的人都不肯伸手去掩埋他们[21]。

哀斯克尼斯　那真是怪事。

亥利凯诺斯　也是天理昭彰，因为这位国王虽然强大，却敌不过上天的惩罚，罪恶总是受报应的。

哀斯克尼斯　一点也不错。

二三贵族上。

贵甲　看，无论在私人谈话或开会时间，除了他[22]之外没有人受到他的重视。

贵乙　不可再行容忍而不加以抗议了。

贵丙　谁不赞成谁就是该死。

贵甲　那么跟我来。亥利凯诺斯大人，说句话。

亥利凯诺斯　和我说话？欢迎。您好，诸位大人。

贵甲　你要知道我们的愤慨已达顶点，现在终于泛滥了。

亥利凯诺斯　你们的愤慨！为了什么？不要对不起你们所爱戴的君王。

贵甲　那么你不要对不起你自己吧，高贵的亥利凯诺斯。如果君王还在活着，让我们去向他致敬，否则让我们知道他驻跸所在究竟是在什么地方。如果他尚在人间，我们要把他寻找出来，如果是在墓地长眠，我们也要在那里找到他。我们要确知他是还活着统治我们，若是他死了我们该为他服丧，并且进行选举继位的人。

贵乙　据我们判断，他必是死了，国内无主，犹如大厦之没有屋顶，不久就要坍塌的，你是最熟谙治国之道的，我们愿奉你为王。

众　万岁，高贵的亥利凯诺斯！

亥利凯诺斯　为了顾全我的名誉你们不可这样推举，如果你们爱戴波里克利斯君王，不可这样做。我若是顺从你们的愿望，我等于跳海，其中若有一分钟的安逸便要赔上一小时的苦恼。国王远出，我请求你们再忍耐一年，届时他如果还不归来，我就不惜衰老之躯甘心承受你们给我套上的轭。如果我无法使你们听从我的话，你们不妨以贵族的身份，以高贵的平民身份，前去寻找，在寻找之中你们还可以施展你们的冒险犯难的本领，如果你们找到了他，把他劝回来，你们将像是他的王冠上的钻石一般地熠熠生光。

贵甲　不听良言的人乃是蠢材，亥利凯诺斯大人既然这样吩咐我们，我们就去登上旅程一试。

亥利凯诺斯　那么我们是推诚相与，我们来握手，
贵族们如此团结，国家必定屹立于永久。〔众下〕

第五景：潘塔波利斯。宫中一室

赛芒尼地斯读信上，众武士对面迎见。

武甲　赛芒尼地斯贤王早安。

赛芒尼地斯　武士们，我的女儿有句话要我通知你们，一年之内她不打算论及婚嫁。这理由只有她自己知道，我尚无法探悉。

武乙　我们可以见她吗，陛下？

赛芒尼地斯　老实说，绝对不可以，她自闭深闺，那是不可能的。以后十二个月内她要做处女之神戴安娜的信徒，她已经对着月亮，以她的贞操为誓，决不食言。

武丙　我们虽然不愿离去，只好告辞了。〔众武士下〕

赛芒尼地斯　好，可把他们打发走了，现在看看我的女儿的信。她在这里说，她要嫁给那异乡的武士，否则永远不肯出来再见天日。这很好，小姐，你的选择与我的正相符合，我很高兴，她说得多么坚决，也不考虑我是否反对！好，我赞成她的选择，这好事也不必再拖延了。且慢！他来了，我要另装出一副面孔。

波里克利斯上。

波里克利斯　愿贤良的赛芒尼地斯交一切好运！

赛芒尼地斯　也同样地祝你，先生！我很感激你昨晚所奏的甜蜜的音乐，我的耳朵实在没有享受过这样和谐悦人的声音。

波里克利斯　您过奖了，我不敢当。

赛芒尼地斯　先生，你是音乐大师。

波里克利斯　最没出息的一个学生，陛下。

赛芒尼地斯　让我问你一件事。你觉得我的女儿如何，先生?

波里克利斯　极贤惠的一位公主。

赛芒尼地斯　她长得也很美，是不是?

波里克利斯　像夏季的晴天，非常美。

赛芒尼地斯　我的女儿，先生，对你颇有好感，是的，很有好感，所以你一定要做她的教师，让她做你的学生，你考虑一下吧。

波里克利斯　我不配做她的教师。

赛芒尼地斯　她不这样想，你若是不信你看看这个。

波里克利斯　〔旁白〕这是什么?是说她爱上了泰尔的武士的一封信！这必是国王的狡计，想要取我的性命。啊！仁慈的陛下，不要陷害我，我只是一个沦落异乡的绅士，除了极力尊敬公主之外，从未妄想高攀。

赛芒尼地斯　你已经用魔术迷住了我的女儿，你是一个坏人。

波里克利斯　我敢对天发誓，我没有，我从没有起过害人的心，也从没有做过任何行动去获致她的爱情或招惹您的不悦。

赛芒尼地斯　奸贼，你说谎。

波里克利斯　奸贼！

赛芒尼地斯　是的，奸贼。

波里克利斯　如果喊我为奸贼的人不是国王，我要回骂一声他才是说大谎的人哩[23]。

赛芒尼地斯　〔旁白〕现在，天神可以作证，我赞许他的勇气。

波里克利斯　我的行为是和我的思想一般地光明正大，没有一点卑鄙的意味。我来到您的宫廷是为了寻求荣誉，不是来做荣誉的叛徒，谁要是以为我别有用心，我这把剑可以证明他乃是荣誉之敌。

载伊萨上。

波里克利斯　你既然是又贤惠又美丽的女郎，请你告诉你的盛怒的父亲，我的舌头可曾说过一句话，我的手可曾写过一个字，向你表示爱情。

载伊萨　噫，即使你曾表示过，正好可以使我高兴，谁又会不以为然呢？

赛芒尼地斯　对了，小姐，你真这样坚决吗？〔旁白〕我很高兴，衷心地高兴。我要驯服你，我要使你服从。未得我的同意，你就可以把你的爱情送给一个陌生的人吗？〔旁白〕其实这个人据我看很可能和我有同样高贵的血统。〔高声〕所以，你听着，小姐，你要遵从我的意旨。你呢，先生，你要听从我的管教，否则我要使你们两个——成为夫妇。不，过来，你们要用手和嘴唇缔结这段姻缘。

结合之后，我还要打击你们的前途，
让你们再吃点苦，愿上帝给你们幸福！
怎么！你们双方都高兴了吗？

载伊萨　是的，如果你爱我，先生。

波里克利斯　我爱你如同我的性命，或维持性命的血。

赛芒尼地斯　怎么！你们两个都同意了？

载伊萨
波里克利斯　是的，如果陛下喜欢的话。

赛芒尼地斯　我很喜欢，我愿看见你们完婚，然后你们就尽快地入洞房吧。〔众下〕

注释

[1]Pilch=leather coat. 可能是渔夫乙穿着一件皮外套，因以为号。同样地，渔夫丙以“破裤子”为号。

[2] 海豚出现，据说是海上风暴的朕兆。

[3] 原文“if it be a day fits you,search out of the calendar, and nobody look after it.”费解。Malone 及其他编者疑此句之前脱落一行，大概是波里克利斯向渔夫说了一句 Good day 之类的话。此说可能近是，但这一句仍晦涩难通。各家注释似均不能令人满意，译者之意以为可做如此解释:波里克利斯满身精湿狼狈不堪，而犹向渔夫道 Good day!(今天好！)故渔夫讥笑地回答:“你这样倒霉的人还说什么好日子，如果一年之中有一天你认为是好日子，你不妨去查日历，查出来之后你一个人享用便是，别人是不想要它的。”

[4]cast 双关语:(一)抛弃;(二)呕吐。

[5] 在纪元前二世纪的人物口里说出“网球场”，显然是时代错误。

[6] 武士骑在马上，挥动长矛，往复驰骤，互相冲刺，这是中古时代比武的方法，在此处是时代错误。

[7]what a man cannot get,he may laufully deal for his wife's soul，新亚顿本编者 Hoeniger 注云:“if a man cannot get rich any other way,he may decide to deal for wealth with his wife's soul, i. e. rent her out to another man.”(如其一个人无法致富，可以用他的老婆去做生意，那即是说，把她租给另一个人)。

[8]hang 双关语，有“延宕”之意。“法律的延宕”久为人所诟病，此处有讽意。

[9] 旧亚顿本编者 Deighton 注云:“所谓宝物当是一只镯子(armlet)，牢牢地套在臂上，故海水不能夺。他对着镯子说，要把它卖掉，能卖多少便卖多少，尽数用以购买良马。”

[10]bases，是一种绣花的打褶的罩裙，分两条，从腰身分开罩到左右膝部，武士骑马时穿着之。

[11]device，比武时每一武士携一盾牌，上绘图形，是为 device，亦称 impresa，附有一适当之格言。

[12]=Your light is life to me.

[13]=Rather by gentleness than by force. 但仍不是纯粹西班牙文，西班牙文应该是“mas por dulzura que por fuerza. ”；四开本原文作“Pue Per doleera kee per forsa.”，当然是离西班牙文更远。

[14]=The crown of glory has carried me forward.

[15]=Who feeds me extinguishes me.

[16]=Thus must faith be tried.

[17]=In this hope I live.

[18] 早年刊印的书籍，其标题页远比近代的为繁复，常印有发行人的图案或勋纹，以表彰书的内容。

[19] 这两行在四开本里是赛芒尼地斯说的话，牛津本追随马龙改为是

波里克利斯说的话，并改 he 为 she，改 not 为 but。今照译。

[20] 这一场舞是武士们单独所作之 sword dance。

[21] 根据历史，安泰欧克斯并没有这样的死法。纪元前一八八年安泰欧克斯与其子共理国政，旋远征东方，一去未返。

[22] 指哀斯克尼斯。

[23] 骂人为说大谎的人（to give one the lie in the throat）乃最严重的侮辱，势必挑起一场决斗。国王地位崇高，不接受平民之挑衅，故云。

第 三 幕

高渥上。

现在睡眠止住了喧嚣，
屋里除了鼾声没有吵闹，
喜筵上过分的酒足饭饱
打起鼾来声音格外地高。
猫儿的眼睛红似火，
在老鼠的洞前蹲卧，
蟋蟀在灶口旁边高吟，
因为口渴越唱越起劲。
喜神已把新娘送上床去，
在那里不免一番云雨，
珠胎暗结。请注意看，
这短促的一段时间

你们要用想象加以补充，
哑剧不明白的地方我来说明。

哑剧

波里克利斯与赛芒尼地斯偕侍从等自一边上，一使者迎面来见，跪下，给波里克利斯一封信，波里克利斯交赛芒尼地斯一阅，贵族等向波里克利斯跪下；载伊萨怀着身孕偕李科利达上，赛芒尼地斯以信示其女，女大喜，女与波里克利斯向其父告辞，众下。

波里克利斯出国远游，
多少人马船只四出访求，
劳顿的旅程走了不少，
走遍了天涯海角，
小心翼翼地不敢怠忽，
花费的金钱不计其数。
（谣传是无远弗届的），
果然最后从泰尔那里
有信送到赛芒尼地斯王宫，
下面便是这信件的内容：
安泰欧克斯父女均已死去，

泰尔的人民的一致公意
要亥利凯诺斯戴上王冠，
但是他执意不愿，
他急忙稳住了浮动的民众，
对他们说，如果在一年之中
国王还没有回来的消息，
他就顺从大家的公意，
戴上王冠。信中的故事
传到了潘塔波利斯，
使得全国大喜若狂，
每个人都欢呼鼓掌，
“我们的王储原是一位君主！
谁能梦想到这样的异数？”
简单说吧，他需要回泰尔去，
他的怀孕的王后也表明了心意，
谁能反对呢？她要一同前往，
我们不必细说她们临别时的悲伤。
她带着李科利达一同到了海上，
波涛起伏，船身摇摇晃晃，
她们的海程已经走了一半，
命运之神的心情突然大变，
灰色的北风忽然刮起，
刮起好一阵狂风暴雨，
可怜的船被吹得一上一下，
像一只潜水逃命的野鸭。

王后大叫一声，哎呀好惨，
她竟被吓得发生了小产，
以后风暴中发生什么事情，
本剧自有详尽的说明。
我不必在此多弄唇舌，
其余的请看舞台上的动作，
不过可能不像我说的那么简明。
在你们的想象之中要姑且假定
这舞台便是船，在甲板之上
波里克利斯正要诉说衷肠。〔下〕

第一景

波里克利斯上，在船甲板上。

波里克利斯　你这大海之神哟，把这连天堂地狱一齐冲洗的惊涛骇浪给控制住吧，还有你这能指使天风的神[1]，把风从幽窟中唤了出来，再把它关进洞穴里去吧。啊！停止住你的震耳欲聋的可怖的雷霆，轻轻地熄灭你的迅急的硫黄的电闪。啊！李科利达，我的王后怎样了？你折腾得太厉害了，你想把你自己整个地呕吐出来吗？水手的呼啸有如在死神的耳边低声细语，无法听得到。李科利达！路赛娜[2]！啊！对于夜间痛苦呻吟的产妇们你是最神圣的保护神，温柔的接生者，愿你的神灵到我们的簸荡的船上来吧，让我的王后不要长受分娩之苦！

李科利达抱婴儿上。

喂，李科利达！

李科利达　这东西太弱小，不宜在这环境生存，如果她有知识，她会死去，像我现在就想死一般，这是你的已死的王后身上的一块肉，你抱在怀里吧。

波里克利斯　怎么，怎么，李科利达！

李科利达　别慌，好先生，不要帮助风暴为虐。你的王后只留下这一点点骨血，一个小女儿，为了她，你要鼓起勇气，并且宽心一点。

波里克利斯　天神哪！你们为什么使我们喜爱你们的珍贵的礼品，然后又把它突然夺走呢？我们下界的凡人，献上祭礼之后是不会再收回来的，在这一点上我们对你们是讲信义的[3]。

李科利达　只是为了这个抚育的责任，您要忍耐一些。

波里克利斯　愿你能平安地度过一生，因为从来没有婴儿在更动乱的环境中诞生过，愿你能有宁静温和的性格，因为在所有的帝王之家的儿女们当中，你是在最粗暴的欢迎仪式之下来到这个世界的。愿你能享后福！你从娘胎诞生，其声势之大，风火水土以及上天均已尽其能事，就是在呱呱坠地之初，你已经遭受巨大损失，非你以后在尘世间一切好运所能补偿。现在，但愿天神好好地照顾你！

二水手上。

水手甲　您真有勇气？上帝保佑您！

波里克利斯　有足够的勇气！我不怕狂风，它已经害我害到家了。不过为了这可怜的婴儿，为了这位初生的航海者，我真希望风平浪静。

水手甲　放松那边的帆脚索！你不肯吗？吹吧，吹破了你的肺。

水手乙　只要船有转身的地方，即使骇浪滔天和月亮亲吻，我也不介意。

水手甲　陛下，您的王后需要投到海里，浪这样高，风这样大，船上的死人不予清除，风暴是不会平静下去的。

波里克利斯　那是你们的迷信。

水手甲　请原谅我们，陛下，这是我们航海人一向遵守的规矩，我们的习惯是不易改的。所以赶快把她交出来，因为她一定要立刻投进海里去。

波里克利斯　你们瞧着怎么合适就怎么办吧。好可怜的王后！

李科利达　她在这里，陛下。

波里克利斯　你分娩太痛苦了，我的爱，没有光亮，没有火，无情的风波把你完全忘了。我也没得工夫把你安葬，现在棺木都没有，就要立刻把你沉到海底，你在那里只好与贝壳为伍，任由喷水的鲸鱼和呼啸的涛浪拨弄你的尸身，埋骨之处没有碑碣，没有长生灯！啊李科利达！吩咐奈斯特给我拿香料、墨水和纸张，

还有我的珠宝箱，教奈坎得给我把丝缎箱拿来，让孩子躺在枕上。快去，趁我给她祷告一番，快一点，女人。〔李科利达下〕

水手乙　陛下，我们舱下有一只箱子，塞过絮麻涂过沥青，倒是不透水。

波里克利斯　多谢你。水手，这是什么海岸？

水手乙　我们离塔索斯近了。

波里克利斯　到那里去，好水手，变更你的航线，不到泰尔去了。你什么时候能到达？

水手乙　如果风住了，黎明时候可以到达。

波里克利斯　啊！到塔索斯去吧。我要到那里去见克利昂，因为这婴儿的性命维持不到泰尔，在那里我可以把她交给人家妥为抚养。你去吧，好水手，我立刻就把尸体搬来。〔众下〕

第二景：哀非索斯[4]

塞利蒙、一仆人及遇海难的几个人上。

塞利蒙　菲勒蒙，喂！

菲勒蒙上。

菲勒蒙　　您喊我吗？

塞利蒙　　给这些可怜的人拿火和食物来，这一夜真是风狂雨暴。

仆人　　风暴我也见得很多，但是像今夜这样的我以前还没有经历过。

塞利蒙　　在你们回去之前你们的主人怕已经死了，他遇到天灾，实在无法予以挽救。〔向菲勒蒙〕把这方子送到药铺去，回头告诉我有无效力。〔除塞利蒙外均下〕

二绅士上。

绅甲　　早安，阁下。

绅乙　　阁下您早安。

塞利蒙　　二位今天为什么这样早就起来？

绅甲　　阁下，我们的住处在荒凉的海滨，大地震动，房子也摇起来了，栋梁都好像要断，整个地要坍下来。惊恐之下，我就逃出来了。

绅乙　　这就是我们这样早就来打搅的缘故，并非是我们特别勤快。

塞利蒙　　啊！你们说得好。

绅甲　　但是我很诧异，阁下席丰履厚，何以这样一大早就放弃了软暖的睡眠。实在奇怪极了，并没有不得已的情形，一个人会肯精研医药之事。

塞利蒙　　我一向以为，美德与技能比起富贵乃是更伟大的成就，不肖的子孙可以把门楣败坏，把家财丧尽，但是美德与技能永垂不朽，可以使人成为神。大家都知道我一向研究医术，一面参考古籍，一面实施诊疗，我和我的助手对于草木金石提炼出的药物都非常熟习了。而且能通晓各种疾病的根源，对症下药，行善最乐，我从其中所得到的满足，远胜过追求不可靠的荣华富贵，或是把财物藏在锦囊里面只为博得傻瓜与死神的讪笑。

绅乙　在哀非索斯您的恩泽广被，成千成百的人都感激您恩同再造，您不仅医学高明，行善不倦，而且施舍之门长开，使得塞利蒙大人的鼎鼎大名永垂不朽。

二仆抬箱上。

仆甲　好，抬到那边去。

塞利蒙　这是什么?

仆甲　先生，大海刚刚把这箱子冲到我们岸上，是沉船的漂流物。

塞利蒙　放下来，我们看看。

绅乙　像是一具棺木，先生。

塞利蒙　不管是什么，实在沉重得很。立刻撬开它。如果大海吞金太多，反胃呕吐，对我们倒是好运临头。

绅乙　确是如此，大人。

塞利蒙　封得多么严紧！是海水冲上来的吗?

仆甲　我从未见过那样大的浪，先生，竟把它冲上了岸。

塞利蒙　来，撬开它。轻一点！我觉得有异香扑鼻。

绅乙　一股美妙的香味。

塞利蒙　是我从没有闻到过的。好，打开来。最有力的天神啊！这是什么？一具尸首！

绅甲　好奇怪！

塞利蒙　用华丽的殓衣包着，涂了香膏，垫着无数袋的香料！还有一纸护照！阿波罗，让我能看懂这些字吧！

“我在此郑重宣布，
此棺如被冲漂上陆，
我乃波里克利斯王，不幸丧妻，
她的价值举世财富亦不能比拟，
如有人发现，盼妥予安葬，
因为她的父亲是一位国王。
除了财宝举以奉酬之外，
愿天神报答他的慈悲为怀！”

如果你还活着，波里克利斯，你的心会因哀伤而迸裂的！这是昨夜里发生的事。

绅乙　大概是，先生。

塞利蒙　不，一定是昨夜，因为你看，她的脸色多么鲜。他们把她丢在海里，太匆促了。在里面升起一个火，把我柜里的药匣子都拿来。〔仆乙下〕死亡可以霸占生灵许多小时，而生命之火还可以使败坏的生机复燃起来。我听说过一个埃及人倒在那里死了九个小时，经过良好的医治，终于复活。

仆携药匣、手巾及火又上。

做得很好，做得很好，又有火，又有布。请你们把我们的凄厉而哀伤的音乐奏起来。再拿那小瓶子过来[5]，你手下多么敏捷，你这笨蛋！奏乐呀！请你们躲开让她自由呼吸。诸位，这位王后可以活命。已有生机，她嘴里有热气呼出来了，她昏迷不会在五小时以上。看！她又放出了美艳如花的生命。

绅甲　　上天假你的妙手给我们造出了奇迹，并且使你的声名永垂不朽。

塞利蒙　　她活了！看，她的眼睑，那是波里克利斯失去的一双天上明珠的幕罩，开始打开了金黄色的须边，一对色泽最令人艳羡的钻石出现了，使得这世界加倍地富庶。苏醒吧，美丽的人儿，你不像是普通的人，说说你的身世让我们唏嘘流泪吧！〔她动弹〕

载伊萨　　啊亲爱的戴安娜！我在什么地方？我的夫君在哪里？这是什么世界？

绅乙　　这不奇怪吗？

绅甲　　稀罕之极。

塞利蒙　　嘘，好朋友！帮我一把手，抬她到邻室去。拿些被单，这必须谨慎从事，复发即不可救。来，来，愿爱斯鸠雷皮阿斯[6]指导我们！〔众抬载伊萨下〕

第三景：塔索斯。克利昂家中一室

波里克利斯、克利昂、戴欧奈萨与怀抱玛利娜的李科利达上。

波里克利斯　最可敬的克利昂，我必须走了，我的一年之期已满，泰尔虽然平安无事，但是危机重重。请你和尊夫人接受我的衷心的感谢，此外就请天神赐福给你们吧！

克利昂　你的命运的箭固然使你受到致命的创伤，我们站得远远的也受到了擦伤[7]。

戴欧奈萨　啊您那位可爱的王后！严厉的命运之神若是准许您把她带来，让我们一饱眼福，那有多么好！

波里克利斯　我们不能不服从上天的意旨。如果我能像她所沉入的大海那样汹涌咆哮，其结果仍然是不能有所变易。我的乖孩子玛利娜——因为她是海上生的，所以我给她这样的一个名字——我把她留在这里请你们慈悲为怀善加抚育，以后给她贵族的训练，好让她具有合于她身份的教养。

克利昂　不必担心，陛下，您曾以粮食赈济敝国，人民至今为您祈祷，必定会以感恩的心情看待您的孩子。如果在这一方面我稍有怠忽，您放心，一般人民会逼我履行义务，我的本性若是真需要别人来督促的话，愿天神谴责我和我的世世代代的子孙！

波里克利斯　我相信你，你的荣誉感和善良的心使我不能不信你，不需要你发那样的重誓。在她未结婚之前，夫人，以我们共同崇拜的光明的戴安娜为誓，我的头发将永不修剪，虽然样子难看。我就此告辞了。好夫人，您好好照料我的孩子，我永感大恩大德。

戴欧奈萨　我自己也有一个孩子，我对您的孩子将一视同仁，不会偏爱的，陛下。

波里克利斯　夫人，我感激你，我为你祈祷。

克利昂　我们要送陛下直到海滨，然后把您交付给表面平静的大海与阵阵吹来的和风。

波里克利斯　我接受你的好意。来，最亲爱的夫人。啊！不要流泪，李科利达，不要流泪，照料你的小女主人，你以后要终身依靠她哩。来，大人。〔众下〕

第四景：哀非索斯。塞利蒙家中一室

塞利蒙与载伊萨上。

塞利蒙　夫人，这一封信，还有一些珠宝，都是和你一起在箱子里的，现在你可以拿了去。你认识这笔迹吗?

载伊萨　这是我丈夫的笔迹。我记得很清楚，我在分娩的时候是正在海上航行，可是是否顺利生产，凭天神为誓，我不敢确定。但是我既然不能再见到我的夫君波里克利斯国王，我愿披上一袭修女的道袍，永不再享人间的欢乐。

塞利蒙　夫人，若是您真想如您所说的这样做，戴安娜的庙宇离此不远，您可以在那里修行终身。而且，如果您愿意，我的一个侄女可以在那里和您做伴。

载伊萨　我的报答只是谢谢一声，
不过我的礼轻而人意重。〔众下〕

注释

[1] 指风神 Aeolus。

[2] 路赛娜（Lucina），司分娩的女神。

[3]therein may use honour with you 费解。Harrison 注云："i.e. ,we men do not take back the gifts which we have given you gods,and so treat you honourably—not like you who have taken away my wife almost as soon as you given her to me."比较合理。Mason 改 use 为 vie 似无此必要。

[4] 哀非索斯（Ephesus），地中海东岸 Lydia 的一个城市，距泰尔约六百英里，是安泰欧克斯的国土的一部分。

[5] "The viol once more." 所谓 voil，可能是 phial，亦可能是 six-stringed musical instrument，译者以为应采前一解释，否则 once more 二字无意义。

[6] 爱斯鸠雷皮阿斯（Aesculapius），医药之神。在成神之前，亦曾救治死人复活，且因此而被天神 Zeus 所戮。

[7] "Your shafts of fortune...glance full wanderingly on us. "比较好的解释应是 Hoeniger："Fortune's stroke, namely the loss of Thaisa, is mortal for Pericles,but by glancing off him also wounds Cleon and Dionyza,who are deprived of her company. "。但是 full wonderingly 应如 Bellinger 所注 = wide of their mark，似无改为 woundingly 之必要。

第四幕

高渥上。

波里克利斯回到泰尔本土，
大受欢迎，安居下来心满意足。
悲伤的王后却在哀非索斯，
做了戴安娜庙里的女修士。
现在我们且说那玛利娜，
时过境迁[1]，变得好快呀，
在塔索斯受克利昂的教育，
音乐、文学，都有了根底，
她得到良好教育的熏陶，
成了大众向慕的目标。
但是，哎呀！嫉妒那个妖怪，
常把人家赢来的美誉毁坏，

阴谋诡计的凶刀
想把玛利娜杀掉。
克利昂有个女儿，一模一样，
也是一位长成了的大姑娘，
同样地成熟，宜于成婚，
这位姑娘名叫菲劳顿，
常听人家说起
她和玛利娜形影不离，
无论她用乳白的纤纤玉手
织那一绺绺生丝的时候，
或是用绣针刺在纱布之上，
越刺戳越是显着漂亮；
或是抚琴一试歌声，
使得惯唱哀歌的夜莺
黯然沉默；或是以生花妙笔
向她的戴安娜女神表达敬意。
这菲劳顿永远是要逞强，
和十全的玛利娜争一日之长，
这无异是乌鸦不自量力，
和神鸽比赛洁白的羽翼。
一切赞美，皆为玛利娜所得，
像是欠账还钱，不像是施舍。
菲劳顿一切优异的地方，
相形之下显得黯然无光，
克利昂的妻子妒忌成性，

立刻备好了凶手一名，
想把玛利娜一举杀伤，
她的女儿便可独步无双。
她的毒计愈发地猖狂，
因为李科利达突告死亡，
可恨的戴欧奈萨于是授意
那泄愤的工具出手一击。
以后的事情如何转变，
敬请诸位慢慢地细看，
我只是说一些蹩脚的诗句，
把飞驰的光阴带了过去，
我无法把时间这样轻轻带过，
除非你们的思想紧紧跟着我。
戴欧奈萨业已出现，
带着凶手利欧南。〔下〕

第一景：塔索斯。海滨附近一空地

戴欧奈萨与利欧南上。

戴欧奈萨　记住你的誓约，你曾发誓去做这件事，不过是出手一击，永无人知。世上没有一件事你能做得这样快而又获益这样多。良心本是冷的，可以在你心里燃起热情，但是不可燃得过分[2]，恻隐之心乃是妇女都会抛弃的，不可让它软化了你，要像军人一般达成你的任务。

利欧南　我一定干，不过她确是一个很漂亮的人儿。

戴欧奈萨　那么更应该由天神去拥有她。她为哀悼她的亲爱的保姆哭哭啼啼地来了。你已下了决心？

利欧南　我已下了决心。

玛利娜携一篮花上。

玛利娜　不，我要窃取台勒斯的采衣[3]，将鲜花撒在你的墓前青草地上，趁夏天尚未消逝，让黄花、蓝花、紫罗兰、金盏草，像一块绣花毯似的铺在你的坟上。哎呀！我这可怜的女孩，生于暴风雨之中，当时死了母亲，人生就像是永无休止的一股风暴，把我卷离了一切的亲人。

戴欧奈萨　怎么，玛利娜！你为什么独自在这里？我的女儿为什么没和你在一起？不要因悲哀而耗损了你的血液[4]，你可以把我当作你的保姆。天哪，你因为无益的忧伤，脸色变得多厉害。来，把你的花交给我，免得被海水给糟蹋了。和利欧南去散散步，那边空气很新鲜，可以爽神。来，利欧南，搀扶着她，陪她走走。

玛利娜　不，我请你不要这样，我不愿夺去你的仆人。

戴欧奈萨　来，来，我爱你的父王和你，就像是本国人一样。

我们天天盼望他到这里来，他来的时候若是发现我们的这位众口交赞的绝世美人消瘦不堪，他一定会悔恨远隔重洋，怪我的丈夫和我不曾妥为照料。去吧，我请你，去散散步，重新振作起来。要保持你的美妙的容颜，因为人无分老幼见了你都要目逆而送之。不要管我，我会独自回去。

玛利娜　好吧，我去，不过我实在不想去。

戴欧奈萨　好了，好了，我知道这是对你有益的。利欧南，至少散步半小时。记住我告诉你的话。

利欧南　您放心，夫人。

戴欧奈萨　亲爱的小姐，我要暂且离开你一下，请慢慢地走，不要累得红头涨脸的，唉！我不能不悉心照护你。

玛利娜　多谢，亲爱的夫人。〔戴欧奈萨下〕这风是从西方吹来的吗？

利欧南　西南方。

玛利娜　我生的时候刮的是北风。

利欧南　是吗？

玛利娜　我的保姆说的，我的父亲毫无畏惧，对着水手们高呼“好海员！”，亲自拉扯帆索把他的御手都磨伤了，抱着桅樯，忍受了一场几乎打破甲板的惊涛骇浪。

利欧南　那是在什么时候？

玛利娜　我出生的时候。风浪从没有那样地猛烈，一个往帆上爬的人在绳梯上被海水冲走了。“哈！”有一个人说，“你掉下来啦[5]？”他们湿淋淋地忙着从船头跑到船尾，水手头吹哨子，船主叫喊，益发增加了他们的纷乱。

利欧南　好了，你祈祷吧。

玛利娜　你是什么意思?

利欧南　如果你需要一点点祈祷的时间，我可以答应你。祈祷吧，但不可太冗长，因为天神的耳朵是灵敏的，我也发过誓要快些把事情办好。

玛利娜　你为什么要杀我呢?

利欧南　执行我的主人的意旨。

玛利娜　她为什么要置我于死呢? 以我记忆所及，老实说，我一生中从没有伤害过她。我从未出过恶声，没有伤害过任何生灵。相信我，我没杀死过一只老鼠，没伤害过一只苍蝇，我不得已踩死一条虫子，但是我会哭他一场。我可犯了什么过错，我一死对她有什么好处，我活着对她有什么威胁?

利欧南　我奉到的命令不是辩论这件事，是来干这件事。

玛利娜　我希望，你是绝不肯干这件事的，你的相貌忠厚，表示你有一颗和善的心。我最近看到你曾为排解别人打斗而负伤，这表示你有善心。现在也行行善吧，你的女主人要取我的性命，你要挺身而出，救救我这可怜的弱者。

利欧南　我已发过誓，必须要做。

玛利娜挣扎之际，一群海盗上。

盗甲　住手，坏蛋！〔利欧南逃走〕

盗乙　一件赃物，一件赃物！

盗丙　　大家同享，弟兄们，大家同享。来，我们立刻带她到船上去。〔海盗等带玛利娜下〕

利欧南　　这几个恶贼是大海盗瓦尔地斯的部下，他们把玛利娜抢去了。让她去吧，她绝无生还之望。我敢起誓她不免一死，被丢到海里。可是我还要观望一下，也许他们只是把她玩弄一阵，并不带她上船。

如果她还停留在这一带，
等他们强奸之后我把她杀害。〔下〕

第二景：米提利尼[6]。妓馆一室

妓馆经理、老鸨、龟奴鲍尔特上[7]。

妓馆经理　　鲍尔特。

鲍尔特　　先生？

妓馆经理　　到市上仔细搜寻，米提利尼现在充满了风流汉子，因为没有足够的姑娘供应，我们前一次市集就损失了太多的钱。

老鸨　　我们从来没有过这样地缺人儿。我们只有可怜巴巴的三个，她们只能做那么多的生意，整天不断地使用，她们差不多都快烂了。

妓馆经理　　所以，我们要添生力军，无论付她们多少钱。做哪一行生意都要掏良心，货真价实，否则我们永远不会发达。

老鸨　你说得对，倒不是说想要抚养一大堆可怜的私生子，以我来说吧，我就养了大约十一个——

鲍尔特　对，养到十一岁，然后再让他们堕落。要不要我到市上去搜寻？

老鸨　不搜寻可怎么办？我们所有的货色，大风一吹就碎，全是些烂污货。

妓馆经理　你说得对，凭良心说，她们是病得太厉害了。和那个小婊子睡过的那个可怜的外西维尼亚人，现在死啦。

鲍尔特　是呀，她很快就把他毁了，她使得他成了一块喂蛆虫吃的烤肉。我要去到市上搜寻了。〔下〕

妓馆经理　有了三四千块金币就可以安安稳稳过日子，不干这一行生意了。

老鸨　为什么不干，我问你。我们年纪大了还在赚钱便是可耻的事吗？

妓馆经理　啊！我们的名誉不能像生意似的越做越大，而生意也不是不冒很大的风险，所以，如果在年轻的时候我们能够积攒一点资产，便大可关起门来享福。何况，我们这行生意伤天害理，更是早日洗手不干的一个有力的理由。

老鸨　算了吧，别种生意也有和我们一样不体面的。

妓馆经理　和我们一样！唉，比较要好一些，我们比较更下流。我们的职业不成为任何商业，不能算是一种行当。

鲍尔特来了。

鲍尔特陪同海盗等与玛利娜又上。

鲍尔特　走过来。我的老兄们，你们说她是一个处女?

盗甲　啊！先生，我们毫无疑问。

鲍尔特　老板，为了这块料我已经讲好了价钱[8]，你看，如果你看她中意，最好。否则，我付的定钱算是损失了。

老鸨　鲍尔特，她可有什么长处?

鲍尔特　她有一张好看的脸，会说话，衣服极为考究，她已具备了一切的长处，我无法挑剔而不把她买下来。

老鸨　她的价钱怎样，鲍尔特?

鲍尔特　一千块金币，我无法再减去一文。

妓馆经理　好，跟我来，诸位老兄，你们立刻可以拿到钱。老婆，带她到里面去，教她该做的事，免得招待客人的时候显得生疏。〔经理与海盗等下〕

老鸨　鲍尔特，你要记住她的特征，头发皮肤的颜色、身高、年龄，以及保证她的童贞，然后大叫:“谁出价最高，谁先享受她。”如果男人们还是像从前一样，这种处女可不是廉价货哩。照我所吩咐的去做。

鲍尔特　马上就做。〔下〕

玛利娜　哎呀！那利欧南做起事来那样地缓慢。他该动手，不该说话，这些海盗——也不够蛮横——居然没有把我丢到海里去追随我的母亲！

老鸨　你为什么哀伤，美人?

玛利娜　因为我美。

老鸨　好啦，天神给了你这个相貌总算很尽力了。

玛利娜　我不怨天。

老鸨　你落在我的手里，只好在这里混下去。

玛利娜　在他手里我大概是会死的，我运气不好竟从他手里逃脱出来。

老鸨　唉，你以后会过得舒舒服服的。

玛利娜　不。

老鸨　你一定会很舒服的，你可以尝到各种男士们的风味。你会过得很好，你可以见识一下各个种族的人。怎么！你堵起耳朵来了?

玛利娜　你可是一个女人吗?

老鸨　我若不是女人，你要我是什么?

玛利娜　我要你做一个贞洁的女人，否则便不是女人。

老鸨　哎呀，你好可恶，小东西，我想我不能不对付对付你。来，你不过是一条年轻糊涂的嫩枝，必须按着我的意思来弯曲一下。

玛利娜　天神保护我哟!

老鸨　如果天神让男人来保护你，那么男人就一定会安慰你，男人一定会养活你，男人一定会挑逗你。鲍尔特回来了。

鲍尔特又上。

喂，你在市场把她吆喝过了吗?

鲍尔特　我吆喝的回数几乎和她头发的数目一般多，我用声音描绘出了她的肖像。

老鸨　　请你告诉我，一般人有何反应，尤其是年轻的一辈？

鲍尔特　　老实说，他们聚精会神地听我说，就好像是听他们父亲的遗嘱一般。有一个西班牙人，听得口水直流，想到她的模样就恨不得立刻上床。

老鸨　　他明天必定戴上最好的一条绉领到这里来。

鲍尔特　　今天晚上，今天晚上。但是，老板娘，你认识一位膝部弯曲的法国骑士吗？

老鸨　　谁？维乐尔先生[9]？

鲍尔特　　是的，他听我宣告之后想要跳起来凌空两脚一拍，但是他跳起来不由得呻吟了一声，他发誓说明天必来看她。

老鸨　　好，好，讲到他，当初他把他的一身恶疾带到了这里，现在不过是再来重演一次罢了。我知道他会到咱们这个下处来撒金钱[10]。

鲍尔特　　哼，如果每一个国家都有一个旅客前来，我们凭了这一块金字招牌就可以引他们都到这里来下榻。

老鸨　　〔向玛利娜〕请你过来一下。你要交好运了。听我说，你干那件事的时候，虽然心里愿意，要做出害怕的样子，在最能获利的场合上要做出不计较利益的样子。要为你现在的身世而哭泣，才能引起你的热客们的怜悯，那种怜悯往往可以使你出名，而名即是利。

玛利娜　　我不懂你的意思。

鲍尔特　　啊！带她进去，老板娘，带她进去，必须让她立刻实行几次交易，才能消除她脸上的那些红晕。

老鸨　你说得对，老实说，那些红晕是必须消除的，新娘子破题儿第一遭总是羞答答的，她应该是那个样子的。

鲍尔特　老实说，有些个是这样，也有些个不是这样的哩。老板娘，如果买进一块肥肉我曾出过力——

老鸨　你可以从烤叉上分割一小块。

鲍尔特　我可以吗?

老鸨　谁能拒绝你? 来，小姑娘，我很喜欢你的服装的款式。

鲍尔特　是，目前她不需要换衣裳。

老鸨　鲍尔特，你再到市上去一下，告诉大家我们这里来了一个什么样的人儿。多几个人照顾对你总有好处。上天生下这样的尤物，就是给你找好处的，所以去说她是怎样的一个绝色美人，你便可以从中取利。

鲍尔特　我可以向你保证，老板娘，雷声之能惊醒泥中的鳗鳝，将远不如我的形容她的美丽之能激起嫖客的淫心。今晚我就可以带几个人来。

老鸨　你来吧，跟我来。

玛利娜　纵然火炽、刀利、水深，
我要永远保持我的童贞。
戴安娜，帮助我的决心吧!

老鸨　我们和戴安娜有什么关系? 请你跟我们一道走吧。

〔众下〕

第三景：塔索斯。克利昂家中一室

克利昂与戴欧奈萨上。

戴欧奈萨　唉，你糊涂了？已经做了的事可有什么办法呢？

克利昂　啊戴欧奈萨！这样的惨杀乃是天下未闻的。

戴欧奈萨　我想你又变成小孩子了。

克利昂　如果我是这个广大世界的主人，为了撤销这件事情我情愿放弃这个世界。啊高贵的女子，与其说是出身高贵毋宁说是品德高贵，何况是比起世上任何一位头戴金冠的人皆无逊色的一位公主。啊恶汉利欧南！他也被你毒死了，你既做下了这样的好事，如果你向他敬酒的时候你自己也中毒而死，那倒是很适宜的，高贵的波里克利斯若是要他的孩子，你怎么说。

戴欧奈萨　就说她死了。做保姆的究竟不是司命运的女神，不能担保一定把孩子养大。她是在睡眠中死的，我就这么说。谁能提出异议？除非是你要做一个清白的大好人，为了博得一个诚实的美名而高声大喊“她是被谋害的”。

克利昂　啊！算了吧。唉，唉，在天下所有的罪行之中，天神所最厌恶的莫过于此。

戴欧奈萨　你不妨做一个迷信的人，以为塔索斯的美丽小鸟会从这里飞去，把这真相透露给波里克利斯[11]。我想起来真是惭愧，你是何等高贵的出身，竟有何等怯懦的性格。

克利昂　对于这种行为，一个人只要表示默许，更不要说公然唆使，他便不配称为是从高贵门楣衍生出来的人。

戴欧奈萨　那么，就算是这样吧，不过利欧南既已不在，除了你之外没有人知道她是怎样死的，也没有人能知道。她使得我的女儿黯然无光，妨碍了她的前途，没有人会看她一眼，都要把目光注在玛利娜的脸上，我们的孩子受人轻蔑，被人当作贱妇看待，不值得令人和她寒暄。这使我太伤心。你爱你的孩子不够深，遂以为我的手段太残酷，我倒是觉得给你的独生女儿做了一件大大有益的事哩。

克利昂　上天饶恕这件罪行吧！

戴欧奈萨　至于波里克利斯，他能说什么？我们哭着给她送葬，如今仍在哀伤，她的墓碑已将近完工，金光闪闪的碑铭表示大众如何赞美，我们如何关注，由我们出资建此留念。

克利昂　你像是一只怪鹰，为了骗人，露出你的天使般的面目，可是乘人不备使用你的利爪扑攫。

戴欧奈萨　你就是那种迷信的人，生怕遭受天谴，看到冬天冻死了苍蝇，
你都要对天发誓，表明你的心迹，
不过我知道你会照着我的话做的。〔同下〕

第四景：塔索斯的玛利娜墓前

高渥上。

我们来消灭时间，缩短距离，
一动念就能乘贝壳渡海而去。
请诸位利用你们的想象，
从一国到一国，从一地方到一地方。
请莫见怪，我们背景分置在各地，
而我们到处都只使用一种语言。
我利用各景之间的空间，
在此讲述我们故事中的变迁，
请诸位垂听。波里克利斯现在
又正在横渡汹涌的大海，
文武百僚前拥后呼，
去探视他的掌上明珠。
老亥利凯诺斯随驾出发。
你们记得老哀斯克尼斯留守看家，
他是由亥利凯诺斯的赏识，
才被擢升到那崇高的位置。
一帆风顺，国王到了塔索斯，
要假想他的船像思想一般飞驰，
诸位的思想也要跟着船出航，
去接他的远别的女儿返回家乡。
且看他们像影子似的来来往往，

你们睁眼看，我在一旁给你们讲。

哑剧

波里克利斯偕侍从等自一门上；克利昂与戴欧奈萨自另一门上。克利昂引波里克利斯看玛利娜墓，波里克利斯大恸，披麻衣，于极度伤感中离去。克利昂与戴欧奈萨下。

看信赖朋友的人如何上了奸人的当！
这假扮的痛哭流涕却代表真的哀伤，
波里克利斯不胜悲戚，
叹气穿胸，泪下如雨，
离开塔索斯，再度登舟，
发誓永不洗脸，永不剪头。
他披上麻衣，入海而去。
他胸中的风涛在打击他的肉体，
但他硬挺过去了。现在请看一下
阴险的戴欧奈萨给玛利娜
所写的碑铭。〔读玛利娜墓碑上的铭文〕
“这里睡着一个最美最可爱的人，
她在青春妙龄就不幸身殒。

她是泰尔国王跟前的公主，
横被凶恶的死神加以杀戮。
她名叫玛利娜，她诞生之际，
海神得意忘形，吞没一块土地，
大地生怕全被海水所淹，
就把这海里生的孩子献给上天，
于是海神从此发下了誓言，
她将永无休止地冲打岸上的巉岩。”
谄媚的甜心蜜语
是小人最好的面具。
女儿已死不可复生，
波里克利斯只好听天由命。
我们必须在此继续演出
他的女儿堕入风尘的痛苦。
那么诸位请不要着急，
假想你们是在米提利尼。〔下〕

第五景：米提利尼。妓馆前一街道

二绅士自妓馆户中上。

绅甲　　你可听见过这样的谈吐吗？

绅乙　没有过，在这种地方以后也永远听不到，如果她一旦离去。

绅甲　在那里宣讲起神学来了！你可曾梦想到过这种事情?

绅乙　没有，没有。好，我以后再也不嫖窑子了。我们要不要去听修女唱诗?

绅甲　任何正经的事我现在都愿意做，就是永远不再走上嫖的道路了。〔同下〕

第六景：同上。妓馆中一室

妓馆经理、老鸨与鲍尔特上。

妓馆经理　哼，我宁愿出她的身价双倍的钱，只求她当初没到我这里来。

老鸨　她好可恶！她居然能把欢喜神普赖爱泊斯[12]冷冻起来，使得这一代人整个地断子绝孙，我们必须把她强奸了，或是赶她出门。顾客上门由她伺候着奉上我们这一行的殷勤的时候，她有她的一套花言巧语，她的理由，她的重大理由，她的哀求，她的下跪，就是魔鬼想要和她亲嘴一下，她都能把他变成为一个清教徒。

鲍尔特　哼，我去强奸她，否则她将使得花钱的老爷们不敢上我们的门，使得所有的我们的满口咒骂的顾客们都变成了牧师。

妓馆经理　到我这里要这一套冷若冰霜的贞操[13]，给她一身梅毒试试看！

老鸨　对，除了用梅毒，无法可以治她。赖西米克斯大人来了，还改变了服装。

鲍尔特　这倔强的丫头若是肯对顾客们迁就一些，贵客村夫都会到我们这里来的。

赖西米克斯上。

赖西米克斯　怎么样！一打处女要多少钱？

老鸨　啊，天神保佑您！

鲍尔特　我很高兴您身体健康。

赖西米克斯　你应该高兴，你们的顾客各个身体健康，当然有你们的好处。怎么样！造福人群的罪人，你有没有可以使男人玩玩而事后无须请教医生的货色？

老鸨　我们这里倒是有一个，先生，只消她肯，可是像她那样的从来不曾来过米提利尼。

赖西米克斯　你是说只消她肯干那摸摸索索的事。

老鸨　您知道怎么说才合适。

赖西米克斯　好，喊她出来，喊她出来。

鲍尔特　有血有肉，又红又白，先生，您就要看到一朵玫瑰。她的确是一朵玫瑰，如果她只要——

赖西米克斯　只要什么？

鲍尔特　啊！先生，我说话可以很有礼貌。

赖西米克斯　在妓馆里说话有礼貌，实在难得，犹如发现一群窑姐儿都很贞洁。〔鲍尔特下〕

老鸨　枝上的一朵花来了，还没有人摘过，我可以向您担保。

鲍尔特带玛利娜上。

她不是一个美人儿吗?

赖西米克斯　老实说，远途航海之后有这么一个也行了。好，这是给你的赏钱，离开我们吧。

老鸨　我求您准许我，说一句话，我立刻就走。

赖西米克斯　请说吧。

老鸨　〔向玛利娜〕首先，我要你注意，这是一位体面人。

玛利娜　我愿意他是，好值得令我注意。

老鸨　其次，他是这地方的总督，是正管我的一个人。

玛利娜　如果他治理这个地方，你当然要受他管，不过他为官是否公正廉明，我却不知道。

老鸨　我请你不要再忸怩作态，你到底肯不肯好好招待他?他会拿出金子让你兜着走的。

玛利娜　只要他是出于善意，我是乐于领谢的。

赖西米克斯　你们的话说完了吗?

老鸨　大人，她还没有驯好，还不能上鞍，您还要费一点手脚才能骑稳了她。来，我们让他老人家和她在一起试试看吧。

赖西米克斯　你们走吧。〔老鸨、经理与鲍尔特下〕喂，美人儿，你做这生意有多久了?

玛利娜　什么生意?

赖西米克斯　噫，我无法说出来而不得罪人。

玛利娜　我自己干的这一行生意，不怕人说。请你说吧。

赖西米克斯　你做这一行生意有多久了?

玛利娜　自从我记事的时候起。

赖西米克斯　你那么年轻就干这个?你五岁还是七岁就做了娼妓?

玛利娜　比那还早一点，先生，如果我现在算是一名娼妓。

赖西米克斯　噫，你住的这个地方就表示你是一个出卖皮肉的人。

玛利娜　你既知道这是做这等勾当的地方，而你还肯来吗?我听说你是一个体面人，而且是这地方的总督。

赖西米克斯　噫，你的当家的已经告诉你我是什么人了吗?

玛利娜　谁是我的当家的?

赖西米克斯　噫，就是你那个贩卖草药的女人，专门作孽造罪的那个婆娘。啊!你听说我是个有权有势的人，于是故作冷峻之态来试探我是否真心地对你有意。我可以告诉你，美人儿，我将视若无睹，不会对你行使职权，相反的我会照拂你的。来，带我到一个僻静的地方，来，来。

玛利娜　如果你是高贵出身，现在就该表现出来。如果你的荣誉是别人给你硬加上去的，那么你要证明那判断是正确的，你确是当之无愧。

赖西米克斯　这是怎么了?这是怎么了?说下去，做一个圣人。

玛利娜　至于我，我还是一个处女，虽然最残酷的命运把我放进这个龌龊的地方，自我来后，眼看着疾病比药物卖起来还要贵得多，啊！但愿天神救我脱离这个罪孽的地方，即使把我变成为在纯洁空气中飞翔的一只小鸟也是好的！

赖西米克斯　我没料到你这样地善于言辞，从未梦想到你能。即使我是抱着邪心而来，你这一番话也使我幡然改悔了。拿着吧，这是给你的金子。如果你能坚持清白自守，天神会援助你的！

玛利娜　愿天神保佑你！

赖西米克斯　至于我，你务必要谅解，我来此并无恶意，因为对于我来说此地的屋门窗户都有罪恶的意味。再会。你贞节可风，我相信你必受过良好的教育。拿着，再给你一些金子。谁要是劫夺你的贞操，谁就受诅咒，像强盗似的不得善终！你以后若是听到我的消息，那必是对你有益的。

鲍尔特又上。

鲍尔特　我请求大人，赏我一块吧。

赖西米克斯　滚！你这该死的龟奴。你们这所房屋，若不是这位处女支撑着，会塌下来压死你们。走开！〔下〕

鲍尔特　这是怎么回事？我们必须用另一种手段对付你了。你那种坚守贞操的古怪脾气，没有天下最寒苦的乡下人家的一顿早点值得多，你将来若是不毁了我们整个这一家，你可以把我当作一条狗来阉了。你来吧。

玛利娜　你要我到哪里去？

鲍尔特　我要把你的贞操破掉，否则必须等着刽子手来执行。你来吧。我们不能再有顾客上门让你赶走。你来吧。

老鸨又上。

老鸨　怎样！出了什么事？

鲍尔特　事情越来越糟，她在这里对赖西米克斯大人又发了一篇大议论。

老鸨　啊！荒谬极了。

鲍尔特　她把我们的这行生意看得龌龊不堪，好像在神的面前冒着臭气。

老鸨　哼，把她永久吊起来！

鲍尔特　那位贵宾本想很体面地对待她，而她把他打发走了，心灰意冷像是一只雪球，满嘴地还直祷告呢。

老鸨　鲍尔特，把她拉出来，你可以随意处置她，戳破她的贞操上的那一层玻璃，便可令人为所欲为。

鲍尔特　她纵然是一块更多荆棘的土地，她也得让人开垦一下。

玛利娜　听，听，天神哟！

老鸨　她在呼神唤鬼呢，把她弄走！但愿她不曾进过我的门！哼，你死去吧！她是注定了要毁我们的。你不肯走女人的一条路吗？哼，滚你的吧，好一盘装饰着迷迭香桂树叶的贞节大菜[14]！〔下〕

鲍尔特　来，姑娘，跟我来。

玛利娜　你要我到哪里去？

鲍尔特　把你那样珍视的你那身上的宝贝给取下来。

玛利娜　请你先告诉我一件事。

鲍尔特　好，说你的一件事吧。

玛利娜　你愿你的敌人魔鬼是怎个样子？

鲍尔特　我愿他是我的主人，或者最好是我的女主人。

玛利娜　噫，这两个哪一个也没有你那样坏，因为他们使唤你，地位总比你略高一些[15]。你的那个位置，地狱里最受苦痛煎熬的魔鬼也不肯和你交换名义。你是一个下贱的龟奴，要伺候每一个嫖窑子的下流客人，每个脾气坏的流氓都可以揍你一拳，你的食物就像是痨病鬼呕吐出来的东西。

鲍尔特　你要我去做什么呢？要我去当兵？服七年的兵役，掉一条腿，结果连买一条木腿的钱都凑不出来？

玛利娜　做任何事都可以，就是别做你现在做的事。倒垃圾、淘阴沟、给刽子手当学徒，都比你现在的行业强。你现在干的这一行，一只狒狒，如果它会说话，都会觉得它的身份太高不肯屈就。啊！愿天神使我安全脱离这个地方。这个，这个金子给你吧。如果你的主人想靠我赚钱，你可以说我能唱歌、纺织、缝纫、跳舞，还有其他的本领，我不愿再多夸口，这几项我全都可以教授。我相信这人口众多的城市必有不少生徒前来学习。

鲍尔特　你所提起的这一切，你都能教吗？

玛利娜　若是证明我不能胜任，你可以把我带回来，让光顾你们这里的最下流的客人来玩弄我。

鲍尔特　好，我试试看能帮你什么忙，我若是有地方安顿你，我一定帮忙。

玛利娜　但是，必须和良家妇女为伍。

鲍尔特　老实说，在这一方面我的熟人不多。不过我的主人和女主人既已把你买下，不先得他们的允许是不能走的，所以我要先把你的意思告诉他们，我相信他们一定听得入耳。来，我要尽我的力量帮你，跟了我来。〔同下〕

注释

[1] 指两幕之间所经过的十四年光阴。

[2] 原文“inflaming love i' thy bosom,/inflame too nicely.”为本剧难解处之一，显有讹误。四开本作：in flaming thy loue bosome,/inflame too nicely。牛津本系采 Knight 的修改，于义可通。

[3]Tellus，神话中之女神，大地之化身，即 Earth。

[4] 旧观念以为每一声叹息即耗去心脏里的一滴血。

[5]wilt out？是指风浪还是指坠下的人，不可解。姑照后一解释译之。否则可译作“你可否平静下去？”。

[6]Mitylene 是爱琴海中 Lesbos 岛上之主要城市，叛离安泰欧克斯，依附罗马，是时罗马人开始介入亚细亚政局。

[7]Pandar 的任务是为妓馆招揽客人，Bawd 的任务是经营妓馆内部业务，故译为“经理”“老鸨”（据 Harrison 注解）。

[8]gone through，新亚顿本编者 Maxwell 注：“complete the process of

bargaining.” 是也。

[9] 膝部弯曲，是由于梅毒。Veroles 这名字是根据法文 vérole（=pox 梅毒）。

[10]crowns in the sun 可能即是 crowns of the sun，法国的一种金币，当时在英国亦通用。可能 sun 是指妓馆常用的招牌所绘的图案。亦可能暗指“french crown”，即因梅毒而引起的秃头症。意义不明。

[11] 民间迷信，以为鸟能揭发谋杀的凶案。

[12]Priapus，希腊神话中之 God of fertility，为 Dionysus 与 Aphrodite 之子，貌奇丑，职司繁殖生长之事，故又为花园之神，牧羊人、渔人、农人之保护者，后又被目为专司淫欲之神。

[13]green-sickness，即贫血症，少女思春时多患之，脸上发青，故云。此处系泛指在性方面之过度拘谨。（Hoeniger 注）

[14]“古时每逢圣诞节有许多大菜，上桌时盘上均有此种装饰品。老鸨的意思是称她为一个虚有其表的贞节女郎。”（Steevens 注）

[15]Bellinger 注:“他们雇用你，总对你有些好处。”似不恰。

第五幕

高渥上。

话说玛利娜逃出了妓馆，
找到了一个良好的住处。
她的歌喉婉转有若天仙，
像神女一般随着歌声起舞。
她使得博学君子成了哑巴，
她能针绣枝头小鸟、浆果花苞，
还有巧夺天工的玫瑰花，
用丝绒制的紫红的樱桃。
贵族妇女的学徒她收了不少，
她们对她做了慷慨的捐赠，
她全奉给老鸨。这且不表。
我们再谈她父亲的行踪，

我们上次谈到他在海上，
被风吹得走投无路。
他终于被风吹到他女儿住的地方，
目前他正在这岸边把船停住。
城中正在盛大举行海神年祭[1]，
赖西米克斯望见泰尔来的船，
船上扯着装饰富丽的黑旗，
他急速乘艇前去探问根源。
假想忧伤的波里克利斯又在诸位眼前，
这地方就是他的船上，
以后的情节就要在这里上演，
敬请诸位坐着观赏。〔下〕

第一景：米提利尼海外波里克利斯船上。甲板上设帐篷，前垂幕幔。波里克利斯在内，卧榻上。泰尔大船旁系小艇

二水手上，一属于泰尔大船，一属于小艇。亥利凯诺斯迎面上。

泰水手　〔向米提利尼水手〕亥利凯诺斯大人在哪里？他能答

复你。啊！他在这里。大人，有一小艇从米提利尼开来，里面是赖西米克斯总督，他想要登船相见，您的意思怎样？

亥利凯诺斯　请他上来。喊几位侍从官员来。

泰水手　喂，诸位侍从！大人在喊。

二三侍从上。

侍甲　大人在喊吗？

亥利凯诺斯　诸位，有几位要人就要上船，我请你们，要恭敬地迎接他们。〔侍从及水手等下船，登上小艇〕

赖西米克斯及贵族等自小艇上；侍从等及二水手随上。

泰水手　先生，您有什么事情，这一位可以答复您。

赖西米克斯　敬礼，尊大人！愿天神保佑您！

亥利凯诺斯　也保佑您，大人，保佑您比我现在的寿命长，到我愿死的时候死。

赖西米克斯　盛意可感。我在海边祭祀海神，看到这艘漂亮的大船停在面前，所以前来问讯你们是从何处来的。

亥利凯诺斯　先请教阁下是何职位？

赖西米克斯　我就是你们面前这地方的总督。

亥利凯诺斯　大人，我们的船是从泰尔来，里面驻着的是国王，他三个月来没有对任何人说过话，除了为延长他的忧伤的缘故之外也不曾进过饮食。

赖西米克斯　他何以心情如此恶劣？

亥利凯诺斯　说来话长，不过主要的悲伤之源是一位爱女一位爱妻的死亡。

赖西米克斯　我们可否见见他?

亥利凯诺斯　当然可以，不过见了也是无益，他不会对任何人说话的。

赖西米克斯　可是让我达成我的愿望吧。

亥利凯诺斯　你看他。〔波里克利斯露面〕他原是仪表堂堂的，不幸有一天夜晚，那一场灾祸把他害成了这个样子。

赖西米克斯　国王陛下，我们敬礼了！愿天神保佑你！敬礼，陛下!

亥利凯诺斯　这是没有用的，他不肯和你说话。

贵甲　大人，我们有一位少女在米提利尼，我敢打赌，她一定可以引他说出话来。

赖西米克斯　亏你想得到。以她的和美的歌声及其她杰出的诱人之处，毫无疑问地可以使他动心，并且打通他那中途堵塞了的聋耳朵。她是当之无愧的最美丽的一位女郎，现在正和她的女伴们在一起，在面对大海的那个绿荫深处。〔贵族甲低声细语，走入赖西米克斯的小艇〕

亥利凯诺斯　的确，一切都是无效，不过一切著名有效的方法我们都还不愿放弃。我们既已承您关拂，现在尚拟有所请求，我们打算出资购买食物，船上存粮并不缺乏，只是日久食用略嫌单调。

赖西米克斯　啊！大人，这是应尽之谊，如果我们拒不履行，最公正的天神会给每一株接种的树秧带来一条毛虫，使我们全境受灾。让我再度请问一下，贵国国王忧伤的原因究竟是怎么一回事。

玄利凯诺斯　坐下来，大人，容我奉告，但是，你看，有人来打搅。

一贵族偕玛利娜及另一女子自小艇又上。

赖西米克斯　啊！这是我请来的一位女士。欢迎，美人！她是不是很美丽？

玄利凯诺斯　她真是一位漂亮的女郎。

赖西米克斯　她确是漂亮，如果我能确知她是出身高贵的家族，真想能和她缔结良缘，不敢复有他求。美人儿，这里有一位患病的国王，你在这里可以获得丰富的报酬[2]。如果你的高明的手段能使他回答你任何一句话，你的神奇的医术就可以得到你所要的任何报酬。

玛利娜　大人，我愿尽力为他治疗，但有一个条件，除了我和我的女伴之外谁也不准走近他。

赖西米克斯　来，我们离开她，愿天神使她成功！〔玛利娜歌唱〕

赖西米克斯　他听到你的歌声了吗？

玛利娜　不，也没有注视我们。

赖西米克斯　看，她要对他说话了。

玛利娜　敬礼，陛下！请听我说。

波里克利斯　哼！哈！

玛利娜　我是一个处女，陛下，她从来不曾求人注视，但是像彗星似的一向被人眺望，她向你说话，陛下，因为她所经历过的苦难，如果公正地衡量一下，也许和你所经历过的不相上下。虽然厄运贬损了我的身份，可是我的出身不低，我的祖先可与一般伟大的国王抗衡，但是时间已经抹煞了我的家世，迫使我忍受人世间的难堪的折磨。〔旁白〕我想不说下去了。

但是内心有股力量使我脸上发热，
对我低声细语:“别走，等着他说。”

波里克利斯　我的命运——家世——良好的家世——和我的一般——不是这样的吗？你以为如何？

玛利娜　我方才是说，陛下，如果您知道我的家世，您不会对我粗暴。

波里克利斯　我是这样想。请你转过来看着我。你有些像是——你是哪一国的女子？是这岸上本地的人吗？

玛利娜　不是，也不是任何海岸上的人，不过我是平常人家里长大的，我就是我这个样子的一个人。

波里克利斯　我的心里充满了悲哀，说起来就要流泪。我的最亲爱的妻就像是这个女郎，我的女儿也可能长成这样，我的王后的方额，恰似她的那样高，直挺挺的腰身，也是银铃似的声音，她的眼睛也像宝石一般，也藏在同样华贵的眶子里。走路的姿态活像鸠诺[3]，她说起话来，使听的人越听越想听。你住在哪里？

玛利娜　我只是以外乡人的身份寄居在这里，你从甲板上即可望到那地方。

波里克利斯　你是什么地方长大的？你多才多艺，使得这些才艺都因而增光，可是你是怎样学来的呢？

玛利娜　我若讲出我的身世，会像是一套谎言，没人屑于听的。

波里克利斯　请你说吧，你不会说假话的，因为你的样子公正无欺，像是至上的真理所居住的宫殿。我相信你，你的叙述之中纵有令人难于置信之处我也深信不疑，因为你像一个我曾热爱过的人。你家里都有什么人？我刚一见到你把你推开的时候，你不是说过你有好的出身吗？

玛利娜　我是这么说的。

波里克利斯　说说你的家世。我记得你说你是受了委屈又受了伤害，你又说我们两个的痛苦若是检讨一下，你的痛苦可能和我的相等。

玛利娜　我是说过像这样一类的话，也只是我想当然的话罢了。

波里克利斯　讲你的故事，如果你的痛苦经验抵得上我的千分之一，你便是男子汉，我便是禁不得折磨的女人，你确是像“忍耐”的雕像[4]，凝视着帝王的坟墓，对着一切苦难一笑置之。你家里有什么人？你怎样丧失了他们的？你的名字呢，我的最温柔的女郎？我请你，诉说一遍。来，坐在我身边。

玛利娜　我的名字是玛利娜。

波里克利斯　啊！我被戏弄了，你必是一位愤怒的天神差遣来的，让世人讥笑我的。

玛利娜　别急，好陛下，否则我不讲下去了。

波里克利斯　不，我不急便是。你自称玛利娜，你不知道你使我如何地惊讶。

玛利娜　这名字是一位有权势的人给我取的，我的父亲，而且是一位国王。

波里克利斯　怎么！一位国王的女儿？名叫玛利娜？

玛利娜　你说过你会相信我的话，不过，为了不扰乱你的安宁，我的话到此为止了。

波里克利斯　但是你是不是一个有血有肉的人？你有没有跳动的脉搏？你不是小仙吧？会动！好，说下去。你生在什么地方？为什么取名为玛利娜？

玛利娜　取名为玛利娜，因为我生在海上。

波里克利斯　在海上！母亲是什么人？

玛利娜　我的母亲是一位国王的女儿，她在我生的时候死的，这是我的好保姆李科利达时常哭着对我说的。

波里克利斯　啊！且停一下。这是忧伤的人们在昏睡中遭受戏弄之最稀罕的梦，这不可能是真的。我的女儿已经葬了。好，你是在哪里长大的？我要听你讲下去，一直讲到底，不再打断你。

玛利娜　你会不相信我的，我最好别说了吧。

波里克利斯　你讲下去的话每一个字我都会相信。不过，让我再问你一句，你怎么会来到这个地方？你在什么地方长大的？

玛利娜　我的父王留我在塔索斯，后来残酷的克利昂和他的险恶的妻子想害我的命，他们央求一位恶汉动手，他正在拔剑下手的时候，来了一群海盗把我救了，带我到了米提利尼。但是，好陛下，你要我到哪里去呢？你为什么落泪？也许你以为我是骗子，不是的，实在不是，我是国王波里克利斯的女儿，如果好国王波里克利斯尚在人间。

波里克利斯　喂，亥利凯诺斯！

亥利凯诺斯　陛下喊我吗？

波里克利斯　你是一位老成持重的大臣，足智多谋，请告诉我，如果你能，这女郎竟使我这样地哭起来了，她究竟是什么人，可能是什么人？

亥利凯诺斯　我不知道，不过米提利尼的长官在此，陛下，他是很推崇她的。

赖西米克斯　她从来不肯讲她的家世，有人问起，她便坐着掩泣。

波里克利斯　啊亥利凯诺斯！打我吧，贤卿，给我一道伤痕，让我尝受痛苦的味道，否则这快乐的浪潮向我汹涌而来，侵犯到我的躯体之上，把我淹溺在欢乐里面了。啊！走过来，你使你的生身之父如获重生。你生在海里，葬在塔索斯，又在海上重逢。啊亥利凯诺斯！你跪下来，用响雷一般的高声感谢天神吧！这是玛利娜。你的母亲名叫什么？只消再告诉我这个，因为一切疑惑俱已消除之后，真理还是不厌其烦地要求证明。

玛利娜　陛下，我先要请教您的尊称？

波里克利斯　我是泰尔的波里克利斯，但是你告诉我，我的沉在海里的王后的名字，你所说的其余的话与事实是完全相符的，你是两个王国的继承人，你是你的父亲波里克利斯的第二生命。

玛利娜　是不是只消说出我的母亲名叫载伊萨，便可证实我是你的女儿？载伊萨是我的母亲，在我生命开始的时候结束了她的生命。

波里克利斯　唉，愿上天祝福你！起来，你是我的孩子，给我穿上新的衣服。是我的亲女儿，亥利凯诺斯，她没有如传闻所说被凶恶的克利昂杀死在塔索斯，她会把一切情形告诉你。那时节你就会跪下来，确认她是你的公主本人。这一位是谁？

亥利凯诺斯　陛下，这就是米提利尼的总督，他听到您的忧郁的情形特来探视您的。

波里克利斯　我拥抱你。把我的袍子给我。我这样子简直像个野人了[5]。啊天哪！降福给我的女儿。但是，听！什么音乐？我的玛利娜，告诉亥利凯诺斯，一点一点地整个对他讲一遍，因为他好像还在疑惑你究竟是不是我的女儿。但是，什么音乐？

亥利凯诺斯　陛下，我没听见。

波里克利斯　没听见！天上星辰发出的音乐！听，我的玛利娜。

赖西米克斯　不要和他作对，凡事由着他。

波里克利斯　顶神奇的乐声！你们没有听到吗？

赖西米克斯　陛下，我听到了。〔乐声〕

波里克利斯　顶奇妙的仙乐，它迫使我不能不听，昏沉的睡意压在我的眼上，让我休息吧。〔睡〕

赖西米克斯　给他一个枕头。好，大家都走开。诸位朋友们，如果事实不出我所料，我要好好地报酬你们。〔除波里克利斯外均下〕

戴安娜女神于梦幻中在波里克利斯面前出现。

戴安娜　我的庙宇是在哀非索斯，你赶快到那里去，在我的坛上献祭。在那里，我的女祭司们集合了之后，你要当着大众的面宣布你如何在海上丧失了妻子，为了哀悼你的苦难，以及你的女儿的苦难，把那些苦难再大声地生动地复述一遍。
照我的话做，否则你要受苦。
以我的银弓为誓，这样做就会享福！
醒起，把你的梦告诉大家！〔消逝〕

波里克利斯　天上的戴安娜，银色的女神，我愿服从你！亥利凯诺斯！

亥利凯诺斯、赖西米克斯与玛利娜上。

亥利凯诺斯　陛下？

波里克利斯　我本想到塔索斯去，去打击那个虐待客人的克利昂，但是我现在先要去做别的事。扯动我们的满帆，转向哀非索斯驶去，随后我再告诉你其中的缘故。〔向赖西米克斯〕我们可否到您岸上游玩一下，并且给您金钱购买一些我们所想要的食品？

赖西米克斯　陛下，那是我竭诚欢迎的，您上岸之后，我还另有请求。

波里克利斯　我无不应允，即使是向我的女儿求婚亦无不可，因为看样子您对她好像是颇为有意。

赖西米克斯　陛下，让我来扶着您。

波里克利斯　来，我的玛利娜。〔众下〕

第二景：哀非索斯的戴安娜庙前

高渥上。

现在我们的沙漏几已流光，
再流一点点便将寂无音响。
最后我尚有一项请求，
只有这样我才能得救，
诸位在此必须凭空假想
米提利尼总督欢迎国王
有怎样的歌舞场面，
又怎样地闹声喧天。
他现在是满腔的欢欣，
因已获允和玛利娜结婚，
但戴安娜的祭祀尚未完成，
他的婚礼也还不能举行，
他们既已前往献祭，
这段时间请用想象打发过去。
无非是船行如飞，一路顺风，
一切都像他们想的那样成功。

国王和他的一群伴侣，
在哀非索斯看见了庙宇。
他到达那里如此之快速，
要感谢诸位的想象丰富。〔下〕

第三景：哀非索斯之戴安娜庙。载伊萨为大祭司，立于坛前。左右各有若干童女。塞利蒙及其他哀非索斯居民侍立

波里克利斯及侍从等上。赖西米克斯、亥利凯诺斯、玛利娜及一女侍上。

波里克利斯　敬礼了，戴安娜！为了执行你的严命，我泰尔国王前来礼忏，我当年逃离本国，在潘塔波利斯与美丽的载伊萨结婚。在海上她死于产褥，但是生了一个女儿，取名为玛利娜。这孩子，啊女神，至今还穿着你的银色的信徒制服。她在塔索斯曾受克利昂的抚养，到了十四岁时候他企图把她杀害，可是她的好运把她带到了米提利尼，我的船正在岸边停泊，于是她幸运地登上了我的船，靠了她自己的清晰的记忆，她证明了她就是我的女儿。

载伊萨　声音与相貌一点也不差！你是，你是——啊尊贵的波里克利斯！〔晕倒〕

波里克利斯　这尼姑是什么意思？她死了！救救她，诸位！

塞利蒙　高贵的陛下，如果你对戴安娜神坛所说的话是真的，这位就是你的妻子。

波里克利斯　这位仪表堂堂的老先生，不是的，我曾亲手把她丢到海里。

塞利蒙　我敢说，必是在这海岸附近。

波里克利斯　的确是的。

塞利蒙　照护这位夫人。啊！她只是惊喜过度。在一个狂风暴雨的清晨，这位夫人被浪打到这个岸上。我启开棺木，发现其中有珍贵的珠宝，我把她救醒，安顿在这个戴安娜庙里。

波里克利斯　我可否看看那些珠宝？

塞利蒙　陛下，我请您到我家里去，那些东西就会送到那里请您过目。看！载伊萨苏醒过来了。

载伊萨　啊！让我看看！如果他不是我的丈夫，我的清净之身决不肯再起尘心，即使看着他像是我的丈夫，我也要克制住我的情火。啊！你是不是波里克利斯？你说话像他。你是像他。你不是提起一场风暴、一次生产和死吗？

波里克利斯　是死了的载伊萨的声音！

载伊萨　我就是大家以为已经淹死了的载伊萨。

波里克利斯　神灵的戴安娜！

载伊萨　现在我敢认你了。我们洒泪离开潘塔波利斯的时候，

我的父王给了你这样一只指环。〔出示指环〕

波里克利斯　正是这个，正是这个，不需更多证据了，天神哟！你们现在待我太厚了，使我过去的苦难成为游戏。在我触到她的嘴唇的时候，教我融化而消逝了吧，那是我最大的愿望。啊！来，再度埋葬在我这怀里吧。

玛利娜　我的心跳着要投入我的母亲怀里去。〔向载伊萨跪〕

波里克利斯　看，是谁跪在这里！是你的亲生骨肉，载伊萨，就是你在怀着的胎儿，后来生在海上，故此取名玛利娜。

载伊萨　天神保佑的，我的亲孩子！

亥利凯诺斯　敬礼，夫人，我的王后！

载伊萨　我不认识你。

波里克利斯　你听我说过的，我离开泰尔的时候，我留下一位年老的替人，你不记得我怎样称呼他了吗？我常提起他的名字。

载伊萨　那么是亥利凯诺斯。

波里克利斯　这是又一证明！拥抱他，亲爱的载伊萨，这就是他。现在我亟想知道你是怎样被发现的，怎样得救的，为了这一大奇迹除了天神之外我应该感激谁。

载伊萨　塞利蒙大人，我的丈夫，这个人，天神通过了他而表现了他们的力量，他能从头到尾给你解释一切。

波里克利斯　可敬的先生，天神要在人间找一个得力帮手，绝找不到任何一个比你更像神的人。你可否说一下这位王后如何地死而复活？

塞利蒙　　遵命，陛下。我求您先和我到舍下来。我要把和她一同发现的珠宝请您过目，再告诉您她是怎样被安顿在这庙里，必要的情节绝无遗漏。

波里克利斯　纯洁的戴安娜！谢谢你在梦中出现。我要向你献上夜祭。载伊萨，这位公子，你的女儿的未婚夫婿，要在潘塔波利斯和她完婚。现在我这须发蓬髻的样子实在难看，我要修剪一下，这十四年来没有用过剃刀，为祝贺你们的吉辰我要整容一番。

载伊萨　　塞利蒙大人得到可靠的信息，我的父亲已经死了。

波里克利斯　愿上天使他变成星斗！但是我们还是要在那里给他们举行婚礼，然后我们自己也要在那里消磨我们的余年，让我们的女儿女婿在泰尔统驭政权。
塞利蒙大人，我已经忍耐不住，
想听你讲完故事。就请您带路。〔众下〕

高渥上。

安泰欧克斯和他的女儿通奸，
你们已经听说，获得了天谴。
波里克利斯和他的妻女，
虽然饱受命运的严厉打击，
但是好人会渡过毁灭的狂澜，
由上天指引，终于共庆团圆。
亥利凯诺斯你们可以看出
是一个绝对忠贞可靠的人物。
至于塞利蒙那个人，

确有慈善为怀的精神。
讲到那邪恶的克利昂和他的妻，
他们的残酷行为早已声名狼藉，
全城的人为对波里克利斯表示同情，
烧死了他一家，毁了他的宫廷。
虽然他们蓄意杀人并未得遂，
天神还是要严惩杀人之罪。
谢谢诸位的耐心倾听，
祝大家愉快！本剧就此告终。〔下〕

注释

[1] 海神祭（Neptune's annual feast），为一狂欢节日，每年七月二十三日举行。

[2] 四开本“all goodness that consists in beauty”，意思是说“貌美者其心必善”，这是伊利沙白时代流行的一种新柏拉图观念。Steevens 改 beauty 为 bounty，而且以 bounty 为 expect 的受词，牛津本从之，意义完全不同，今照译。

[3] 鸠诺（Juno），罗马神话中之主要女神，朱匹特之妻，仪态万方。

[4] Patience 是墓地纪念碑上常见的一个雕像，做微笑状，参看《第十二夜》第二幕第四景注二十九。

[5]“I am wild in my beholding.”各家解释不同。“My eyes are dazzled

with giddiness." (Round) "Highly elated at what I see." (Hoeniger) "My amazement is such that I can scarce believe what I see." (Deighton) "beholding: —to look upon—because he has kept his vow. See III.iii. 27-30" (Harrison) "i. e., he is in sackcloth and is unshaven and unkempt." (Craig) 照后两家的说法译之。

辛伯林

Cymbeline

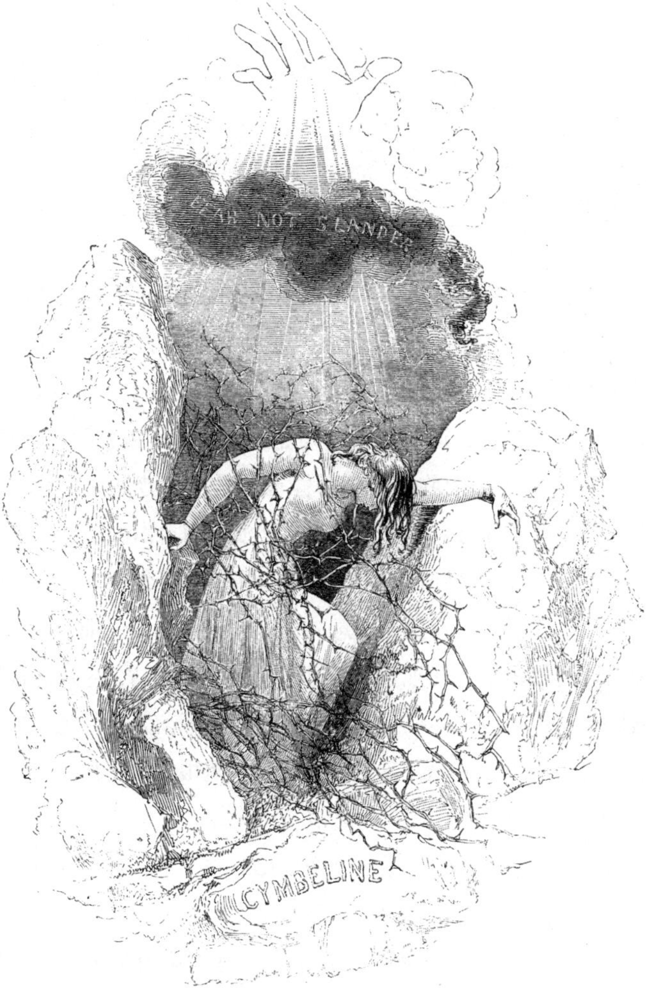

序

一　版本

《辛伯林》在莎士比亚生时没有付印，初刊于一六二三年之第一对折本，被列在卷末，作为“悲剧”之一。实际上此剧应该是与《暴风雨》《冬天的故事》（有人还加上《波里克利斯》一剧）属于同一类型，既非喜剧，亦非悲剧，通常被称为“罗曼史”（romance），因为里面的故事离奇怪诞，常不在普通人生经验范围之内，而作者处理材料的态度也是极其浪漫而自由的。

此剧版本大体良好，错字、缺漏、衍文等等约有六十处，平均每页两处，情形是比较令人满意的。分幕分景也很仔细。我们有理由相信这是根据莎士比亚原本排印的。Sir Walter Greg 认为此剧是根据提词本排印的，其中的舞台指导繁简不等，乃是经过不完全的删削所致。Dr. Alice Walker 认为此剧版本是根据莎士比亚的原稿的一个抄本，其形成当在提词本之前。

此剧有一部分好像不是出于莎士比亚的手笔，最启人疑的是第五幕第四景波斯邱默斯的梦幻，不但文字拙劣，而且在结构上亦成为赘疣。这一段梦幻可能是另有作者（有人认为是王家剧团中的

George Wilkins)，可能是专为一场宫廷演出而穿插进去的，因为此种近于 masque（一种歌舞剧）的表演在哲姆斯一世时是很时髦的。（一六二三至一六七三年的《宫中娱乐纪录》就记载着一六三四年一月一日《辛伯林》在宫中上演，“甚为国王所激赏”。）除了梦幻一段之外，受人怀疑的地方还很多，例如有关白雷利阿斯的，以及最后一景中有关预言者及考尼利阿斯的若干部分。持怀疑之论最力者可推 H. H.Furness 及 Harley Granville-Barker。但也有持相反的意见者，认为全剧皆出于莎氏手笔，可推 Wilson Knight 及 Hardin Craig 为代表。

二　著作年代

与莎士比亚同时的一位医生福尔曼（Simon Forman）有一部日记手稿，标题为 *Booke of Plaies*，其中记载着他所看到的莎士比亚的三出戏，那便是一六一〇年四月二十日的《马克白》、一六一一年五月十五日的《冬天的故事》和未记明年月日的《辛伯林》。福尔曼于一六一一年九月十二日渡泰晤士河时落水死。他的日记大概即是他的最后两年的记录。福尔曼所看到的《辛伯林》或《冬天的故事》并不能认定是新戏上演，因为也有可能是旧戏重演，例如他所提到的《马克白》在一六一〇年便不是新戏。不过我们可以相信他是在看到《冬天的故事》及《马克白》的那个季节中看到《辛伯林》的，而《辛伯林》究竟是在哪一年写成的则无法十分确定。就诗体及一般作风而言，《辛伯林》应是属于莎士比亚晚年创作的阶段，无韵诗体中的 run on lines，所谓“联行”，占总行数的百分之四十六，light endings 有七十八处，weak endings 有五十二处，行中断句（mid-line speech endings）占总行数百分之八十五，这都可说明《辛伯林》的著作年代之比较晚。一般人认定，《辛伯林》是成于一六一〇年。

Fletcher 的名剧 *Philaster* 作于一六一〇年十月，其中有若干处显示受了《辛伯林》的影响，亦可作为《辛伯林》成于一六一〇年的一个旁证。

三　故事来源

《辛伯林》一剧的剧情，有关历史方面者，其来源是何林塞的《史记》（*Holinshed's Chronicles of England*），这是莎士比亚常用的一本书。据何林塞，辛伯林是李尔王的后裔，他统治不列颠的时期是从纪元前三十三年到纪元二年，拒向罗马纳贡的是他的儿子吉地利阿斯，莎士比亚改为辛伯林拒绝纳贡，以期提高戏剧效果。关于萨克逊以前的不列颠的几个国王，何林塞的记载通常是不详尽更有时是不翔实的，所以莎士比亚并没有忠实地依据何林塞，这是和《亨利四世》《亨利六世》等剧的情形是完全不同的。

波斯邱默斯所述不列颠获致胜利经过，即所谓“狭路之战”（第五幕第三景一至五十八行，参考英文原版，以下同），是取自何林塞《史记》中之苏格兰部分，不过那是描述九七六年苏格兰人靠了农夫 Hay 及其二子之参战击退丹麦人的故事。这和辛伯林相距几乎有一千年了。

此剧剧情之主要部分是关于伊慕贞的故事，而其主要关键在那一场打赌，即所谓 the wager-story。这一类打赌的故事在中古文学里是习见的一种课题。莎士比亚似是取材于鲍嘉邱的《十日谈》（Boccacio's *Decameron*）中之第二日的第九篇故事。但是《十日谈》的英文译本在一六二〇年以前似是没有出版过。法文译本首刊于一五四五年，在那一世纪中印行了十六次，莎士比亚可能读过法文译本。

在英国十六世纪还有一部英文的故事也可能是被莎士比亚利用过的，书名为 *Frederkye of Jennen*（=*Frederik of Genoa*），系译自荷兰文之 *Historie von vier Kaufmännern*，于一五一八年初刊于 Antwerp，后于一五二〇年及一五六〇年一再刊于伦敦。这一篇英文故事有一些细节与《辛伯林》相吻合，而是不见于《十日谈》的，例如菲拉利欧家里的客人有义阿基摩，还有一个法国人、一个荷兰人、一个翡冷翠人、一个热内亚人，这一点便是这英文故事所特有的。但是在另一方面也有一些细节是仅见于《十日谈》的，例如关于伊慕贞的寝室内部布置之描述便是。所以我们可以说，莎士比亚主要地根据了《十日谈》，但是也参考了其他的资料。

伊慕贞在山洞里和她不相识的两个哥哥在一起的生活，令我们想起古老的日尔曼童话《白雪公主》（Sneewittchen）。二者情节有许多仿佛处，但似不能构成为莎士比亚的故事来源，只能算是“类似的例证”（parallel）。

英国的一出旧戏 *The Rare Triumphs of Love and Fortune*，作者姓名不详，刊于一五八九年，可能也是莎士比亚参考过的，至少里面的“菲地利亚”这个名字是被莎士比亚所袭用了。

四 舞台历史

《辛伯林》在十六世纪上演的记载只见上述的福尔曼医生的日记及宫廷娱乐记录，此外别无记载。复辟后此剧杳无消息，直到一六八二年 Tom D'Urfey 的修改本，*The Injured Princess or the Fatal Wager* 上演于 Drury Lane。修改本在剧情方面大体仍旧，但是人名全改了，而且皮杂尼欧有了一个女儿，而且为了保护她不为克娄顿所奸污，被克娄顿弄瞎了眼睛。此剧在舞台上维持了五十年的记录。这个修改者（1653—1723）是当时颇受欢迎的一位戏剧作家，上演过的剧本二十九种，还写过不少的歌曲。在所谓“改良的”莎士比亚剧本中，这一剧还算是比较严谨的。

舞台上的《辛伯林》之本来面目到了一七二〇年才得恢复，那是在 Lincoln's Inn Fields Theatre 上演的。在一七五五年及一七五九年陆续有新的舞台本出现。这些对莎士比亚原本都多多少少地有所改动。加立克（Garrick）一七六一年的演出是极成功的，他自己扮演波斯邱默斯，得到极高的评价，连演了十六晚，但是在剧本方面也曾大事删削。《辛伯林》有三千三百三十九行，是不必要的冗长，在舞台上有删节的必要。

自从加立克以后，《辛伯林》常在舞台上出现，许多著名演员都喜欢演出这一出戏，值得记载的有如下述:

1767 Mrs. Barry(Imogen)
Garrick (Posthumus)

1770 Mrs. Barry (Imogen)
Garrick (Posthumus)

1785 John Philip Kemble (Posthumus)

1787　Mrs. Siddons (Imogen)

1812　Charles Kemble (Polydore)

1818　Macready (Posthumus)

1823　Kean (Posthumus)

　　　Helen Faucit (Imogen)

1825　Charles Kemble (Posthumus)

1877　Adelaide Neilson (lmogen)

1896　Ellen Terry (Imogen)

　　　Henry Irving (lachimo)

一九二三年 Barry Jackson 以时装演出了《辛伯林》。

萧伯纳（Bernard Shaw）的 *Cymbeline Refinished* 把最后一幕重新写过，于一九三七年上演，虽然有其特有的生气与机智，但并不值得重视。

一九四六年及一九四九年莎士比亚纪念剧院的上演剧目均包括有《辛伯林》，足以说明此剧在现代盛况未衰，虽然演出并不特别成功。一九五七年《辛伯林》再在斯特拉福上演，据说成绩不恶。

五　评论

约翰孙博士说："此剧含有不少公正的意见、若干自然的对话、一些可喜的场面，但是却以甚多矛盾为代价而获致的。对于故事的荒唐、行为的怪诞、人名的混淆、时代的错乱，以及在任何生活状态下均属离奇荒谬的事件，如果逐项加以批评的话，那简直就是浪费笔墨于不值一提的幼稚，以及过于明显的无以复加的错误。”约翰孙博士的见解代表十八世纪新古典的见解。

哈兹利特（Hazlitt）说《辛伯林》是“莎士比亚的历史剧中之最有趣的一部”。他又说：“波斯邱默斯是此剧之表面上的英雄，实则此剧之美妙处乃在伊慕贞这个角色……在所有的莎士比亚所创作的女人当中她是最温柔最没有心机的。”哈兹利特对于《辛伯林》的布局也同样地颂扬，他说：“布局的重心显然集中在最后一幕，故事以愈益急速的步骤向前展开，其错综的情节自遥远之处辐凑于同一中心。主要人物亦被集合在一处，而且是处于一个紧张的局势之中。剧中每一人的命运都被系于一个问题的解决之上——那即是义阿基摩如何回答伊慕贞所提的问题，那即是他如何从波斯邱默斯手中取得那只指环。约翰孙博士以为莎士比亚对于布局的结束不大注意。我们以为正相反。”这可以代表浪漫派的想法。

《辛伯林》的重点在于布局，其故事穿插之离奇变化，已近似闹剧。唯因其在布局方面刻意经营，在人物描写方面反而未能充分深入。伊慕贞是 Swinburne 所谓莎士比亚所创造的女性中之最高成就，Mrs. Jameson 也这样说，但是从近代的眼光来看，伊慕贞纵然贞洁，却没有趣味，Hazelton Spencer 评之为“蠢笨的轻心的制造出来的白雪公主”，似也不为过分。

《辛伯林》虽是莎士比亚的晚年作品，绝不是成功的作品，约翰孙的指责不是全诬。不过我们必须以“罗曼史”的角度来看这出戏，不能视同悲剧，亦不能视为实际人生之忠实深刻的反映。

剧中人物

辛伯林（Cymbeline），不列颠王。

克娄顿（Cloten），王后前夫之子。

波斯邱默斯·李昂内特斯（Posthumous Leonatus），一绅士，伊慕贞之夫。

白雷利阿斯（Belerius），被放逐之贵族，化名为摩根。

吉地利阿斯（Guilderius）
阿维雷格斯（Arviragus） ｝辛伯林之子，化名为坡利多（Polydore）与卡德华（Cadwal），被认为是摩根之子。

菲拉利欧（Philario），波斯邱默斯之友
义阿基摩（Iachimo），菲拉利欧之友 ｝意大利人。

一法国绅士，菲拉利欧之友。

凯耶斯·留希阿斯（Caius Lucius），罗马军中大将。

一罗马营长。

二不列颠营长。

皮杂尼欧（Pisanio），波斯邱默斯之仆。

考尼利阿斯（Cornelius），医生。

辛伯林宫廷二贵族。

同上二绅士。

二狱卒。

王后，辛伯林之妻。

伊慕贞（Imogen），辛伯林前妻之女。

海伦（Helen），侍奉伊慕贞之宫女。

贵族们、贵夫人们、罗马元老们、护民官们、一荷兰绅士、一西班牙绅士、一预言者、乐师们、官员们、营长们、士兵们、使者们及其他侍从们。

鬼魂们。

地点

有时在不列颠，有时在意大利。

第一幕

第一景：不列颠。辛伯林宫内花园

二绅士上。

绅甲　你遇到的人没有一个不是愁眉苦脸的。我们的情感之受上天的支配，还不及我们的宫廷人士的情绪之易受国王情绪的感染哩。

绅乙　到底怎么回事?

绅甲　国王最近娶的那个寡妇有一个独生子，国王打算把他的女儿，也就是他的王位继承人，嫁给他，可是他的女儿却委身于一位贫寒但是有德的人士。她是已经结婚了，她的丈夫被放逐了，她也被幽禁起来了。大家表面上都露出了愁苦的样子，我想国王必是很伤心。

绅乙　除了国王就没有人伤心了吗?

绅甲　没能娶到她的那个人当然也伤心，顶希望这门亲事成功的王后也是一样伤心的。但是宫廷人士，虽然他们看了国王的颜色也跟着拉长了面孔，对于他们所蹙额的事在心里其实是很欢喜的。

绅乙　为什么如此呢?

绅甲　没得到这位公主的那个人是个不可形容的坏东西，得到她的那个人，我是说娶到她的那个人，哎呀!是个好人！所以被放逐了。若想在全世界中挑选一个人和他相比，那被选中的人总好像是缺点什么。我想除了他之外没有人能有这样漂亮的仪表而又有这样充实的内容。

绅乙　你把他称赞得太厉害了。

绅甲　我没有揄扬过分，先生，我只是简述他的为人，还没有充分申述他的优点呢。

绅乙　他姓甚名谁，出身如何?

绅甲　我无法寻根问底。他的父亲是叫席西利阿斯，曾与卡西伯兰合力抵抗罗马人，不过因为追随特南舍斯时建立殊勋，才得到赐姓李昂内特斯[1]，除了我们提到的这个人之外，他还有两个儿子，都在当时的战争中阵亡了。他们的父亲老年丧子不胜哀痛，相继而亡，我们现在所谈的这一位那时尚在他的母亲腹中，出生之后母亲也死了。今上国王，他收养了这个婴儿，取名为波斯丘默斯·李昂内特斯，他教养他，使他成为近身的宠儿，让他受当时最良好的教育。他吸收得很快，就像我们吸纳空气一般，在青春之年即有了收获。他居住在宫里——这是很少有的事——极受大家的赞美，也极得大家的喜爱。对于顶年轻的人，他是模范;对于年龄稍大一些的人，他是指点他们为人的一面镜子；对于老成持重的人，他是引导他们返老还童的一个孩子；对于他的情人，他是为了她才被放逐的，她自己的人品便足以表示她是如何地重视他和他的美德，她选中了他，便可以看出他是怎样的一个人。

绅乙　听你这一番话，我不由得要敬重他。请你告诉我，她是国王跟前唯一的孩子吗?

绅甲　他的唯一的孩子。他有过两个儿子——如果这值得令你听，就请听吧——大的刚三岁，小的尚在襁褓，就在育婴室中被人偷走了，直到如今无人知道他们的下落。

绅乙　这是多久以前的事?

绅甲　约二十年前。

绅乙　国王的孩子竟这样地被人偷走，这样地疏于防护，搜查如此地迟缓竟不能追到他们的踪迹!

绅甲　这固然耸人听闻，那份疏忽也实在可笑，不过这是确实的事，先生。

绅乙　我相信你。

绅甲　我们必须退去。那位公子、王后和公主都来了。〔同下〕

王后、波斯邱默斯及伊慕贞上。

王后　不，你尽管放心，女儿，你会发现我和一般继母不同，我对你并不嫉视。你是由我看管的人，但是你的狱卒却把禁锢你的那把钥匙交付给你。至于你，波斯邱默斯，我一旦把着恼的国王和缓下来，我就公开为你辩护，现在他的怒火未消，你最好放聪明些，耐心接受他的处分。

波斯邱默斯　报告陛下，我今天就走。

王后　你知道不服从将要得到什么惩罚。我要到花园去散步一番，我怜悯你们情场受挫的痛苦，虽然国王有令禁止你们交谈。〔下〕

伊慕贞　啊！假慈悲。这毒恶的妇人多么狡狯，伤人不露痕迹！我最亲爱的丈夫，我有些怕我的父亲的盛怒，但是我一点也不怕——对于孝道我是不敢有亏的——一点也不怕他的盛怒会能对我怎样。你一定要走，我将在这里忍受时时刻刻的怒目相视，得不到安慰令我活下去，除了一件事，那便是世上还有你这个宝贝，而我也许还能再看到你。

波斯邱默斯　我的女王！我的女主人！啊夫人，不要再哭，否则我会让人疑我心肠太软，不像个男子汉。我要做一个信守婚约的最忠实的丈夫。在罗马我要住在一个菲拉利欧的家里，他是我父亲的一个朋友，我没见过他，只是通过信，写信到那里去，我的女王，我将用我的眼睛吸饮你所寄去的字，纵然墨水是胆汁做的[2]。

王后又上。

王后　少说两句吧，我请你们。如果国王来了，我不知道我要招他生多大的气。〔旁白〕但是我要鼓动他到这里来。我每次做一桩对他不起的事，他总是原谅我，怕伤了和气，甚至为了我的过失而给我重大的报酬。〔下〕

波斯邱默斯　如果我们用我们终身的长久时间来话别，仍将是难舍难分。再会吧！

伊慕贞　不，等一下，即使你是骑马出游，这样的告别也嫌太随便了。你看这个，爱人，这一颗钻石是我母亲的，拿去吧，心肝，要好好地保存，直到伊慕贞死了，你另娶妻的时候。

波斯邱默斯　什么！什么！另娶？亲爱的天神哪，只给我现有的这一个妻，用死亡打击我，别让我拥抱另一个妻！愿我有生之日永远停留在这里！〔戴上指环〕最亲爱的，最美丽的人，我自惭形秽竟换得了你，你蒙受了无限的损失，那么在小物件上我也要占你的便宜，为了我的缘故戴上这个吧，这是爱情的手铐，我要把它扣在这个最美丽的囚犯的臂上。〔把手镯套在她臂上〕

伊慕贞　啊天神！我们什么时候才可再见？

辛伯林与贵族等上。

波斯邱默斯　哎呀！国王来了！

辛伯林　你这最下贱的东西，滚开！离开这里，不要让我看见你！如果在这次命令之后你这败类还敢溷迹宫廷，你别想活。走开！你是败坏我的血液的毒物。

波斯邱默斯　天神保护你，并且福佑留在宫中的好人！我走了。〔下〕

伊慕贞　死亡的苦痛不可能比这个更剧烈。

辛伯林　啊不孝的东西，你本该使我回复青春，反倒使我变得更老了。

伊慕贞　我请求您，不要因烦恼而伤了身体。对于您的盛怒，我没有感觉，因为有一种更强烈的情感压倒了一切苦痛，一切恐惧。

辛伯林　神恩也没有用了[3]？孝道也没有用了？

伊慕贞　没有希望，陷入绝望之境了，因此，神恩也没有用。

辛伯林　你本来可以嫁给我的王后的独生子！

伊慕贞　啊我幸而没有嫁给他！我选了一只鹰，避开了一只鸢。

辛伯林　你嫁了一个乞丐，很可能使我的宝座为贱种所盘踞。

伊慕贞　不，我实在是使它增加了光辉。

辛伯林　啊你这贱人！

伊慕贞　父亲，我爱上了波斯邱默斯乃是你的过错，你抚养他成为我的戏游的伴侣，而他确是配得上任何女人的一个男子，他为了我所付出的代价实在是太多了。

辛伯林　什么！你疯了吗？

伊慕贞　几乎是，父亲。上天使我清醒吧！我愿是一个牧牛人的女儿，我的李昂内特斯是我们邻居牧羊人的儿子。

辛伯林　你这糊涂东西！

王后又上。

他们两个又在一起了，你没有按照我的命令行事。把她带走关起来。

王后　请你息怒。不要说了！亲爱的女儿，不要说了！亲爱的主上，你让我们来谈谈，你且不要急，把这事好好地考虑一下。

辛伯林　不，让她憔悴下去，每天失一滴血，等到衰老之后，就让她为了这件荒唐事而死！〔辛伯林及贵族等下〕

王后　呸！你必须要让步[4]。

皮杂尼欧上。

你的仆人来了。怎样！有什么消息？

皮杂尼欧　您的儿子向我的主人拔剑挑战了。

王后　我想没出事吧？

皮杂尼欧　若不是我的主人压住了怒火，只是耍两下，没认真地打，很可能已经出了事。他们被近旁的人劝解开了。

王后　这样我很高兴。

伊慕贞　您的儿子是我父亲的朋友，他站在他那一边。向一个被放逐的人挑战！啊好勇敢的人！我愿他们两个人都在非洲，我在旁边拿着一根针。谁往后退，我就刺谁。你为什么离开你的主人到这里来？

皮杂尼欧　奉他的命，他不准我送他到港口，留下了这张字条，您如有差遣，要我听从您的命令。

王后　这人一向是你们的忠仆，我敢以名誉打赌，他必定永远效忠。

皮杂尼欧　我敬谢您。

王后　好，你且去吧。

伊慕贞　〔向皮杂尼欧〕约半小时后，请你再来见我。你至少要去送我的丈夫上船，现在你先去吧。〔众下〕

第二景：同上。一公共场所

克娄顿及二贵族上。

贵甲　殿下，我劝您换一件衬衫，激烈的打斗使得您浑身冒着汗气，像是一头献祭的牲口。汗气冒出来的地方，就有空气钻进去，外面的空气没有你冒出来的气那么清洁。

克娄顿　如果我的衬衫有血，那么就要换一件。我伤了他了吗？

贵乙　〔旁白〕实在没有，连他的耐心都没有伤到。

贵甲　伤了他！如果他没受伤，他的身体必是一具任凭刀剑戳穿的尸骸；如果没受伤，他的身体必是刀剑的通行大道。

贵乙　〔旁白〕他的刀剑欠了人家的债，从偏僻小巷溜走了。

克娄顿　那坏蛋不敢和我对抗。

贵乙　〔旁白〕不敢。不过他一直是向前逃，冲着你的脸而逃。

贵甲　和您对抗！您已经有不少的土地，但是他还给您增添地产，把他自己站脚的地方也让给您了。

贵乙　〔旁白〕你有多少个海洋，他就会让给你多少英寸土地。贱狗！

克娄顿　我愿他们没有解劝我们。

贵乙　〔旁白〕我也愿意这样，让你倒在地上量量你是多么长的一个蠢材。

克娄顿　她竟爱上这个家伙而拒绝我！

贵乙　〔旁白〕如果做一正确的选择也算是罪过，那么她是该下地狱。

贵甲　殿下，我总是对您说，她的美貌和她的头脑并不相符；她有一个美的外表，但是她的内心没有多少美的反映。

贵乙　〔旁白〕她的光芒并不照射在蠢材的身上，否则那反光会伤了她自己。

克娄顿　来，我要到我房里去。真愿意已经造成了一点伤害！

贵乙　〔旁白〕我不愿意这样，除非是一头蠢驴栽筋斗，那倒是没有什么大关系。

克娄顿　你们愿意和我一道去吗？

贵甲　我愿伺候殿下。

克娄顿　不，来，我们一道走。

贵乙　好吧，殿下。〔众下〕

第三景：辛伯林宫中一室

伊慕贞与皮杂尼欧上。

伊慕贞　我愿你长在港口的岸上，探询每一船只。如果他写了信而我没有收到，那便等于是犯人遗失了一纸赦书。他最后对你说的是什么？

皮杂尼欧　说的是他的女王，他的女王！

伊慕贞　然后他挥动他的手帕？

皮杂尼欧　还吻它呢，夫人。

伊慕贞　没有感觉的麻纱布，在这一点上比我幸运！这就完了吗？

皮杂尼欧　还没有，夫人。在我这眼睛和耳朵还能在许多人中间把他辨别出来的情况之下，他一直是站在甲板上面，不住地挥动手套、帽子或手帕，其情感激动的样子是在表示他内心依依不舍，而船却急急驶去。

伊慕贞　你该不住地眺望着他，直到他像是乌鸦一般的小，甚至再小一些。

皮杂尼欧　夫人，我是这样望着的。

伊慕贞　我宁愿望断了我的眼睛上的筋，也不愿不望着他，我宁愿望到遥远的距离把他变成针尖一般大，不，我还是要盯住他，直到他从蚊蚋一般的细小而消失在空中为止，然后就掉转我的眼睛，开始哭。但是，好皮杂尼欧，我们什么时候才可以听到他的消息？

皮杂尼欧　您放心，夫人，一有机会便会得到消息。

伊慕贞　我没得工夫和他话别，还有许多顶缠绵的话要向他说呢。我还没有来得及告诉他，在某几个时刻我将怎样地怎样地想他；还没有让他发誓不让意大利的女人侵犯我的利益和他的荣誉；还没有要求他在清晨六点、正午和午夜在祈祷中和我相会，因为在那些时候我正在为他而祈祷上苍。还没有把嵌在两个符箓一般的字之间的一吻送给他[5]，我的父亲进来了，像一阵酷冽的北风，吹得我们的爱苗不得滋长。

一宫女上。

宫女　王后请您前去。

伊慕贞　我要你做的事，赶快去办好。我要去见王后。

皮杂尼欧　遵命，夫人。〔众下〕

第四景：罗马。菲拉利欧家中一室

菲拉利欧、义阿基摩、一法国人、一荷兰人、一西班牙人上。

义阿基摩　请你相信，先生，我在不列颠见过他，那时节他声誉渐起，大家都期望他能有后来他被大家所称述的那种成就，但是那时节我就看穿了他，并不大惊小怪，虽然他的才学早已开有清单随身携带，可以让我逐条阅览。

菲拉利欧　你说的是从前的他，当然不似现在这样地身心充实。

法人　我在法兰西见过他，在那里能像他一样睁着眼睛望太阳的人多得很[6]。

义阿基摩　这次和他的国王的女儿结婚——由于她的身份当然把他自己的身份也抬高不少——我相信会使得他的名誉格外地超过事实。

法人　还有，他的遭受放逐。

义阿基摩　是呀，站在她一方面的人们，看到他们生被拆散不免要洒同情之泪，更要拼命地为他吹嘘，也许只是为了说明她的选择是确有见地，否则嫁给一个毫无足取的乞丐就要很容易地被人斥为没有见识了。但是他怎么会住到你的府上来呢？是怎么交识的呢？

菲拉利欧　他的父亲和我曾一起从军，他对我有屡次救命之恩。这不列颠人来了，你们是熟谙社交礼貌的绅士，请按照他那种身份对待他吧。

波斯邱默斯上。

我请求诸位，认识一下这位先生，我愿给你们介绍，他是我的好朋友，他这人好到什么程度，我留给以后事实证明，不必当面恭维。

法人　先生，我们在奥利昂就认识了。

波斯邱默斯　从那时起我就欠着您的盛情，实在永远永远也还不清。

法人　先生，我的一点小意思，您说得太过了。我能为我的国人和您排解一番，我很高兴，为了那么一点小事你们双方恶狠狠地打斗起来，实在太不值得。

波斯邱默斯　请您原谅，先生，那时候我还是个年轻的游客，凡事宁可刚愎自用，也不肯接受别人的经验的指导，不过，由我的成熟的见解来看——请别怪我自称成熟——我争吵的事端也不能算是微小。

法人　老实讲，那争端是太微小，不值得用刀剑来解决，那很可能打得你死我活，或是同归于尽。

义阿基摩　我们可否冒昧地问一声，到底是为什么争吵?

法人　我想当然可以。那是公开的争执，当然可以公开地述说。就像昨天晚上发生的争辩一样，我们每个人都称赞我们本国的女人。这位先生当时宣称——并敢以决斗方式来证明——他的女人比我们法国任何最出色的女子都更美、更贤惠、更聪明、更贞洁、更忠实、更多才多艺、更凛然不可侵犯。

义阿基摩　那位女子现已不在世上，再不就是这位先生的意见已经放弃。

波斯邱默斯　她依然保持着她的令誉，我依然保持着我的主张。

义阿基摩　你不可以说她比我们意大利的女人也好得那样多。

波斯邱默斯　我在法国既已被激动到了那个地步，我对她的赞美现在我决不肯减去分毫，纵然我自称是她的崇拜者，不是她的情人[7]。

义阿基摩　要是说不列颠的任何女人能和我们意大利的女人同样地美丽同样地贤惠——一种不分轩轾的比较——

那么就该算是太美丽太慧贤了。如果她能胜过我所看到过的女人，就像您的那块钻石比我所见过的许多钻石都亮一样，我就不能不信她的确是比许多女人都好，不过我还没有见过最宝贵的钻石，您也没见过最出色的女人。

波斯邱默斯　我称赞她是按照我对她的估价，我对我的钻石也是如此。

义阿基摩　您对它估价若干?

波斯邱默斯　过于全世界之所有。

义阿基摩　不是您的无与伦比的情人已死，便是她的价值比不过一块钻石。

波斯邱默斯　你错了。一个是可以卖的，可以赠送的，有足够的钱财就可以买到，有足够的交情就可送出去。另一个是不卖的，只是天神的赐予。

义阿基摩　天神就把她赐给你了?

波斯邱默斯　而且，感谢天神，我愿长久保留。

义阿基摩　在名义上你可以把她据为己有，不过，你要知道，野鸟会落到邻近的池子上来[8]。你的指环也可能被偷，所以你的一对无价之宝，一个是脆弱的，另一个是易受意外损失的。一个狡黠的盗贼，或是在这方面多才多艺的一位官人，会一试身手把两项一股脑儿骗走。

波斯邱默斯　你们意大利没有这样多才多艺的官人能够克服我的爱人的贞操，如果你所谓的脆弱即是指贞操之能否保持。我的确不怀疑你们有的是贼，可是我不为我的指环而担心。

菲拉利欧　我们不要再说下去了，诸位。

波斯邱默斯　先生，我非常高兴。这位高贵的先生，我感谢他，没有把我当作陌生的人看待，我们一见如故。

义阿基摩　这样的交往五次过后，我就可以在你的美丽的情人身上讨到一点便宜，使她屈服，甚至使她投怀送抱，只消我有机会。

波斯邱默斯　不，不。

义阿基摩　所以我敢以我的财产的一半和你的指环打赌，我以为其所值总要比指环要高一些，不过我所以要打赌，只是对于你的过分自信有点不服，并不是一定要破坏她的名誉。为了使您不要见怪，我敢打赌对世上任何女子都能做同样的企图。

波斯邱默斯　你这样地自恃无恐，实在大错特错，我敢说你鲁莽从事必将自食其果。

义阿基摩　什么果?

波斯邱默斯　遭受竣拒，虽然你所谓的企图应该不只是被拒，还应该受到严惩。

菲拉利欧　二位，别再说了。这场争辩来得太突然，让它同样突然地消灭吧，我请你们再多亲近亲近。

义阿基摩　我愿投下我的全部财产，再加上我的邻人的，作为赌注，以证实我所说的话!

波斯邱默斯　你要向哪一位女人进攻?

义阿基摩　你的女人，对于她的忠贞你是那样地有把握。我愿以一万金币和你的指环打赌，把我介绍到你的女人居住的宫廷里去，只消有两次晤谈的机会，我就会把你以为确保无虞的她的贞操夺了过来。

波斯邱默斯　我也拿金子和你的金子打赌，我的指环我认为是和我的手指同样宝贵，那是我手指的一部分。

义阿基摩　你怕了，你这一着很聪明。如果你以一百万金币购买半钱女人的肉，你也无法使它不腐烂。不过我看你是有一点顾忌，所以你怕了。

波斯邱默斯　这不过是你信口乱说的习惯，我希望你无心开这个玩笑。

义阿基摩　我说话是算数的，说得到就做得到。

波斯邱默斯　真的？我只算是把指环借给你，直到你归来为止。我们要立个契约，我的爱人的美德远超过你的恶意的忖度，我看你敢不敢和我打赌。这是我的指环。

菲拉利欧　我不准你们打赌。

义阿基摩　天神在上，这是没有什么关系的。如果我不能带来充分证据，证明我已享受了你的爱人身体上最宝贵的一部分，我的一万金币就属于你了，这钻石也是你的。如果我回来，而她的贞操还是如你所信赖的那样完好无缺，那么你的宝贝她，还有你的宝贝这个东西，还有我的金子，都是你的。但是有个条件，我必须得到你的介绍以便受到热烈的欢迎。

波斯邱默斯　我接受这些条件，我们把契约订下来吧。只是，你必须对我负这样的责任，如果你向她进攻并且让我确知你已经得手，我便不再是你的敌人，她不值得我们争执。如果她始终不受诱惑，你无法证明她已失身于你，那么为了你的恶口伤人，为了你对她的贞操的攻击，你必须用你的剑和我做个了断。

义阿基摩　我们握手，一言为定。我们请律师把这些条款都写下来，我立刻到不列颠去，否则这一宗交易要冷下来而被取消。我去取金子，并且把我们双方赌注记载下来。

波斯邱默斯　同意。〔波斯邱默斯与义阿基摩同下〕

法人　你以为他们会真这样做吗?

菲拉利欧　义阿基摩先生不会改变主张的。我们跟了他们去吧。〔同下〕

第五景：不列颠。辛伯林宫中一室

王后、宫女等及考尼利阿斯上。

王后　趁地上露水未干，把那些花儿采集起来，要赶快。花的单子谁拿着呢?

宫女　我，夫人。

王后　快去吧。〔宫女等下〕医师先生，你把那些药带来了吗?

考尼利阿斯　启禀陛下，带来了，这就是，夫人。〔呈上一小匣〕但是请您原谅，我的良心要我动问，您为什么要我给您这些毒剂，虽然药性缓慢，但足以使人衰竭而死？

王后　我觉得奇怪，医师，你问我这样的话，我不是向你学习很久了吗？你不是教过我如何制造香水？如何酿酒？如何腌藏吗？是的，就是我们的伟大国王不是也常要尝试我的制品吗？学习到了这个阶段——除非是你以为我心术不正——我再进一步做别的实验难道是不应该的吗？我打算在不值得绞杀的那些动物身上——不是人身上——试试你的药力如何，然后再施用解药，分别地考察其力量与效果。

考尼利阿斯　您做这种试验必将使您的心肠变硬，而且观察这种毒剂的效果是既令人作呕又容易感染毒性的。

王后　啊！你放心。

皮杂尼欧上。

〔旁白〕一个谄媚的奴才来了，我要先从他下手。他是忠于他的主人，我的儿子的敌人。怎么样，皮杂尼欧！医师，现在没有你什么事了，你可以去了。

考尼利阿斯　〔旁白〕我实在是疑心你，夫人，但是你伤不了人。

王后　〔向皮杂尼欧〕你听着，我有话对你说。

考尼利阿斯　〔旁白〕我不喜欢她。她以为她握有慢性的奇毒，我知道她的性格，我不肯把这种厉害的毒药给她去害人。她拿到的毒药只能令人昏迷片刻。她也许先在猫狗身上试验，然后施于人身。这药可导致死亡的征象，但无危险，不过是把人的精神暂时加以封锁，醒过来之后会格外地精神抖擞。她是被我的骗术所愚弄了，我越骗她，越显得我忠实。

王后　没有别的事了，医师，等有事时我再找你。

考尼利阿斯　我告辞了。〔下〕

王后　你是说她还在哭？你看她过些时候会不会冷静下来，现在痴情迷了心窍，过后会听人的劝告吧？你去下点功夫，等到你带消息来说她爱我的儿子了，我就立刻宣告你的地位是和你的主人的一般高，还更高一些，因为他的命运已经濒临死亡，他的名誉也奄奄一息了。他要回来既不可能，继续住在那里亦诸多未便，换个居住的地方，只是用一种苦恼换另一种苦恼，对于他来讲过一天只是虚耗一天的工夫。他自己摇摇欲坠，既不能重新改建，又连支撑一下的朋友都没有，你还依靠着他，能有什么指望呢？〔王后将小匣落地，皮杂尼欧拾了起来〕你不知道你拾起来的是什么，你既费心拾起，你就拿了去吧。那是我调制的药剂，曾使国王五次起死回生，我不知道还有什么更灵的药。不，我请你，拿去吧，这不过是先表示一点小意思，我以后还会给你更多的好处。告诉你的女主人，她现在是什么处境，作为是你自动说的。想一想你改换主人的机会是多么难得，你照旧伺候你的女主人，外加上我的儿子，他会好好照顾你的。我会怂恿国王按照你的愿望给你以任何形式的提拔，然后我自己，主要的是我，本来是我鼓动你做这桩事的，一定要重重地酬谢你。

喊我的女侍们来，想一想我的话。〔皮杂尼欧下〕一个狡猾而忠贞的奴才。动摇不了他，为他的主人做代表，前来提醒她对她的丈夫信守婚誓。我给了他的那个东西，如果他服了下去，将使她身边失去她丈夫的大使，而且除非她心回意转听我摆布，她以后也一定要尝尝这个滋味。

皮杂尼欧及宫女等上。

好，好，做得好，做得好。把这些紫罗兰、野樱草、樱草花，送到我的房里去。再见，皮杂尼欧，想想我的话。〔王后及宫女等下〕

皮杂尼欧　我是要想一想的。
如果我对于我的好主人不忠实，
我会掐死我自己，这便是我能为你做的事。〔下〕

第六景：同上。宫中另一室

伊慕贞上。

伊慕贞　一个残酷的父亲，一个狡诈的继母，一个向丈夫已被放逐的有夫之妇胡缠的求婚者。啊！那个丈夫，才是我的最大的悲哀！再加上那些不断的烦恼！如果我像我的两个哥哥一样从小就被人偷走，那就幸福了！希求荣华富贵的人其实最苦，那些处境无论多么寒微，而诸事顺遂心满意足的人们，其实最有福气。这是谁？呸！

皮杂尼欧与义阿基摩上。

皮杂尼欧　夫人，罗马来的一位高贵的绅士，带来了我的主人的函件。

义阿基摩　你怎么变色了，夫人？高贵的李昂内特斯是平安的，并且向你亲切致候。〔呈递一函〕

伊慕贞　多谢，先生，欢迎你来。

义阿基摩　〔旁白〕她的仪表可真是华丽极了！如果她的内心也是同样地出色，她真是唯一的一只凤凰，我的赌注算是失掉了。让勇气来帮助我吧！给我力量，让我从头至脚全是一股冲劲！否则，就像帕兹亚人一般且战且逃[9]，或是干脆逃走了事。

伊慕贞　“彼乃此间最有名望人士之一，我承他厚待，感激无已。希妥为招待，一如卿之待遇卿之最忠实的李昂内特斯。”我只朗诵出这么一段，其余的部分也使得我的心坎感觉温暖、舒服。高贵的先生，我要用我能使用的语言来表示对你的欢迎之意，并且在我所能办得到的事情上面，你也会发现我是欢迎你的。

义阿基摩　多谢，最美丽的夫人。怎么！男人全都是疯了？上天是否已经给了他们眼睛，让他们仰观天象，俯视海上陆上的丰富的产物，能辨别天上一颗颗灿烂的星辰以及海滩上无数的一模一样的小圆石？而我们有这样宝贵的视官竟不能分辨美与丑？

伊慕贞　你何以有此感慨？

义阿基摩　不可能是眼睛上有缺陷，因为就是猩猩和猴子看到了这样的两个女人，也会对着这一个喳喳地叫，对着那一个做鬼脸加以鄙夷；也不可能是在辨别力上有什么毛病，因为讲到这一次的仪表上的差别，即使是白痴也会明辨妍媸丝毫不爽；也不是欲望的问题，邋遢的娘儿们和这样整齐俏丽的女人比较之下，只能使欲望作恶空呕，不会引起人的食欲。

伊慕贞　真是的，到底是什么事？

义阿基摩　饱饫过度的欲望，那已经饱满而仍不知满足的肉欲，有如一面注满一面横溢的木桶，于吞噬羔羊之后还不忘情于残肴剩炙。

伊慕贞　亲爱的先生，什么事情使你如此地如醉如痴？你没有生病吧？

义阿基摩　多谢夫人，我很好。〔向皮杂尼欧〕我请你，老兄，告诉我的仆人就在我和他分手的地方等候我，他人地生疏而又脾气不好。

皮杂尼欧　我正要去款待他一下。〔下〕

伊慕贞　请问我的丈夫健康一向还好？

义阿基摩　很好，夫人。

伊慕贞　他有兴致寻乐吗？我希望他有。

义阿基摩　他兴致很高。那里没有一个作客的人像他那样高兴，那样贪玩，他被称为不列颠的狂欢者。

伊慕贞　他在这里的时候生活是很严肃的，常常不知是为什么。

义阿基摩　我从没有看见他严肃过。他的伴侣中有一个法国人，是一个很有名望的人，好像在他本国和一个法国女子正在热恋，像鼓风炉似的不断地叹气，于是那位欢乐的不列颠人——我的意思是说你的丈夫——就放声大笑地说："啊！岂不要笑破我的肚皮，一个男人，从历史的教训、朋友的谈说、自己的经验，当然知道女人是个什么样的东西，而且非是个什么样的东西不可，居然在他自由自在的时间还要为了想念婚姻的桎梏而自苦？"

伊慕贞　我的丈夫会说这样的话？

义阿基摩　是的，夫人，而且笑得淌出了泪，在一旁听他讥笑那个法国人真是有趣。但是，天晓得，有些男人实在是太不该。

伊慕贞　他不在内，我希望。

义阿基摩　他不在内，不过上天对他的赋予，他该善加利用。他本人，固然是得天独厚。你得自上天的那一份，我认为也是他的，而且是超过一切财富的，我看了固然惊羡不置，其实也觉得甚堪惋惜。

伊慕贞　你惋惜什么，先生？

义阿基摩　有两个人，我为他们深痛地惋惜。

伊慕贞　我是其中之一，先生？你看看我，你在我身上看出有什么破败的痕迹值得令你惋惜？

义阿基摩　好令人伤心！什么！躲开熠熠的阳光，在暗室中守着残烛度日?

伊慕贞　我请你，先生，更明白地答复我的问题。你为什么怜悯我?

义阿基摩　我刚要说，别人都在欣赏你的——不过天神才有膺惩的职责，我不该谈论它。

伊慕贞　你好像知道我一些什么事，或关于我的什么事。请你——疑心事情出了岔子比确知事情出了岔子更难过，因为确定的事实不是无可挽救便是及时发觉尚有挽救之可能——把你半吞半吐的话对我直说了吧。

义阿基摩　如果我能有这样的面颊来浸浴我的嘴唇;有这样的手，一经接触到它，每一次接触到它，都会逼人从心坎里想发永矢忠诚的誓约;有这样的美貌当前，使我的一向流盼不羁的眼睛成了俘虏，使得我目不转睛，而我居然——那是该下地狱的——还要和神殿前供众人践踏的石阶一般凡贱的嘴唇去接吻，还要握弄那因随时卖弄虚情假意而磨粗了的手，那虚情假意亦正是她们的职业[10]，然后还要斜着眼睛对瞟，其下贱混浊有如臭脂油燃烧出来的冒烟的灯光，那么地狱里的一切酷刑应该一齐来惩罚我的不忠。

伊慕贞　我恐怕我的丈夫已经忘记了不列颠。

义阿基摩　也忘了他自己。不是我有意要报告这个消息，揭发他的变心的下流行为，是你的天生丽质有一种魅力，使得我的沉默自持的良心不得不把这些话送到舌端。

伊慕贞　不要让我再听下去了。

义阿基摩　啊最亲爱的人!你的处境使我同情，也使我难过。

这样漂亮的一位夫人，放在任何国家里都可使最伟大的君王倍增光荣，竟被比附于荡妇之列，而且那一笔缠头之资还是取之于你自己的私囊！被比附于身染恶疾的生意人[11]之列，她们是为了金钱不惜带着各种腐蚀人身的疾病来应酬人的！这种用热气蒸过的东西可以毒死毒物[12]！你要报复，否则生你的人算不得是一位王后，你也辱没了你的伟大的身世。

伊慕贞　报复！我怎样报复呢？如果这是真的，因为我的心还不能仓促地听信我所耳闻的话，如果这是真的，我怎样报复呢？

义阿基摩　如果他玩弄娼妇，一个又一个地玩，对你没有恩情，而且用的是你的钱，他还能让我独拥寒衾过戴安娜的女祭师的生活吗[13]？要报复。我愿奉献我自己供你享用，比你那个不忠于婚约的汉子要高贵些，会长久忠于你的爱情，永远守秘可靠。

伊慕贞　喂，皮杂尼欧！

义阿基摩　让我在你的嘴唇上表示我的忠诚吧。

伊慕贞　滚开！我恨我自己的耳朵，不该听你讲话这样久。如果你是好人，你讲这番话应是一番好意，不该是为了你现在所希冀的目标，真是又卑鄙又离奇。你诬蔑了一位正人君子，他绝无你所说的情形，犹如你之绝无一点廉耻，你来调戏一个女人，她厌恶你如同厌恶魔鬼一般。喂，皮杂尼欧！你的鲁莽举动一定要禀告我的父亲国王知道。如果一个无礼的客人来到他的宫廷做买卖，竟像到了罗马的妓院一般，公然对我们吐露他的下流的欲念，而他认为并无不当之处，那么他便是根本不重视他的宫廷，一点也不爱惜他的女儿。喂，皮杂尼欧！

义阿基摩　啊幸福的李昂内特斯！我可以说，你的夫人对你的信心没有辜负你对她的信任，而你的完美的品德也正应得她的坚定的信心。愿你们长久地享福！你是任何国家引以自傲的最高贵的一位绅士的夫人。你是他的妻子，只有最高贵的人才配得上你。请原谅我。我说了那样的话，只是想知道你的信任是否根深蒂固，我将使你的丈夫变得益发忠实可靠，他的品德高洁是超迈群伦的，他的谈吐有吸引人的魅力，每个人都把一半的友情交付给他。

伊慕贞　你弥补了你的过失。

义阿基摩　他坐在众人之间像是一位自天而降的神人，他有一种特殊的神采，不似凡人的模样。我编造一套谰言来试探你的反应，伟大的公主，请不要生气，现已光荣地证明了你选中这样稀有的一位郎君确是独具慧眼，确是自信无误。我对他的友爱使得我来这样地测验你，但是你是与众不同的，你本质上根本没有糠秕。请你原谅。

伊慕贞　没有关系，先生。你可以用我的名义在宫中随意享受。

义阿基摩　多谢。我几乎忘记向你提出一项小小的要求，不过也很重要，因为此事有关你的丈夫、我自己，还有其他参加此事的几位朋友。

伊慕贞　请问是什么事?

义阿基摩　约有我们十二名罗马人，和你的丈夫，他是我们当中之最高贵的，共同集资购买一样礼物送给皇帝，我代表大家到法国去采购，买的是精工巧制的金银器皿和形式美妙的珠宝首饰，价值是很大的。我在此人地生疏，颇想找个稳妥的地方收藏。你可以代为保管吗?

伊慕贞　很愿意，以我的名誉担保它们的安全，其中既然有我丈夫一份，我把它们放在我的寝室里。

义阿基摩　东西是在一只箱子里，有我的仆人们看守着。我就把东西送交给你，只需保管这一夜，我明天就要上船。

伊慕贞　啊! 不，不。

义阿基摩　我是要走，请你准许我，否则迟迟不归我将失信于人。我从法国渡海而来是许下诺言专程来看你的。

伊慕贞　我很感激你的辛劳，但是不要明天就走!

义阿基摩　啊! 我必须走，夫人，所以我请你，如果你要给你丈夫写信，今晚就写吧，我已经耽搁太久了，对于我们的礼物的呈献关系甚大。

伊慕贞　我要写信。把你的箱子送来，必妥为保管，原璧奉还。我欢迎你来。〔同下〕

注释

[1] 特南舍斯（Tenantius）“乃辛伯林之父，卡西伯兰之侄……罗马人初次进攻，为卡西伯兰所击退，但朱利阿斯·西撒再度侵入不列颠时，卒被征服，允每年向罗马纳贡。死后，特南舍斯继位为王……一说特南舍斯仍按卡西伯兰之数照旧纳贡；或谓他曾拒付贡款，与罗马人战。莎士比亚以后说为确。”（Malone 注）赐姓李昂内特斯，Leonatus = lion-born。

[2] 原文“gall”，哈利孙（G. B. Harrison）注为 oak-apples，乃橡树上的寄生物，可用以制墨水。与苦胆液有双关义。按: oak-apple 亦称 oak gall，中文所谓“五倍子”，哈利孙之言是也。但据 Herford :“牛胆确曾为伊利沙白时代墨水的成分之一，当时制墨水法曾有此记载。”总之，是指胆汁之“苦”则无疑义，故径译为胆汁。

[3] 原文“grace”即是 grace of God 之意。

[4]“Fie! you must give way.”这句话是对谁说的，各家解释不一。Nosworthy 注云:“这句话是对辛伯林说的，蓄意使他益发愤怒。Capell 指陈，王后对辛伯林说一声‘呸！’，谴责他的残酷而虚弱的诅咒，其余一部分是对伊慕贞说的，此说在心理上似不甚可能。第三种解释是 Elze 提出的，他认为全部是对伊慕贞说的，此说似对王后之说话的方法缺乏理解。”证以下句“Here is your servant.”，则此句似应是对伊慕贞所说，因皮杂尼欧是波斯邱默斯之仆，当然亦即是伊慕贞之仆。

[5] 那“两个符箓一般的字”究竟是什么字，不可得而知。可能是 fare well 之类。

[6] 据说鸟中唯有鹰可以直视太阳。意谓像他同样高明者比比皆是。

[7] 情人（friend=lover）激于热情往往言过其实，崇拜者比较审慎，出

言较有分寸。

[8] 此语何所指? Nosworthy 注云:“可能有猥亵意。”

[9]Parthians 作战时善向后逃，逃时施回马枪，或发回马箭，出敌不意而获胜。

[10]falsehood, as with labour 费解, Verity 注云:“Meaning that ‘falselhood’ has become with these outcasts a ‘labour’ ,i.e. profession.”

[11]ventures，Capell 注为 traders，是也。

[12] 患花柳病者，用热气蒸浴为当时通行之医疗法。

[13] 这一句话内的代名词使用紊乱，但语意生动。

第二幕

第一景：不列颠。辛伯林宫前

克娄顿与二贵族上。

克娄顿　什么人碰到过我这样的运气！我的球刚要和那只小白球接吻，别人掷过一只球把它撞开了[1]！我在这上面有一百镑的赌注。随后一个婊子养的猴崽子责骂我不该赌咒，好像我的咒语是从他那里借来的，我自己不得随便使用。

贵甲　他这样得到了什么？你用球敲破了他的头。

贵乙　〔旁白〕若是他的头脑也像打破他的头的那个人的头脑一样，这一下子会都流了出来。

克娄顿　一位有身份的人想要赌咒的时候，任何旁观者是不得打断他的咒语的，是不是？

贵乙　　不得，大人，〔旁白〕也不得剪断他们耳朵[2]。

克娄顿　　婊子养的狗！我和他决斗！但愿他是和我同一阶级！

贵乙　　〔旁白〕以便和傻瓜臭味相投[3]。

克娄顿　　世上没有什么东西使我更着恼的了。岂有此理！我真愿不是这样高贵身份的人。他们不敢和我打斗，为了我的母亲王后的关系。每一个奴才都可以随意地打个痛快，而我却只能像一只无与匹敌的公鸡独自走来走去。

贵乙　　〔旁白〕你是公鸡，也是阉鸡。你头戴鸡冠[4]，公鸡，只会呜呜地啼叫。

克娄顿　　你说什么？

贵乙　　和每一个您所侮辱的贱人决斗，那是不合您的身份的。

克娄顿　　是不合，这个我晓得。不过我若是侮辱一些比我身份低的人，那是合我身份的。

贵乙　　只有您一个人可以这么做。

克娄顿　　唉，我也是这样说。

贵甲　　您可听说今晚有一个外国人来到宫廷？

克娄顿　　外国人，我居然不知道！

贵乙　　〔旁白〕他本身就是一个外人，所以不知道。

贵甲　　来了一个意大利人，据说是李昂内特斯的朋友之一。

克娄顿　　李昂内特斯！一个被放逐的恶棍，他一定也是一个恶棍，不管他是干什么的。谁告诉你的这个外国人的消息？

贵甲　　您的一个童仆。

克娄顿　　我该不该去看看他？是不是有失身份？

贵甲　　您不会失身份的，殿下。

克娄顿　　是不大容易失掉的，我想。

贵乙　　〔旁白〕你是一个傻瓜，大家公认的，所以你的所作所为，无一不傻，不会失掉身份。

克娄顿　　来，我去看看这个意大利人。我今天在滚球上的损失今晚要在这人身上捞回来。来，走。

贵乙　　我就来奉陪。〔克娄顿与贵族甲下〕他母亲那样的一个狡诈的魔鬼会生出这样的一头蠢驴！那婆娘用头脑可以克服一切困难，而她这个儿子却连二十减二剩十八要命也算不出来。哎呀！可怜的公主，你这神仙一般的伊慕贞，你处境好苦啊，一面是一个被继母所挟制的父亲，一面是时刻制造阴谋的母亲，再加上一个求婚的人，其可厌有甚于你的亲爱丈夫之遭放逐，有甚于他一厢情愿想要造成的惨痛离婚。

愿上天加强你的宝贵的贞操的壁垒，
使你的心旌不至动摇，你便可稳稳站住，
安享你的流亡丈夫和这伟大的国土！〔下〕

第二景：一寝室；在一边放着一只箱子

伊慕贞躺在床上阅读，一宫女随侍。

伊慕贞　是谁？是海伦吗？

侍　是的，公主。

伊慕贞　几点钟了？

侍　几乎是午夜，公主。

伊慕贞　那么我读了三小时了。我的眼睛倦了，把我刚看过的一页折起来，我要睡。不要把蜡烛拿走，放在那里点着，如果你能到了四点钟醒来，请喊我一声。睡魔整个地抓住我了。〔宫女下〕天神哟，我置身于你们的保护之下！请你们保护我，不受夜间妖魔鬼怪的侵扰！〔睡。义阿基摩自箱内出来〕

义阿基摩　蟋蟀在叫，人在倦极而休息。我们的塔尔昆[5]就是这样地在冒犯贞操之前轻轻移动他的脚步。维诺斯，你横陈榻上是多么地美丽呀！鲜亮的白百合花，比床单还白！我真想去摸一下！只想吻你！吻一下！无比的两块红宝石，多么亲热地吻在一起！是她的吐气把这寝室充满了异香，蜡烛的火焰向她欠身，想要在她的眼睑之下窥探，看看关在里面的光明，现在是被笼罩在这一片洁白的而又点缀着天空蔚蓝的幕幔之下了。但是别忘了我的主意，要注意这屋里的情形，我要全都写了下来。这样的和这样的图画；那边是窗户；她的床的装饰是这样的；壁幔，雕刻的人物[6]，是这样的这样的；还有壁幔上所织的故事[7]。啊！她身体上的一些特征，比一万种较不重要的家具陈设当更有作证的力量，不可不拿来充实我的记载。啊睡眠！你是死亡的模仿者，沉重地压在她身上吧！让她懵然罔觉，有如教堂里的这样躺着的一具雕像。脱下，脱下！〔取下她的手镯〕轻易地滑下，像高地阿斯的绳结之难解[8]！我据为己有了，这可以作为外在的证据，和内心的印证一般地有力量，足以使她的丈夫发狂。在她左胸有一颗五点形的瘤子，像是野樱草的花心里的红斑一样，这便是一项证据，比任何法定的担保更为有力，这一项秘密会逼他相信我已经打开了锁，偷走了她的贞操的宝贝。足够了。我把这个写下有什么用呢，我不是已经把它牢记于心了吗？她夜间读的是蒂鲁斯的故事，折角的这一页正是讲到菲洛美尔力竭失身的地方[9]。我已有足够的证据，再回到箱子里去，关起弹簧锁。快走，快走，你们这些给昏夜拖车的龙，以便黎明使乌鸦睁开眼睛！

我现在心中好生危惧。

这是天使，这里面是地狱。〔钟鸣〕

一，二，三，时间到了，时间到了！〔走进箱内。幕闭〕

第三景：与伊慕贞寝室相连接的前厅

克娄顿与二贵族上。

贵甲　殿下是一个在失败之中最有耐心的人，翻出幺点而最冷静的人。

克娄顿　任何人输了钱都会心灰意冷的。

贵甲　并不是每个人都能有像您那样的镇定自持的风度。您赢了的时候可真热烈而豪爽。

克娄顿　赢钱会使任何人勇气倍增。如果我能得到这个倔强的伊慕贞，我就会有足够的金钱了。天快亮了，是不是？

贵甲　天亮了，殿下。

克娄顿　我希望乐师们来。有人劝我给她清晨奏乐，据说可以打进她的心。

乐师等上。

来嘛，开始调音。你们若是能用手指打动她，那很好，我们也要用舌头试试看：如果二者均不生效，那就由她去了，但是我永不放弃。首先，奏一段非常美妙的曲子，随后，一支特别甜蜜的歌，配着情意浓厚的词，以后就由她自己考虑了。

歌

听！听！云雀在天门歌唱，
太阳神在开始上升，
花朵里含着的玉液琼浆
被他的骏马一饮而空。
闭着眼睛的金盏草
开始把它们的金眼睁开，

一切美的东西都起来了，
亲爱的人儿，你也起来，
起来，起来！

克娄顿　好，你们去吧。如果这能打动她的芳心，我将给你们更多的酬劳；如果不能，那是她的耳朵有毛病，马鬃牛肠[10]再加上阉过的太监的尖嗓门，都永远无法医治。〔乐师等下〕

贵乙　国王来了。

克娄顿　我很高兴这样晚还没有睡，所以我这样早就起来了。他看到我这样地殷勤一定会表示嘉许。

辛伯林与王后上。

陛下和我的慈母，早安。

辛伯林　你在我的倔强的女儿门前守候着吗？她不肯出来？

克娄顿　我用音乐向她进攻，她相应不理。

辛伯林　她的情人被放逐是太近的事，她还不能忘记他。假以时日，记忆自然模糊，然后她便是你的了。

王后　你该感激国王，凡有给你和他的女儿撮合的机会，他绝不放过。你也要正式地向她求婚，充分利用适当的时机。她越拒绝，你要越献殷勤，你为她所做的事，要像是受了灵感启发的样子，处处要依从她，除非在她赶你走的时候，你可以没有知觉。

克娄顿　没有知觉！这可不行。

一使者上。

使者　启禀大王，罗马派来的使节到了，其中一位是凯耶斯·留希阿斯。

辛伯林　是一位可敬的人，虽然他这番来怀着敌意，不过这不是他的过错，我们必须按照他的主上的身份接待他，对于他本人，鉴于他以往待我们不错，我们也该尽量表示欢迎。我的亲爱的儿子，向你的情人道过早安之后，就到王后和我的跟前来，我要派你招待这个罗马人。来吧，我的王后。〔除克娄顿外均下〕

克娄顿　如果她已起身，我要和她说话；如果还未起来，让她再躺着继续做梦。对不起啊，喂！〔敲门〕我知道她有侍女们侍候她。我拿一点东西塞到其中的一只手里可好不好呢？金钱能买通一条路，时常能办得到，是的，还可以使戴安娜的守林的女神们监守自盗，把她们的鹿送到偷鹿的人们的所在。金钱可以使诚实的人被杀害，使盗贼保全性命，不，有时候使诚实人和盗贼一齐被绞死。有什么事情它办不到，毁不了？我要使她的一位女侍做我的辩护士，因为我自己对我的案情还不大明白。里面有人吧。〔敲门〕

一女侍上。

侍　是谁敲门？

克娄顿　一位贵族。

侍　只是贵族吗？

克娄顿　　是的，还是一位贵妇人的儿子。

侍　　〔旁白〕那倒是一些和你一样穿着入时的人们所不能夸耀的事。您有什么事情?

克娄顿　　拜见你们小姐，她准备好了吗?

侍　　准备好了，今天不出房门。

克娄顿　　这钱是给你的，给我说句好话。

侍　　怎么！出卖我的名誉？还是说句关于你的好话？公主来了！

伊慕贞上。

克娄顿　　早安，最美丽的人，妹妹，让我吻你的香手。

伊慕贞　　早安，先生。你付出太多的辛劳，只是买来烦恼。我所能对你表示的感激便是告诉我没有什么感激之情，并且也无法向人表示感激。

克娄顿　　我还是发誓我爱你。

伊慕贞　　如果你只是这样说一声，对我就有同样深刻的影响，如果你还要发誓，你的报酬也不过是自讨没趣。

克娄顿　　这不是答复。

伊慕贞　　若不是怕你误会我的无言便是默许，我根本不想说话。请你饶了我吧。真是的，我对你的一番盛情将要表示相等的失礼。像你这样富有知识的人，受了教训之后，应该知道自制。

克娄顿　　眼看着你发疯而不管你，那将是我的罪过，我不肯。

伊慕贞　　傻瓜不能医治疯子。

克娄顿　　你喊我为傻瓜吗?

伊慕贞　我疯了，我就这样喊你。如果你能自制，我就不再发疯，那就把我们两个都治好了。我很遗憾，先生，你逼得我忘了女人应有的礼貌，这样地多话。现在我直截了当地告诉你吧，我的心事我自己知道，我如今直言无隐地宣告，我不喜欢你，并且我是这样地近于残忍，如果我指控我自己的话，我恨你。这原是我希望你自己能感觉到，无须等我开口的。

克娄顿　你犯了不知孝顺父亲的罪名。你自以为和那个下贱的小子订了婚约，他是靠施舍长大的，吃的是宫廷里的残羹剩饭，那不能成为婚约，那不是婚约。虽然在低贱的人们当中——谁比他更低贱——两情相悦便自缔良缘，其结果不过是养出一群孩子过乞丐生活，当然未尝不可。可是你由于贵胄的关系却没有这样的自由，你不能和一个没有地位的卑贱奴才，一个只合给人做仆役的，做厨子还不够格的下流货，随便联姻。

伊慕贞　胡说乱道的家伙！纵然你是朱匹特的儿子，仅有一个高贵的出身，你做他的仆役还不够资格呢！如果按照你的才德，被称为他的国内的刽子手的一名助手，你就算是很够体面，甚至要招人嫉妒，为了这样的好差事而被人恨哩。

克娄顿　让南方吹来的毒雾腐蚀他！

伊慕贞　他的名字被你提起乃是他的不幸，他永远也不会遭遇到更大的不幸。曾经裹过他的身体的一件最破烂的衣服，在我看起来，也比你头上的所有的头发一根根都变成你这样的人要更为可贵。喂，皮杂尼欧！

皮杂尼欧上。

克娄顿　“他的衣服！”好吧，让魔鬼——

伊慕贞　你立刻赶快到我的侍女陶乐赛那里去——

克娄顿　“他的衣服！”

伊慕贞　我被一个混人给缠住了，他恐吓我，激怒我。去，教我的侍女寻找从我臂上偶然滑落的一只镯子，那是我的丈夫给我的，如果我拿它和欧洲任何一位国王的财富交换，让我永远倒霉，我今天清晨还看到它，我确知夜里还在我的臂上，我吻过它。我希望它不是跑去告诉我的丈夫说，除了他之外我还吻过它。

皮杂尼欧　不会遗失的。

伊慕贞　我希望如此，去，找找看。〔皮杂尼欧下〕

克娄顿　你侮辱了我:“他的最破烂的衣服！”

伊慕贞　是的，我是这样说的，先生，如果你想根据这个提出控诉，要找个见证才行。

克娄顿　我要告诉你的父亲。

伊慕贞　还有你的母亲，她是我的好朋友，我想她对我的观感不会比最坏的更坏。我告辞了，先生，你就尽量地生气吧。〔下〕

克娄顿　我要报复。“他的最破烂的衣服！”好吧。〔下〕

第四景：罗马。菲拉利欧家中一室

波斯邱默斯与菲拉利欧上。

波斯邱默斯　不必担心，老兄，我愿我能挽回国王的心就像确信她能保持贞操那样地有把握。

菲拉利欧　你用什么方法疏通他？

波斯邱默斯　没有任何方法，只是等待时来运转，目前在严冬战栗，希望暖些的日子到来。我只能以这样黯淡的希望来报答你的厚爱，一旦希望落空，我只得一死了之，永负你的盛情。

菲拉利欧　能和你这样的君子相聚一堂，即可抵偿我的一切效劳而有余。现在这个时候，你们的国王当已听到了伟大的奥格斯特斯的旨意，凯耶斯·留希阿斯一定会彻底达成他的使命，我想你们国王会答应纳贡，偿付积欠，不会再和我们的罗马大军为敌，过去创痛巨深该是记忆犹新。

波斯邱默斯　我虽然不是政治家，将来也不会成为政治家，但是我相信，这会演变为一次战争，你不久就会听说现驻法国的罗马军团在我们毫不畏惧的不列颠登陆，不会听到我们付出一便士纳贡的消息。当初朱利阿斯·西撒曾讥笑我们国人不娴战术，可是又深怵于他们的勇敢好斗，现在他们已不复是那样地漫无纪律了，他们的纪律，现在生了翅膀[11]，再加上他们的勇敢，会让考验他们的人知道他们是与日俱进的有出息的民族。

菲拉利欧　看！义阿基摩！

义阿基摩上。

波斯邱默斯　必是最敏捷的鹿载着你在陆上驰驱，四面八方的风吻着你的船帆，使你的船行驶得飞速。

菲拉利欧　欢迎，先生。

波斯邱默斯　我希望你是得到了直截了当的回答，所以这样快地就回来了。

义阿基摩　你的夫人是我所见过的最美丽的妇人之一。

波斯邱默斯　也是最贤淑的一个，否则就让她的美貌在窗口抛头露面去勾引邪恶的人们，跟着他们放荡起来吧。

义阿基摩　这是给你的一些信件。

波斯邱默斯　我相信内容必定是好的。

义阿基摩　大概是。

菲拉利欧　你在不列颠宫中的时候，凯耶斯·留希阿斯也在那里吗？

义阿基摩　都在盼他来到，可是他还没有到。

波斯邱默斯　那么暂时还没有事。这块钻石还是照旧地发光吗？也许你嫌它太乌暗不值得你戴了？

义阿基摩　如果我失掉它，我便是失掉了它所值的那样多的黄金。我愿走双倍遥远的途程再去享受我在不列颠所享受过的短暂而香艳的一夜，因为这只指环已经被我赢到了。

波斯邱默斯　这块钻石你很难得到。

义阿基摩　一点也不，你的夫人很容易弄到手。

波斯卯默斯　先生，不要把你的失败当作笑话说，我希望你知道我们是不能再继续做朋友了。

义阿基摩　好先生，我们必须继续做朋友，如果你信守合约。如果我归来没有能够证明我和你家中的妻子曾经真个销魂，我承认我们两个是要再周旋一番，但是我现在宣布我已赢得她的贞操，连带着也赢得了你的指环。我也没有什么愧对她或你的地方，因为都得到了你们的同意。

波斯卯默斯　如果你能证明你已经在床上享有了她，我的友谊和我的指环都是你的；如果不能，那么你对她的纯洁的贞操所做之恶意的诬蔑，就得要使我们的两把剑分出一个胜负，或者使我们的两把剑都变成为无主之物，任凭过路行人拾捡了去。

义阿基摩　先生，我叙说当时详情，可以说得非常逼真，你不由得就会相信，我还可以发誓证明。我相信你会不要我发誓的，因为你会发现你不需要我那样做。

波斯卯默斯　说吧。

义阿基摩　先说，她的寝室，我要说我并未在那里睡觉，但是值得令人不睡的东西我都享受到了，那里张挂着丝银交织的壁幔，故事是华贵的克利欧佩特拉初遇她的罗马情人，西德诺斯河水泛滥到岸上，不是为了船只太多就是为了骄纵自大。做工如此之精巧，材料又如此之贵重，手艺与价值二者难分上下，我很诧异居然能有这样罕见的精品，其中栩栩欲生的故事简直是——

波斯邱默斯　这是真的，这也许是你在这里听我说的，或是别人说的。

义阿基摩　还有更多的细节可以证实我是亲眼看到的。

波斯邱默斯　必须要证实，否则你的信誉要受损失。

义阿基摩　壁炉在寝室的南面，炉上摆着的雕刻物是贞洁的戴安娜女神出浴，我从未见过这样生动的雕刻，简直是要开口说话的神气。这雕刻家巧夺天工，哑口无言，胜过了造化，只差了动作和呼吸。

波斯邱默斯　这也许是从别人口中述说中得到的，因为这是常被人说起的。

义阿基摩　寝室的天花板装饰着无数的泥金的天使，她的柴架——我忘记说了——是两个银制的盲目的邱比得，每个都是一条腿站着，悠然地依靠在他们的木柴上[12]。

波斯邱默斯　这就足以说明她的贞操有问题！假设你是看到了这一切，你的记忆力实在可佩，对于她寝室里面的描写并不能保住你所下的赌注。

义阿基摩　那么，如果你办得到的话，请你不要脸红，让我把这饰物显示一下。看，〔显示手镯〕现在又收起来了。它必须和你的钻石成双作对，我要好好收藏它们。

波斯邱默斯　天哪！让我再看一下。是我留给她的那一只吗？

义阿基摩　先生——我感谢她——正是那一只。她从她的胳膊上取下来的，她那神情如在目前，她的优美的动作比她的礼物更值钱，但也使得那礼物更名贵。她送了给我，并且说她曾经一度很珍视它的。

波斯邱默斯　也许是她脱下来要你交给我的。

义阿基摩　她这样写信告诉你的，是吗?

波斯邱默斯　啊！没有，没有，没有，是真的了。来，把这个也拿去吧，〔授以指环〕对于我的眼睛，它是妖蛇，看它一眼即可使我丧命。此后凡是有美貌的女人，我们不可希望她贞洁；像是忠实的，不可希望她忠实；有另一男人涉入时，不可希望她能保持原来的爱情；女人们的誓约对于接受誓约的人们不必再有什么束缚力了吧，犹之乎她们也不忠于她们自己的贞操。啊！过分的虚伪不忠。

菲拉利欧　不要动气，先生，且拿回你的指环，还没有被他赢去。很可能是她遗失了它，也许她的一个仆人受了贿买把它偷了出来的呢?

波斯邱默斯　很对，我希望他是这样得到它的。交还我的指环。给我提出一些有关她肉体上的征象，要比这个更有证明的力量，因为这是偷来的。

义阿基摩　朱匹特呀，我是从她的胳膊上取得的。

波斯邱默斯　你听见吗，他发誓了，他指着朱匹特发誓。那是真的，好，你留下那指环吧，那是真的。我准知道她是不会把它遗失的。她的侍女们都是矢忠可靠的，她们能被贿买去偷它?尤其是受一个陌生人的贿赂！不，他是已经享受了她的肉体了，这是她的不贞的明证。她付这样大的代价买得了淫妇的名义。拿去吧，那就是你的酬劳，愿地狱中所有的魔鬼来分别惩治你们两个!

菲拉利欧　先生，别着急，对于一个对她深具信心的人来说，这证据还不够——

波斯邱默斯　别再说起了，她已经被他奸淫了。

义阿基摩　如果你还要更多的证据，在她那颇值得一摸的酥胸之下有一颗瘤子，对于那个温柔的所在甚为得意，我以性命为誓，我吻了它一下，当时我已心满意足，这一吻之下欲火复起，不免又饱餐了一番。你还记得她身上那个黑点吗?

波斯邱默斯　是的，这可以证明她的另外一个污点，大得可以塞满地狱，纵然她没有其他的污点可以指责。

义阿基摩　你要再听下去吗?

波斯邱默斯　无须计算数目，不要数那次数了吧！春风一度，与一百万度又有何异!

义阿基摩　我敢发誓——

波斯邱默斯　不必发誓。如果你发誓你没有干这事，你是说谎，如果你敢否认你使我戴了绿头巾，我就杀了你。

义阿基摩　我不否认任何事。

波斯邱默斯　啊！我愿现在就把她弄到这里，把她一块块地支解。我要到那里去，在宫廷里，当着她父亲，这样地做。我总要做出一些——〔下〕

菲拉利欧　完全失掉了控制力！你已经胜利了，我们跟了他去，防他在盛怒之下做出伤害自己的事。

义阿基摩　我十分愿意。〔同下〕

第五景：同上。同上另一室

波斯邱默斯上。

波斯邱默斯　男人要生孩子，除了和女人合作就没有别的办法了吗？我们都是私生子，都是。我在母亲肚里氤氲成胎的时候，我喊作父亲的那个最可敬的人究竟是在什么地方，我并不得而知，不知是哪一位铸造者用他的家具铸成了我这块赝币，而我的母亲却好像是当代的戴安娜;我的妻也正是现代圣洁无比的人物哩。啊！报复，报复！她总是限制我的名正言顺的欢乐，时常求我节欲，那一派娇羞的神态，就是老迈的农神[13]看了也会要生出了怜爱之意，所以我以为她是没有被太阳照耀过的白雪一般贞洁。啊！所有的魔鬼！这个狡猾的义阿基摩，在一小时之内——是不是？也许不到一小时——第一次的时候——也许他一言未发，像是一只饱食橡实的野猪，而且是日耳曼的肥大的野猪，喊一声“啊！”就扑了上去，除了他料到的在遭遇中她不能不有的躲躲闪闪之外，没有受到任何抵抗。但愿我能发现我的身体有哪一部分是女人给我的！因为我可以断言，一个男人之罪恶的动机，一定是发生在属于女人的那一部分，例如说谎，你注意吧，是女人的习气；谄媚，女人的；欺骗，女人的；肉欲和淫念，女人的，女人的；报复，女人的;野心、贪婪，随时变化的虚荣、骄慢，稀奇古怪的欲望、诽谤，反复无常，一切男人所能列举的，不，地狱所曾包含的，唉，女人的。部分的，或是全部的。毋宁说是，全部的。即使是做坏事，她们也是三心二意，一种罪恶干不了一分钟就要换另一种，结果干不了半分钟又要换。我要斥责她们，厌恶她们，诅咒她们[14]。

最高明的痛恨她们的手段

莫过于让她们称心如愿。

魔鬼都不能有比这个更彻底地惩治她们的办法。〔下〕

注释

[1] 莎氏时代滚球场（Bowling Alley）是很兴盛的，故剧中常借用球戏术语。“在这游戏中，一只小球放在球场的一端作为目标，名曰 Jack 或 Mistress; 玩球者们站在场之另一端，向此目标滚球，能使球停靠在 Jack 之最近处者得最高分。触及 Jack 者即称之为‘接吻’。”（Harrison）

[2] 前面一句话用 curtail 一字，有“切除尾巴”之意，可做双关字用，故此处说到“剪断……耳朵”，耳朵指驴耳朵言。

[3]rank，双关语:（一）阶级;（二）臭味 pungent。

[4]comb，双关语:（一）鸡冠;（二）鸡冠形小帽，为职业的 fool 所戴。

[5] 塔尔昆（Tarquin），罗马皇帝之子，因强奸 Lucretia 而招致王朝的覆亡。同为罗马人，故曰“我们的”。

[6] 原文“figures”一般认为是壁幔上的人物，但 Nosworthy 注云:“如

佛奈斯所指陈，并非是壁幔上的人物，而是壁炉架（chimneypiece）上的雕刻人物。参看第二幕第四景第八十二行。”其说近是。

[7]“story 一字通常解作壁幔上的故事，但亦可解作 room。”（Nosworthy），此一解释可免去与上述 arras 之重复。但第二幕第四景第六十九行显示其仍为壁幔故事。

[8]Gordian knot 是古 Phrygia 之王 Gordius 献车于朱匹特时系车于柱所用之绳结，牢不可解，神谕能解者为全亚细亚之王，亚力山大以剑砍之，遂解。

[9]古典神话国王蒂鲁斯（Tereus）娶普劳克妮，日久生厌，伪称妻死，欲以妻妹菲洛美尔为继室，强奸之，拔其舌。菲洛美尔设法与普劳克妮通消息，合力杀蒂鲁斯之子，烹其肉以进。蒂鲁斯被变为鹰，普劳克妮被变为燕，菲洛美尔被变为夜莺。事见奥维德《变形记》卷六。

[10]琴弓与琴弦。

[11]牛津本原文“their discipline,—Now winged,—with their courage.”第一对折本作 Their discipline,(Now wing-led with their courges)... 以后的对折本及一般的现代编本均改 wing-led 为 mingled。今仍照牛津本译。

[12]原文“nicely depending on their brands”费解。Wyatt(Warwick Shakespeare) 注云："Brands is explained in two ways:(1)=brand-irons,i.e. the horizontal bars at the back of the andirons on which the logs actually rest. The fact that the Cupids would not stand without the support of these brands favours this interpretation. (2) Brands=the Cupids' firebrands or torches,by resting on which they seemed to be maintaining their poise.”但 G. B. Harrison 径注为："leaning on the logs they support”似较胜。

[13]Saturn，罗马神话中之农神，为朱匹特之父，此处喻为老迈的象征。

第三幕

第一景：不列颠。辛伯林宫中大厅

辛伯林、王后、克娄顿及贵族等自一门上；凯耶斯·留希阿斯及随从等自另一门上。

辛伯林　现在说吧，奥格斯特斯·西撒对我有何话说？

留希阿斯　当初朱利阿斯·西撒——现在大家想起他来如在目前，他的事迹亦将口耳相传成为不朽——当初他来到这不列颠并且征服了它的时候，你的叔父卡西伯兰[1]，因西撒对他的称赞而名闻遐迩，可是他的英勇事迹一点也不亏负他的称赞，曾经答应终身向罗马纳贡，而且子孙永守毋替，每年纳贡三千镑，可是最近陛下并未履行。

王后　为了使你们不再惊讶起见，以后永远如此。

克娄顿　要有许多西撒出现之后才能遇到另外一个朱利阿斯。不列颠本身是一个自给自足的世界，我们自己顶天立地地活着，无须付款给人家。

王后　当初使得他们能够对我们予取予夺的有利形势，现在又落在我们的手里，我们不再俯首听命了。你要记住，我的主上，你的列祖列宗，还有你的岛国的天然优势，像是海神的园囿一般，有不可攀越的巉岩和怒吼的大海，还有沙滩，在周围环绕着，不但抵挡敌人的船只，而且会把它们连桅杆顶都吞没下去。西撒是曾在这里做过类似征服的事，但不曾在此地发过他的豪语："我来了，我看见了，我战胜了[2]。"他两度战败，带着他首次遭受的耻辱离开了我们的海岸，他的船只——可怜的不知深浅的玩具——在我们的汹涌大海里，像蛋壳一般在波浪上漂荡，撞在我们岩石上就粉碎了。为了庆祝胜利，那曾经一度几乎就要把西撒伤在剑下的著名的卡西伯兰——啊命运之神真是个娼妇——下令路德城[3]燃起光明的火炬，让不列颠人趾高气扬地游行。

克娄顿　好了，我们不再纳贡了。现在我们的国家比那时候要强些，并且，我才说过，现今也不再有那样的西撒。有些西撒也许还有弯钩鼻子，但是没有一个有那样挺硬的胳膊。

辛伯林　儿子，让你的母亲说完。

克娄顿　我们当中还有不少人能和卡西伯兰一般地勇敢善战，我不是说我是其中之一，但是我也有一手。为什么要纳贡？为什么我们要纳贡？如果西撒能用一床毯子给我们遮住太阳，或是把月亮放在他的衣袋里，我们为了光亮不得不向他纳贡，否则，父亲，我求你，不要再纳贡了。

辛伯林　你要知道，在傲慢的罗马人逼迫我们纳贡以前，我们本是自由的。西撒野心勃勃——膨胀得整个世界都不能容纳——毫无借口地把这束缚加在我们身上，我们自命为一个勇敢善战的民族，自然应该摆脱这个束缚。我现在正告西撒，我的祖先就是制订我们的法律的穆尔木舍斯[4]，那法律的行使被西撒的剑破坏过甚。根据我们现有的权力，设法予以恢复行使乃是我们应尽的职责，纵然因此而开罪罗马亦在所不计。穆尔木舍斯为我们制订法律，他是不列颠之第一个头戴金冠的人，并且自称为一国之王。

留希阿斯　我很抱憾。辛伯林，我要宣布奥格斯特斯·西撒——这西撒所使唤的给他做奴仆的各国国王要比你自己能指挥的本国官员还多些——为你的敌人。那么，你就听取我的宣告吧！我以西撒的名义正式宣告将把战争与毁灭带给你，等着接受无可抗拒的打击吧。挑战的话已经说完，我要感谢你对我私人的礼遇。

辛伯林　我欢迎你来，凯耶斯。你的西撒曾封我为爵士，我在他的麾下曾度过我的许多青春时光。从他那里我获得了荣誉，如今他要用武力夺回我的荣誉，我拼了死命也要设法保持。我知道得很清楚，潘诺尼亚人和达马西亚人[5]现正为了他们的自由而奋战，不列颠人若是不知道援例行事，未免显着麻木不仁，不可以让西撒对我们有这样的观感。

留希阿斯　让事实证明吧。

克娄顿　国王陛下向你表示欢迎。和我们游玩一两天，或更长久。如果你以后在另一番情况之下和我们相见，那必将是在环绕我们国土的汪洋大海里面。如果你能把我们赶出去，国土便属于你们；如果你们的企图失败，我们的乌鸦会因为你们而得饱餐一顿。如此而已。

留希阿斯　就这样吧，先生。

辛伯林　我已经知道了你的主人的意思，他也得到了我的回答，现在剩下来的就是“欢迎！”〔众下〕

第二景：同上另一室

皮杂尼欧读信上。

皮杂尼欧　怎么！犯有奸情！你为什么不说明是什么妖精这样地指控她？李昂内特斯！啊主人！是什么离奇的毒药灌进了你的耳朵！哪个舌毒手辣的意大利人使你这样地轻信谰言？不贞！不！她为了忠贞而吃尽了

苦头，与其说是像一个妻子，勿宁说是像一位女神，坚忍地经历了能使一些贞节妇人屈服的诱迫。啊我的主人！现在你的居心和她的比较起来，就像你的运气一般地恶劣。什么！我应该把她杀害？因为我曾宣誓效忠执行你的命令？我，她？让她流血？如果这样做算是尽职，永远不要把我算作一个能尽职的人吧。我脸上有什么异样，让别人以为我能做出这样灭绝人性的事？“务必照办，我已写信给她，令她亲自吩咐你，给你以下手的机会。”啊好丑恶的一封信！像是你上面的墨水一般黑。没有知觉的一张纸，你表面上这样纯洁无瑕，竟是这个罪行的帮凶？看！她来了。我要做出毫不知情的样子。

伊慕贞上。

伊慕贞　喂，皮杂尼欧！

皮杂尼欧　夫人，这里有我主人的一封信。

伊慕贞　谁？你的主人？那便是我的丈夫，李昂内特斯。啊！星相家若是认识天上的星辰像我认识他的字迹一般，他可以算是学识湛深了，他可以洞悉未来。慈悲的天神哪，让我这信里含着的是爱、我丈夫的健康、他的一切如意，除了我们两地相思以外；让他吃点这种苦头，有些苦具有药物的作用，这件事便是其中之一，因为它可以培养爱情。除了这一点之外，让他一切如意！好封蜡，让我打开你。给秘密文件制造封锁的蜜蜂哟，愿你们有福！情人们和因背约而入狱的人们，他们的祈祷是不同的[6]，你们虽然把背约的人们投入监牢，可是你们也固封了爱情的书简。天神哟，愿里面是好消息！

“我最挚爱的人儿，如你不肯与我再晤一面，则纵使我回返国内被捕，受国家之严刑，冒令尊之盛怒，其残酷当不若是之甚也。请注意我现在坎布利亚之米尔佛港[7]，闻讯之后将做如何决定，悉听你自己的爱情做主。愿你诸事顺遂，吾乃永远忠于誓约，而且爱情与日俱增之你的

李昂内特斯·波斯邱默斯。”

啊！给我一匹插翅的马！你听见没有，皮杂尼欧？他是在米尔佛港，你读一下，告诉我那地方有多远。如果一个并无急事的人要走一星期，我为什么不能在一天之内就溜到那里？那么，忠实的皮杂尼欧，你也是像我一样地渴望见到你的主人。啊！我说错了，你是渴望，但是不像我一样，不过你还是渴望，只是稍为轻淡一点。啊！不像我一样，因为我的渴望是无边无涯的。说，连气地快说，爱情的顾问应该喋喋不休地充塞听者的耳朵，使得他震耳欲聋，到这幸福的米尔佛究竟有多远？还有，顺便告诉我威尔斯何以这样幸运竟拥有这样的一个港口。但是，首先要说，我们如何从这里逃走，并且来回所用的一段时间我们如何解释，先说怎么离开此地。

事情还没有做，何必先寻解释的借口？我们以后再谈那个。请你说，一天之内我们可以骑马走多少英里路？

皮杂尼欧　从日出到日落，夫人，你能走二十英里就算不错，也许还嫌太多。

伊慕贞　噫，一个人骑马去受死刑也不能走得这样慢。我听说过赛马打赌，马比钟漏里的沙还跑得快。这是开玩笑，去教我的侍女假装生病，说要回到她父亲那里去，立刻给我预备一套骑装，不必太考究，只合于一个农家主妇的身份就行。

皮杂尼欧　夫人，你最好考虑一下。

伊慕贞　我向前展望了，左看，右看，瞻前想后，都是一片迷雾，我实在看不透。去吧，我请你；
照我说的做。更没有什么可说的，
唯一可行的路便是到米尔佛去。〔同下〕

第三景：威尔斯。冈峦起伏处有一窟穴

白雷利阿斯、吉地利阿斯与阿维雷格斯自窟中上。

白雷利阿斯　大好天气，不宜躲在屋里，尤其是像我们这样顶棚低矮的屋子！弯腰，孩子们，这个窟门教你们如何

礼拜上天，教你们低头做晨祷。帝王的宫门拱得很高，巨人可以裹着大不敬的头巾大踏步地走出走进，无须对着太阳道早安。敬礼了，你这美好的苍天！我们居住在岩石里，但是对待你不像居处较为豪华的人们那样地冷淡。

吉地利阿斯　敬礼了，天！

阿维雷格斯　敬礼了，天！

白雷利阿斯　现在我们上山打猎吧。到那边山上去，你年轻腿健，我在这平地上走动。你在上面看我只有一只乌鸦般大小的时候，你要想想看，只因我们的地位不同，便可把人看得很渺小，或是把人衬托得很伟大。你还可以想一想我所告诉过你的有关宫廷、王公、战术运用等等的故事，这样劳苦的生涯不算是劳苦，怎样劳苦没有关系，要看是否被我们赏识[8]。用这样的看法，则我们一切观察所及，皆能获益不浅，而且常常可以自慰地会发现硬壳做翅的甲虫比鼓翼而飞的鹰隼还要安全一些。啊！我们的这种生活比伺候权贵甘受叱责要高尚些，比接受贿赂而任事不做要富有些，比穿着没有付钱的绸缎衣服要更体面些。裁缝师傅把他们打扮得漂漂亮亮，尽管满口阿谀，但是并不肯把欠账勾销，他们的生活不能和我们的相比。

吉地利阿斯　你说的是经验之谈，我们这群羽毛未丰的小鸟，从来不曾飞离老巢，也不知道家乡以外还有什么世面。也许这种生活是最好的。如果宁静生活是最好的，这种生活对于你这样饱经世变的人是格外优美的，适合于你的僵硬的老年，但是对于我们这乃是愚昧的暗室、卧榻上的遨游、负债者的监狱，不敢跨出一步。

阿维雷格斯　我们到了你的年龄时，我们有什么可资谈助的呢？将来腊月阴霾的日子来到，我们听着风吹雨打，我们在这寒冷的窟穴里谈些什么来打发那冰冷的光阴呢？我们没有见识过什么。我们像是野兽一样，捕食的时候像狐狸一般狡狯、像豺狼一般凶残，我们的勇敢便是追逐逃亡的动物。我们把我们的笼子变成为唱歌的地方，像是被关起来的鸟，尽情地讴歌我们的被禁。

白雷利阿斯　你们怎可以这样说！你们只要知道城市里的高利贷，并且亲身尝试那种滋味；宫廷的诡诈生涯难于逃避，亦难与相安共处，爬得高必定跌得重，而且路途太滑，走起来提心吊胆，和跌下去一样地难过；战争的艰苦，好像只是借了光荣名誉的名义而冒险犯难，一旦事败身亡，时常得到立功的记录，但也时常得到耻辱的墓铭。的确，做了好事反得到恶报，也是常有的事，更糟的是，受到制裁还要鞠躬致谢。啊孩子们！世人可以看出来，我是在现身说法，我身上有罗马人的刀剑的伤痕，我的名声当时在最有名的人物中间是数一数二的。辛伯林宠爱我，谈起军人来，我的名字总不会不被提到，我像是被果实压弯了枝条的一株大树，一夜之间，是一场风暴还是一场洗劫，随便你怎么说，把我的熟黄的果实吹落了，不，连我的叶子也一扫而光，让我光秃秃地承受风吹雨打。

吉地利阿斯　恩宠不足恃！

白雷利阿斯　我并没有犯什么过失——我已经屡次告诉你们——只是两个小人，他们的虚伪誓言竟压倒了我的完好的名誉，对辛伯林赌咒说我勾通了罗马人，于是我被放逐，二十年来这一片巉岩这一块土地便是我的世界，我在这里度着朴素自由的生活，比我整个前半生还有更多的机会虔修礼忏报答上天。但是，到山上去吧！这不像是猎人的谈吐。谁先打到一只鹿，谁就是宴会的主人，其余两个做他的侍者。我们不必担心毒药，在大场面的筵席里可就在所难免了。我在山谷里和你们相会。〔吉地利阿斯与阿维雷格斯下〕把天性的火花遮盖起来，那是多么难啊！这两个孩子一点也不知道他们是国王的儿子，辛伯林也没有梦想到他们还活在世上。他们以为他们是我所出，虽然是在这样寒微的情况中长大，佝偻着身子在窟中出出入入，他们的思想却能触到宫殿的顶棚，他们的天性使得他们在简单猥琐的事物当中露出高贵的风度，与一般青年迥异。这个坡利多，辛伯林的也是不列颠的继承者，他的父王唤他为吉地利阿斯，我的天！我坐在三脚凳上讲我过去的战绩的时候，他不禁神驰，置身到我的故事里去，他说："我的敌人这样地倒下了，我这样地用我的脚踩在他的脖子上。”就在那个时候他的高贵的血液充涨到他的脸上，他流着汗，他的青春的筋肉紧张起来，摆出了各种姿势来表演我所讲的事情。那个弟弟，卡德华——原名阿维雷格斯——以同样活跃的表演使得我的讲述生动起来，并且还加上许多他自己的想象。听！猎物已被惊起。啊辛伯林！上天和我的良心知道，你放逐我是冤枉的，所以，我偷了这一个三岁一个两岁的婴儿，意思是你夺去了我的土地，我也断绝你的王位继承。优黎菲利，你是他们的保姆，他们把你当作他们的母亲，每天到她墓前致敬。我自己，白雷利阿斯，现改名为摩根，他们认为是亲生父。猎物窜出来了。〔下〕

第四景：米尔佛港附近

皮杂尼欧与伊慕贞上。

伊慕贞　刚才我们下马的时候你告诉我那地方就在附近。当初我的母亲想看看初生的我，那份心情还没有我现在急切哩。皮杂尼欧！你这个人！波斯邱默斯在哪里呢？你心里想的是什么，使你这样瞪着大眼睛？你为什么从内心深处叹出这口大气？要是把一个人画成像你这样，人家看了也会认为是一个茫然无以自解的东西。不要做出这样吓人的样子，否则我惊慌失措无法镇定下来了。怎么回事？你为什么以这样惶悚的表情把这封信交给我？如果是好消息，你该先绽出笑容；如果是坏消息，你只好长久保持那副哭丧脸。我丈夫的笔迹！那以毒药害人而驰名的意大利一定是把他骗倒了，他现在是身陷窘境。你说话呀，由你口述也许可以减少一些刺激，我自己读会哀痛欲绝。

皮杂尼欧　请你自己读吧，你会发现我是一个最受命运侮弄的可怜人。

伊慕贞　“你的女主人，皮杂尼欧，在我的床上与人通奸了，其证据使得我心痛。我说的不是揣测之辞，其证据之强而有力不在我的悲伤之下，其确切不移犹如我之此仇必报。皮杂尼欧，如果你的忠心尚未受到她的变节之感染，这件工作你必须为我执行。用你的亲手夺去她的性命，我会在米尔佛港为你安排机会。我已写信约她前往，如果你届时迟疑不肯下手，而对我声称业已照办，则你便是为她的丑行而效劳的奴才，对我是同等地不忠。”

皮杂尼欧　我何必再拔我的剑？一张信纸已经割断了她的喉咙。不，那是谣言，其锋刃比剑还要锐利，其舌端比尼罗河所有的蛇还要毒，其呼气御风而行，散布谎语到世界每一角落。国王、王后、政要、少女、妇人，甚至坟墓的幽秘之处，毒恶的谣言都会无孔不入。

你怎么了，夫人？

伊慕贞　不忠于他的床笫！怎样才是不忠？躺在床上睁着大眼想念他？一小时一小时地哭泣？如果倦极而眠，做着关于他的噩梦把自己哭醒？这便是不忠于他的床笫，是不是？

皮杂尼欧　哎呀！好夫人。

伊慕贞　我不忠？你的良心来做证吧！义阿基摩，你倒是指责过他生活放荡，那时候你的样子像是一个小人，现在我觉得你的相貌也还不错。一个用脂胭粉制造出来的意大利娼妇诱惑了他，可怜我已经不新鲜了，像是一件不入时的衣服，可是挂到墙上去又嫌质料太好，所以一定要把我撕毁。把我撕成粉碎吧！啊！男人的盟誓便是为女人而设的骗局！啊丈夫！由于你的变心，一切善良的外表都将被认为是为了做坏事而假扮出来的，不是自然生长的，是外加上去的，用作对女人的钓饵。

皮杂尼欧　好夫人，听信我。

伊慕贞　在伊尼阿斯那个时代的一般真正忠实的男人，本来也是被人听信的，可是为了伊尼阿斯的不忠[9]，都被认为是不忠了。赛嫩的哭泣[10]使得真诚的眼泪失去信用，使得真正的苦难不复被人怜悯。所以你，波斯邱默斯，将使一切美男子倒霉。由于你的人心大变，所有的风流俊俏的男人都将是虚伪负心。来，朋友，你要忠实，执行你的主人的吩咐。你见到他的时候，稍为证明一下我是如何地服从。看！我自已动手拔剑，拿着它，刺入我的心窝，那是我的纯洁的爱情的住宅。不要犹豫，里面除了悲伤之外空无所有。你的主人现在不在里面，他本来确是其中的宝藏，按照他的吩咐做，刺吧。做较为正大光明的事，你也许是勇敢的，现在你却像是一个懦夫。

皮杂尼欧　去，卑鄙的武器！你不可污辱我的手。

伊慕贞　唉，我是非死不可。如果我不死在你手，你便不是你的主人的忠仆。自杀之事，上天悬为厉禁，使得我的软弱的手不敢妄动。来，这是我的心窝。在它前面还有一点东西。且慢，且慢！我们不要一点遮盖，像剑鞘一般恭顺地让剑插下去吧。这是什么？这是忠实的李昂内特斯所写给我的神圣的经文，现在全变成了邪说异端！滚开，滚开！我的信仰的破坏者，你们不要再做我的心窝的护卫者。可怜的傻瓜就是这样地深信那虚伪的传教者，被骗的虽然深感被骗之苦，那骗人的人心情更苦。你，波斯邱默斯，你当初教唆我反抗我的父王，使我蔑视同等身份的公子王孙的求婚，以后你会知道那不是寻常的行径，而是需要稀有的胆量的。我现在想起来伤心，你现在抓到一个女人，狠命地吞食，有一天她使得你腻烦了，那时节你想起我来将要如何地痛苦。请你，快一点吧！羔羊恳求屠夫，你的刀在哪里？这是你的主人的命令，也是我的愿望，你执行得太迟缓了。

皮杂尼欧　啊，仁慈的夫人！我自从奉到做这件事情的命令以后，就没有合眼睡觉过。

伊慕贞　做了，然后去睡。

皮杂尼欧　我宁可睁着眼睛，先把我的眼珠累瞎。

伊慕贞　那么为什么担任这一项任务？你为什么假托借口跑这么多英里的冤枉路，到这个地方来？我一路辛苦，你一路辛苦，所为何来？我们的马也劳苦不堪。目前这时机不是正好让你动手吗？怕我失踪引起宫中惊扰？——我根本不想回到那里去——你已经做到了这般地步，你已经进入了射击的地点，选中的鹿也正在你的眼前，你为什么还不拉满你的弓？

皮杂尼欧　只是争取时间，避免执行这样苦痛的任务，我在这期间已经想到了一条出路。好夫人，请耐心听我说。

伊慕贞　你尽管说得舌敝唇焦，说吧，我已经听说到我是个娼妇，我的耳朵受了那样诬蔑的打击，不可能再受更大的创伤，已受的创伤已经深不可测了。但是说吧。

皮杂尼欧　那么，夫人，我原以为你是不会再回去的。

伊慕贞　很可能，因为你把我带到此地来是要杀我的。

皮杂尼欧　倒也不是这样说。如果我不仅是忠实，而且是同样地聪明，那么我的计划会成功的。我的主人一定是被人骗了，一定是有个小人，而且是个手段高强的小人，用这种该死的法子伤害你们两个。

伊慕贞　是罗马的娼妇。

皮杂尼欧　不，我敢说一定不是。我要宣称您已死亡，把一些带血渍的证物送给他，因为我是奉命这样做的。你在宫廷里的失踪，就会证实其为不虚。

伊慕贞　噫，好人，这期间内我做什么呢？住在哪里？如何生活？活着有什么意思，我的丈夫以为我已死了？

皮杂尼欧　如果你愿意回到宫廷里去——

伊慕贞　我不要宫廷，不要父亲，也不要和那严峻的、尊贵的、愚蠢的废材克娄顿再打交道！那个克娄顿，他的求婚简直比围攻还可怕。

皮杂尼欧　如果不到宫里去，那么你就不可住在不列颠。

伊慕贞　那么住在哪里？一切的阳光都是为不列颠所拥有的吗？除了在不列颠之外就没有日与夜了吗？世界是一部大书，我们的不列颠只是属于它的一页，但是不在书卷里面，是一个大池塘里的一只天鹅的巢。请你想想，不列颠之外也还有居住的人。

皮杂尼欧　我很高兴你想到了别的地方。罗马的大使留希阿斯明天到米尔佛港来。现在，如果你能保持像你命运一般黯淡的心情，并且改变一下装束，照你原来的样子出现是要自找麻烦的，那么你便可踏上一条康庄大道，并且可以观察到周围的一切。是的，也许，还可以走近波斯邱默斯的住处，纵然不见得能看到他的一举一动，至少有关他的行动会有确实消息随时传到你的耳朵里来。

伊慕贞　啊！我很愿采纳这样的办法，纵然冒着损失名节的危险，可不是真的损失名节，我也愿一试。

皮杂尼欧　那么，好了，是这样的，你必须忘记你是一个女人，把发号施令的习惯改为服从听命。怯懦与羞涩——那是一切女人所不免，也许更确切地说正是女人的可爱的本来面目——要变成为放肆大胆，讥讽的话要脱口而出，应对要机敏，要鲁莽，要像黄鼠狼似的爱吵架。不仅如此，你还要忘记你的稀有的姿色，要到处去暴露它——啊！说起来未免太狠心，唉！实在没有办法——让那无所不吻的太阳去尽情抚弄，你还要忘记你那使得鸠诺[11]嫉恨的一身考究而精致的服饰。

伊慕贞　说简单些吧，我懂了你的用意，已经几乎变成为一个男人了。

皮杂尼欧　先去把你自己打扮得像个男人。我预先想到了这一点，我已经准备好——是在我的衣包里——紧身上衣、帽子、长袜，以及一切相关的应用物品。有了这样的服装，再摹仿像你这样年龄的青年男子的神气，就可以前去晋谒那位高贵的留希阿斯，请他留用你，告诉他你的长处是在哪方面——他若有能鉴赏音乐的耳朵，一听就会听得出来——毫无疑问地他会高兴地接受你的请求，因为他不仅是个体面的人，而且品德尤其高尚[12]。至于你在途中的用度，我会大量供应。一开始我不会让你受窘，以后也不会断了接济。

伊慕贞　你是天神供给我的全部的安慰。请你去吧，还有一些事需要考虑，不过我们会在时间上充分利用机会，我毅然担任这一份尝试，我要以极大的勇气去忍受。我请你去吧。

皮杂尼欧　好，夫人，我们必须匆匆分手，否则他们找不到我，会猜疑是我把你从宫中拐走。我的高贵的女主人，这里有一个盒子，是王后给我的，里面的东西是很宝贵的，如果你在海上晕船，或是陆上作呕，服下一点点即可药到病除。找个隐蔽处换上你的男人服装。愿天神引导你得到最大的幸福！

伊慕贞　　阿门。我谢谢你。〔同下〕

第五景：辛伯林宫中一室

辛伯林、王后、克娄顿、留希阿斯及贵族与侍从等上。

辛伯林　　谈到这里为止，再会了。

留希阿斯　　多谢，陛下。本国皇帝有旨，我必须离去，我很遗憾我必须回去报告你是我的主上的敌人。

辛伯林　　我的人民，先生，不肯为他做牛马，我自己若是不表示比他们更多的尊严，那是有失国王身份的。

留希阿斯　　是的，陛下，我请求你派人护送我陆行到米尔佛港。夫人，祝你快乐。

王后　　也祝你快乐。

辛伯林　　诸位，我派你们担任这个职务，一切应有的礼遇不可疏省。那么再会了，高贵的留希阿斯。

留希阿斯　　请伸手给我，大人。

克娄顿　以友人的态度接受我的手吧，不过从今以后我要以敌人的态度使用我的手了。

留希阿斯　大人，有了结果之后才能知道谁是胜利者。再会！

辛伯林　诸位，在这位尊贵的留希阿斯没有渡过塞汶河之前，请不要离开他。祝你幸福！〔留希阿斯与贵族等下〕

王后　他蹙着眉头而去，但是我们使得他面有忧色，正是我们的礼面。

克娄顿　这样最好。这样做，英勇的不列颠人会都很称愿。

辛伯林　留希阿斯已经把这里的情况报告他的皇上了。所以我们也亟应该把我们的骑兵战车布置就绪，他已经布署在高卢的队伍不久就会集结起来，他从那里出发向不列颠进攻。

王后　这不是好整以暇的时候，必须急速地上紧应付。

辛伯林　我就料到有此一着，所以早就有所准备了。但是，我的好夫人，我们的女儿在哪里呢？她没有在罗马使臣面前露面，也没有向我们请安，她好像是一个满怀恶意而并无孝心的东西，我看出来了。叫她来见我，我过去实在是太好说话了。〔一侍者下〕

王后　陛下，自从波斯邱默斯被放逐以后，她一直深居简出，这种毛病，陛下，需由时间治疗。请陛下不要对她严词谴责，她是对谴责非常敏感的一个女子，言辞就等于是殴打，殴打就等于是要她死。

侍者又上。

辛伯林　她在哪里？她对这种目无长上的态度有何解释？

侍　　启禀陛下，她的寝房全都锁着，我们大声喊叫也没有答声。

王后　　陛下，我上次去看她的时候，她要我原谅她闭门不出，每天前来向你请安乃是她应尽之义务，因病所累，也不能履行了。她要我把这话转陈，但是朝中恰好有事，怪我给忘怀了。

辛伯林　　她的门锁起来了！最近没露面！天哪，让我所担心的不是事实！〔下〕

王后　　我说，儿子，跟了国王去。

克娄顿　　她的仆人，皮杂尼欧，她的那个老佣人，这两天我也没有见到。

王后　　去，去寻找。〔克娄顿下〕

皮杂尼欧，你这个对波斯邱默斯如此忠贞不移的人！他手里拿着我的一种药，我希望他的失踪是由于吞服了那个药，因为他相信那是顶珍贵的药。但是讲到她，她到哪里去了呢？也许，已因绝望而自杀身死，或是鼓着爱情的翅膀，飞向她所倾心的波斯邱默斯去了。她不是投奔死亡，便是趋向耻辱，无论她走的是哪一条路，都有益于我的目标之达成。

她一旦被我铲除，

不列颠王冠即可由我摆布。

克娄顿又上。

怎么样，我的儿子！

克娄顿　　她一定是逃走了。进去安慰国王，他发狂怒，没人敢走近他。

王后　〔旁白〕这样更好，但愿

他今夜气绝不得再见明天！〔下〕

克娄顿　我爱她，我又恨她，因为她是美貌而高贵，她具有一切的贵族的才能，比任何一位小姐，所有的小姐，整个的女性，都要优秀得多，她有每一个的女人的优点，荟萃于她一身，而比她们全体都更高超。所以我爱她，但是她看不起我，把恩宠投给那微贱的波斯邱默斯，这证明她没有眼光，稀有的优点也因此而被埋没，根据这个缘故我决定恨她，哼，我还要报复她哩。因为，傻瓜们将要——

皮杂尼欧上。

这是谁？什么！你想逃跑？走过来。啊！你这宝贝龟奴。坏蛋，你的女主人在哪里？简单说吧，否则你立刻就要去见恶魔。

皮杂尼欧　啊！我的好殿下。

克娄顿　你的女主人在哪里？快说，否则我决不再问。阴险的小人，我要你吐出秘密，否则我要剖开你的心去寻找。她是否和波斯邱默斯在一起？那个人卑贱成性，抽不出一丝一毫可取的地方。

皮杂尼欧　哎呀！大人，她怎能和他在一起呢？她是什么时候不见了的？他是在罗马。

克娄顿　她是在哪里？走近一些，不要再犹豫，把她的下落统统地告诉我。

皮杂尼欧　啊！我的最可敬的大人。

克娄顿　最可恶的小人！立刻说出你的女主人在哪里。马上就说，别再喊什么“可敬的大人！”，说呀，你再不出声，我立刻就把你判罪处死。

皮杂尼欧　那么，大人，关于她的逃走我所知道的事情全在这信里面。〔呈上一信〕

克娄顿　让我看看，我要追她，一直追到奥格斯特斯的宝座。

皮杂尼欧　〔旁白〕不这样做，我便不得活命。她已经去得很远，他看了这封信之后，其结果是让他徒然跋涉，于她并无害处。

克娄顿　哼！

皮杂尼欧　〔旁白〕我要写信给我的主人报告她已死亡。
啊伊慕贞！愿你一路顺利，
再平安地回到这里！

克娄顿　我说，这封信可是真的？

皮杂尼欧　大人，我想是的。

克娄顿　是波斯邱默斯的笔迹，我认识。伙计，如果你不愿做一个坏人，而愿真心为我服务，以后有什么事我需要你做，不管是什么坏事，你都爽爽快快地为我认真办理，我便把你当作一个好人，酬劳不会少了你的，而且我也会提拔你。

皮杂尼欧　好的，我的好大人。

克娄顿　你愿意伺候我了？那穷苦的波斯邱默斯一无所有，你都肯忠贞不二地追随不舍，你由于感激的缘故不能不成为我的勤勉的仆从。你愿意伺候我吗？

皮杂尼欧　大人，我愿意。

克娄顿　伸出你的手来给我，这是我的钱袋。你现在手里有没有你旧主人的衣服。

皮杂尼欧　我有，大人，在我的住处，就是他向我的女主人辞别时穿的那身衣服。

克娄顿　你为我做的第一件事，把那身衣服拿来，这就是你的第一件差事，去吧。

皮杂尼欧　我去了，大人。〔下〕

克娄顿　在米尔佛港和你相会！我忘记了问他一件事[13]，我等一下要想着问他。就在那里，你这坏人波斯邱默斯，我要把你杀掉。我愿那身衣服快点送来。曾经有一次她说过，那句话刻毒无比，一直存在我心里，现在我可以把它吐出来了，她认为波斯邱默斯的一件衣服，也比我的天生高贵的仪表以及优美的才能，更为可爱。我要穿起那身衣服去奸污她，先杀掉他，当着她的面，要她看到我的英勇，她当初看不起我，这时候就要内心惭疚了。他倒在地上，我对着他的尸体说完了我的侮辱的话，然后满足了我的性欲，而且为了使她难堪我还要穿着她所赞不绝口的那身衣服去泄欲，我要连踢带打地把她赶回宫廷。她曾经得意扬扬地看不起我，我要欢天喜地地报复一番。

皮杂尼欧携衣服又上。

那个就是那身衣服吗？

皮杂尼欧　是的，我的高贵的大人。

克娄顿　她到米尔佛港去之后有多久了?

皮杂尼欧　她现在还没有到呢。

克娄顿　把这服装送到我房里去，这是我要你做的第二件事。第三件是，关于我的计划你要自动地保持秘密[14]。只要对我忠实，我就会好好地提拔你一番。我的报复的对象现在是在米尔佛港，我愿插翅前去！好，要对我忠实。〔下〕

皮杂尼欧　你是要我吃亏，因为对你忠顺
便要背叛那最忠实的人，我决不肯。
你尽管到米尔佛港去吧，
你找不到你要追寻的她。
愿上天的福祉降落在她的身上，
这傻瓜一路险阻，白白辛苦一场！〔下〕

第六景：威尔斯。白雷利阿斯窟前

伊慕贞穿男童装束上。

伊慕贞　我看男人的生活实在苦恼，我已经疲惫不堪，连着两夜倒在地上而眠，若不是决心支撑着，我会病倒。米尔佛，皮杂尼欧在山顶上把你指点给我看的时候，你好像是已经在望。啊周甫！在苦难的人们的面前，固定的地方都会逃避[15]，我的意思是说，例如他们应该获得救济的那种机构。两个乞丐告诉我说我是不至于迷失路途的，穷苦的人们，本身还在苦难之中，明知那是上天对他们的惩罚或考验，难道还会说谎不成？是的，不足为奇，富有的人们也不说实话。生活优裕的人说谎比为贫寒所逼而说谎，其罪过要大一些，国王的欺诈比乞丐的欺诈要严重得多。我的亲爱的丈夫！你便是一个负心的人。现在我想到了你，我的饥饿的感觉没有了，可是刚才我几乎饿得要垮下去。这是什么？这里有一条小路通过去，必是什么野人盘踞的窟穴，我最好不要叫喊，我不敢叫喊，不过饥饿在未完全制服人性以前，会使得人勇敢起来的。优裕安定的生活产生懦夫，困苦生涯永远是坚强之母。喂！这里有人吗？如果有文明的人，说话；如果是野蛮人，卖给我或是施舍给我一点吃食[16]。喂！没有答话？那么我要进去了。最好拔出我的剑，如果我的敌人和我一样地怕剑，他将连看都不敢看。天哪，让我遇上这样的一个敌人才好！〔入窟下〕

白雷利阿斯、吉地利阿斯与阿维雷格斯上。

白雷利阿斯　坡利多，你已证明是最佳猎人，你是宴席的主人，卡德华和我做厨子和伙计，这是我们的约定。若不是为了努力争取的目标，谁也不肯流那辛勤的汗。来，我们的饥肠会使平凡的食品变成津津有味，疲倦的身体可以在硬石块上打鼾，懒人睡在鸭绒枕上还嫌太硬。无人照管的可怜的房屋，愿这里享有平安！

吉地利阿斯　我疲乏透了。

阿维雷格斯　我累得没有气力，但是胃口很强。

吉地利阿斯　窟里有冷肉，我们可以吃点那个，同时烹制我们刚才打来的猎物。

白雷利阿斯　〔向窟内看〕且住，不要进去，要不是他正在吃我们的食物，我会认为这里有一个小仙。

吉地利阿斯　什么事情?

白雷利阿斯　我对朱匹特起誓，是一位天使！如果不是，那就是人间的天使化身！看那副天仙般的容貌，不过是孩童的年纪！

伊慕贞又上。

伊慕贞　好先生们，不要伤害我。我在未进去之前，曾经喊叫。我本想乞讨或是购买一点吃的。老实说，我没有偷，纵然满地撒着黄金我也不愿偷。这就是为我吃的肉所应该付的钱，我原想吃完之后把钱放在桌上，为主人祷告一番，然后离去。

吉地利阿斯　钱，年轻人?

阿维雷格斯　一切金银大可都化为粪土！只有崇拜邪神的人们才认为它比粪土好一些。

伊慕贞　我知道你们是生气了。如果你们为了我的过失而要杀我，你们须要知道，我若不犯这过失我早就会死掉了的。

白雷利阿斯　你是要到哪里去?

伊慕贞　到米尔佛港。

白雷利阿斯　你叫什么名字?

伊慕贞　我叫菲地利，先生。我有一位族人他到意大利去了，他是在米尔佛上船的，我现在要到他那里去，饿得几乎要死，不得已犯了这项过失。

白雷利阿斯　漂亮小伙子，请你不要把我们当作山野的粗人，也不要凭我们居住的简陋的地方而衡量我们的善良的心。欢迎你来！快到夜间了，在你离开之前我们要好好地招待你一下，感谢你留下来与我们共餐。孩子们，对他表示欢迎。

吉地利阿斯　年轻人，如果你是一个女子，我要拼命追求做你的丈夫。说实在的，我为你喊出了价钱，确有诚意购买。

阿维雷格斯　他是个男子，我引以为慰，我要爱他如我的兄弟一般。我欢迎你，就像欢迎一个久别重逢的人一样，欢迎之至！快活起来吧，因为你是处在一群朋友中间。

伊慕贞　当然是在一群朋友中间，如果我们以弟兄相待。〔旁白〕但愿当真如此，他们也是我父亲的儿子，那么我的身价可以降低一些，和你也可以比较地门当户对一些，波斯邱默斯。

白雷利阿斯　他坐立不安，有点什么烦恼。

吉地利阿斯　但愿我能为他解除！

阿维雷格斯　或是让我来，无论那是什么烦恼，也不管要引起多少痛苦或冒什么危险。天神哟！

白雷利阿斯　听，孩子们。〔低语〕

伊慕贞　伟大的人物，如果迁移到不比这窟穴更大的宫室里去，由自己照管自己，只是具备他们自己的良心所认可的美德，撇开反复无常的群众所做的无聊的阿谀，怕也不见得比这些人更高尚。饶恕我，天神！我愿改变我的性别和他们长相厮守，李昂内特斯既然对我负心。

白雷利阿斯　就这样办。孩子们，我们去准备烹制我们的猎物。年轻人，进来。饿着肚子谈话是很吃力的，我们吃过晚饭，要很有礼貌地问问你的身世，你愿意吐露多少便可尽量地告诉我们。

吉地利阿斯　请走过来。

阿维雷格斯　鸮鸟之欢迎黑夜与云雀之欢迎黎明，不及我们之欢迎你。

伊慕贞　多谢，先生。

阿维雷格斯　请走过来。〔众下〕

第七景：罗马。一广场

二元老与护民官等上。

元甲　皇帝有旨，内容是这样的：我们的人民现正对潘诺尼亚人和达马西亚人作战，现驻扎高卢的军团力量薄弱，不足以敉平叛变的不列颠人，故此晓谕全国士绅参加备战。他晋封留希阿斯为民政长官。关于这次紧急募兵，他委派你们诸位护民官全权处理。西撒万岁！

护甲　　留希阿斯是全军统帅吗？

元乙　　是的。

护甲　　现在还在高卢吗？

元甲　　统率着我方才谈起的军团，你所募集的兵是要去给他做补充用的。募集的数目以及开拔的时期，你的委派令中均有明白的规定。

护甲　　我们必定执行我们的职务。〔众下〕

注释

[1]Cassibelan 即 Cassivelaunus，西撒第二次入侵不列颠时（纪元前五十四年）之抗战的领袖。何林塞记载他是辛伯林的叔祖父。

[2] 西撒于纪元前四十七年战败 Pontus 国王 Pharnaces 之后向元老院所做报告中之豪语：Veni,vidi,vici。

[3]Lud's Town 即伦敦。按何林塞及其他各家记载，伦敦原名为 Troynovant (New Troy)，后改名为 Lud's Town，以纪念卡西伯兰之兄亦即辛伯林的祖父 King Lud，据说因讹传而成为 London。

[4]Mulmutius，据何林塞，是第一个戴王冠的不列颠王，表示其为一国

之王，非仅一族之酋长。

[5]Pannonia 是罗马的一省，位于多瑙河与阿尔卑斯山之间，约于纪元前三十三年被奥格斯特斯所征服。Dalmatia 是沿 Adriatic Sea 东岸的一地区，属于所谓 Illyricum 之一部分，纪元前一一九年被罗马人侵入，但至公元九年始最后征服。公元六年（一谓七年）该两处人民起兵反抗罗马，战争三年之后始平。

[6] 蜂蜜制蜡，可以作为书信上的封泥，故情人表示感激，亦可在合同上做盖印之用，背约入狱的人则表示诅咒。

[7] 坎布利亚（Cambria）即威尔斯（Wales）之拉丁文名。

[8] “This service is not service,so being done,/But being so allowed.”意义欠明。Deighton 注云：“Such and such a piece of service is not accounted service merely for being done in a particular way,unless those for whom it is done approve of it. ”耶鲁本的 Hemingway 注云：“This servile labour of ours is not servile,being done as we do it,but being so done it is approved (all owed) or enjoyed by us.”Verity 注云：“This service is not service,i.e. the service of courts is not true service; perhaps he contrasts mentally their life of humble submission to heaven with the servitude of courtiers.”“allowed approved by heaven. ”G. B. Harrison 注云：“service is only accounted as good as it is acknowledged; its true worth is of no value. ”几种解释译者以为耶鲁本比较最合理，因 this service 与下数行之 this life 相呼应，确是有以宫廷与山野对比之意味。

[9] 伊尼阿斯（Aeneus）遗弃了迦太基女王戴都（Dido）。

[10] 赛嫩（Sinon）哭劝脱爱城（Troy）接纳希腊的木马，卒因此而脱爱城陷落。

[11] 鸠诺（Juno），天神中之王后。

[12] 牛津本在这里有一个错字，doubling 误排为 doubting.

[13]Nosworthy 注:“克娄顿忘记问的大概就是‘伊慕贞到米尔佛港去动身之后已有多久？’。”

[14] 土耳其宫闱中之内侍，多系被割除舌头者，以免泄露秘密。故云。

[15]foundations 双关语:（一）永久固定的东西;（二）如医院之类的救济机构。

[16] 原文“take or lend”意义不明。一般解释为 take my life or lend me aid（food），但亦有解释为 take my purse or lend me food 者。证以下文（第四十七行）begged or bought what I have took 之语，后一解释似较相符。说 take 时举起钱袋示意，则意义更为明显。

第四幕

第一景：威尔斯。森林，白雷利阿斯的窟穴附近

克娄顿上。

克娄顿　如果皮杂尼欧的指示正确，我已经接近他们约会的地点了。他的这身衣服我穿着多么合适！裁缝是上帝造的，他的爱人也同样是上帝造的，为什么总是和我格格不入呢？也许是——原谅我说句粗话儿——女人的兴致[1]是突然勃发的。在这件事上我得要自己努力。我敢对我自己说——因为一个人在他自己房间里对着镜子谈话不能算是虚荣——我的意思是说，我全身的线条和他的一样地美，和他一样地年轻，更强壮一些，前途不比他差，目前的状

况比他强，出身比他高，在用兵作战一方面[2]和他一样地谙练，在单人打斗一方面比他要更为出色；而这个无见识奴偏偏爱上了他，使得我难堪。人性是多么愚蠢的东西！波斯邱默斯，你的头现在还长在你的肩上，一小时之内就要掉了，你的爱人要被人强奸，你的衣服要当着你的面被撕成粉碎。这一切做完之后，我要把她踢回家去见她的父亲，他老人家看我使用这样粗暴的手段也许要生一点气，但是我的母亲可以控制他的脾气，到头来一切都会于我有利。我的马是已经系牢了。出来吧，剑，去做一桩凶恶的事！命运之神，让他们落在我的手里！这正是和他描述的他们的约会地点相符合，那家伙不敢骗我。〔下〕

第二景：白雷利阿斯窟前

白雷利阿斯、吉地利阿斯、阿维雷格斯与伊慕贞自窟中上。

白雷利阿斯　〔向伊慕贞〕你不舒服，留在洞里吧！我们打猎过后来看你。

阿维雷格斯　〔向伊慕贞〕弟弟，留在这里。我们不是弟兄吗？

伊慕贞　人和人应该是弟兄一般，不过人和人地位不同，虽然都是泥土做的。我病得很厉害。

吉地利阿斯　你去打猎，我看守着他。

伊慕贞　我没有病得那么严重，不过我是不大舒服。但也不是那样娇生惯养的人，没有病倒先做出要死要活的样子。所以请你们去吧，严守你们的日常习惯，习惯一破，全盘皆乱。我是病了，你们守在我身边并不能对我有所助益，对于一个不想应酬的人，陪伴不能算是使人舒服的事。我能这样高谈阔论，可见病得不重。请你们放心留我在这里，我不会偷什么东西，我只会偷我自己，让我以这样可怜的偷儿的身份死去吧。

吉地利阿斯　我爱你，我已经说过了，就像我爱我的父亲一样地多，一样地重。

白雷利阿斯　什么！怎么！怎么！

阿维雷格斯　如果这样说话是罪过，父亲，我和我的好哥哥犯同样的错。我不知为什么我爱这个年轻人，我曾听你说过，爱的理由是没有理可讲的。如果灵车停在门口，让我决定谁先死，我会说："我的父亲，而不是这个少年。"

白雷利阿斯　〔旁白〕啊好高贵的禀赋！啊好可敬的天性！伟大的品格的遗传！

懦夫生懦夫，贱种生贱种，

有谷粉就有糠皮，好坏兼容。

这孩子是什么人，说来太奇怪，

竟比我赢得更多的爱。

现在已经是早晨九点钟了。

阿维雷格斯 弟弟，再会。

伊慕贞 我祝你们快乐。

阿维雷格斯 祝你康健。您请吧，父亲。

伊慕贞 〔旁白〕这些都是善良的人。神哟，我过去听到的是些什么样的谎言，

宫里人说除了在宫廷的以外全是野蛮。

经验，啊！你证明了那是不正确的谣传。

沧海之中常有巨鲸出现，

小溪之中也有鱼鲜可以佐餐。

我还是不舒服，恶心。皮杂尼欧，我现在要尝你的药了。〔吞服了一些〕

吉地利阿斯 我无法引动他的话头。他说他是高贵出身，遭遇不幸，忠厚待人，而受了人家的欺骗。

阿维雷格斯 他也是这样回答我，但是说我以后可以知道得更多一些。

白雷利阿斯 到猎场去，到猎场去！〔向伊慕贞〕我们现在要离开你一下，进去休息吧。

阿维雷格斯 我们不会去太久的。

白雷利阿斯 请你可别生病，因为我们还要你管家呢。

伊慕贞 生病或是不生病，我都感激你们。

白雷利阿斯 我们对你的友谊是永久的。〔伊慕贞下〕这个孩子，虽然是在遭难，看样子像是有很好的祖先。

阿维雷格斯 他唱起来多像天使！

吉地利阿斯　他的烹调好精致！他把我们的菜头切成字母形状，调制我们的羹汤就好像鸠诺[3]生病的时候他侍候过她的饮食一般。

阿维雷格斯　他以优美的姿态，在叹息的时候配上一个微笑，那声叹息好像是自惭形秽未能成为那嫣然的一笑，那微笑又好像是嘲弄那声叹息，不该从那样神圣的殿堂里飞出来，和水手们咒骂的狂风混在一起。

吉地利阿斯　我注意到悲哀与忍耐都深植在他的心中，盘根错节地缠在一起了。

阿维雷格斯　滋长吧，忍耐！让那腐臭的接骨木[4]，悲哀，不要再以它的恶性的须根缠绕着那生长的葡萄吧！

白雷利阿斯　已经是大白天了。来，走吧！——那是什么人？

克娄顿上。

克娄顿　我找不到那些个逃亡的人，那个坏人骗了我。我累极了。

白雷利阿斯　“那些个逃亡的人！”他说的不是我们吧？我有一点认识他，是克娄顿，王后的儿子。我恐怕有埋伏。这许多年我没看见他，但是我知道是他。我们被认为是亡命徒，逃跑吧！

吉地利阿斯　他是单身一个。你和我弟弟去查看一下附近还有没有人。你们去吧！让我一个人监视他。〔白雷利阿斯与阿维雷格斯下〕

克娄顿　慢一点！你们是干什么的，见我就逃？是些山地的坏人吗？我听说过这种人。你是干什么的奴才？

吉地利阿斯　我从来不曾有过那种奴才作风，被人唤一声“奴才”而不揍他一顿。

克娄顿　你是一个强盗，一个犯法的人，一个匪徒。投降吧，贼人。

吉地利阿斯　向谁投降？向你？你是干什么的？我的胳膊不是和你的一般粗吗？胆量和你的一般大吗？我承认你说话的口气比我的大，因为我不把我的剑佩在我的嘴里。说你是干什么的，为什么我该向你投降？

克娄顿　你这下贱的恶徒，看我的衣服还认不出我是什么人吗？

吉地利阿斯　认不出，裁缝是你的祖父，我也认不出你的裁缝是什么人。他制造你这身衣服，好像也制造了你。

克娄顿　你这个宝贝奴才，这身衣服不是我的裁缝做的。

吉地利阿斯　那么，多谢那位把这身衣服送给你的人吧。你有一点傻，我懒得打你。

克娄顿　你这狂傲的贼人，听听我的名字，发抖吧。

吉地利阿斯　你叫什么名字？

克娄顿　克娄顿，你这坏东西。

吉地利阿斯　你这双料的坏东西，你即使是名叫克娄顿，我也不发抖。如果名叫癞蛤蟆、毒蛇、蜘蛛，我倒有一些怕。

克娄顿　为了使你更害怕，使你完全惊慌失措，我告诉你说吧，我是王后的儿子。

吉地利阿斯　我很遗憾，你的样子不像你出身那样高贵。

克娄顿　你还不怕？

吉地利阿斯　我怕的是我所敬重的人们，聪明的人们，对于傻瓜们我只有笑，不怕他们。

克娄顿　受死吧！我亲手杀掉你之后，我要去追刚才逃去的那两个人，把你们的脑袋悬挂在路德城的城门之上。投降吧，山地的粗人。〔打斗下〕

白雷利阿斯与阿维雷格斯又上。

白雷利阿斯　外面没有人。

阿维雷格斯　一个都没有。您认错他了，一定是。

白雷利阿斯　也说不定，我有好久没见过他了，可是时间并没有使他当年的脸上的形状变得模糊。结结巴巴的话声，急促的言谈，都还是他那老样子。我确信那必是克娄顿。

阿维雷格斯　我们是在这个地方离开他们的，我希望我的哥哥能够对付他，因为你说他是那样地凶。

白雷利阿斯　我的意思是说，他还没有十分长成人，对于横来的危险尚无理解，因为缺乏理解便往往无所畏惧[5]。但是看，你的哥哥来了。

吉地利阿斯提着克娄顿的头颅上。

吉地利阿斯　这个克娄顿是个傻瓜，一只空荷包，不名一文，赫鸠利斯也敲不出他的脑浆，因为他根本没有。我若不这样做，这傻瓜就会提着我的脑袋，像我现在提着他的脑袋这样了。

白雷利阿斯　你做下了什么事?

吉地利阿斯　我完全知道我做下了什么事——我砍下了一个名叫克娄顿的头，据他自己说是王后的儿子。他喊我为叛徒，山地绿林，而且赌咒说他将独自亲手把我们一举成擒，把我们邀天之幸生长在这肩上的大好头颅取了下来，放在路德城的城门之上。

白雷利阿斯　我们可全都完了。

吉地利阿斯　噫，好父亲，除了他赌咒要取去的我们的性命之外，我们还有什么可损失的？法律不保护我们，那么我们何必示弱于人，让一块傲慢的死肉威吓我们，审判官和刽子手都由他一手包办，只因我们畏惧法律？您在外面发现有什么人吗？

白雷利阿斯　一个鬼也看不到，不过我们不妨相信他确是带来了侍从的人。他的人品固然是轻薄善变，做坏事会一件件地变本加厉。即使是疯病，完全地发了疯狂，也不会使他独自到这里来。也许，宫中有人传说，有我们这样的一些人在这里穴居，在这里打猎，全是些亡命之徒，于相当期间之内可能造成更大的声势。他听到这个消息——他是这样的一个人——也许一时按捺不住，发誓要把我们一鼓成擒，不过他独自前来，他敢这样做，他们准他这样做，这是不大可能的，所以，如果我们担心这个躯体有一条尾巴比脑袋还更危险，这种顾虑是有根据的。

阿维雷格斯　一切依照天神预定的安排吧！不过，我的哥哥做得很好。

白雷利阿斯　我今天本无心打猎，菲地利这孩子的病使得我走的路显着格外地长。

吉地利阿斯　他用剑对着我的咽喉摆动，我就用他自己的剑割下了他的头，我要把它丢到我们的山后的溪涧里，让它漂到大海里，告诉鱼类他是王后之子克娄顿，我满不在乎。〔下〕

白雷利阿斯　我恐怕要引起报复。坡利多，我愿你没有做出这件事！虽然勇敢是你的本分。

阿维雷格斯　但愿这事是我干的，报复由我一人承当！坡利多，我对你有兄弟之爱，但是很嫉妒你，你夺去了我干这事的机会。我愿报复立刻跟踪而至，逼我们以一切可能的力量来抵抗。

白雷利阿斯　好，事情已经做了。我们今天不要再打猎了，也不必去自寻无益的危险。请你们都回到我们的山洞里去。你和菲地利去做厨子，我在这里等候那鲁莽的坡利多回来，立刻就带他来吃饭。

阿维雷格斯　可怜的生病的菲地利！我愿去看看他，为了使他脸上增加血色，我愿给成群的克娄顿那样的人放血，还要自夸慈悲为怀哩。〔下〕

白雷利阿斯　啊女神！你这神圣的造物者，你把你自己在这两位高贵的孩子身上表现无遗！他们像微风一般地轻柔，吹过紫罗兰的花下，而不摇撼它的芬芳的头，可是激动起来，又像狂风一般粗暴，揪着山上松树的梢，令它冲着山谷倒下去。真是奇怪，一种无形的本能使他们不需学习就有威严，不经教导就有荣誉的观念，不必观摩别人就有礼貌，还有他们的勇敢，好像是野生野长的，可是产出丰盛的收成却像是曾经下过耕耘播种的功夫！还有更奇怪的是，克娄顿到这里来不知主何吉凶，他这一死不知对我们有何后果。

吉地利阿斯又上。

吉地利阿斯　我的弟弟呢？我已经把克娄顿的头丢到河里，让他顺流而下，给他的母亲送信去，他的躯体留下做质，等他回来。〔奏哀乐〕

白雷利阿斯　我的巧妙的乐器！听！坡利多，它发出音乐，卡德华为什么现在奏起乐来？听！

吉地利阿斯　他在家吗？

白雷利阿斯　他刚刚回去。

吉地利阿斯　他这是什么意思？自从我最亲爱的母亲死了以后，这乐器就没有弹奏过。像这样庄严的音乐只宜于在庄严的场合演奏。出了什么事情了？无缘无故的欢乐和为了小事而号啕，那只是猴子的喜悦表情，孩子的悲伤情绪。卡德华疯了吗？

阿维雷格斯抱着僵死一般的伊慕贞又上。

白雷利阿斯　看！他来了，手抱着我们怪他奏起哀乐的那个缘由。

阿维雷格斯　我们这样喜爱的小鸟儿死了。我宁愿从十六岁一晃而到六十岁，从欢蹦乱跳一变而为扶持拐杖，也不愿目睹这个惨象。

吉地利阿斯　啊，最芬芳最美丽的百合花！你在我弟弟的怀抱里，不及你自然生长时一半的好看。

白雷利阿斯　啊悲哀！谁能探测出你的底？谁能发现水底的泞泥，指示你的缓慢的小船在什么岸边最容易碇泊？你这人间罕有的东西！天晓得你长大能成为什么样的男子汉。但是，我知道你是一个死于悲哀的稀有的孩子。你发现他的时候是什么样子。

阿维雷格斯　僵挺的，就像你现在看见的这样，面带微笑，像是刚有一只苍蝇在他睡中刺痒了他，而不是死神受了他的嘲笑而举剑相刺。他的右颊贴在一只靠垫上面。

吉地利阿斯　什么地方？

阿维雷格斯　在地上，他的胳膊这样交插着，我以为他睡着了，把我的钉鞋从我脚上脱了下来，怕我的脚踏步的声音太响。

吉地利阿斯　唉，他只是睡觉罢了。如果他真是死了，他会把他的坟墓当作一张床铺，有仙女前来呵护他的坟，蛆虫不会来侵扰你的。

阿维雷格斯　只要夏季没有过，只要我住在这里，菲地利，我要用美丽的花儿装饰你的凄凉的坟墓，你不会缺乏像你的脸一样的苍白的樱草花，或是像你的静脉一样的蔚青的蓝铃花，或是野蔷薇的花瓣，我无意说诬蔑的话，其芬芳实在不及你的吐气，红襟鸟会善意地用嘴衔着这一切香花送给你[6]，啊鸟嘴！愧煞那些坐享丰厚遗产而不知为祖先墓上立碑的后人们。是的，没有花儿的时候还会把如茵的青苔送来，覆盖你的尸体。

吉地利阿斯　请你不要再说了，别对着这样严重的事净说些女孩子气的话。我们来埋葬他，不要于惊叹中耽误了现在应尽的义务。到坟地去。

阿维雷格斯　喂，我们把他埋在哪里？

吉地利阿斯　在我们的母亲优黎菲利的旁边。

阿维雷格斯　就这么办！坡利多，虽然我们现在正在倒嗓，我们还是要唱着送他入土，像从前我们的母亲下葬那样，用同样的调子和词句，除了优黎菲利改成菲地利。

吉地利阿斯　卡德华，我不能唱，我要一面哭泣，一面陪着你说些哀挽的词句，因为荒腔走板的哀歌比说谎的祭司和庙宇还讨人嫌。

阿维雷格斯　那么我们就朗诵挽词吧。

白雷利阿斯　严重的悲苦，我看，是可以疗治较轻微的悲苦，因为克娄顿全然被遗忘了。他是王后的儿子，孩子们，虽然他来和我们作对，要记住他已付了代价，虽然人死之后，不分贵贱，同为粪土，可是对上级人士之敬畏的精神——那乃是人世间的天使——确是要我们注意身份高低的区别。我们的敌人有贵胄的身份，虽然因为是我们的敌人而我们要了他的命，我们还是要以王子之礼埋葬他。

吉地利阿斯　请您把他搬到这里来。泽赛替斯的身体哀杰克斯的身体[7]，在他们都不生存的时候，是没有分别的。

阿维雷格斯　乘您搬他的时候，我们朗诵我们的挽歌。哥哥，开始吧。〔白雷利阿斯下〕

吉地利阿斯　不，卡德华，我们必须放他的头向着东方，父亲说这是有理由的。

阿维雷格斯　是真的。

吉地利阿斯　那么，来抬他吧。

阿维雷格斯　好，开始吧。

吉地利阿斯　不要再怕骄阳的热气，
也不要再怕严冬的冽寒；
你在人世间的工作已经完毕，
你回家了，领了你的工钱。
富贵人家的少爷姑娘
和穷人一样地归于泉壤。

阿维雷格斯　不要再怕官人发怒嗔，
酷吏已经打击不到你，
不必为衣食再操心，
芦苇与橡树对你是一样的。
帝王、学者、医师，一律
跟着这个到尘埃里面去。

吉地利阿斯　不要再怕电闪，

阿维雷格斯　不要再怕吓煞人的霹雳；

吉地利阿斯　不怕毁谤、责难，

阿维雷格斯　你的欢娱愁苦都已完毕。

合诵　所有的年轻情人一律
和你同样到尘埃里面去。

吉地利阿斯　愿拘魂的人不来惊扰你！

阿维雷格斯　愿巫术不来打搅你！

吉地利阿斯　愿游魂孤鬼不来麻烦你！

阿维雷格斯　愿不吉利的东西不走近你！

合诵　尘劳结束，平安永享！

墓地长存，万流景仰！

白雷利阿斯携克娄顿躯体又上。

吉地利阿斯　我们已经做完了我们的葬仪。来，放他下去吧。

白雷利阿斯　这里有几朵花，不过到了午夜左右我们可再多拿一些来。夜间带有寒露的花草最宜于撒在坟墓上。撒在他们的面上[8]。你们本来是和花一样，现在枯萎了。我们现在撒在你们身上的小花也是一样的。来，走吧！我们分别跪下为他们祈祷。

他们来自土中现在回到土里，

他们的快乐和苦痛都已成为过去。〔白雷利阿斯、吉地利阿斯与阿维雷格斯下〕

伊慕贞　〔醒转〕是的，先生，到米尔佛港。路怎样走？我谢谢你。就在丛林那边？请问到那里还有多远？天可怜见！还有六英里吗？我已经走了一整夜。真的，我要躺下来睡一觉。〔见克娄顿尸体〕且慢，我可不要人陪我睡！啊所有的天神和女神！这些花象征人间的欢乐，这个血淋淋的人象征人间的苦恼。我希望我是在做梦，因为我觉得我本是一个看守山洞的人，为一些诚实的人们烧饭的人；但是现在又不是，那只是一支虚无缥缈的箭射向虚无缥缈间，脑子从迷蒙的幻象中制造出来的东西。我们的眼睛有时像我们的理性一样，盲目的。真的，我还在吓得发抖呢！天上如果还剩有鹪鹩眼睛一般大的一点点慈悲，我所敬畏的天神哟，请给我一部分！这梦仍然在这里；虽然我已醒转，它不仅是在我心内，它也在我身外。不是想象的，是实在感觉到的。一个无头的人！波斯邱默斯的衣服！我认识他的腿的形状，这是他的手，他的脚像梅鸠利的一般，他的马尔斯的大腿，赫鸠利斯的膂力，但是他的周甫一般的脸——天上出了谋杀案？怎么回事！他的脸不见了。皮杂尼欧，疯狂的亥鸠巴对希腊人所发的一切的诅咒，再加上我的诅咒，都一齐投在你身上吧！你，勾结那无法无天的恶魔克娄顿，把我的丈夫杀死在这里了。写与读，以后都该被认为是狡诈的行为！可恨的皮杂尼欧用他的伪造的书信，可恨的皮杂尼欧，从这世上最壮丽的一只船上敲掉了主要的桅樯顶！啊波斯邱默斯！哎呀！你的头在哪里？在哪里？啊哟！在哪里？皮杂尼欧大可以在你的心窝上刺杀你，留着你的头。这是怎样发生的？是皮杂尼欧？必是他和克娄顿！他们的嫉恨与贪贿造成了这一惨剧。啊！这是很明显的，很明显的！他给我的药，据他说是对我滋补有益的，我不是吃下去就失掉知觉了吗？这就足以彻底证实，这是皮杂尼欧做出的事，也是克娄顿做出的事。啊！用你的血给我的苍白的脸上增加一点颜色，谁要是偶然发现我们，会觉得我们格外地可怖。啊！我的丈夫，我的丈夫。〔倒在尸身上〕

留希阿斯、一营长、其他军官等，及一预言者上。

营长　除了他们之外，驻扎在高卢的军团也按照你的意思渡过了海峡，到米尔佛港这里与你的船只会合，听候你的差遣，他们准备好了。

留希阿斯　但是罗马方面有什么支援呢?

营长　元老院已经征调意大利的居民与士绅，都是些踊跃应征的人，可望杀敌致果，他们是在西安那[9]公爵的弟弟勇敢的义阿基摩的领导之下出发的。

留希阿斯　你料他们何时可以到达?

营长　遇到顺风，即可到达。

留希阿斯　这迅速的行动使我们的希望好转。命令我们手下的队伍集合起来。教各营长去注意执行。现在，先生，关于此次战事的前途你最近可有什么梦兆?

预言者　昨夜天神们亲自给我托梦——我曾斋戒祈祷求神指点——梦是这样的:我看见了周甫的鸟，即罗马的鹰，从潮湿的南方飞到了西方这一地区，在阳光中消逝了。这便是罗马大军胜利的朕兆，除非是我的罪恶使得我的占卜失灵。

留希阿斯　梦常常即是朕兆，从没有不应验的时候。且慢，喂！这躯干怎么没有头？这一堆废墟显示当初曾是一座堂皇的建筑。怎么！一个侍童！是死了还是伏在他的身上？大概是死了，因为人情之常怕和死者同床，或睡在死人身上。让我们来看看这孩子的脸。

营长　他还活着呢，大人。

留希阿斯　那么他会告诉我们这死尸的缘由。年轻人，告诉我们你的遭遇，因为情形太奇怪不能不令人动问。你当作血迹斑斑的枕头用的这个人是谁？造物者给他一个好形体，而他把它糟蹋成这个样子，他本来是谁？你和这悲惨的死者有什么关系？这是怎样发生的？他是谁？你是干什么的？

伊慕贞　我是个无足轻重的人，如果不是，那么变成为根本不复存在也比现在的我要好一些。此人原是我的主人，一个很勇敢而良善的不列颠人，被山地野人杀死在这里。哎呀！世上没有这样的主人了。我可以从东方流浪到西方，呼号求职，试许多人，都很好，我也忠心伺候，可是永远再找不到一个这样的主人。

留希阿斯　哎呀，好孩子！你的哀怨之动人怜悯，与你的流血的主人正不相上下。说一说他的姓名，好朋友。

伊慕贞　利查都商[10]。〔旁白〕如果我是说谎，而无害于人，虽然天神听到也会原谅我的。你说什么，先生？

留希阿斯　你的名字呢？

伊慕贞　菲地利，先生。

留希阿斯　你证明了你自己确是一个非常得力的忠仆。你的名字很适合于你的忠心，你的忠心也很适合于你的名字。愿意追随我试试你的运气吗？我不愿说我和你的旧主人一样地好，但是你放心在情分上绝差不了。罗马皇帝的信件，派一位执政送来给我，其推荐的力量不见得大于你自己的优点。和我来。

伊慕贞　我跟你去，先生。但是，如果天神愿意，我首先要把我的主人掩埋，免得招惹苍蝇，用这十根手指能挖多深就挖多深。等我用树叶野草撒盖了他的坟，对它念了一百遍我所记得的祈祷词，念了再念一百遍，我就要悲泣哀叹。这样地辞别了旧主，我便可追随你的左右，如果你愿雇用我。

留希阿斯　是的，好孩子，与其说做你的主人，我毋宁愿做你的父亲。我的朋友们，这孩子指点了我们为人应尽的责任。我们去寻找一块最美丽的雏菊丛开的土地，用我们的矛戟给他挖一个坟。来，把他抱起来。

孩子，为了你我们要对他优待，
用军人的礼节把他掩埋。
不要难过，揩揩你的眼睛。
有时跌一跤，爬起来更高兴。〔众下〕

第三景：辛伯林宫中一室

辛伯林、贵族等、皮杂尼欧及侍从等上。

辛伯林　再去！回来告诉我她的状况如何。〔一侍者下〕为了她的儿子失踪，急出一场病，疯疯颠颠的，怕要有性命之忧。天哪！你多么沉重地用几种打击一齐加在我的身上。伊慕贞，我的大部分的安慰之所寄，失踪了；我的王后病危在床，尤其是在这恶战临头之时；她的儿子走了，目前正在需要他。这一打击，使我陷于绝望之境。讲到你这个家伙，你一定知道她的出走而你装作毫不知情，我要严刑逼你招供。

皮杂尼欧　陛下，我的命是您的，敬请由您处分，不过，关于我的女主人，她现在什么地方，为什么出走，打算什么时候回来，我一点也不知道。请求陛下，认我作为一个忠实的仆人吧。

贵甲　陛下，她失踪的那一天他是在这里的，我敢担保他是忠实的而且会善尽他的臣仆的职责。至于克娄顿，已经尽力勤加寻找，无疑地会能找到的。

辛伯林　真是危难多事之秋。〔向皮杂尼欧〕我暂时放你过去，但是我的疑心还是存在的。

贵甲　启禀陛下，罗马的军团，全是从高卢开拔来的，业已在您的海岸登陆，还有元老院派来的由罗马士绅组成的援军。

辛伯林　现在真希望有我的儿子和王后给我出个主意！我被这些紧要事件弄昏了头。

贵甲　好陛下，您的军事准备足可应付您所听到的来犯的敌人，再多来一些，您也应付得了。现在只欠让那些跃跃欲试的军队立刻采取行动。

辛伯林　我谢谢你。我们退去吧。事到临头，我们要好好应付。我不怕意大利能带给我们什么烦恼，但是我为国内发生的意外事件而悲伤。走吧！〔除皮杂尼欧外均下〕

皮杂尼欧　自从我写信报告伊慕贞业已遇害以后，我还不曾接获我的主人的来信，这事很奇怪。也没有接到我的女主人的信，她答应随时给我消息的。我也不知道克娄顿有什么遭遇，我对一切都是茫然，一切听从上天摆布。我好像是虚伪的地方，其实那正是我的诚实的所在。不忠实，其实正是为了要忠实。目前的战争将证明我爱我的国家，我的勇敢会让国王知道的，否则我就战死沙场。

一切其他疑窦，到时候会解释明白，

有些失了舵的船也会幸运地归来。〔下〕

第四景：威尔斯。白雷利阿斯窟前

白雷利阿斯、吉地利阿斯与阿维雷格斯上。

吉地利阿斯　声音是在我们周围。

白雷利阿斯　我们离开吧。

阿维雷格斯　如果生活之中没有行动和冒险，父亲，我们的生活还有什么乐趣？

吉地利阿斯　对，我们的隐居还有什么希望？如果我们采取这样的态度，罗马人一定不是把我们当作不列颠人杀掉，便是把我们当作山野叛徒暂时加以利用随后再杀掉。

白雷利阿斯　儿子，我们要到山上更高处，那里安全。国王那一边我们是不可以去的，克娄顿刚死不久，我们是没有人认识的生人，又没有编入队伍，也许会要被人查问我们是在何处居住，于是被逼招出我们所做的事，其结果必定是严刑拷打以至于死。

吉地利阿斯　父亲，在这个时候您如此地多虑，使得您不体面，我们也不佩服。

阿维雷格斯　他们听到了罗马的战马嘶鸣，看到了他们营盘里火光闪亮，他们的耳目都被当前紧张情势所拥塞，不见得还肯浪费时间注意到我们，追问我们的来历。

白雷利阿斯　啊！军队里很多人认识我。你们想想看，克娄顿当初很年轻，可是这么多年的时间并没有把他从我的记忆中消磨掉。再说，这国王不值得令我效忠，不配受你们的爱戴，由于我的被放逐你们一方面缺乏教养一方面度这艰苦的生活，永不能享受你们生来应有的安逸，反成了炎夏晒炙之下的褐色孩儿，严冬时冷得打战的鬼。

吉地利阿斯　死了也比这样好些。求您，父亲，让我们去从军吧。我和我的弟弟是没有人认识的；您自己，早已被人遗忘，又长了这么一脸的胡须，不会有人追究的。

阿维雷格斯　我对这照耀的太阳发誓，我要去。这是多么可耻，我还不曾看见过一个人死！几乎不曾看见过血，除了那怯懦的兔子、淫荡的山羊和鹿肉上的血！从来没有骑过一匹马，除了像我这样的人所骑过的马，在鞋跟上从来没有带过锯轮！望着那神圣的太阳，我觉得惭愧，徒然享沐他的和煦的光辉，而这样长久地沦为无名之辈。

吉地利阿斯　对天发誓！我要去！如果您祝福我，父亲，准我去，我此去自当格外小心；如果您不肯祝福，那么就让罗马人把那严重的后果加在我的头上吧。

阿维雷格斯　我也这样说，阿门。

白雷利阿斯　你们既然把你们的性命看得这样轻，我没有理由更珍惜我这老朽之躯。我跟你们去，孩子们！

如果你们为国家作战而阵亡，

我也躺在那里，那也是我的床。

带路，带路。——〔旁白〕等太久了，他们衷心内疚，想飞出去证明他们是天潢贵胄。〔众下〕

注释

[1]fit 与 fitness 有双关义。fitness=sexual inclination（性欲的冲动）。

[2]general services，耶鲁本注: public affairs 似不恰。因 general 与 single 系相对而言，似应解作 service in the wars。

[3] 鸠诺（Juno），罗马神话中朱匹特之妻，为主要的女神。

[4] 接骨木（elder）被认为是不祥的树木，因为犹大（Judas Iscariot）据说是吊死在一棵接骨木上，干上生出了黑木耳，叶与花皆有恶臭。接骨木常做葡萄支架用。

[5] 各对折本原文作“for defect of judgment is oft the cause of fear”与

上文意义不贯，颇为费解，近代编者提出各种修改，但多集中注意于 defect 一字，牛津本改为“for defect of judgment is oft the cease of fear”不无可取，今照译。

[6] 据说红襟鸟（ruddock 即 robin）以口衔叶覆盖死者，见古歌谣“Babes in the Wood”。

[7] 泽赛替斯（Thersites）是希腊军团攻脱爱城时军中的一个丑陋的善以刻毒词句调侃人的 jester。哀杰克斯（Ajax）是其中强壮勇敢的英雄之一。见莎士比亚之《脱爱勒斯与克莱西达》。

[8] 所谓“他们”当然是指伊慕贞与克娄顿，但克娄顿没有头，大概是莎士比亚忘记了。有人强解作“on the front of their bodies”，有人解作“Lay them face downwards.”似均不必要。

[9] Siena 是意大利翡冷翠正南三四十英里一个公国的首府，不过据 Steevens 指陈这一国实在是一共和国。此处所谓西安那，是指西安那的统治者，亦即“公爵”。

[10] 利查都商（Richard du Champ）是随意捏造的姓名，是法国人的姓名，英文该是 Richard of the Field。可怪的是，莎士比亚的家乡斯特拉福确有一人名 Richard Field，伦敦之名出版家，活跃于一五七九年至一六二四年之间。莎士比亚的《维诺斯与阿都尼斯》（一五九三年）及《露克利斯之被奸》（一五九四年）都是他出版的，很可能他是莎士比亚的朋友，莎士比亚在此处用他的姓名是表示推崇朋友之意。

第五幕

第一景：不列颠。罗马兵营

波斯邱默斯持血帕上。

波斯邱默斯　是的，染了血的布，我要保藏你，因为我要你染成这个颜色的。你们结过婚的男人们哪，如果你们每人都采取我的办法，那么多少人要为了小小的一点偏差而杀死比他们自己好得多的妻子啊！啊皮杂尼欧！好的仆人并不都是服从所有的命令，他只有执行公正的命令的义务。天神哟！如果你们早一点就惩罚我的错误，我就不会活到今天指使人做出这样的事，你们便可挽救那高贵的伊慕贞一命，由她去忏悔，你们该打击我，我才是更该受你们惩罚的坏东西。但是，哎呀！你们把某一些人从人世间抓走，只为了一些小小的错误；那是善意，好教他们不再犯错。你们准许某一些人一误再误，一次比一次严重，使得他生出恐惧忏悔之念，对于这犯错的人反倒有利了。但是伊慕贞现在被你们收去了，至于我，悉听你们的尊便，让我因服从神意而得福吧。我是随同意大利的士绅来到此地，对我的太太的国家作战。不列颠，我已经杀了你的女性杰作，这就够了[1]！我不要再伤害你。所以，仁慈的天，请静听我言：我要脱下这意大利的服装，改作一个不列颠农夫的打扮，这样我就可以对我所从来的那一方面作战，这样我就可以为你而死，啊伊慕贞！只因为了对你有愧，我活着喘一口气等于是死了一回。没有人认识我，无人怜亦无人恨，我便这样地一心一意地去面迎危险。

我要让人知道我有更多的勇气，
不是这一身衣服所能显示的。
神哟！把李昂内特斯家传的神勇注入我的身体里吧。
为了羞辱世俗的见解，我要创造
新的风气，要使内涵胜过外表。〔下〕

第二景：不列颠与罗马兵营之间的战场

留希阿斯、义阿基摩及罗马军队自一门上；不列颠军自另一门上；波斯邱默斯·李昂内特斯做疲敝士兵状随上。两队分列行军下。号角鸣。义阿基摩与波斯邱默斯又上，互相搏斗；波斯邱默斯将义阿基摩打败并缴其械，离去。

义阿基摩　我心中的罪孽深重之感夺去了我的勇气。我诬枉了一个女子，这个国家的公主，这里的空气都要报复我，使得我有气无力，否则这个村野伧夫能够战胜我这个职业军人？像我所拥有的那种武士身份与荣誉只是令人耻笑的官衔而已。不列颠，如果你的士绅胜过这个庄稼汉，

犹如他之胜过我们的贵族一般，

我们大概不是人，你们大概是神仙。〔下〕

战斗继续进行，不列颠军逃散，辛伯林被捕。随后白雷利阿斯、吉地利阿斯与阿维雷格斯驰上援救。

白雷利阿斯　稳住，稳住！我们有地形的优势。这条路有险可守，除了我们自己胆怯以外没人能击溃我们。

吉地利阿斯、阿维雷格斯　稳住，稳住，作战！

波斯邱默斯又上，支援不列颠军，救回辛伯林，同下。随后留希阿斯、义阿基摩与伊慕贞又上。

留希阿斯　走吧，孩子，离开军队，保全你自己吧！战争是盲目的，混乱之中自家人会杀了自家人。

义阿基摩　那是他们的生力军。

留希阿斯　今天战局变化得好奇怪。赶快调兵增援，否则只好逃走。〔众下〕

第三景：战场又一部分

波斯邱默斯与一不列颠贵族上。

贵族　你是从他们坚强抵抗的那地方来的吗？

波斯邱默斯　我是。您好像是从逃亡的人群中来的。

贵族　我是。

波斯邱默斯　这怪不得你，先生，因为如果不是上天帮忙，我们是一败涂地了。国王本人失掉了两翼的掩护，全军崩溃，不列颠人都转身而逃，全顺着一条窄路逃跑。敌人满心欢喜，大杀大砍，累得直吐舌头，工作太多，两只手来不及做。有些个是被他们砍翻杀死了，有些个只受到轻伤，有些个只是因惊吓而瘫倒。那条窄路被背部受伤的死人和苟延残喘活现眼的懦夫所拥塞了。

贵族　这窄路在哪里？

波斯邱默斯　就在战场附近，那地方掘有壕沟，筑有土墙。一位老兵利用了那个地形，真是个忠勇之士，我敢保，他为国家立了这一份功劳，看他须发皆白的样子，真不负国家对他这样久的养育之恩[2]。他和两个年轻小伙子，横堵着路口——那两个小伙子看样子只好玩玩“捕人戏[3]”，哪里能干出这杀人的勾当——他们的面孔适宜于戴面罩，也可以说比那些为了保护皮肤或遮羞而戴面罩的脸庞更为秀丽一些，但是他们守住了路口，对那些逃跑的人们喊叫:“我们不列颠的鹿是逃走时被射杀的，我们的男子汉不这样。向后逃的人是投奔地狱。站住，否则我们就要像罗马人一般地对付你们，你们像畜牲一般地怕死，我们就要置你们于死，要想保全性命，只消鼓起勇气转回头。站住，站住！”这三个人，豪气抵得过三千人，战绩也抵得过三千人，因为所有其他的人都没有作为，三个有作为的人便是劲旅了。一声大吼，“站住，站住！”，再加上地形的优越，更有激励作用的是他们的勇气——足以把弱女子变成为莽大汉——果然使得那些气极败坏的人红光满面，其中有些是由于惭愧，有些是由于精神重振，于是一些看着别人跑也就跟着跑的懦夫——唉，在战场上领头逃跑的人真是罪大恶极——开始做出了他们三个人的那样的神情，像狮子一般对着猎人的枪尖狞笑。随后敌人就开始停止追逐，撤退，很快地，溃逃，局势大乱，本来像是鸢鹰捕食一般的攫抓，现在像是小鸡逃命一般的狼狈。一群奴才，踏着方才以胜利者姿态刚刚走过的足迹而去。现在我们的懦夫们——好像是长途航行中之残余的干粮——变成了危急中的续命之资。他们发现敌人的心窝后门没有设防，天哪！他们砍杀得多么凶猛，有些人砍那已经被杀死了的人，有些人结果了那些负伤垂死的人，有些人欲戳刺那些在方才逃亡人潮中被挤倒的他们自己方面的人。十个人，被一个人追，如今每一个人转过来屠杀二十个人，那些情愿不抵抗而死的人，都变成了战场上的凶神。

贵族　这是料想不到的事，一条狭路，一个老人，两个孩子！

波斯邱默斯　不，不要诧异。你好像是天生的任事不做，听了别人做的事就表示诧异的一个人。你是否要编为一首歌谣，发表出去作为讽刺？这就是一首：

“两个孩子，一个返老还童的老人，一条窄路，
拯救了不列颠人，可把罗马人给害苦。”

贵族　不，您别生气。

波斯邱默斯　唉，我生气做甚？

谁不敢面对敌人，我愿做他的友人。
因为他若是逃，他天生是这种东西，
我知道他会很快地也抛弃我的友谊。
你逼得我出口成章。

贵族　再见吧，您生气了。〔下〕

波斯邱默斯　还是逃？这也算是一位贵族！啊卑贱的贵族！自己

在战场上，却问我“有什么消息？”，今天有多少人宁愿放弃荣誉而苟全性命！多少人逃命，而还是丧了命！而我，困苦像是符箓一般地护佑着我，听到了死的呻吟，却找不到死神，在厮杀的场所里却没有挨上他的一击。死神是个丑恶的妖精，真奇怪，竟藏身在提神的酒杯里、柔软的床上、甜言蜜语之中；除了我们在战争中拔刀死斗的这些人之外，他居然另外还有可供驱使的差人。我一定要找到他，因为我方才是帮助不列颠人作战的，现在不是不列颠人了，我已恢复了我本来面目。我不再打斗了，任何一个乡野伧夫在我肩头抓一把，我就向他投降。罗马军队在这里杀了不少人，不列颠人所要做的报复一定不轻。
至于我，一死才能解除我的苦痛。
我本来想任何一方都可以要我的命，
我不愿在此地或别处偷生于世，
我只要找个方法为伊慕贞而死。

二不列颠营长及士兵等上。

营甲　赞美伟大的朱匹特！留希阿斯被捕获了。大家都以为那老人和他的两个儿子必是天使下凡。

营乙　还有一个第四个人呢，穿着乡下人服装，和他们一起向敌人进攻。

营甲　据说是如此。可是一个也找不到。站住！是谁？

波斯邱默斯　一个罗马人，如果有人支援他作战，他是不会留在这里垂头丧气的。

营乙　　下手抓他。一条狗！不能让一个罗马的贱民[4]回去诉说什么样的乌鸦在这里啄食他们的人。他夸耀他的从军，好像是个有地位的人哩！带他去见国王。

辛伯林率侍从等上。白雷利阿斯、吉地利阿斯、阿维雷格斯、皮杂尼欧与罗马俘虏等上。二营长向辛伯林献上波斯邱默斯，辛伯林命狱卒收押。众下。

第四景：不列颠。一监狱

波斯邱默斯及二狱卒上。

狱甲　　现在你不用怕被人偷走，你已经上锁了，哪里有草你就到哪里去吃吧。

狱乙　　对了，有胃口就尽管吃。〔二狱卒下〕

波斯邱默斯　　欢迎之至，幽囚的生活！我想你是通往自由的一条路。不过我比那生痛风病的人还好一些，他宁愿长久呻吟，而不愿那有把握的医生死神来为他治疗。死才是打开这枷锁的钥匙。我的良心哪，你比我的足胫与手腕戴着更重的枷锁。仁慈的天神们哪，请赐我以忏悔的心情，以解除那个枷锁，然后，永获自由！我因罪恶而感觉苦恼，这是不是就够了呢[5]？

孩子们这个样子就可以使父母息怒，天神当然有更多的慈悲。我必须忏悔吗？那么我现在是甘心情愿地而不是为人所迫地戴着枷锁，我实在没有比这个更好的忏悔方式了。为了赎罪，如果那是我重获自由之主要条件，那么这笔账不必更认真细算，把我的整个的性命拿去罢了。我知道你们比卑鄙的人类宽大得多，他们讨债只向那破产的债务人索取三分之一、六分之一，或十分之一，给他们留下一点让他们复苏，这不是我所愿望的。为了伊慕贞的性命，请取去我的性命。我的命虽然不那么值钱，究竟是一条命，是你们所铸造的。人与人之间，并不称每块钱币的分量。纵然轻一些，也承认其币面的价值。我的性命是你们造的，你们应该接受它。伟大的神明啊，如果你们肯接受这笔账，拿去这一条命吧，并且一笔勾销这冷酷的桎梏[6]。啊伊慕贞！我要在沉默中向你诉说衷情。〔睡〕

奏哀乐。一老人，席西利阿斯·李昂内特斯，即波斯印默斯之父，做军人装束，在梦幻之中出现。手搀一老妇，即其妻，亦即波斯印默斯之母，有乐队前导。在另一乐队之后，两个年轻的李昂内特斯家的人，即波斯印默斯之兄，随上，因系战死而带伤。他们乘波斯印默斯卧睡之际而环绕之。

席西利阿斯　掌握雷霆的天神啊，

不要再拿凡人出气；

和马尔斯吵，和鸠诺闹，
是她在骂你
奸淫妇女。
我的孩子做了什么坏事，
他的面我尚未见过。
我死时他尚在腹中
等待着瓜熟蒂落。
据说你是孤儿的救主，
那么你就该做他的父亲，
你就应该保护他，
不要为人间烦恼而痛心。

母　露赛娜[7]没有帮助我，
在我分娩时要了我的命，
所以波斯邱默斯被取了出来，
举目无亲地啼哭而生，
好可怜的东西！

席西利阿斯　伟大的造物者给他塑造体形，
和他的祖先一样地美丽，
他赢得了举世的称赞，
不愧为席西利阿斯的后裔。

兄甲　他一旦成年长大，
在不列颠哪里有人
能和他相提并论，
或是能被伊慕贞
瞧在眼里？她最欢喜

他的潇洒的风神。

母　　为什么他为婚姻
被人嘲笑，被迫逃亡，
被逐出李昂内特斯的家园，
被逼离开他最亲爱的人，
美丽的伊慕贞？

席西利阿斯　　你为什么准许义阿基摩，
那可鄙的意大利人，
利用无稽的妒忌
玷污他的高贵的心，
使他中了小人的计，
成为被他讥笑的人？

兄乙　　因此我们离开寂静的坟墓，
我们的双亲和我们两个，
我们是为了保卫国家，
勇敢地在沙场战殁；
我们光荣地为国效忠，
维护先王的威名于不堕。

兄甲　　波斯邱默斯为辛伯林而战
也是同样地骁勇。
那么，朱匹特，众神之王，
为什么吝施你的恩宠，
不早给他以应得的报酬，
造成一片忧心忡忡？

席西利阿斯　　打开你的水晶窗，向外看。

别再对一群英勇的好汉
施展你的残酷的
而且强大的伤害的手段。

母　朱匹特，我们的儿子既然很好，
请你解除他的苦难。

席西利阿斯　请从你的琼楼玉宇下望，
赐予援手！否则我们这群
可怜的鬼魂要在众神面前
控诉你的不仁。

二兄　援助我们，朱匹特，否则我们要控诉，
不再奉你为公正的神。

朱匹特于雷电中骑鹰下降，掷出一声雷霆。群鬼下跪。

朱匹特　你们这些低贱的下界幽灵，
莫再啰唆。你们这些鬼魂怎敢
控诉天神，你们不知道我的雷霆
自天而降，可以粉碎一切的反叛？
你们这些天堂中可怜的阴影，去吧！
在不谢的花丛里面去安息，
不必为人间灾难而担心害怕。
那不是你们的责任，那是我的。
我折磨我最宠爱的人，
我的恩宠，越延缓越受欢迎。
我要提拔你们的儿子，请放心，
他的灾难已满，幸运亨通。

他生时就有我的吉星照临，
他结婚是在我的庙堂。起来消逝！
我要他去做伊慕贞的夫君，
因苦难而格外地踌躇满志。
把这纸簿放在他的胸上，
里面载着我注定的他的一生休戚；
去吧！不要再吵吵嚷嚷，
否则要惹起我的脾气。
起飞，鹰，回我的水晶宫去。〔飞升〕

席西利阿斯　他挟着风雷而来，他喷出的气息有硫黄味。神鹰下攫，好像是要抓我们。他起驾升天时却比我们的乐园还要和美悦人，他的神鸟整理它的羽毛，剔抹它的利喙，在它的神喜悦的时候它总是这个样子。

众　谢谢，朱匹特！

席西利阿斯　玉石铺砌的天门关闭了，他已经进入了他的光明的殿宇。
走吧！为了永沐天恩，
我们执行他的意旨要加小心。〔群鬼消逝〕

波斯邱默斯　〔醒转〕睡眠哟，你做了一次祖父，给我生了一个父亲，你还给我创造了一个母亲和两个哥哥。
但是——啊好会作弄人的梦幻！
他们走了，像来时一样地突然：
于是我就醒了。那些依赖权要的恩宠的人们，是和我一般地在做梦，一觉醒来，万事皆空。
但是，唉！我说错了，

许多人没有梦想恩宠，也不配得到，
但是恩宠纷至沓来，我就是这样的一个，
有缘做了这样一场美梦，不知为了什么。
是什么仙子来到了这个地方？一个纸本？啊好考究的一个纸本！可不要像我们的繁华世界一般之徒有其表而内容空虚。你的内涵须要和外表所表示的一般良好，不要像我们的宫廷人士那样。
“一头幼狮，将于漠不相识并且无意寻求之中，突然获有奇遇，为一片温柔所拥抱。从一棵庄严的柏树所砍下的枝条，枯死多年，忽然复生，重接旧株，再度滋长。当此之时，波斯邱默斯的灾难终止，不列颠国运昌隆，永沐和平富庶之庥。”
这仍然是梦呓，再不然就是疯子的信口狂言，不可理解。倘非梦呓或狂言，便是一片胡说乱道；倘非了无意义的狂言，必是意义不可究诘的梦呓。不管是什么，我的一生经过也正是这样，为了性质相像，我要把它收藏起来。

二狱卒又上。

狱甲　过来，先生，你准备好受死了吗？

波斯邱默斯　烤过火了。早就准备好了。

狱甲　我说的是上吊，先生。如果你准备好了上吊，你会烤得不错的。

波斯邱默斯　是的，如果我能成为观众认可的一道好菜，这笔账由我来付。

狱甲　这笔账可是不轻，先生，不过也有好处，以后不再要你付钱，而且不必再怕酒店账单，席终付账往往是惨事，犹如饮酒之际是乐事一般。你进来的时候饿得有气无力，离去的时候喝得摇摇晃晃，后悔花钱太多，又后悔吃喝过度，钱包和头脑全都空了：头脑因轻率而嫌过分沉重，钱包因释重负而嫌过分轻松，这种矛盾你如今可以全免。啊！值一文钱的一根绳子有好多的益处，它可以把一千笔债务一下子还清，它才是你的真正的账簿——过去的、现在的、将来的，所有债务它都会清偿。先生，你的颈子就是笔、账簿和算码，现在我们可以清账了。

波斯印默斯　我赴死比你求活还快活些。

狱甲　的确，先生，睡觉的人不感觉牙痛，但是一个人要是去睡你那样的觉，还有一个刽子手帮他上床，我想那个人是愿意和那行刑的人交换位置的，因为你要注意，先生，你不知道死后将往哪里走。

波斯印默斯　我知道的，的确知道，朋友。

狱甲　那么，骷髅头上是有眼睛了。我没看见过谁这样画过它。你必须由一些自命识路的人给你指点，再不然你就只好强不知以为知，自命识路，不过我确知你是不识路的，再不然就是甘冒死后接受裁判的危险。你走到路头结果如何，我想你是永远不会回来告诉人的。

波斯印默斯　我告诉你，朋友，在我要去的路上，没有人缺乏辨识路途的眼睛，除非是有意闭上不用它们。

狱甲　这是何等天大的笑话，一个人会把眼睛睁得大大的去走向黑暗！我知道上吊就是走向黑暗的路。

一使者上。

使者　打开他的镣铐，带犯人去见国王。

波斯邱默斯　你带来了好消息，我是被唤去恢复自由。

狱甲　那么，我要被吊起来了。

波斯邱默斯　那么你就要比当狱卒更自由了，没有监牢能关得住死人。〔除狱卒甲外均下〕

狱甲　除非是一个人愿意和绞架结婚，去生出一批小绞架，我可从未见过一个人这样地视死如归。不过，凭良心说，有些个人是贪生的，虽然他是个罗马人，其中还有些个人，虽死而并非甘愿；如果我是罗马人，我也会这样。我愿我们大家一条心，一条好心。啊！那么狱卒与绞架全都可以废弃。我说的话违反我目前的利益，但是我的愿望一旦实现，我会有更好的职业。〔下〕

第五景：辛伯林的帐篷。

辛伯林、白雷利阿斯、吉地利阿斯、阿维雷格斯、皮杂尼欧、贵族等、官员等、侍从等上。

辛伯林　诸位是天神要你们来保驾的，请站在我的身旁。那么堂皇作战的那个贫苦的小兵，他的褴褛的服装使得那灿烂的铠甲羞惭无地，他的赤裸的胸膛走在坚固的盾牌的前面，此人不知下落，我心里很哀伤，谁要是能找到他，我必有重赏。

白雷利阿斯　我从没见过这样穷苦的人能有这样的豪气。看上去是其貌不扬衣裳褴褛的样子，而竟做出这样的难得的事迹。

辛伯林　没有他的消息吗?

皮杂尼欧　活人死人中间均已找遍，没有他的踪迹。

辛伯林　我很难过，我原想送给他的那份报酬，现在仍然留在我的手里。那一份报酬，连同其他的报酬，我要送给〔向白雷利阿斯、吉地利阿斯与阿维雷格斯〕你们，你们是不列颠的心、肝、脑，我认为不列颠是靠你们而生存的。现在是我该盘问你们的来历的时候了，说吧。

白雷利阿斯　陛下，我们生在坎布利亚，出身世家，再多说夸耀之词便有失谦逊之道，除非我再加上一句，我们都是忠诚的人。〔跪下来〕

辛伯林　起来，我的战场上立功受封的骑士[8]，我封你们为侍从护卫，还要颁给你们适于你们身份的一切荣誉。

考尼利阿斯及宫女等上。

他们的神情好像是有事。你们为什么这样愁眉不展地迎接我的胜利?你们像是罗马人，不像是不列颠宫里的。

考尼利阿斯　敬礼，伟大的国王！虽然扫你的兴，我不能不报告王后死了。

辛伯林　谁比一个医师更不适宜于做这样的报告？不过我想起来了，医药可以延长性命，可是医师也还是要死的。她是怎样死去的？

考尼利阿斯　情形很可怖，发狂而死，像她生时一般。她一生对人残酷，临终对她自己也是残酷之极。她临终所坦白的话，如果您愿意，我可以报告给您听：如果我说错了，她的这几位侍女可以指出来。她临死之际她们都泪流满面地守在一旁。

辛伯林　请说吧。

考尼利阿斯　首先，她说她从不爱你，爱的是因你而得到的尊荣，不是你本人，她嫁给你的国王身份，给你的地位做妻室，厌恶你这个人。

辛伯林　这只有她自己知道。若不是她临死吐露，她这样说我是不会相信的。说下去。

考尼利阿斯　你的女儿，她佯为真心相爱的样子，她承认她视如毒蝎。若不是她先行逃跑，她早就用毒药把她毒死了。

辛伯林　啊最美妙的魔鬼！谁能识得妇人心？还说了什么？

考尼利阿斯　还有，陛下，而且更骇人听闻。她坦白承供，她为你预备下了致命的药饵。服下之后立刻就会腐蚀生命，慢慢地一寸一寸地把你耗干。在这期间，她打算彻夜厮守、啜泣、伺候、亲吻，用她的虚情假意把你征服。对了，等到适当的时候——她用诡计把你弄得言听计从的时候——便设法让你收养她的儿子继承王位。不料他奇异地失踪，她事败垂成，于是变得疯狂恣肆，不顾天怒人怨，公开吐露她的隐情，懊悔她的阴谋未能得逞，就这样地，于绝望之中死去。

辛伯林　她的侍女们，你们全都听见了吗？

宫甲　我们都听到了，陛下。

辛伯林　我的眼睛并没有看错，因为她确是美。我的耳朵，听的是她的甜言蜜语，我的心也没有想错，我以为她是表里如一的。如果怀疑她，那岂不成了罪过，但是，啊我的女儿！你是可以说，而且以你的经验证实，我太糊涂了。愿上天补救一切！

留希阿斯、义阿基摩、预言家及其他罗马俘虏被押解上。波斯邱默斯与伊慕贞后随。

凯耶斯，你现在不是来催索贡税了吧！那一笔贡税不列颠人已予勾销，虽然因此而损失了很多勇士。他们的亲属提出了请求，要把你们这批俘虏屠杀，以慰英魂，我已予照准，所以，想一想你们的处境吧。

留希阿斯　陛下，您要知道战争之事有胜有负，你们获胜乃是偶然。如果胜利属于我们，于热血冷静之后，我们是不会以刀剑威胁我们的俘虏的。既然天神如此安排，我们除了性命之外又别无赎身之资，那么要杀就杀吧！一个罗马人自有罗马人的勇敢来承当一切，这就够了。奥格斯特斯尚在，他会为我们复仇。讲到我个人的处境，言尽于此。只有一桩事我要请求——我的侍童，生来本是不列颠人，请准他赎身。做主人的从来不曾有过一个侍童，这样地和善，这样地尽职、勤奋，这样地善体人意、忠实可靠，这样地灵巧，这样地会照护人。让他的优点与我的请求合并起来，敬请陛下不要加以拒绝。他没有伤害任何一个不列颠人，虽然他是伺候过一个罗马人。饶了他吧，陛下，纵然您对其他的人概不留情。

辛伯林　我以前一定见过他，我看他很面熟。孩子，你的相貌很讨我的喜欢，我要留你伺候我。我不知道是什么缘故，也不知道是为了什么，我要说“你可以活，孩子”。根本不必感激你的主人，你活着吧！随便你向辛伯林要求什么，只要是我能施给而且合于你的身份，我都会给你。是的，你就是向我要一名最尊贵的俘虏，我也绝无吝色。

伊慕贞　我敬谢陛下。

留希阿斯　我不要你为我的性命求饶，好孩子，不过我知道你一定会的。

伊慕贞　不，不！哎呀！我还有别的事要做哩。我看到了一件东西[9]，比看见死亡还要难过。至于您的性命，我的好主人，只好由它自己想办法去了。

留希阿斯　这孩子轻视我，他要离开我，讥讽我。
误信青年男女的忠诚，
会急速消失快乐的心情。

为什么他站着发呆？

辛伯林　你要的是什么，孩子？我越来越喜欢你。仔细地想一想你最想要的是什么。你望着的那个人，你认识他吗？说呀，你想要他活命吗？他是你的亲属？你的朋友？

伊慕贞　他是一个罗马人，不是我的亲属，犹如我不是陛下的一样。不过我生来就是您的仆从，所以还是我和您的关系比较密切。

辛伯林　为什么这样地望着他？

伊慕贞　我愿私下里告诉您，陛下，如果您肯听我说。

辛伯林　好，我很愿意，我要细心听你说。你叫什么名字？

伊慕贞　菲地利，陛下。

辛伯林　你是我的好孩子，我的侍童，我要做你的主人。跟我过来，放胆地说吧。〔辛伯林与伊慕贞在一旁谈话〕

白雷利阿斯　这孩子不是从死中复活的吗？

阿维雷格斯　两粒沙都不会这样相像——正是那个可爱的美貌少年原来名叫菲地利的那个人。你看是不是？

吉地利阿斯　正是那个死者复活了。

白雷利阿斯　住声，住声！再看看，他没有看我们。不可鲁莽，人可能长得相像。如果真是他，他必定会来和我们说话。

吉地利阿斯　但是我们看到他是死的。

白雷利阿斯　不要作声，我们再看下去。

皮杂尼欧　〔旁白〕那是我的女主人，她既然还活着，以后事情

的演变是好是坏都没有关系了。〔辛伯林与伊慕贞走向前〕

辛伯林　来，你站在我身边，大声地提出你的请求。〔向义阿基摩〕先生，你走出来，回答这孩子的问话，要老实地回答，否则，以我的威权与荣誉为誓，我要用严刑来逼你吐出真情。过去，对他说吧。

伊慕贞　我请求的是，让这位先生说明一下他的这个指环是从哪里来的。

波斯印默斯　〔旁白〕这与他何干?

辛伯林　你手指上的那颗钻石，你说是怎样得来的?

义阿基摩　你刚才说你要用酷刑逼我说实话，可是说了出来会使你受不住哩。

辛伯林　什么！我受不住?

义阿基摩　这话闷在我心里实在难受，我很高兴你逼我一吐为快。我是用骗术把这指环弄到手的。那是你所放逐的李昂内特斯的宝物，说起来你会比我更难过，他仍是天壤间的未曾有的一位高贵的君子。你还要再听下去吗，陛下?

辛伯林　与此事有关的一切。

义阿基摩　那位绝世佳人，你的女儿，为了她我的心头淌血，我因内心惭疚想到她就不禁战栗，请原谅我，我要晕倒。

辛伯林　我的女儿！她怎么样?恢复你的力量，我愿你能活到寿终，也不愿你在我听完你的话之前就死去。挣扎着，人，说话。

义阿基摩　以前某一个时候——敲出那个时辰的那座钟才是倒霉呢——是在罗马，那一座房子才该诅咒呢——是在宴会席上——啊，我真愿当时的食物，至少我送到嘴里去的食物，是下了毒的——那位好波斯邱默斯——我该说什么呢？他是太好了，不该与坏人为伍，他是最少有的好人当中之佼佼者。他闷坐在那里，听我们赞美我们的意大利的爱人，天生丽质，最善言辞的人之最夸张的描写亦难以充分形容。其风度之优雅，使维诺斯女神或亭亭玉立的闵娜瓦女神的塑像之永传不朽的姿态为之相形见绌，其性情之娴淑，包括了使男人倾倒的一切优点。至于那勾魂钓夫的美貌，更不在话下。

辛伯林　我等得心焦。快说到本题上来。

义阿基摩　除非是你想要快快地伤心，否则你要嫌我说得太快。这一位波斯邱默斯——真像是热恋中的拥有一位高贵爱人的一位高贵的情郎——他也借机会发表意见了。他并不贬损我们所赞美的人——在这一点上他很有礼貌地不赞一词——他开口便描述他的爱人，先是形容她的绝色，然后谈到她的内心之美，使得我们所夸耀的成了龌龊的厨娘，再不就是他太会说话，使得我们成了不会说话的笨蛋。

辛伯林　不，不，不要胡扯。

义阿基摩　你的女儿的贞操，争端是从那里开始的。他提起她，好像戴安娜女神都做过热情的梦，而只有她冷若冰霜。于是乎我，千不该万不该，对他的赞美表示怀疑，那时候他的光荣的手指上戴着这只指环，我就用金钱和这指环打赌，我能把她勾引成奸，赢取这只指环。他——忠心的情郎，对她的贞操抱有充分的信心，我后来发现果然不虚，所以他就拿这指环当作赌注。纵然是太阳神的车轮上的一块宝石，他也敢拿来下注；纵然它的价值抵得过那整个的一辆车子，他也可以有把握地拿来下注。抱着这个计划，我立即向不列颠进发。你总该记得，陛下，我来到了宫中，我受了你的贞节的女儿一顿教训，使我恍然于情爱与淫乱之间大有分别。失望之余，欲念并未减杀，我的意大利的头脑便开始在你们的迟钝的不列颠国内发动阴谋。当时的机缘，对我绝对有利，简单说吧，我的计划大为成功，我带了虚假的证据而归，足以使得高贵的李昂内特斯发狂，以如此这般的证据破坏他对她的名誉的信仰，例如详述寝室的壁幔、图画，还有她的这只手镯——啊好巧妙！我居然弄到了——不仅此也，还有她身体上的一些秘密的特征，使他不能不信她的贞操已经破坏，我已经得手。于是——我好像是现在又看见他了——

波斯邱默斯　〔向前走来〕是的，你是又看见我了，意大利的魔鬼！唉，我这轻信人言的傻瓜，穷凶极恶的杀人犯，强盗，过去现在未来之一切恶人所应得的恶名皆属于我。啊！哪一位公正的审判官，请给我绳子，或刀子，或毒药吧。国王啊，请派人唤取巧妙的刑具，使得世上一切可怖之事显得不大可怖的便是我，因为我比他们更可怖。我便是杀死你的女儿的那个波斯邱默斯，像恶人一般，我又说谎了。我是唆使一个比我罪轻的恶汉，一个冒犯神明的强盗，去下手的，她乃是美德的庙宇，她简直即是美德的化身。唾我，用石头投我，把烂泥抛在我身上，嗾街上的恶犬来吠我，唤每一个恶人为波斯邱默斯·李昂内特斯，让以后一切的坏事都成为比较轻微的吧！啊伊慕贞！我的女王，我的生命，我的妻！啊伊慕贞，伊慕贞，伊慕贞！

伊慕贞　安静些，大人！听啊，听啊！

波斯邱默斯　难道我们要把这事当作一出戏来演吗[10]？你这可恶的童仆，这便是你该扮演的角色。〔打她，她倒下〕

皮杂尼欧　啊，诸位，救命！是我的女主人，是你的妻子呀！啊！我的波斯邱默斯大人，你没有杀死伊慕贞，如今你才是正在杀她。救命，救命！我的高贵的夫人！

辛伯林　天旋地转了吗？

波斯邱默斯　我怎么眩晕起来了？

皮杂尼欧　醒来，我的女主人！

辛伯林　如果真有此等事，天神的意思必是要把我生生地给快活死。

皮杂尼欧　我的女主人好一些了吗？

伊慕贞　啊！我不要看见你，你把毒药给了我，阴险的东西，走开！不要混迹到一群王卿贵人中间里来。

辛伯林　是伊慕贞的声音！

皮杂尼欧　夫人，如果我当初给你的那个匣子，不是当作灵药送给你的，我愿天打雷劈而死。那匣子是我从王后那里得来的。

辛伯林　还有新的情节?

伊慕贞　那药使我中了毒。

考尼利阿斯　啊天神！我遗漏了王后坦白的一件事，那可以证明你是诚实的。"如果皮杂尼欧已经，"她说，"把我当作提神灵药交给他的那副药剂令他的女主人服了下去，那么她是像我毒老鼠一般地被我毒杀了。"

辛伯林　这是怎么回事，考尼利阿斯?

考尼利阿斯　陛下，王后时常要我配制毒药，总是说为了求得知识上的满足，用以毒杀一些无关重要的动物如猫狗之类。我，怕她怀有更危险的动机，为她特别配制一副药剂，服下之后立即停止生活的能力，但在短期间内本身机能即可恢复作用。你是否服了这个药剂?

伊慕贞　我大概是服了，因为我死过去了。

白雷利阿斯　孩子们，那是我们的错误了。

吉地利阿斯　这确是菲地利。

伊慕贞　你为什么摔开你的妻子？假想你是站在悬崖之上[11]，现在你再摔我吧。〔拥抱他〕

波斯邱默斯　像果实一般挂在那里吧，我的灵魂，直到这株树木死去！

辛伯林　怎么，是我的骨肉，我的孩子吗！什么，你要我在这幕戏里成为一个哑口无言的演员吗？你不要和我说话吗?

伊慕贞 〔跪下〕请你祝福我吧，父亲。

白雷利阿斯 〔向吉地利阿斯与阿维雷格斯〕虽然你们爱过这个年轻人，我不怪你们，你们的爱是有缘由的。

辛伯林 愿我洒下的泪成为给你灌顶的圣水！伊慕贞，你的母亲死了。

伊慕贞 我很难过，父亲。

辛伯林 啊，她为人太坏了，只因为她，我们才得在此离奇地相会，但是她的儿子走了，我们不知道是怎样走的，也不知走到何处去了。

皮杂尼欧 陛下，现在我已不复恐惧，我要说出实情。克娄顿大人，在我的女主人失踪之后，就来找我，拔剑相向，口吐白沫，发誓说如果我不说出她是向何处走去，我立刻就要死。事有偶然，我衣袋里正好有一封假造的我的主人的信，指点他到米尔佛附近山中去找她。他穿的是我的主人的衣服，那是他逼我交付给他的，他怒气冲冲地带着淫邪的念头就赶了前去，发誓要玷污我的女主人的贞操，他以后如何我就不知道了。

吉地利阿斯 让我结束这个故事，我在那里把他杀了。

辛伯林 哎呀，天神不准！你是立有功勋的，我不愿意你逼我对你下一个严厉的判决，勇敢的青年，请你否认这件事。

吉地利阿斯 我已说过了，是我干的。

辛伯林 他是一位王子。

吉地利阿斯　极无礼貌的一个。他对我的侮辱没有一点王子的风度。他使用下流的语言激动我，纵然是大海这样对我怒吼，我也要把它踢回去。我斩了他的头。我很高兴他没有站在这里说我的头被他斩掉的经过。

辛伯林　我很为你抱憾，按照你亲口所述，你犯了罪，必须接受国法制裁。你非死不可。

伊慕贞　我以为那个没有头的人是我的丈夫哩。

辛伯林　把犯人捆起来，给我押下去。

白雷利阿斯　且慢，国王陛下，这个人比他所杀的那个人要好一些，和你一样地出身高贵。他应该比一群为你作战负伤的克娄顿更能获得你的嘉奖。〔向卫士〕不要拉着他的胳膊，那胳膊是生来不受束缚的。

辛伯林　为什么，老兵，你要因触犯我的恼怒，而勾销你那尚未获得酬庸的功劳吗？他怎么会和我一样地出身高贵？

阿维雷格斯　在这一点上他说得太过分了。

辛伯林　为了这个我要让你死。

白雷利阿斯　我们愿意三个一同死，不过我要证明我们之中有两个确实是出身高贵如我方才所说的。我的孩子们，我有一段话必须要说，对我自己是危险的，对于你们也许是有益的。

阿维雷格斯　您的危险亦即是我们的。

吉地利阿斯　我们的益处也是他老人家的。

白雷利阿斯　那么，如果您允许，我就说了。伟大的国王，您过去有一个大臣名叫白雷利阿斯。

辛伯林　提他做什么？他是一个被放逐的叛徒。

白雷利阿斯　这个以老人姿态出现的便是他，诚然是个被放逐的人，但不知为什么是叛徒。

辛伯林　把他带走，全世界的人也救不了他。

白雷利阿斯　不要太性急，先偿付我养育你的两个儿子的费用，我领到之后你立刻没收好了。

辛伯林　养育我的两个儿子！

白雷利阿斯　我是太莽撞无礼了。我现在跪下来，在我起立之前，我要把我的两个儿子的身份提高，然后你再不饶那个老父。伟大的陛下，这两位唤我为父亲自以为是我的儿子的年轻人，不是我的儿子，乃是你的亲生的血肉。

辛伯林　怎么！是我生的！

白雷利阿斯　恰似您是您的父亲生的一般的的确确。我，老摩根，就是您从前放逐的白雷利阿斯。我的全部的罪过，我所受的刑罚，以及我的一切叛逆行为，只是您的一时兴之所至。我吃了苦头便是我所做的全部的坏事。这两位高雅的王子——因为他们的确是很高雅——这二十年来都是由我教养的，他们有了我所能传授的一切本领。至于我自己的教育，陛下，您是知道的。他们的乳母，优黎菲利，是我为了报酬她的偷窃才和她结婚的，她在我被放逐的时候就把他们偷了出来了。是我无故受了惩罚之后才怂恿她做的，尽忠反而获谴，逼得我造反。他们的失踪，越是对您能成为沉重的打击，越能满足我偷他们的动机。但是，仁慈的陛下，现在我把您的两个儿子奉还，而我则必须损失世上最可爱的两个伴侣。愿天上的恩泽像雨露一般洒在他们的头上！因为他们有资格和星辰并列点缀苍穹。

辛伯林　你一面说，一面在流泪。你们三个人所立的功劳比你所讲的这个故事更难以令人相信。我失掉了我的孩子，如果这两个便是我的孩子，我不知如何还能盼望有更好的一对。

白雷利阿斯　请再听我讲下去。这位先生，我唤他作坡利多，您的最高贵的王子，就是吉地利阿斯本人；这位先生，我的卡德华，就是阿维雷格斯，您的第二个王子。当时他是包在他的母后亲手缝制的一件极其精致的斗篷里，为了更进一步地证明我可以轻而易举地把它呈献出来。

辛伯林　吉地利阿斯的颈上有一小瘤，红色的胎记，那是很奇怪的记号。

白雷利阿斯　就是他了，他身上依然有那个天生的识别。上天给他这个特征的用意即是在如今为他作证。

辛伯林　啊！怎么，我是一胎生下三个孩子的母亲吗？母亲分娩从来没有像我这样快乐过。我愿你们有福，能在这样奇异地逸出了轨道之后，如今再回复到本位上去照耀下界，啊伊慕贞！这样一来你可失却了一个王国。

伊慕贞　不，父亲，这样一来我获得了两个世界。啊我的两个好哥哥！我们不是又这样地相聚了吗？啊，以后永远不要说我不是最爱说实话的人：我本是你们的妹妹，你们当时唤我作弟弟；你们本是我的哥哥，我当时就是唤你们作哥哥。

辛伯林　你们以前见过了吗？

阿维雷格斯　是的，好父亲。

吉地利阿斯　初次见面即彼此相爱，一直地相爱，直到我们以为她已死去。

考尼利阿斯　那是因为她服下了王后的药。

辛伯林　啊奇异的骨肉之情！什么时候我可以听完你们的故事？这匆匆的撮要必定还有许多琐节可以细述。在什么地方？你们是怎样生活的？你是什么时候开始伺候我们的这位罗马的俘虏？怎样和你的哥哥们分离的？初次怎样遇到他们的？为什么从宫中逃走，逃到了哪里？这一切，还有你们三个参加作战的动机，以及我自己也不知道还有多少事情，我都要问，其他有关事项一桩一桩地也要问，不过时间与地点都不许我做冗长的询问。看，波斯邱默斯凝视着伊慕贞，而她呢，像是无害的电闪，她的眼睛也盯射着他，他的两个哥哥望着我，她的主人高高兴兴地望着每一个人，彼此大家都互相眉目传情[12]。我们离开这个地方，到庙宇里去点燃我们的燔祭吧。〔向白雷利阿斯〕你是我的兄弟，我以后永远这样待你。

伊慕贞　你也是我的父亲，你救了我，我才得有今天。

辛伯林　大家都太高兴了，除了这些个被缚的人。让他们也快活一下吧，因为我要他们分享我们的愉快。

伊慕贞　我的好主人，我以后还要伺候您。

留希阿斯　祝你幸福！

辛伯林　作战如此英勇的那个衣裳褴褛的大兵，如果也在这里，定可使得这个地方格外光彩，使得一个国王的感激更为有声有色。

波斯邱默斯　陛下，我就是穿着破烂衣服陪着这三个人在一起的那个大兵。为了我当时所要达到的目的，不得不如此化装。义阿基摩，你说吧，我就是他。我把你打倒了，可以结果你的性命的。

义阿基摩　〔跪下〕我又跪下了，当时你是以武力打倒了我，现在是我的沉重的良心使我屈膝。我犯罪累累唯欠一死，我请你拿去我的性命吧，但请你先拿去你的指环，还有这个守誓不渝的最忠贞的公主的手镯。

波斯邱默斯　不要对我下跪。我对你能使用的权力便是饶恕你，我对你能怀有的敌意便是原谅你。你活命吧，以后对待别人要好一些。

辛伯林　高贵的裁判，我要向我的女婿学习宽宏大量，赦免一切犯人。

阿维雷格斯　你帮我们作战，先生，好像是你确有意要做我们的弟兄，我们现在很高兴你的确是和我们手足一般。

波斯邱默斯　你们的仆人，二位王子。罗马来的这位好大人，喊你们的那位预言者过来。我睡觉的时候，觉得朱匹特骑在他的鹰背上在我面前出现，带着我自己一家人的鬼魂。等我醒来，我发现我的胸上有这么一个纸本，上面的字句深奥难解，使我莫名其妙，让他来运用他的本领代为解释一下。

留希阿斯　菲拉蒙诺斯！

预言者　在这里，大人。

留希阿斯　读一下，宣示其中的意义。

预言者　“一头幼狮，将于陌不相识并且无意寻求之中，突然获有奇遇，为一片温柔所拥抱。从一棵庄严的柏树所砍下的枝条，枯死多年，忽然复生，重接旧株，再度滋长，当此之时，波斯邱默斯的灾难终止，不列颠国运昌隆，永沐和平富庶之庥。”

李昂内特斯，你就是那幼狮，你的名字的拼法恰好是李昂、内特斯，意为狮子所生。〔向辛伯林〕所谓一片温柔，那即是您的贞洁的女儿，亦即我们所谓之“mollis aer”，而“mollis aer”也就是我们所谓之“mulier”，“mulier”据我想就是指着这一位最忠实的女子而言[13]。她方才恰如神谕所指示，是你所陌不相识的，〔向波斯邱默斯〕在无意寻求之际突然被一片温柔所拥抱。

辛伯林　这解释很有几分可靠。

预言者　那高高的柏树，尊严的辛伯林，是代表你，你的被砍下的枝条是指着你的两个儿子，他俩被白雷利阿斯偷走，多少年来被认为业已死亡，如今复活了，重新接上了那庄严的古柏，他们的子子孙孙将会给不列颠带来和平与富庶。

辛伯林　好，我要来开始我的和平。凯耶斯·留希阿斯，虽然我是胜利者，我依然归顺西撒，臣服罗马帝国。

我答应给付我们一向缴纳的贡税，停止缴纳乃是我的邪恶的王后的主张。上天不肯饶恕她母子二人，业已给了最严重的打击。

预言者　是上天施展手段安排了这一项和平。在这场战火刚停之前我对留希阿斯所说起的梦兆，现在完全应验了，因为那只罗马的鹰，从南到西高高地飞去，越来越小，在阳光之中消逝，这便是预示我们的神鹰，威严的西撒，将要和在西方照耀的辛伯林重修旧好。

辛伯林　让我们赞美天神吧，让我们的祭坛上的缭绕的香烟扶摇而上，直达他们的鼻孔吧。向我的全体人民宣告和平的消息。我们向前行军，让一面罗马的一面不列颠的旗帜在一起友善地飘扬；就这样地列队穿行路德城。我要在朱匹特的神庙里正式签订我们的和约，以宴会来庆祝。

前进。从来没有这样结束过战争，
血手未洗，就这样地庆祝升平。〔众下〕

注释

[1] 牛津本“tis enough/That,Britain,I have kill'd thy mistress-piece!”对折本原文是“Tis enough/That (Britaine) I have kill'd thy Mistris:Peace,”按 mistress-piece 一字是 Staunton 的改笔。如按对折本原文，此句之意应如 Ingleby 所解释：“Let it suffice,O Britain,that have slain her who is thy

mistress also. I say peace:—I'll give no wound to thee." 按 mistress-piece 是 masterpiece 一字的女性形，故径译为“女性杰作”。

[2] 原文“who deserv'd/So long a breeding...”各家有不同的解释，例如：

Deighton: "who,in so serving his country, well deserved of it the support it had given him during the life which his white beard showed him to have lived."

Ingleby: "who showed by his valour that he had profited by such long experience (in arms) as his long white beard cited."

Schmidt: "who deserved to live so as to breed his long white beard."

Verity: "breeding,lifc;not, I think, 'nurture,support'. A man with a long white beard is usually a man who has lived a long time,and a man who has shown such bravery as this old soldier is a man who has deserved a long lease of life."

Furness: "Who,for this patriotic action,deserved as long a nurture in the future as his white beard indicated that he had been nurtured in the past."

Craig: "breeding,life."

Parrott: "who deserved the nurture of his country for so many years as his white beard indicated."

最后一项解释似是比较近情。

[3]the country base 即 prisoner's base，为小儿之一种游戏。

[4] 牛津本 a lag of Rome, 对折本作 a leg of Rome, 牛津本是依 Daniel 的改笔。

[5] 基督教早期神学家所谓为赦罪而忏悔的三个阶段：(一) 初段，即因认罪而引起的内心苦恼 (Attrition,or sorrow for sin)；(二) 第二段，即忏悔，将 Attrition 变成为 Contrition，or godly sorrow；(三) 赎罪，即

Satisfaction，实际地接受惩处。

[6]these cold bonds 可能有双关义，指债券，或指“人生的桎梏”。

[7] 露赛娜（ Lucina ）即 Juno Genitalis，为司助产之女神。

[8] 跪在国王面前是骑士受封的仪式所必需。在战地因战功而当场受封，乃特殊之荣誉。

[9] 义阿基摩手上戴着的指环。

[10] 伊慕贞说:“听啊！听啊！”意为“听我说，听我说”，但在伊利沙白时代剧院里，“Hear!Hear!”乃是观众听到一段精彩的戏词时喝彩之呼声，故波斯邱默斯发生误会，以为其童系对其引咎自责之言视同精彩之演戏，高声喝彩。

[11] 原文“upon a rock”费解。Dowden 以为应作“lock”，lock 作“摔跤术语中之 grip 或 a firm hold”解释。亦有谓应作“as Roman traitors were thrown from the Tarpeian Rock.”解释者。姑存疑。

[12] 原文“And she ... throws her eye / On him, her brothers, me, her master, hitting / Each object with a joy”句子构造不清楚。Nosworthy 注云:“Imogen eyes Posthumous: the Princes eye Cymbeline: Imogen's master(presumably Lucius) glances from one to the other.”似可通。

[13]mulier 拉丁文意为 woman，转为 mollis aer(=tender air)。

冬天的故事

The Winter's Tale

序

所谓“冬天的故事”是十六、十七世纪时常用的一个名词，相当于现代英文还袭用着的“老妇谈”(old wives'tale)。我们明知其非真事，但仍愿倾听以消磨漫长之冬夜。此剧标题为《冬天的故事》，其用意即在警告我们对于剧中情节不要看得过于认真。这出戏是莎士比亚的最后的几部浪漫喜剧之一。

此剧没有四开本行世，初刊于一六二三年的第一对折本，故没有版本问题。

一 著作年代

一八三六年有一位学者 Collier 发现了一部手稿，标题为 *Booke of Plaies*，作者是一个古怪的人，名 Simon Forman，是一位医生兼星相家。这手稿里记载着“一六一一年五月十五日环球剧院演出《冬天的故事》”，并且对于剧中欧陶利克斯一角色表示最有印象，从而获得一项教训:“对于乔装的乞丐与谄媚的佞人不可轻易信任。”这部手稿并非赝品。

主管宫廷娱乐的升平署（The Revels Office）在一六一一至一六一二年间的记录里载着“一出名《冬天的故事》的戏”在一六一一年十一月五日由莎士比亚的剧团上演于Whitehall。这一部记录是一七九〇年首先被Malone发现的，里面提到《冬天的故事》之审查通过，一八四二年Cunningham续有发现，才有上述的记载为人所知。这些记录曾被疑为伪造，但现已证明为真的。

Prof. Thorndike指陈，一六一一年一月一日宫廷上演班·章孙（Ben Jonson）作的假面具戏*Oberon*，其中有半人半羊的森林之神所组成的合唱队于歌唱之后狂舞至鸡鸣。这和《冬天的故事》第四幕第四景之十二个扮演半人半羊的森林之神的歌舞，颇有相似之处。究竟是谁袭用谁的手法，很难断定。不过很可能是莎士比亚模仿班·章孙。

根据以上的外证，我们可以推定《冬天的故事》是作于一六一一年之初，一月一日至五月十五日之间，根据此剧所使用的文字、诗行的韵律，亦可看出确是莎氏晚年之作。

二　故事来源

此剧是根据格林（Robert Greene）的一篇散文传奇（*Pandosto: The Triumph of Time*）所撰写的。格林是莎士比亚的旧敌，于一五九二年曾在临终前讥讽莎士比亚为“一借用我辈的羽毛而暴发的乌鸦”。这篇传奇初刊于一五八八年，于一六〇七年再版，改名为*Dorastus and Fawnia*，以后曾重版十四次之多，两度译成法文，改编为法文戏，又译成荷兰文，延至十八世纪盛况未衰。我们不知道为什么格林自己没有把这故事编成为戏。莎氏利用这篇作品的时候，格林已死了九年，这篇传奇已行销到第三版。在那时代，把另外一个人的小说改编为戏剧不算是抄袭，不过格林地下有知当作何感想，我们也不难料到。

莎士比亚追随格林很紧。格林作品中的人物换了名字，例如 Bellaria 改为 Hermione，Egistus 改为 Polixenes，Franion 改为 Camillo，Pandosto 改为 Leontes。在文字方面亦颇多雷同，例如“神谕”的措辞。格林是这样写的：

Suspition is no proofe;ielousie is an unequall iudge;Bellaria is chast;Egistus blameless; Franion a true subject; Pandosto treacherous; his babe an innocent, and the king shal live without an heire;if that which is lost be not founde.

再看莎士比亚是怎样写的：

Hermione is chaste; Polixenes blameless; Camillo a true subject; Leontes a jealous tyrant; his innocent babe truly begotten;and the king shall live without an heir if that which is lost be not found!

附带还可说明一点，莎士比亚把阿波罗在 Delphi 的神龛放在 Delphos 岛上，颇为后人所讥笑，因为他把 Delphi 神谕所在地与其出生地 Delos 岛混为一谈了。不过这也是格林所创出来的错误，他在故事里是这样说的：国王“派遣六名亲信前往 Delphos 岛求阿波罗神谕”云云。

在故事的情节上，莎士比亚与原作之重要出入处有下列数端：

（一）在格林的故事里，Pandosto（即莎士比亚之利昂蒂斯）之猜忌是逐渐发展的。在剧中是突然的，不可理解的，强调了人性之邪恶的一面。

（二）在故事里小公主是放在一只船上任其独自漂流。在戏里添进了安提哥诺斯及熊，在悲剧的插曲中制造喜剧，使情节变得格外离奇。

（三）剪羊毛宴会庸俗丑陋的一面，以及欧陶利克斯这一角色，都是莎士比亚的创造。

（四）格林使 Pandosto 爱上他自己的女儿，因为他不知道她究竟是谁。莎氏剧中免除了这一段不愉快的情节，只在对话中稍留下一点痕迹。

（五）在故事里王后死去之后，国王悔恨交加亦终于自杀。莎士比亚使赫迈欧尼复活，利用“雕像”一景使与国王和好如初。这当然是脱胎于当时众所习知的 Pygmalion 的传说。

总之，莎士比亚的剧情比原来的故事要愉快得多。在另一方面，原来的故事充满了传统的古典的田园风味，这种作风是伊利沙白时代许多传奇作者所共有的，其用意在扬弃中古的作风而回到古典的趣味，莎士比亚则更进一步，使得此剧的一群乡下人竟成了英国 Warwickshire 的农民，平添了浓厚的写实的气氛。更重要的是，莎士比亚给这离奇的故事加上了深刻的人生意义，甚而至于宗教的意义——使一个忏悔的人得到了拯救。

三　几点批评

此剧在史实上有很多的惊人的错误。最常被人指责的是把波希米亚当作了滨海的一个国土。其实这一地理上的错误不是莎士比亚的创造，他是因袭格林的故事。时代错误的例子也很多，例如，赫迈欧尼的父亲是俄罗斯皇帝，故事是基督纪元以前的故事，彼时俄罗斯尚未开化，焉有皇帝？再如，雕刻家 Julio Ramano 死于一五四六年，如何可以把他提前一千六百多年来为赫迈欧尼雕像？再如，在崇奉阿波罗神谕的时代，如何可以引进许多有关基督教的事情？诸如清教徒、上帝、原始罪、犹大卖主，以及圣灵降临节等等。这些都是错误，但无关宏旨，在一篇想象的作品当中，与史实相刺谬的地方只能算是小疵，观众并不介意。

安提哥诺斯之被熊追逐的那一场，事实上无此需要，他大可以与其他船员一齐沉海。有人指陈，环球剧院附近有斗熊场，其中有驯熊，牵出一只到台上来是受观众欢迎的。这一说不无道理。

第三幕与第四幕之间隔了十六年之久，有人说这是违反了“三一律”中“时间的单一”。“三一律”本身是有问题的，未尝不可以违反。不过一出戏很明显地分成了两截，在艺术上总是不好的。前一半是紧随着格林的，后一半是莎士比亚的匠心独运处。格林的单纯的希腊式的田园风味（Arcadianism）和牧诗作风（Pastoralism），虽然在那时代风靡一时，并不能满足莎士比亚的要求，他要用写实的手法引进英国的乡村风光，以代替那传统的做法。因此他创造了那个不朽的人物欧陶利克斯。就戏的故事结构而言，这一角色是无关重要的，Mary Lamb 在她的《莎士比亚戏剧本事》里把这一角色完全略去，是有见地的。但是在另一方面，创作乡村气氛方面，这一角色是很凸出的效果之一。

《冬天的故事》只是娱乐性的传奇故事，还是含有一些内在的意义呢？*The New Clarendon Shakespeare* 的编者 S. L. Bethell 强调此剧中之人生哲学与宗教的意义，特别是基督教信仰。我们不否认，莎士比亚在剧中直接或间接地提到基督教，而且肆力渲染忏悔对于作恶的人之发生意想不到的效力，乃是多多少少有意的一种安排。但是我们不能同意莎士比亚有任何说教的用意。我们毋宁要指出，“大团圆”的想法乃是莎士比亚最后几部作品的共同的特点之一，他在向舞台告别之前的作品都有浓厚的“和解”（reconciliation）的精神，乖离的兄弟、父子、夫妇都以和好如初的姿态收场。这固然是结束剧情的一个最有效的办法，但同时这也表示出了作者的心情。作者已经超过了以前的热狂时期和忧郁时期，现在他留下来的是和平与宽恕。

剧中人物

利昂蒂斯（Leontes），西西里亚王。

玛弥利阿斯（Mamillius），西西里亚的青年王子。

卡弥娄（Camillo） 安提哥诺斯（Antigonus） 克利奥摩尼斯（Cleomenes） 戴昂（Dion）	西西里亚的贵族。

波利克塞尼斯（Polixenes），波希米亚王。

佛劳利泽（Florizel），其子。

阿奇戴摩斯（Archidamus），波希米亚贵族。

一水手。

一狱卒。

一老牧羊人，帕地塔之养父。

一乡下人，其子。

老牧羊人之仆。

欧陶利克斯（Autolycus），一流氓。

赫迈欧尼（Hermione），利昂蒂斯之后。

帕地塔（Perdita），利昂蒂斯与赫迈欧尼之女。

鲍利娜（Paulina），安提哥诺斯之妻。

伊弥利亚（Emilia），一贵妇 其他贵族数人	随侍王后。

毛波萨（Mopsa） 道尔卡斯（Dorcas）	牧羊女。

西西里亚众贵族与贵妇、侍从、护卫、森林怪神、牧羊人、牧羊女等。

时间，讲解人。

地点

有时在西西里亚，有时在波希米亚。

第一幕

第一景：西西里亚。利昂蒂斯宫中之前厅

卡弥娄与阿奇戴摩斯上。

阿奇戴摩斯　卡弥娄，如果您有机会访问波希米亚[1]，像我现在随驾来此公干一样，您就会看出来，像我所说的，我们的波希米亚和你们的西西里亚有很大的分别。

卡弥娄　我想今年夏天西西里亚的国王有意访问波希米亚国王，这是他应有的礼貌。

阿奇戴摩斯　我们因招待不周而感觉惭愧的地方，只好由我们的诚意来弥补了，因为，实在的——

卡弥娄　请讲下去——

阿奇戴摩斯　的确是，我不是信口乱说。我们不能有这样伟大场面——这样考究——我不知说什么好了。我们要给

你们一点催眠的饮料，使你们无法感觉到我们的简慢，纵然你们不能夸奖我们，也不至于怪罪我们了。

卡弥娄　你对于我们的尽心招待也恭维得太过分了。

阿奇戴摩斯　相信我，我说的话都是根据我的理解，老老实实地说了出来。

卡弥娄　西西里亚的国王对于波希米亚的国王无论怎样表示殷勤也不嫌过分。他们是从小在一起教养的，两人的情爱早已生了根，现在不能不发扬滋长。自从他们长大之后，崇高的身份与职务的需要使得他们不能不分离，可是虽然不得见面，却一直在互相馈赠，函件交驰，信使往还。他们虽然身在两地，却好像是在一起，好像是隔着大海握手，好像是天各一方而犹互相拥抱。愿上天使他们长久友好！

阿奇戴摩斯　我想世间不会有什么谗言或者重要的事端可以离间他们。你们有一位年轻的王子玛弥利阿斯，真是说不出地幸福，他是我所见到的最有前途的一个人才。

卡弥娄　我也同意你的看法，他是很有前途的。他是个很英俊的孩子，对于疾苦的人民他是一服清凉剂，使衰老的心能够兴致勃勃。在他未生之前就已经架拐的老人都愿意能活到看他长大成人的那一天。

阿奇戴摩斯　否则他们就会甘心死吗？

卡弥娄　会的，如果没有别的理由使他们希望活下去。

阿奇戴摩斯　如果国王没有儿子，他们会希望扶着拐杖活下去，等到他生一个儿子。〔同下〕

第二景：同上。宫中大厅

利昂蒂斯、波利克塞尼斯、赫迈欧尼、玛弥利阿斯、卡弥娄及侍从等上。

波利克塞尼斯　自从我离开我的王座，牧羊人已经看到那水汪汪的月亮有过九度的盈亏，比这再长一倍的时间也会装满了我的感激之情，我的兄弟。我此去将要永远欠你的情，所以，我现在只说一句“我谢谢你”，代表千次万次的感激之意，恰似一个“零”放在一个大的数目之后一般。

利昂蒂斯　先别忙道谢，等你走的时候再说。

波利克塞尼斯　兄弟，那就是明天。我心里很不安，生怕突然发生什么事情，或者由于我离国太久而酝酿出什么事情，但愿国内不要发生风波，让我说“果不出我所料！”，并且，我住得太久，使得你的盛大招待也厌倦了。

利昂蒂斯　兄弟，我比你所想的要强壮些，你不能使我觉得疲倦。

波利克塞尼斯　不能再住下去了。

利昂蒂斯　再住七天吧。

波利克塞尼斯　真的，明天要走了。

利昂蒂斯　那么我们折中一下，把时间减半，你可不能再有异议了。

波利克塞尼斯　请你不要这样勉强我。世上没有人，绝对没有人，能像你似的一开口就能打动我的心，现在亦复如是，如果你的要求确属紧要，纵然我需要拒绝，我也只好从命。我的事情非要我回国不可。你好意拦阻我就好像是鞭笞我一般，我住在这里对你也是麻烦，彼此两便，我告别了，兄弟。

利昂蒂斯　张口结舌了，我的王后？你说话呀。

赫迈欧尼　我本想等您逼得他发誓一定不肯再住的时候我再开口。陛下，您挽留得太冷淡了。告诉他，您准知道波希米亚一切平安，昨天的消息可以证实这一点。把这个对他说，你便击破了他的最好的防御。

利昂蒂斯　说得好，赫迈欧尼。

赫迈欧尼　如果他说他想回去看看他的儿子，只要这样说，就让他走，只要这样发誓，我们就不准他再住下去，我们要用绕线杆把他打走。〔向波利克塞尼斯〕无论如何，我想求您赏脸再多住一个星期。您把我的丈夫接到波希米亚小住的时候，我也允许他在预先约定的行期之后逗留一个月。不过，老实说，利昂蒂斯，我之爱你并不比任何女人之爱她的夫君短少一分一毫。您愿停留下吗？

波利克塞尼斯　不，夫人。

赫迈欧尼　不，您真不肯？

波利克塞尼斯　我不能，真的。

赫迈欧尼　真的！您是在用轻松的语气来搪塞我；但是，您纵然发誓赌咒掀翻了星斗，我还是要说“陛下，不要走”。真的，不准您走。女人口里的一声“真的”是和男人的一般有力量。您还要走吗？您是逼我把您当作囚徒加以拘留，不是像一位贵宾来款待，那么您在临去时就给付规费[2]，不必道谢了。您以为如何？我的囚徒，还是我的贵宾？就凭您那一声可怕的“真的”，您在二者之中必居其一。

波利克塞尼斯　那么，做你的宾客吧，夫人。做您的囚徒必定是对您有开罪之处，让我来得罪您是比让您来惩罚我还要难些。

赫迈欧尼　那么我不是您的狱卒，而是您的殷勤的主妇了。来，我要问问您有关您和我的夫君在孩童时闹的一些笑语，您们那时候是意气扬扬的贵公子。

波利克塞尼斯　我们是——美丽的王后——两个孩子，认定明天会和今天一样，而且青春会永驻。

赫迈欧尼　我的夫君是不是两人中比较淘气的一个？

波利克塞尼斯　我们就像是在阳光下欢蹦乱跳的相对咩咩叫的一对小羔羊，我们彼此交往是一片天真。我们不知道做坏事的主意，也没梦想到有什么人知道过。如果我们能继续过那种生活，如果我们的脆弱的本性从来不曾被强烈的情欲激起了高潮，我们可以大胆地对上天说一声“无罪”，所谓原始的罪恶我们都没有沾染[3]。

赫迈欧尼　照您这样说，我猜想你们以后是犯罪了。

波利克塞尼斯　啊！我的最圣洁的夫人，我们以后受到了诱惑，因为在当初我们尚未成熟的时候，我的妻还是个小女孩，您的倩影也还没有映入我的年轻伴侣的眼帘。

赫迈欧尼　上帝救救我们！不要这样顺理成章地讲下去，否则您要说您的王后和我都是魔鬼了。不过您还是讲下去吧，我们使得你们犯的罪过，我们是要承担的；如果你们跟我们犯罪是初次犯罪，并且继续跟我们犯罪，并且除了我们之外不跟任何别人犯罪。

利昂蒂斯　说服他了没有？

赫迈欧尼　他答应住下去了，陛下。

利昂蒂斯　我劝他，他不肯。赫迈欧尼，我的最亲爱的人儿，你说话从来没有像这一次的成功。

赫迈欧尼　从来没有？

利昂蒂斯　从来没有，除了一次之外。

赫迈欧尼　什么！我有两次说得好？以前的是哪一次？请你告诉我。用赞美的话来填塞我们，填得我们像猪一般地肥。一件好事，无声无息地死去，等于是屠杀了接踵而来的一千桩好事。夸奖便是我们的报酬，用轻轻的一吻，你可以骑着我们跑一百里路，用靴刺，我们跑不到半里[4]。但是言归正传：我最近表现的一项成绩是劝他住下。第一次表现的是什么呢？以前有个姐姐，有个类似的表现，否则就是我错会了你的意思。啊！但愿她的名字是神恩。我以前有过一次说话说得很妙，什么时候？不，让我知道，我想知道。

利昂蒂斯　唉，那就是在那狼狈的三个月刚刚消逝的时候，那时节我使你伸出了你的小白手和我紧握，那时节你说了一声“我永远属于你”。

赫迈欧尼　的确是很妙。唉，你们看，我说话有两次说得妙，

一次是永久地赢得了一位国王做丈夫，另一次是短期间地赢得了一位朋友。〔伸手给波利克塞尼斯〕

利昂蒂斯　〔旁白〕太热烈，太热烈！把友谊搅得太过火就要搅出了真感情。我的心怦怦然，我的心在跳舞，可不是喜欢，不是喜欢。这种热情款待看起来也许是很纯洁的，来自诚恳慷慨的心胸，并无不当之处。我承认可能是如此，不过像他们现在这样地摩着手掌，捏着手指，不自然地相视而笑，好像是对着镜子作态。然后又长叹一声，像是一只鹿临死的一声喘息[5]。啊！这是我从心里所不喜欢的款待客人的方式，我的额角也受不了[6]。玛弥利阿斯，你是我的孩子吗？

玛弥利阿斯　是的，我的好爸爸。

利昂蒂斯　真的吗？唉，好小子。怎么！把你的鼻子弄脏了？大家都说他的鼻子和我的一模一样。来，小子，我们一定要头角峥嵘。不是头角峥嵘，是仪表整洁[7]。小子，可是牡牛、小牝牛、小牛，都可以叫作有头角的牲口。还在抚弄着他的手掌！怎么样，你这欢蹦乱跳的小牛犊！你是我的小犊吗？

玛弥利阿斯　是的，如果您愿意这么说，父亲。

利昂蒂斯　你要是完全像我，还需要有一个像我这样的毛发蓬松的头和两只新生的角，但是大家都说我们几乎像两个蛋似的一模一样。女人们这样说，她们是什么话都说得出的，不过她们虽然是虚伪不实，像染烂了的黑丧服，像风，像水；虽然是其中有诈，像不分彼此的赌棍之任意摆布的骰子，可是我真希望她们所说这孩子像我的话是真的。过来，少爷，用你的天蓝的眼睛看我。可爱的东西！最亲爱的！我的肉！你的妈妈能够吗？——可能有那种事吗？性欲！你一动念便可贯穿人心，你可以使不可能的事情变为可能，你可以和梦幻中的人物互通款曲——怎么能有这种事呢——你既然能和幻象通奸，和虚无的东西做伴，那么，你可以和真实的人通奸，也是很可以令人相信的了，事实上你是和人私通了，而且是越过了权限，而且被我发现了，而且使得我心里难堪，额上生角[8]。

波利克塞尼斯　西西里亚王说这话是什么意思？

赫迈欧尼　他好像是有一些心神不宁。

波利克塞尼斯　怎么啦，陛下！什么事？您怎么啦，老兄？

赫迈欧尼　你的样子好像是心慌意乱。你有什么心事吗，夫君？

利昂蒂斯　没有，老实讲。人在至情流露之际，往往显着痴呆软弱，多么容易被心肠硬的人所耻笑！看我这孩子脸上的相貌，我觉得我退回了二十三年，看见我自己尚未穿长裤，还穿着我的绿绒上衣，我的短剑牢牢地插在鞘里，生怕伤了我，像一般装饰品一样常常会是太危险的。那时节我是多么像这个小核儿、这个生豆荚、这位小少爷。我的好朋友，你甘心让人欺侮吗？

玛弥利阿斯　不，父王，我要和他打。

利昂蒂斯　你会和他打？唉，愿他是个有福的人！老兄，您也像我这样地欢喜您的小王子吗？

波利克塞尼斯　如果是在家里，他是我的全部精神的寄托，我的开心的对象，我的关切的目标，时而是我的结盟的朋友，时而是我的敌人，我的门下士、我的卫兵、政治家，他全都是。他使得七月的白昼像十二月的一样短，用他的种种的童骇之气医疗了使我血液凝滞的忧郁症。

利昂蒂斯　这小子对于我也是有同样的用场。我们两个要出去一下，恕不奉陪了。赫迈欧尼，你对我是如何地爱，要在招待我们这位老弟上表现出来。西西里有什么贵重的东西都不必珍视。除了你和我这个小流氓之外，他是最贴近我的心的人。

赫迈欧尼　你若是寻找我们，在花园里就可以找到我们。我们在那里等你好不好？

利昂蒂斯　随你们的便吧！你们只要是在天底下，总会找得到你们的。〔旁白〕我现在是钓鱼，虽然你们没有看出我是如何地放线。呸，呸！她竟翘起了嘴巴，把嘴巴向他送过去了！使出了一个妻子讨她丈夫欢心的那样大胆的作风！〔波利克塞尼斯、赫迈欧尼及侍从等下〕已经完了[9]！一英寸深，没膝深，没顶深的大乌龟！玩去吧，孩子。玩去，你的母亲在玩，我也是在玩，但是我扮演的角色太不体面，结果是要在被人嘘笑声中进入我的坟墓，一阵讥嘲便是我的丧钟。玩去吧，孩子，玩去。在这以前也有过很多人当了乌龟，就是在目前。现在，我正在说这话的时候，也有不少人搂着他的妻，绝未想到她在他背后早已被人开了闸，他的池塘被他的近邻来垂钓了，就是那位微笑先生，他的近邻，对了，这样想就不难过了，别人也有闸门，他们的闸门和我的一样，也是并非情愿地被人打开了。如果妻子不守妇道，男人便都要为之哀伤，那么人类有十分之一便要上吊。这种事无可救药。性欲是一颗淫乱的星，一升起来就要把人摧毁，它是强有力的，想想看，从东南西北照射过来。总而言之，肚子底下那一部分是无法防御的，知道吧。它会让敌人带着大包小笼地出出入入。我们有成千的人患这种毛病而不自知。怎么样，孩子！

玛弥利阿斯　他们都说我像你。

利昂蒂斯　唉，这倒是给我一点安慰。什么！卡弥娄在那里？

卡弥娄　是的，陛下。

利昂蒂斯　去玩吧，玛弥利阿斯。你是个体面的人。〔玛弥利阿斯下〕卡弥娄，这位贵宾还要再多住几天呢。

卡弥娄　您费了好大事才使他的锚抓住了海底，您抛锚的时候，它总是往回溜。

利昂蒂斯　你注意到了！

卡弥娄　您求他留下他也不肯，认为他的公事是更重要的。

利昂蒂斯　你看到了？〔旁白〕人民已经在耻笑我[10]，窃窃私议“西西里亚国王是个什么什么”。我最后看出来的时候，事情已不可挽救了。卡弥娄，他到底怎么又肯留下了？

卡弥娄　接受了我们的好王后的恳求。

利昂蒂斯　王后的恳求就够了，“好”字是应该用得上的。但是事实上，不恰当。除了你之外，这件事是否还有任何别的聪明人也看出来了？因为你的头脑灵活，比一般呆头呆脑的人要懂事得多。是不是除了细心的人之外都没有注意到？只有少数的几个有特殊头脑的人才看得出来？低级的人也许对于这件事完全视若无睹吧？你说。

卡弥娄　什么这件事呀，陛下！我想大多数人都知道波希米亚王要在这里再住几天。

利昂蒂斯　哈！

卡弥娄　在这里再住几天。

利昂蒂斯　是的，但是为什么？

卡弥娄　为了满足您，以及我们的最仁慈的王后的要求。

利昂蒂斯　满足！你们的王后的要求！满足！这就够了。我的一切的心事，以及国家大事[11]，卡弥娄，我一向不曾瞒过你，你就像是祭司似的，你涤荡了我的胸怀。我离开你的时候，就像是一个忏悔自新的人，但是我被你的忠诚给骗了，被你那貌似忠诚的样子给骗了。

卡弥娄　不会有此等事，陛下！

利昂蒂斯　我要再说一遍，你是不忠诚，也许，你天性是忠诚的，但是你是个懦夫，你从后面把忠诚给弄瘸了，使得忠诚不得跑上正途。再不然，你一定要算是一个我的心腹而又怠忽了职守的人，否则你便是一个大傻瓜，眼看着一场认真的赌博完毕，大注的赌金被人攫走，而你还认为这是闹着玩的。

卡弥娄　我的仁厚的陛下，我可能是疏忽、糊涂、胆怯，所有的这几种毛病，没有人能避免，在日常生活当中总会流露出他的疏忽、糊涂与胆怯。陛下，在给您办事的时候，如果我曾任意地疏忽，那是由于我的糊涂；如果我故意地无理取闹，那是由于我的疏忽，没有好好地考虑后果；如果我曾因为畏惧后果而怕做一件绝对不该不做的事，那是由于顶聪明的人都常感染的一种胆怯。陛下，这些都是可原谅的短处，忠诚的人是难免的，但是，我请求陛下，对我明说吧！让我知道我的过错的本来面目，如果到那时候我还是不承认，那便不是我的过错。

利昂蒂斯　你没有看见吗，卡弥娄？那是毫无可疑的，你一定看见了，否则你的眼睛的视网膜比忘八的角还要粗厚些——你没有听说吗——因为关于这种显而易见的情形，长舌的人是不会哑口无言的——你没有想到吗——因为只有没有思考力的人才不想——我的妻是一个靠不住的女人！如果你愿说实话，除非你觍着脸否认你有眼睛，否认你有耳朵，否认你有思想，你就得承认我的妻是一个烂污货，应该和未婚即失身的贫贱女人有同样的恶名。你说吧，并且提出证明。

卡弥娄　听到我的王后受人这样地污蔑，我决不能袖手旁观，一定要立刻予以报复。老实说，您从来没有说过像这样不该说出口的话，那种情形纵然是真的，说它一遍就和你所说的那种情形是同样地罪孽深重。

利昂蒂斯　喁喁细语不算一回事？还有脸贴脸？鼻碰鼻？用里唇亲嘴？朗朗的笑声中夹着一声叹息？——这是确切无疑的贞操的现象。还有脚踩着脚？躲在角落里？希望钟走得更快一些？一小时一小时地，像是一分钟一分钟地过？中午，立刻就到午夜？愿别人的眼睛都生了白内障，什么都看不见，好让他们放心去做坏事？这不算一回事吗？哼，那么这世界和世间一切都不算一回事了，覆罩一切的苍天也不算一回事，波希米亚王不算一回事，我的妻也不算一回事，这些不成为一回事的东西都是空无所有，如果这件事不算一回事。

卡弥娄　陛下，这种不健全的想法要加以治疗，并且要早治，因为是很危险的。

利昂蒂斯　尽管说是危险，可是真的。

卡弥娄　不，不，陛下。

利昂蒂斯　是真的，你说谎，你说谎！我说你是说谎，卡弥娄，我恨你！我说你是一个大笨蛋，没心眼儿的奴才，否则你就是一个依违两可的趋炎附势的人，你的眼睛能登时分辨善恶，可是双方都要讨好，如果我的妻的肉体也像她的心一样地受了污染，她休想能活过一个钟头。

卡弥娄　谁污染了她？

利昂蒂斯　唉，就是把她当作她的小画像一般悬在他的项间的波希米亚王，如果我有忠臣在我身边，眼睁睁地照顾我的名誉犹如照顾他们自己的本身的利益一般，他们就会一劳永逸地干一下子。是的，你呢，你是他的行觞的近侍，我把你从微贱中抬举到身居显要，你可以明明白白地看出我是如何地苦恼，像天看地地看天一样地清楚，你大可在杯里下一点毒药，使我的敌人永久瞑目。这对于我就是一服兴奋剂了。

卡弥娄　陛下，我可以做这事，而且无须使用剧毒，只用一点慢性药物，发作起来没有中毒的征象，但是我不能相信我们的尊贵的王后会有这样的污点，她是这样地高贵过人。我一向对您爱戴。

利昂蒂斯　对于这件事如果你还怀疑，你就是该死！你以为我是这样地糊涂，自寻烦恼，玷污我的床褥的纯洁与白净，这纯洁与白净如能保持才得安眠，一旦有了玷污不就成为棒刺、荆棘、荨麻、蜂尾了吗？这位王子，我认为是我的儿子，我把他当作我的儿子那样钟爱，若没有充分的理由我会制造谣言怀疑他的血统吗？我肯这样做吗？一个人会这样荒唐吗？

卡弥娄　我当然相信您，陛下，我相信您，我就去把波希米亚王除掉。不过把他除掉之后，为了您的儿子起见，您要和王后和好如初，这样便可封塞和您素有邦交的各国朝廷的悠悠之口。

利昂蒂斯　你的忠告和我的主意正好吻合，我不让她的名誉受损，绝不受损。

卡弥娄　陛下，去吧。对于波希米亚王，对于王后，在脸上要做出宴会时一般的殷勤的样子。我是给他斟酒的人。如果他从我手里能得到安全的饮料，您不用把我当作您的忠仆。

利昂蒂斯　没有别的话说了。如果你做了这件事，我的心一半属于你;如果你不肯做这事，那证明你对我是三心二意[12]。

卡弥娄　我要去做，陛下。

利昂蒂斯　我要像你所劝告的那样做出殷勤的样子。〔下〕

卡弥娄　啊悲惨的王后！但是，我自己呢，我的处境多么为难？我必须下手毒死善良的波利克塞尼斯，做这事的理由是服从主上，他自己心情突变，竟要他的臣仆们也跟着心情突变。做了这事，跟着就可以升迁。如果我能找到成千成万的弑害国王而能得到好结果的例证，我也不肯去做。何况碑牌典册当中根本没有这样的一个例子，真正的小人也不必做这样的事了[13]。我必须逃离朝廷，去做，或是不去做，对于我全都是大祸。愿吉星高照才好！波希米亚王来了。

波利克塞尼斯又上。

波利克塞尼斯　这好奇怪，我觉得我在此地所受的礼遇渐衰。不和我说话？——您好，卡弥娄？

卡弥娄　给您请安，国王陛下！

波利克塞尼斯　朝中可有什么新闻？

卡弥娄　没有什么稀奇的，陛下。

波利克塞尼斯　国王脸上摆出一副面孔，好像是失掉了一省或是一块最为心爱的土地一般。方才我遇到他，像往常一样地和他寒暄，而他把目光转向别处望，撇着鄙夷不屑的嘴唇，匆匆走去，使得我惴惴不安，不知道他为什么这样地改变态度。

卡弥娄　我不敢知道，陛下。

波利克塞尼斯　怎么！不敢！你的意思是说你不知道！难道是你知道，而不敢告诉我？大概是这么一回事，因为对于你自己，你所知道的事，你必须知道，你不能说不敢。好卡弥娄，你的神情有异，那正反映出我一定也是神情有异，因为这变动牵涉到我，我不能不有一点异样。

卡弥娄　有一种疾病使得我们有几个人不舒服，我说不出这病的名字，这病是从你身上传染过来的，虽然你很健康。

波利克塞尼斯　怎么！从我身上传染的？不要把我当作一瞪眼就能杀死人的怪物，我曾瞪着眼看过千万人，他们都因我一顾而发达兴旺，一个也没有死。卡弥娄——您实在是个君子人，而且富有学识，这不仅为我们的高贵的身份增光，也给我们世代相承的书香门第放一异彩，我请求您，如果您知道有什么事应该让我知道，请不要隐瞒。

卡弥娄　我不便回答。

波利克塞尼斯　病从我身上传染过去，而我很康健！你必须解释一下。您听见了吗，卡弥娄。我指着一个人为荣誉不能不承担的一切义务向您恳求——我这请求不是其中最不关重要的一项——我请求您明白宣示您看出了有什么祸事将要降临到我的头上。多么远，多么近；如可预防，如何预防；如果不能避免，怎样是最好的承受的方法。

卡弥娄　陛下，我要告诉您，因为我是为大义所激，而且您又是我认为一位高贵的人。所以听我的劝告吧，我要急促地说，您也要急促地照办，否则您和我都要大叫一声“完了”，来世再见！

波利克塞尼斯　说下去，好卡弥娄。

卡弥娄　我奉命来暗杀你。

波利克塞尼斯　奉谁的命，卡弥娄？

卡弥娄　奉国王的命。

波利克塞尼斯　为什么？

卡弥娄　他认为，不，他确有把握地发誓说，好像是他亲眼看见的，或是他亲手为你撮合的，你尝到了他的王后的禁脔。

波利克塞尼斯　啊，那么让我的纯洁的血液变成为一汪脓水，让我的姓名和那出卖耶稣的叛徒并驾齐驱吧！让我的鲜美的名誉变成为腐臭，无论我走到哪里，顶不敏感的人都会觉得刺鼻。让人人躲避我，不，厌恨我，比以往所曾听说过的或是所曾读到过的规模最大的疫疠还更可怕！

卡弥娄　你尽管指着天上每个星辰及其所有的感应力来赌咒，你若是想用誓语来铲除或是用劝告来动摇他的愚蠢的妄想，那就等于是禁止海洋服从月亮，因为他的妄想是建立在他的信念上面，将和他的肉体同样长久地存在。

波利克塞尼斯　他怎么会生出这样的信念呢?

卡弥娄　我不知道，不过我可以断言，避开业已发生的事比追问它如何发生要比较安全些。如果您信得过我的这一腔诚心，您可以把我的肉体带去作为保证，今晚就走吧！我会把这事私下告诉您的随从，让他们三三两两地从便门分途溜走。至于我自己，我愿向您投效，为了这次泄露机密的缘故我在此地的前途业已断送。不必犹豫，我以我的父母的名誉为誓，我说的是真话，如果您要想去对证一番，我可不敢奉陪。您自己也将不比国王亲口判处死刑的人更为安全，会立刻被杀掉的。

波利克塞尼斯　我相信你，我从他的脸上已看出了他的心。让我握你的手，做我的向导，以后我永远把你当作我的亲信。我的船已准备好，我的人民两天前就盼着我启程了。这嫉妒是由一位妙人儿而起：她是绝世佳人，这嫉妒必定强大；他是一代雄主，这嫉妒必定猛烈。他以为他是被一位一向自称为好友的人所辱，他的复仇之心一定格外地急切。恐怖笼罩着我，愿我能顺利地迅速逃走，让这位贤惠的王后也松一口气，她也是他所猜疑的对象之一，可是绝没有做出他所猜疑的事！来，卡弥娄，如果你能安全地把我救出去，我将把你当作父亲来侍奉，我们走吧。

卡弥娄　便门的钥匙都归我掌管，请陛下把握时机。来，陛下，走吧！〔同下〕

注释

[1] 波希米亚是在内陆，并无海岸，莎士比亚沿袭旧说，致有此误。Hanmer 改为 Bithynia，殊无必要。

[2] 从前习惯狱卒向囚犯收取规费，以为给养之资，于离狱时偿付之。

[3] 原文“the imposition cleared/Hereditary ours”，一般的解释是从十八世纪的 Theobald，以为是 setting aside original sin 即“除了原始罪外”之意，但 Furness 则认为是“那个孩子如此天真，连原始罪都没有沾染上”。后者较胜。

[4] 原文“furlong”（=furrow-length）约合二百二十码。姑译为“百里”。原文acre，等于二十二码，是长度的一个单位，在此处不作“亩”解（见牛津大字典）。姑译为“半里”。

[5] 原文“mort o' the deer”，原义是指猎人在鹿死时吹号角的一声长鸣，但此处显然是指鹿的临死喘息声。

[6] 妻与人通奸，则自己额上生角。

[7] 原文“not neat,but cleanly”，双关语，neat（一）干净整洁;（二）生角的牲畜，隐喻娶妻不贞之男子。约翰孙注云:“想起了 neat 乃是生角牲畜之古称，故改云 not neat,but cleanly”是也。苦难译出。

[8] 原文“Affection!...by brows”九行，晦涩难解。New Clarendon 本编者 Bethell 意译如下: Sexual love,your intensity penetrates, like a dagger,to the heart's core. You make possible what is thought impossible, you hold communication with dreams (i. e. a real person may love a figure in a dream)—how can this happen?—you have (sexual) intercourse with something that does not exist,becoming the companion of what is really nothing:then,it is easy to believe that you can have intercourse with

something;and you do,and that beyond what is lawful,and I discover it,so that my brain is unsettled and I find myself a cuckold.

剑桥《新莎士比亚》本编者意译如下:

Desire! thy fancies penetrate the very soul of man: thou makest impossible things seem possible,partakest of the nature of dreams,cooperatest with unreality,and becomest fellow- worker with what does not exist. All the more then mayst thou combine with what is material,and thou dost and that beyond the pale of the law as I have discovered to my cost.

两种解释大致相同。唯原文引 beyond commission 似宜从新集注本之注解所述，作为“权限”解，较妥。

[9] 原文“Gone already!”据 C. H.Herford 注 :“It is all over with me; my wife is lost.”(我是完了，我的妻失去了)。

[10] 原文“They are here with me already.”They 指“人民”言，here 指“额上”，here with me 指“以手指做 V 字形加于额上”，暗示额上生角，讥其为乌龟也。这是 Staunton 的解释，各家均已采纳。

[11] 原文“chamber-councils”有两种解释: 一是“私事”，一是“国家大事”。Bethell 注:“deliberations on state affairs.”。

[12] 原文“thou Split' st thine own”有两种解释，Rolfe 说:“that is,it will be the death of you!”(我要将你处死)。Deighton 说:“Dost crack thine own by being only half loyal to me.”(你对我只有一半忠心，你是把你自己的心分裂为两半了)。后一说似较胜。

[13] 新剑桥本指出，本剧于一六一一年十一月五日在廷中哲姆斯王御前演出，十一月五日是“炸药案”的周年日，故有是语。

第二幕

第一景：西西里亚。宫中一室

赫迈欧尼、玛弥利阿斯及女侍等上。

赫迈欧尼	你把孩子带去，他这样地缠我，真受不了。
女甲	来，我的好殿下，我来陪你玩好不好？
玛弥利阿斯	不，我不要你。
女甲	为什么呢，我的好殿下？
玛弥利阿斯	你吻我太用力，并且对我说话好像我还是个婴儿。我喜欢你一些。
女乙	为什么呢，殿下？
玛弥利阿斯	不是因为你的眉毛黑些。不过黑眉毛，据说，对于某些女人是很好看的，如果眉毛不太多，而且是用笔描成半圆形或半月形。

女乙　这是谁教你的？

玛弥利阿斯　我是从许多女人脸上研究出来的。请问，你的眉毛是什么颜色？

女甲　青的，殿下。

玛弥利阿斯　不，你这是开玩笑。我看见过女人的鼻子发青，但是她的眉毛不会是青的。

女乙　你听我说。你的母后的肚子鼓得很快，不久我们就要去伺候一位新的漂亮的小王子，那时候你要和我们玩，也要看我们肯不肯要你哩。

女甲　她近来肚子鼓得好大，愿她顺利地生产！

赫迈欧尼　你们谈的是什么俏皮话儿？过来，我现在又来和你玩了。请你坐在我身旁，讲个故事给我听。

玛弥利阿斯　要快活的还是要悲惨的？

赫迈欧尼　越快活越好。

玛弥利阿斯　悲惨的故事在冬天讲最好。我有一个精灵鬼怪的故事。

赫迈欧尼　我们就听那个吧。来，坐下，讲吧，尽力用你的精灵鬼怪来吓我吧！你是很会吓人的。

玛弥利阿斯　从前有一个人——

赫迈欧尼　不，来，坐下。再讲下去。

玛弥利阿斯　他住在坟园附近。我要小声讲，不让那边的蟋蟀[1]听见。

赫迈欧尼　那么你就附在我的耳边讲吧。

利昂蒂斯、安提哥诺斯、贵族等及其他上。

利昂蒂斯　在那里遇到他了吗？还有他的随从？卡弥娄也和他在一起？

贵甲　我是在一丛松树后面遇到他的，我从没有见过人们这样匆促地赶路。我一直看着他们登上了船。

利昂蒂斯　我真是运气好，一点也没有判断错！哎呀，还是少知道一些好！这样运气好，可是多么受罪呀！杯里可能泡着一只蜘蛛，一个人可以喝下去，走开，并不中毒，只因他不知道，但是如果把这可怕的东西给他看看，告诉他是如何地吞了下去，他就会呕吐得把喉咙胸腔迸裂。我便是喝下了那杯酒，而且看见了那双蜘蛛。卡弥娄是他的帮手，他的淫媒，有阴谋要取我的性命，我的王位。我所怀疑的一切全是真的，我所派用的那个欺诈的坏人早已被他买通。他把我的计划泄露了，我变成了一个傀儡[2]。对了，任凭他们戏弄的一个玩物。便门怎么这样容易地被打开了？

贵甲　利用他的职权，那是和奉您的命令一般有效。

利昂蒂斯　我晓得的。〔向赫迈欧尼〕把孩子交给我。我很高兴你没有喂过他奶，虽然他长得有些像我，他赋有你的血性太多。

赫迈欧尼　这是什么话？开玩笑？

利昂蒂斯　把孩子带走，不准他来到她的身边。把他带走！〔玛弥利阿斯被护送下〕让她和她肚里的那块东西去玩吧。因为你的肚子是被波利克塞尼斯弄大了的。

赫迈欧尼　但是只消我说一声不是他弄的，我敢说你会相信我的话，纵然你有意否认。

利昂蒂斯　诸位大人，你们看她，仔细看她。你们嘴里刚想说，“她是一位漂亮的夫人”，你们心里的正义就要补充一句，“可惜她不贞洁，不体面”。刚要赞美她的仪容——我相信是值得大加表扬的——立刻就要耸耸肩，哼一声哈一声的，这些无关宏旨的表情是诽谤所使用的——啊，我说错了，是仁慈所使用的，因为诽谤会把最贞洁的美德也给烙伤了的。这些耸肩，这些哼哈，在你刚说完“她很漂亮”尚未说出“她很贞洁”之前就横拦进来了。一个身受其辱最感伤心的人要向你们宣布说，她是个淫妇。

赫迈欧尼　如果是个恶人说的这些话，纵然他是世上最坏的一个恶人，他说出这话便可证明他是加倍地坏。您，陛下，您弄错了。

利昂蒂斯　夫人，是您弄错了，把波利克塞尼斯当作了利昂蒂斯。啊你这个贱东西！像你这样身份的人，我不愿这样称呼你，怕的是一般粗人拿我做榜样，说起话来没上没下，对待王子与乞丐没有一点态度上的差别。我说过了她是淫妇，我也说出了她是和谁通奸，并且她是个叛徒，卡弥娄是和她同谋，她和人同床共寝，一般粗人会讲出许多难听的话，这事虽然只有她的奸夫知道，她自己也怪难为情，可是这事卡弥娄全都晓得。是的，他们这次逃走，她也知情。

赫迈欧尼　不，我以性命为誓，我毫不知情。您这样公然辱骂我，将来您查明真相之后，将要如何地悔恨！陛下，到那时候您就是承认误会怕也无法为我彻底地洗刷。

利昂蒂斯　不，如果我在支持我的想法的证据方面有了错误，那等于是说地球不够大，支持不住小儿的一只陀螺。把她送到监牢里去！谁要是为她说情，也算是间接地有罪，只因他多开口。

赫迈欧尼　一定是有什么邪星临头。我需要忍耐，等着天上的星宿射下较为吉利的运气。诸位大人，我们女人普通是爱哭的，可是我不想哭，也许我缺乏这种无聊的泪珠，会使得你们的怜悯之心变成干涸；但是我这里蕴藏着一腔光荣的哀愤，它燃烧的力量比泪水淹没的力量还要大些。诸位大人慈善为怀，我请你们各凭你们的羼着仁慈的见解来裁判我吧！就这样地执行国王的意旨吧！

利昂蒂斯　〔对卫士等〕没有人听从我的吩咐？

赫迈欧尼　谁愿意跟了我去？请求陛下，准我带着我的女侍，因为您知道我目前的情形有此需要。别哭，你们这些好心的傻瓜，没有哭的必要，等将来你们知道了你们的女主人是应该坐牢，在我出监牢的时候，你们可以放量大哭。我现在被判进监牢，对我是有好处的。再会，陛下，我从来不愿看到您做后悔的事，现在我相信您要后悔的。我的女侍们，来，你们得到许可了。

利昂蒂斯　去，照我的话做。去吧。〔王后被押偕女侍等下〕

贵甲　请陛下叫王后回来吧。

安提哥诺斯　陛下，您必须确有把握才可以这样做，否则您自己以为严明，实际成为残暴。结果三方面皆受其害：您自己、您的王后、您的儿子。

贵甲　为了她，陛下，我敢拿我的性命打赌，我并且情愿这样做，请您就接受我这番意思吧，王后对于上天和对于您都是纯洁无疵的，我的意思是指您所控诉的那件事。

安提哥诺斯　如果证明她不纯洁，我要把我的妻关在马棚里，我看守着马棚[3]。我走到哪里都把她带在一起。在摸不着她看不到她的时候我不敢信赖她，因为如果她不纯洁，普天下的女人的每一寸每一分的肉都是靠不住的。

利昂蒂斯　你们住口吧！

贵甲　好陛下——

安提哥诺斯　我们说话是为您着想，不是为我们自己。您是被骗了，那陷害您的人可真该下地狱。如果我知道那坏人是谁，我要把他活埋掉[4]。如果她是贞操有亏，我有三个女儿：最大的十一岁，第二第三，九岁五岁左右。如果这是真的，我要她们来受过，我以我的名誉为誓，我要把她们的卵巢全都割掉，我决不让她们活到十四岁，去生出一些私生子。她们是我的共同继承人，我宁可先把自己阉割，也不愿她们生不出清白的子女。

利昂蒂斯　住声！别说了。你们就像是死人的鼻子，冷冰冰的，闻不出这桩事的味道。但是我亲眼看到，而且亲自感觉到，犹之我现在这样做[5]，你也会感觉到，你也会看到我的这几根手指头。

安提哥诺斯　果真如此，我们不需要坟墓去埋葬贞洁的人。世上根本没有贞操这样东西来装饰这整个的肮脏的地面。

利昂蒂斯　什么！不信我的话？

贵甲　在这件事上，我宁愿您的话不可信，而不愿我的话不可信；宁愿王后的贞洁是真的，而不愿您的猜疑是真的，无论您因妄想猜疑而将受什么样的谴责。

利昂蒂斯　噫，我何必和你们谈论这件事，而不按照我自己的强烈的冲动去做呢？我并没有行使王权征询你们的意见，只是好意告诉你们知道这事罢了。如果你们——不论是真糊涂还是装糊涂——不能或不愿像我一样地认清事实，那么你们要明白我根本不需要你们的劝告。这件事，其利弊得失，如何处置，都是我自己的事。

安提哥诺斯　陛下，我愿您只是默默地对此事加以考虑，不必再多加声张。

利昂蒂斯　那怎么成呢？你若不是老糊涂了，便是天生的傻瓜。他们的亲昵的情形，想象起来是极显而易见的，只是缺乏亲眼看到的证据，可是其他一切形迹都可证明确有其事，现在又加上卡弥娄的逃亡，迫得我不能不采取行动。不过，为了进一步加以证实起见——这种重大之事不宜鲁莽——我已派遣你们晓得是非常干练的克利奥摩尼斯和戴昂急速前往圣地戴尔孚斯的阿波罗神庙。现在等他们带回神谕，一切便有分晓。神的指示到来之后，不是阻止我，便是鼓励我。我做得对不对？

贵甲　　做得对，陛下。

利昂蒂斯　　虽然我已经心里有数，不需要再知道什么，可是还要请神谕来使别人心服，例如那种愚蠢轻信而不能认识真相的人。所以我认为应该把她关起来，不让她自由接近我，以免那两个逃走的人所定下的阴谋留给她来执行。来，跟我走，我要对大家谈谈，因为这件事会把我们大家都激动起来的。

安提哥诺斯　〔旁白〕会激起大家的哄笑，我认为，如果真相大白。〔同下〕

第二景：同上。监狱的外室

鲍利娜及侍从等上。

鲍利娜　　管监牢的人，喊他一声，让他知道我是谁。〔一侍者下〕好夫人，欧洲的任何一座宫殿，你都配住进去，为什么要住到监牢里来呢？

侍者偕狱卒上。

喂，先生，你认识我吧？

狱卒　　您是我所尊敬的一位贵夫人。

鲍利娜　　那么请你引我去见王后。

狱卒　我碍难从命，夫人。我奉有明令，不让她接见访客。

鲍利娜　你真是胡闹，把忠实体面的人关了起来，不准接见高贵的访客！请问你，见见她的侍从是否合法？随便哪一位侍从？伊弥利亚？

狱卒　对不起，夫人，请把你这些侍从们打发开，我把伊弥利亚带来。

鲍利娜　就请你叫她。你们退下去。〔侍从等下〕

狱卒　还有，夫人，我必须听着你们讲话。

鲍利娜　好，就这么办吧。〔狱卒下〕这真是胡闹，把清白的弄成了玷污，比涂染还凶[6]。

狱卒偕伊弥利亚又上。

亲爱的侍者，我们的尊贵的夫人可好？

伊弥利亚　这样尊贵伟大而又这样孤苦伶仃的一个人也只好勉强自持罢了。由于惊恐悲伤的缘故——任何娇弱的夫人所从没有受过的——她提前生产了。

鲍利娜　一个男孩子？

伊弥利亚　一个女孩子，很好看的婴儿，身体很壮，可以活。王后很高兴，她说："可怜的小囚犯，我是和你一样地天真无邪。"

鲍利娜　这是我所深信的。国王的这些危险疯狂的举动，真是该死！这消息必须要教他知道，一定要教他知道。这差事最好由一个女人担任，我来担任吧。如果我竟对他好言好语，让我的舌头生疮，永远不再成为我的发泄怒火的器官。伊弥利亚，请你代我向王后请安。如果她敢把她的婴儿信托给我，我要把她送给国王看看，并且尽全力给她辩解。他看到婴儿之后是否会心软，我们不知道。语言无效的时候，无言的天真往往能打动人的心。

伊弥利亚　最尊贵的夫人，您这一番正直善良的用心是谁都会感觉到的，这回自告奋勇，结果必定成功。这伟大的工作，没人比您更适宜于担任。请您到隔壁房间里，我把您的这番好意立即禀明王后，她今天也正想到了这个计划，但是不敢轻易出口拜托一位有身份的人，生怕遭受拒绝。

鲍利娜　伊弥利亚，你告诉她，我要充分利用我的口舌。如果我的心里面理直气壮，口里面舌灿莲花，无疑地我会成功。

伊弥利亚　愿您因此得福！我去见王后。请您走过来。

狱卒　夫人，如果王后要把孩子送过来，我未获得批准擅自由您带走，不知要遭受什么处分。

鲍利娜　你不用怕，先生。孩子本来是关在肚皮里的一个囚犯，按照法律和自然的程序现在是从那里获得开释了。她不是国王震怒的对象，而且纵然王后有罪也与她无干。

狱卒　我相信这话。

鲍利娜　你不要怕。我以名誉为誓，你遭受危险时我会挺身而出的。

〔同下〕

第三景：同上。宫中一室

利昂蒂斯、安提哥诺斯、贵族等及其他侍从等上。

利昂蒂斯　白昼黑夜都不得安宁。这样的隐忍只是怯懦，只是怯懦而已。如果我这怯懦的根由不存在，根由的一部分便是她那个淫妇了。因为那个淫荡的国王已经逃出我的掌握，我无法惩他。但是她我可以把她抓到手，假使她死掉了，投在火里烧死，我的安宁也许可以稍稍恢复一点。谁呀?

侍甲　〔向前行〕陛下?

利昂蒂斯　孩子怎么样?

侍甲　他夜里睡得很好。他的病有痊愈的希望。

利昂蒂斯　看这孩子有多好！发现他的母亲德行有亏，他立刻悒郁不欢，垂头丧气，深深地受了感触，把这耻辱牢牢地加在自己身上，失去了他的兴致、他的胃口、他的睡眠，简直是枯槁了。让我一个人在这里。去吧，看看他情形怎样。〔侍从下〕呸！呸！不要想他，一想起他，便又要生出复仇之念。而他本身太强大了，又有助手，又有盟邦，且不要理他，等时机到来再说。目前报复，先对她下手。卡弥娄与波利克塞尼斯在笑我，拿我的苦恼作为他们开心的资料。如果我能抓到他们，他们就不笑了。她在我掌握之中她就不能笑。

鲍利娜抱孩上。

侍甲　　你不能进去。

鲍利娜　　不，诸位大人，你们要帮助我。你们怕他的凶暴，哎呀，比担心王后的性命之忧还要厉害？她是一个纯洁善良的人，其纯洁根本就不应该使他那样嫉妒。

安提哥诺斯　　够了。

侍乙　　夫人，他一夜没有睡。有旨不准任何人进谒。

鲍利娜　　不要这样性急，先生。我是给他带睡眠来了。你们像影子般地在他身边爬来爬去，他呻吟一声你们就长吁短叹，是你们这样的人使得他不得安眠。我这次来是带着一些金玉良言，可以医治他的失眠。

利昂蒂斯　　什么声音，啊？

鲍利娜　　我的声音，陛下。我们在商量给您请洗礼的教父教母的事情。

利昂蒂斯　　什么！把这狂妄的女人带走！安提哥诺斯，我已经命令你不准她来近我。我知道她会来的。

安提哥诺斯　　我告诉她了，陛下，不可以来见您，否则要触怒您，并且也要累及我。

利昂蒂斯　　怎么！你管不了她？

鲍利娜　　他可以管我不做坏事，但是在这件事上，除非他模仿您的办法，因我做了光明正大的事而把我禁闭起来，请相信我，他是管不了我的。

安提哥诺斯　　您看她多能说！您听见啦！她套上缰绳之后，我就由着她跑，她不会跌跤[7]。

鲍利娜　　好陛下，我来了，我求您，听我说，我乃是您的忠仆，您的医生，您的最恭顺的臣子，但是若要鼓励您作恶，我却不能像一般貌似恭顺的人们那样地恭顺。老实说吧，我是从您的好王后那里来的。

利昂蒂斯　好王后！

鲍利娜　好王后，陛下，好王后。我是说，好王后。如果我是男子汉，纵然是您手下最不济的一个，我要用决斗的方式来证明她是好王后。

利昂蒂斯　把她赶走。

鲍利娜　不重视他的眼珠子的人可以先来向我动手，我会自动走开的，但是我要先把事情办妥。这位好王后，因为她是好，已经给你生了一个女儿，就在这里。请您为她祝福。〔将婴儿置地上〕

利昂蒂斯　滚出去！凶恶的妖婆！把她赶出去，赶到外面去。专门会给人撮合的贱婆娘！

鲍利娜　不是的。对于那种职业我是毫无所知，和您这样给我乱起名字是对我毫无所知完全一样。而且我之清白正不亚于您之疯狂。我的清白，我相信，足够使世人承认的确是清白。

利昂蒂斯　你们全都反啦！你们还不把她推出去？把那个野杂种还给她。〔向安提哥诺斯〕你这个老糊涂虫！你是怕老婆，被你这一只老母鸡赶出了窝啦。抱起这杂种，抱起来，我说。交给你的老婆。

鲍利娜　他硬把这恶名加在公主身上，你如果就遵命把她抱起，你的双手永远遭受诅咒！

利昂蒂斯　他怕他的老婆。

鲍利娜　我愿你也怕。那时节，毫无疑义的，你会承认您的孩子们是您自己的。

利昂蒂斯　你们全都是叛逆啊！

安提哥诺斯　我敢指天为誓，我不是。

鲍利娜　我也不是。这里没有一个人是，除了一个人之外，那个人就是他自己。因为他用比刀剑还要锐利的谰言污蔑了他自己的、他的王后的、他的有前途的儿子的、他的婴儿的神圣的名誉；而且他不肯——因为按照现在的情形他是注定地要遭殃，怎样逼迫他也不肯——他不肯拔除他的误会的根，那根之腐朽正如橡木或石头之坚贞。

利昂蒂斯　长舌的泼妇，刚刚打击了她的丈夫，现在又向我进攻！这个崽子不是我的，是波利克塞尼斯的孩子，把她弄走，和那个母狗一齐烧死吧！

鲍利娜　她是您的，而且，如果我们可以引用那句老话，“越像你，越糟糕[8]”。看哪，诸位大人，虽然字体缩小，内容和版式完全是父亲的。眼睛、鼻子、嘴唇、皱眉的样子，她的前额，还有她的颊上的美丽的酒窝儿和下巴颏儿上的深坑，她的微笑，以及手、指甲、手指，都是一模一样。造物之神哟，你把她造得和她生身的父亲一样，如果你也能控制一个人的心灵，可别给她一个善妒的性格，否则她也会像他一样地猜疑她的孩子不是她的丈夫的[9]。

利昂蒂斯　下贱的妖婆！你这个下流汉，你不让她住嘴，你也该绞杀。

安提哥诺斯　如果把办不到这件事的丈夫们一律绞杀，您手下的臣民怕一个都没有了。

利昂蒂斯　我再说一遍，把她带走。

鲍利娜　顶伤天害理的昏君也不能做出更多的恶事。

利昂蒂斯　我要把你烧死。

鲍利娜　我不在乎。生火的人是异教徒，被烧的不是。我不愿称您为暴君，但是您对于王后之极端残酷的待遇——您的控诉只是根据一些薄弱的幻想，您举不出任何证据——是有一点暴虐的意味，使得您成为卑鄙，而且被世人耻笑。

利昂蒂斯　你们若是还有一点忠心，把她赶出屋外！如果我是暴君，她还能活？如果她知道我是暴君，她也不敢这样称呼我。把她带走！

鲍利娜　请你不要推我，我会走的。照护您的婴儿，陛下，她是您的。愿天神派一个头脑更清醒的人来照护她！你何必动手？你们看着他做荒唐事而一味地柔顺，对他不能有一点好处。好，好！再会，我们走啦。〔下〕

利昂蒂斯　你这个叛徒，竟嗾使你的妻子来干这事。我的孩子！把她拿走！你刚才对她颇有怜爱之心，就派你把她拿去立刻烧死。我不派别人，就派你。立刻抱起她来。在一小时内做好回报——并且要提出充分证明——否则我就要你的命，并且没收你的财产。如果你拒绝并且有意承当我的震怒，尽管说，我可以自己下手把这小杂种摔个脑浆迸裂。去，把她放在火里烧，因为是你嗾使你的妻。

安提哥诺斯　我没有，陛下。这些位大人，我的高贵的同僚，如果他们愿意，可以为我辩白。

贵甲　我们可以，英明的陛下，她来此滋事不是他的过错。

利昂蒂斯　你们全都是说谎的人。

贵甲　请陛下相信我们的话。我们一向对您效忠，请您对我们也有同样的认识。您的这个主意实在是太可怕太残酷，一定会引起恶劣的后果，我们跪下来求您改变主意，只当是对于我们过去、未来的效忠的报酬。我们全跪下来了。

利昂蒂斯　我是任风吹摆的一根羽毛。我就这样活下去看着这杂种跪在我面前喊我作爸爸？宁可现在把她烧死，也比到了那时候咒骂好一些。但是，就这么办吧，让她活下去吧！不能让她活。〔向安提哥诺斯〕你走过来。你方才和你的那位接生婆老母鸡夫人[10]那样多管闲事想救这私生子的性命，的确是私生子，犹如你的胡子是灰白的一般明显，你还有什么办法挽救这崽子的命？

安提哥诺斯　陛下，凡是我力所能及和义不容辞的事，我都要做。至少，可以做到这一点：我要拼了我这一条老命，来拯救这无辜的生命。任何可能的事我都会做。

利昂蒂斯　当然是可能的，抚着这剑柄发誓，你一定要执行我的命令。

安提哥诺斯　我愿意，陛下。

利昂蒂斯　那么就小心地去做吧，你要注意！如果有一点点没有达成使命，不仅你要死，你那口出恶言的老婆也不得活，我目前是暂且饶她一命。我现在命令你，因为你是我的臣属，我要你把女私生子带走，带到我的国境以外的遥远的荒漠地方，把她丢弃在那里，不可再示怜悯，在风吹雨打之中任其自生自灭。她来得突兀，所以我公公道道地命令你，如敢故违我将使你身心俱受惩处，你要把她送到一个国外的地方，死活任命。抱起来吧。

安提哥诺斯　我发誓做这件事，虽然立刻处死反倒是较为宽大的处分。来吧，可怜的小孩，愿法力无边的天神教导鸢鹰乌鸦做你的护士！据说狼与熊也曾有过抛弃它们的凶野天性而来做同样慈悲的善事的例子。陛下，您虽然做下了这样的事，我愿您能获得更好的运道，可怜的东西，你被判定去遭受毁灭，但愿天神呵护，帮助你抵抗这残酷的命运！〔抱儿下〕

利昂蒂斯　不，我不能抚养别人的孩子。

一仆上。

仆　启禀陛下，您派去求神谕的使者已于一小时前回来了。克利奥摩尼斯和戴昂从戴尔孚斯安然归来，业已登陆，赶路回朝。

贵甲　陛下，他们的速度是前所未有的。

利昂蒂斯　他们去了二十三天，是很迅速。这表示伟大的阿波罗决意要这事的真相早日大白。你们去准备吧，诸位。召集一次会议，我们好审判我的这个极不忠贞的女人，因为她已公开受到指控，要给她一个公正

而公开的审判。她活着一天，我的心情总是沉重的。去吧，考虑一下我所吩咐的事。〔同下〕

注释

[1] 蟋蟀。指唧唧喳喳说话的那些女侍。

[2] 原文“a pinch'd thing”各家解释不一，主要的有两种:(一)受酷刑受苦难的倒霉的人;(二)傀儡，玩偶。莎士比亚使用譬喻，往往含义不甚明晰，且可能故意兼容并蓄，由一个意象进入另一意象，让读者自行揣想体会之。

[3] 原文“I'll keep my stables where/I lodge my wife;”引起许多解释。其实意义很明显，盖谓如王后不贞，则天下女人无一是可靠的，我将把我的妻关在马棚里，我自己守着马棚。Staunton 谓妻淫则送入马棚云云，未免想入非非。

[4] 原文“land-damn”费解。有人说是“驱逐出境”，有人说是“痛殴”，有人说是“活埋”。最后一解较胜，因系对上文“下地狱”而言，活活地令之进入地下也。

[5] 此处应加舞台指导，Hanmer 拟加“以手握对方之臂”，是也。Capell 提议为“触鼻”，似不妥。you 即是对方之人，不是泛指。

[6] 原文“as passes colouring ”各家解释不一，新剑桥本注以 colouring=the dyer's art(染匠的本领)。“胜过染匠的本领”即“比涂染还凶”之意。其主词为“他们”，不是“玷污”。是也。

[7] 佛奈斯引 Stearns 云:“据说常跌蹶的马在全速飞奔时就不会跌倒。”

[8] Staunton 引 Overbury: *Characters*（“A Sergeant”）1614:“The devil calls him his white sonne; he is so like him that he is the worse for it,and he looks after his father.”言父亲不是好东西，越像父亲越糟。

[9] Malone 曾指陈莎士比亚此言有误，女性不可能疑其子女非其丈夫所生，除非她自己不贞。

[10] 原文“ Lady Margery”是对女人的蔑称，以新剑桥本注为最恰，margery-prater 乃 hen 之俗称，所谓 Lady Margery 即是 Dame Partlet 之另一称谓也。所谓“接生婆”也者，显指鲍利娜抱婴而来类似接生婆之故。

第三幕

第一景：西西里亚一海口

克利奥摩尼斯与戴昂上。

克利奥摩尼斯　这里气候温适，空气和畅，这岛土壤肥沃[1]，这座庙宇之庄严也远超过它所得到的一般的赞美。

戴昂　我要特别提起的是，因为它给我的印象最深，是那些神圣的法衣——我想我应该这样称它——以及那些庄严的穿法衣的人们之虔敬的神情。啊，那牺牲礼！在献祭的时候是多么隆重，庄严，神圣！

克利奥摩尼斯　但是最惊人的是，神谕的迸发及其震耳欲聋的声音，颇似天神的雷霆，使我大为震惊，觉得自己非常渺小。

戴昂　如果此行结果对于王后是有利的——啊，但愿如此——犹如对于我们是不寻常的、愉快的、迅速的，那么就不虚此行了。

克利奥摩尼斯　愿伟大的阿波罗给一切最好的解决！这些把罪过强加在赫迈欧尼身上的文告，我不大喜欢。

戴昂　这急遽的措施会使真相大白，或把案情定谳。阿波罗的大祭司密封的神谕打开的时候，必有一些稀奇的事宣示大众得知。去，换新马！愿结局吉利！〔同下〕

第二景：西西里亚。法庭

利昂蒂斯、贵族等及庭吏等上。

利昂蒂斯　我说起来很伤心，这次审判使我心里十分苦痛。我们要审的是一位国王的女儿，我的妻室，而且是我太钟爱的一个人。没人能说我是蛮不讲理，因为我是这样地公开审理，一切依法进行，结果是判罪或宣告无罪。带犯人上来。

庭吏　国王有旨传王后出庭应审。肃静！

赫迈欧尼被押上，鲍利娜及侍女等随侍。

利昂蒂斯　宣读起诉书。

庭吏　“赫迈欧尼，西西里亚国王伟大的利昂蒂斯之后，汝现以大逆不道之罪被控前来受审，缘汝与波希米亚国王波利克塞尼斯通奸，复与卡弥娄同谋杀害我们的国王，即汝之本夫。因该项阴谋业已部分泄露，赫迈欧尼，汝不顾臣子忠君之大义，竟对奸人加以主使协助，使乘昏夜逃去。”

赫迈欧尼　我所要说的话必定是与控告我的话相反，而我这一方面除了我自己的声述之外也举不出其他证据，所以我辩称“无罪”怕也没有用处。我的忠诚已经被视为虚伪，如果我现在再表示忠诚，一定也将被视为谎语。只要这样说一句:如果天神注视人类的行为，一定是在注视着的，我决不怀疑清白之身终将使诬告赧颜，残暴终将对忍耐战栗。我的主上，您最明白——而您偏偏最不愿意承认——我过去的生活之如何地贞洁忠实正似我如今之如何地不幸。我的不幸是史无前例的，纵然捏造一个引人观看也捏造不出来。请看我，我是与国王共寝的人，王座上也有我一半的地位，伟大的国王的公主，前程远大的太子的母亲，竟站在这里为了性命与荣誉而喋喋不休，向前来审问我的人们申诉。讲到性命，我认为是和悲愁一样，我愿把它抛弃；讲到荣誉，那是我要移付我的后人的遗产，我要争取的只是这个。我请您自扪良心，陛下，在波利克塞尼斯来到您的朝廷之前，我是如何地受您的眷宠，那份眷宠又是如何地分所应得。自从他来之后，我有什么不寻常的轨外行动，以至于到此公开受审。如果有一点点逾越礼法，无论是在行为上或是在意向上有此趋势，愿各位听我申诉的人们都硬起心肠对待我，我的最近的亲族也可以在我的坟墓上耻笑我！

利昂蒂斯　我从没听说过这种罪大恶极的坏人，在否认他们的罪行之际，其厚颜无耻会比在他们当初做这坏事的时候为少。

赫迈欧尼　这话不错，不过对我说不着。

利昂蒂斯　你不肯承认。

赫迈欧尼　非我所有的罪过，我决不承认。讲到波利克塞尼斯——我被控和他私通——我承认在他应得的礼遇范围之内我是敬爱他的，此种敬爱是合于像我这样女人的身份的；此种敬爱也正是您所要我表示的，如此而已。如果我没这样做，我想我就是对您不服从，对您的总角之交有失礼貌了。至于阴谋，就是制作好了送给我尝，我也不知它是什么味道，我只知道卡弥娄是个正直的人。为什么他离开朝廷，天神也毫无所知，不比我知道得更多。

利昂蒂斯　你知道他出走，你也知道在他走后你所担任要做的事。

赫迈欧尼　陛下，您的话我不懂。我的性命是在您的幻梦的范围之内，我只好交付给您。

利昂蒂斯　你的行为便是我的梦。你和波利克塞尼斯养了一个私生子，我只是梦见有这么一回事。你没有一点羞耻——做你这种事的人都是无耻——所以也不会说实话。你矢口否认只是心劳日拙于事无补。你的那个崽子，没有父亲认领，既是个没人要的东西，我已把她扔弃了——其实她本身无辜，罪在你身上——所以你要准备接受我的制裁，即使按照最宽大的处理也不要希望能免于一死。

赫迈欧尼　陛下，您不用威吓，你用以吓唬我的妖魔正是我所祈求的。对于我，活着是无益的。我生命中最大的幸福，即是您的眷宠，我已经失掉了，因为我觉得它已离我而去，但不知是怎样去的；我的第二桩快乐，我初生的孩子，您不准我见他，好像我是身染恶疾；我的第三项安慰，命运最是不济，纯洁的小嘴还含着纯洁的乳水，就从我的怀中夺去处死。我自己被您到处宣告是个娼妇，您穷凶极恶地给我剥夺了各种女人都能享受的产褥上的特权，最后，不待我产后复原，硬把我在风吹日晒之中拖到这个地方。现在，陛下，我活着有什么幸福，以至于使我怕死呢？所以进行裁判吧。但是听我再说句话，不要误会我。我不要生命，我认为它不值一根稻草，但是讲到我所要洗刷的名誉，如果您仅凭猜测便要给我定罪，除了您的嫉妒之心作怪以外没有任何证据，我要说这是残暴，不是法理。诸位大人，我把我自己交付给神谕，让阿波罗给我做主！

贵甲　你这请求是完全合理的，所以，以阿波罗的名义，把他的神谕迎取过来吧。〔数庭吏下〕

赫迈欧尼　俄罗斯皇帝是我的父亲[2]，啊！但愿他还活着，在此看看他的女儿受审。只消看看我的极端的苦难，用怜悯的眼光，不是仇恨的眼光！

庭吏等偕克利奥摩尼斯与戴昂上。

庭吏　你们要在这里按着公理之剑发誓，你们二位，克利奥摩尼斯与戴昂，确曾到达了戴尔孚斯，从那里取来这密封的神谕，是由阿波罗大祭司亲手交给你们的，并且以后你们也没敢打开这神圣的封泥，也没敢私阅其中的秘密。

克利奥摩尼斯、戴昂　这一切我们都愿发誓。

利昂蒂斯　打开封泥，宣读。

庭吏　“赫迈欧尼是贞洁的，波利克塞尼斯没有过失，卡弥娄是一个忠臣，利昂蒂斯是善妒的暴君，无辜的婴儿是他所亲生。倘若弃婴不能寻获，国王将毕生无嗣！”

众贵　美哉伟大的阿波罗！

赫迈欧尼　受我们的赞美！

利昂蒂斯　你宣读的可是真实不虚？

庭吏　是的，陛下。全是按照这里所写的宣读的。

利昂蒂斯　这神谕说得一点也不对，审判照常进行。这只是虚伪的谎言。

一仆上。

仆　国王陛下，国王！

利昂蒂斯　什么事？

仆　啊陛下！我若报告出来，您会厌恨我的。您的儿子太子只因忧虑王后的下场伤心而去。

利昂蒂斯　什么！去！

仆　死了。

利昂蒂斯　阿波罗愤怒了，上天在打击我的不公。〔赫迈欧尼昏厥〕怎么啦，那里！

鲍利娜　这消息对王后是致命的，看吧，死神做了什么事。

利昂蒂斯　把她抬下去，她只是心中哀伤过度，她会苏醒的。我是过于信赖我的猜疑了。请你们好好地照护她，把她救醒。〔鲍利娜及女侍等抬赫迈欧尼下〕

阿波罗！饶恕我对你的神谕之大不敬！我要与波利克塞尼斯和好如初，向我的王后重新求爱，召还忠良的卡弥娄，我承认他是一个正直的人，慈悲的人。因为我妒火中烧而起了杀人报仇之念，选派卡弥娄去毒杀我的朋友波利克塞尼斯，若非好心肠的卡弥娄展缓执行我的紧急的命令，大错即已铸成。虽然我曾对他威吓利诱，不做即将处死，做了即予重奖，而他呢，慈悲为怀，满腔正气，把我的阴谋泄给我的贵宾，放弃了他在此地的财产，你们知道那数目并不在小，甘冒前途茫茫的危险，除了名誉之外一无所有。在我的腐锈当中，他显得是何等地光芒四射！他的忠诚不苟显得我的行为是何等地卑鄙！

鲍利娜又上。

鲍利娜　不好了！啊，剪断我的胸衣上的带子，否则我的心要绷断了带子，心也要碎！

贵甲　这是发什么疯，好夫人？

鲍利娜　暴君，你给我准备了什么酷刑？有什么样的木轮[3]？扯架？火烧？什么样地剥皮？什么样地用熔铅或滚油来熬煎？还有什么旧的新的酷刑要我接受，只因我说的每一个字都应该尝试你的最狠毒的刑罚？你的横暴，加上你的嫉妒，全是些小孩子都嫌幼稚，九岁的女孩子都嫌无聊的妄想，啊！想想这些妄想做出了什么事，以后简直是发疯，完全是发疯。因为你以前的荒唐比起这一回是渺不足道的。你陷害了波利克塞尼斯，这算不了什么，这只表示你是个傻瓜，反复无常，忘恩负义而已。你想让卡弥娄负了杀害国王的恶名，那也无关紧要，和较重大的罪行一比，这都是轻微的过失。把你的初生女儿投给乌鸦啄食不算是罪恶，或是很小的罪恶，虽然一个魔鬼在做出这事之前也要从他的火眼当中迸出泪水[4]。小王子的死亡也不能直接怪你，他小小年纪，竟然有那样高贵的思虑，看着一个糊涂粗暴的父亲污蔑他的圣洁的母亲，便伤心而死，这事并不要你负责。但是最后一件——啊各位大人等我说出之后，你们就要喊“苦！”——王后，王后，最温和的，最亲爱的人儿是死了，而且此仇尚未得报。

贵甲　天神不准她死！

鲍利娜　我说她是死了，我可以发誓。如果说话发誓都不能生效，你们去看好了。如果你们能使她唇上露出血色，眼里透出光芒，让她外面温暖，里面恢复呼吸，我愿把你们奉若神明。但是，你这暴君啊！你对这些事不必忏悔，因为案情过于重大，不是你的哀伤所能震撼的，所以你只有绝望一条路好走。一千个膝头，肉袒斋戒，在荒山上长跪一万年，冒着不断的严寒风暴，也不能感动天神正视你一眼。

利昂蒂斯　说下去，说下去，你怎么说也不嫌多。我该受所有的人的咒骂。

贵甲　不要再说了。无论结果如何，你说话这样放肆总是不对的。

鲍利娜　我很抱歉，我所犯的错误，我一发觉，便很后悔。哎呀！我把女人们的鲁莽表现得太过火了。他的良心已经受了刺激。已经过去无可挽救的事，也不必再痛心了。不要为了我的话而难过，我求您宁可惩罚我，因为我提醒了您所应该忘记的事。现在，我的主上，我的好国王，原谅一个糊涂女人吧！我对于王后的敬爱——看，我又犯糊涂了——我不再提她，也不再提您的孩子，我也不再提起我自己的丈夫，他也不见了。愿您逆来顺受，我也不再多言。

利昂蒂斯　你说得很好，因为你说的都是实话，我受你谴责比受你怜悯还好过些。请你带我去看看王后和我的儿子的尸体，合葬在一个坟里吧！坟上要刻写他们死亡的原因，以永志吾过。每天我要拜访一次他们埋骨的教堂，在那里洒泪将是我的消遣。只要我活着

能做此消遣，我便要天天去消遣一番。来引我去看看这些悲哀的景象。〔同下〕

第三景：波希米亚。近海处一荒原

安提哥诺斯抱婴儿，及一水手上。

安提哥诺斯　你准知道我们的船是靠上波希米亚的荒原了吗[5]？

水手　是的，大人。我担心我们登陆的时间不大好，天很阴沉，怕立刻就要有暴风雨。我觉得，上天对我们要做的这种事很愤怒，对我们也大不高兴。

安提哥诺斯　天意不可违！走，上船去吧，照料你的船。我不久就来找你。

水手　越快越好，不要太深入陆地，可能有大风雨。并且，这地方是著名地出产野兽。

安提哥诺斯　走你的吧，我随后就来。

水手　我心里很高兴，我正不爱管你这宗事。〔下〕

安提哥诺斯　来，可怜的孩子。我听说过，但是我不信，死人的灵魂可以出现[6]。如果有此等事，昨晚你的母亲是对我显灵了，因为梦不可能有这样地清醒。一个人向我走来，她的头有时偏在另一边。我从没见过这样哀伤的人，这样地充满哀伤，而又这样地楚楚动人：她穿着一身白素的衣服，简直是神圣的化身，向我的卧铺走来。对我三鞠躬，喘吁吁地要开始说话，两眼泪如泉涌。大恸之后，不久就说出这样的话：“好安提哥诺斯，命运既然和你的善良的本心作对，选择你把我的可怜的婴儿抛弃，并且按照你的誓约，把她送到波希米亚的顶僻静的地方，那么就到那里去哭着把她抛弃，由她哭叫吧！因为这孩子算是永被遗弃了，请你就唤她为帕地塔[7]。为了我丈夫派你所做的这卑鄙的勾当，你将永远不得再见你的妻鲍利娜了。”于是，几声锐啸，她便消逝得无影无踪。大惊之下，我赶快强自镇定，认为这是真事，并非梦幻。梦是不值得重视，但是这一次我倒要诚心诚意地接受指点。我相信赫迈欧尼已经被害。如果这孩子确是波利克塞尼斯所生，阿波罗一定愿意我把她放在此地，活也好死也好，总算放在她亲生父亲的国土上了。小乖乖，祝你平安。〔放下婴儿〕躺在那里吧！这是你的证明文件，还有这些东西。〔放下一包东西〕如果你运气好，小乖乖，这些东西足够把你养育成人，并且还有剩余留给你。暴风雨要来了，可怜的东西！为了你的母亲的过错，竟这样地遭受舍弃，以及更可怕的后果。我哭不出来，可是我的心在淌血，我真是倒霉，受誓约的拘束不能不做这件事。再会！天越来越阴沉，你恐怕要听到一曲太狂暴的安眠歌。好凶的一阵吼声[8]！让我平安登上船去吧！这是被追逐的野兽，我算是完了。〔被

熊追逐下〕

一牧羊人上。

牧羊人　我希望人生没有十六岁到二十三岁那么一段期间，或者让青年人在睡眠中把这一段时间打发掉。因为在这一段期间，除了玩女人生孩子、侮辱尊长、偷窃、打斗，没有什么可说的。你们听！除了十九岁到二十二岁之间的狂放不羁的人，谁肯在这种天气打猎？他们吓跑了我的两只顶好的羊，我恐怕在主人找到它们之前狼就先找到它们了。要想找到它们，必定是在海边，吃着常春藤。好运道，如果这是您的意旨[9]！这是什么？〔抱起婴儿〕天哪，是个孩子，很漂亮的一个孩子！是个男孩子还是一个女娃儿，我看不出。是个漂亮的孩子，很漂亮的一个。一定是有奸情，我虽然没读过多少书，我能看出这是大家侍女犯了奸情。这孩子乃是搬梯子、抬箱子、从后门出出进进的结果[10]。生这孩子的那两口子当时暖暖和和的，这可怜的小东西如今在此受冻。看她怪可怜的，我把她抱起来。还是等我的儿子来了再说，他方才还在叫我。喂，喂，喂！

一乡下人上。

乡下人　嘻喽，喽！

牧羊人　怎么！就这样近？如果你想看一件直到死后尸骨腐烂时还可以谈论的东西，走过来。你为什么难过，孩子？

乡下人　我在海上和陆上看到了两件好可怕的事！但是我不好说那是海，因为现在海已经连上了天，在海与天之间你插不进一个针尖。

牧羊人　哎，孩子，到底是怎么一回事？

乡下人　我愿您也看看大海是如何地发怒，如何地狂吼，如何地吞没海岸！但是这都不相干。啊！可怜的人们之凄厉的叫声。有时候望到他们，有时候又望不到他们。忽然船用主桅戳上月亮，一霎间又被吞没在泡沫里，好像是你把软木塞推进了大酒桶。然后再谈岸上发生的事，眼看着大熊把他的肩骨扯下来了，他向我喊叫求救，自称名叫安提哥诺斯，是一位贵族。且先把那只船说完，看那大海一口就把它吞下去了，但是先要听听，可怜的人们如何地喊叫，大海又如何地取笑他们；那位可怜的贵族如何地喊叫，那只大熊又如何地取笑他，喊叫声都比海啸风号的声音来得更大。

牧羊人　天可怜见！这是什么时候的事，孩子？

乡下人　现在，现在。我看到这些惨象之后还没有霎过眼呢。沉在水下的人尸体还没有凉，大熊还没吃掉那位贵族的一半，还正在吃呢。

牧羊人　假使我在旁边，救救那老人就好了！

乡下人　我愿您在船的旁边，也帮帮他的忙，您的一片好心怕要找不到立足点。

牧羊人　惨事！惨事！但是你瞧瞧这个，孩子。现在你画十字吧！你遇到的是死亡，我遇到的是新生。这里有新鲜玩意儿给你看。你看，这是富绅人家包裹孩子用的一件斗篷[11]！你看看这个，拿起来，拿起来，孩子，打开它。对，让我们看看，有人对我说过，神仙会保佑我发财。这是神仙送来的孩子。打开它。里面是什么，孩子?

乡下人　您是发财的老翁了。如果您年轻时所犯的罪过能获得饶恕，您以后可以享福了。金子！全是金子！

牧羊人　这是神仙送来的金子，孩子，会证明是的，收起来，藏得严密些。回家，回家，走最近的路。我们走运了，孩子，若是长久走运，只消保守秘密。我的羊，由它们去吧。来，好孩子，走近路回家。

乡下人　请您带着您的发现物走近路回家吧。我要去看看那只熊离开那个人没有，吃掉了多少。熊只有在饿的时候才发脾气。如果还有残剩的骨肉，我给掩埋起来。

牧羊人　那是好事。如果你能从剩下来的一部分看出他是何等样人，喊我去看看他。

乡下人　好，就这么办，您帮我把他埋起来。

牧羊人　今天好运气，孩子，我们要做好事。〔同下〕

注释

[1] 阿波罗的在 Delphi 的神庙不是在一个岛上，是在大陆上的 Phocis，莎士比亚是因袭了 Greene 在他的“Dorastus and Fawnia”的错误。

[2] 在 Greene 的小说里，俄罗斯皇帝是波利克塞尼斯（Egistus）的而不是利昂蒂斯（Pandosto）的岳父。可能莎士比亚有意做此改动以增加悲剧意味。

[3] 木轮（wheel），刑具，犯人臂腿伸张缚于轮上，以棍击之，往往致死。

[4] 原文“shed water out of fire”，据 Cowden-Clarke 解为“dropped tears from burning eyes”，自火眼中落泪，即自红肿的眼中落泪。

[5] Ben Jonson 曾于 *Conversations with Drummond* 中被记载着说过这样讥讪的话:“Shakespeare in a play brought in a number of men saying they had suffered Shipwreck in Bohemia wher ther is no Sea neer by some 100 miles. ”。他说这话时是在一六一九年，此剧尚未印行，显然是从舞台上听来的，可见当时已播为谈助。

[6] 在莎氏时，关于鬼的问题有不同的见解。极端的新教派（如清教徒）认为鬼之出现乃天使或恶魔所扮演，再不然就是幻影。传统的天主教（高安格利坎派有此倾向）则以为死者本人的鬼魂可以获准还阳，无论其目的是善还是恶。安提哥诺斯是先属于前一派，但见鬼之后又变为后一派。使问题趋于复杂的是，赫迈欧尼当时实并未死，唯观众则不知其尚在人间耳。

[7] Perdita（p.p. of Latin perdere=lose）一字的本意是“被遗弃者”。

[8] 指猎人与猎犬追熊之叫嚣声。

[9] 原文“ Good luck,an't be thy will!”据 *The New Clarendon Shakespeare* 释义为“May this be a lucky chance,if it be thy (i. e. God' s)will!”。

[10] 搬梯子，所以便利情人翻墙；抬箱子，所以使情人藏在箱内混入闺房，皆指幽会而言。

[11]bearing-cloth，包裹初生婴儿赴教堂受洗时所用之斗篷。

第四幕

讲解人扮时间老人上[1]。

时间　　我讨少数人喜欢，使一切人受苦，
给好人以快乐，给坏人以恐怖。
我制造错误，也把错误洗清，
我名叫时间，我要展翅飞上一程。
莫要怪我一溜就是十六年，
把其间的经过略去不谈。
因为我能推翻法律，在我一小时间
我能把习俗建立并且把它推翻。
历史上尽管有什么古往今来，
我是依然故我，往来自在。
我看过往事重重的古代，
也要看看花样翻新的现在，

我要使现在的新鲜失掉光辉，
犹如我的故事现已变得陈腐无味。
如果诸位包涵，认为可行，
我就翻转沙漏，陈述新的剧情，
中间一段你们只当是睡觉一场。
且不提利昂蒂斯，为了愚蠢嫉妒而悲伤，
现在闭门思过，诸位看官，
想象我现在是在波希米亚流连。
国王有个儿子，你们还记得，
我现在告诉你们他名叫佛劳利泽。
赶快再说帕地塔，出落得如花似玉，
使得大家称赞，至于她以后的遭遇
我不便预言，等时间的消息到来，
大家自然就会明白。
牧人女及其一切，下面就有说明，
也正是时间所要描述的剧情。
如果更无聊的时间你们也曾度过，
那么就请你们也来欣赏我。
如果不曾度过，那么时间有一言奉告，
他诚恳希望你们不再这样无聊。〔下〕

第一景：波利克塞尼斯宫中一室

波利克塞尼斯与卡弥娄上。

波利克塞尼斯　好卡弥娄，我请你不要再坚持你的要求，拒绝你任何事情都是痛苦的，答应你这件事简直是要我的命。

卡弥娄　我离开我的本国已有十五年了，虽然我大部分时间是生活在国外，我仍愿埋骨故乡。并且我的主上，那位悔过的国王，叫我回去。对于他的沉痛的哀伤，我可能是个安慰，如果我可以这样大胆地妄想，这也是我急于回去之另一动机。

波利克塞尼斯　你既然爱我，卡弥娄，不要因现在离我而去，把你过去的功劳都一笔勾销。你太好了，使得我离不开你，宁愿当初不曾遇到你，也不愿现在没有你。你以往为我处理事务，非别人所能胜任，如今你只好留下继续为我办事，或是把你已经做的事都取消。如果你的功劳，我尚未充分考虑——怎样考虑也不嫌多——那么以后我要悉心研究如何再多报答你一些，其结果必定是我将从中得利，因为你将报我以更多的友善的行为[2]。讲到西西里亚那个要命的国家，请你再也不要提起，一提起来我就难过，不能不想到你所谓衷心忏悔的并且弃嫌言和的我的那位王兄。他损失了他的宝贵的王后和孩子，现在依然令人感伤。告诉我，你在什么时候看见我的儿子佛劳利泽王子的？做国王的人，看着自己的孩子们品行优良而一旦失去他们，固然不幸，但是如果发现自己的孩子们不孝，也是一样地不幸。

卡弥娄　陛下，我是在三天前看见王子的。他在做些什么比较有兴味的事，我不晓得，不过我很遗憾地注意到他近来不大在朝廷里，也不像从前那样热心于合乎王子身份的活动。

波利克塞尼斯　我也想到这种情形，卡弥娄，而且颇为忧虑，所以我已派人去调查他的活动。据报他是很少离开一个普通的牧羊人家，那个人据说是赤手起家，出乎他的邻居们的想象之外，居然变成家财万贯了。

卡弥娄　陛下，我也听说有这样一个人，他有一个风姿绝世的女儿。她的声名远播，想不到却是起源于这样的一间茅舍。

波利克塞尼斯　这也是我所得情报的一部分。我恐怕那就是引我的儿子上那里去的钓饵。你要陪我到那地方去，我要化装一下，和那牧羊人谈谈。他头脑简单，不难从他口中套出我儿子所以到那里去的缘故。请你就和我做个伴，把有关西西里亚的念头丢在一边吧。

卡弥娄　我愿遵命。

波利克塞尼斯　我的最好的卡弥娄！我们一定要化装起来。〔同下〕

第二景：同上。牧羊人茅舍附近一条路

欧陶利克斯上，唱。

水仙花刚刚开放，
嗨！带着妞儿在山谷间游行，
那是一年中最开心的时光，
因为在残冬中我们春意正浓。
篱笆上晒着白被单，
嗨！鸟儿歌唱得好响亮！
使得我一阵阵犯口馋，
一杯啤酒可以供奉国王[3]。

百灵鸟，滴溜滴溜地唱和，
嗨！嗨！还有画眉和樫鸟，
那便是我和我的娘儿们的夏日情歌，
当我们在稻草堆上睡倒。
我曾经伺候过佛劳利泽王子，当年我也曾穿过最好的丝绒，不过现在是没有差事了。

但是我曾为这悲伤吗，好人？
惨淡的月光在夜间照耀。
看我好像是在路上左右逡巡，
其实我走的是我的大道。

如果补锅匠带着猪皮囊，
可以获准到处去做生意，
我也可以声述我是属于这一行，
戴上枷也这样承认，决不闪避[4]。

我是经营被单生意的，鸢鹰筑巢的时候，注意你们的小件的麻布衣物[5]。我的父亲给我取名为欧陶利克斯[6]。他出生的时候，和我一样，水星照命，专门偷取别人不注意的一些小东西。为了骰子和娼妓，我落得这一身褴褛，我的生计是做小偷。拦路打劫要被拷打绞杀，那太严重，挨打上吊，我都怕。至于将来，我才不去管它。生意来啦！生意来啦！

乡下人上。

乡下人　让我想一想，每十一只阉羊出二十八磅羊毛；每二十八磅可得二十一先令；一千五百只羊剪下来的羊毛，共值几何？

欧陶利克斯　〔旁白〕如果网罗不出毛病，这只木鸡必定被我捉住。

乡下人　不用筹码我算不出来，让我算算看。为了我们剪羊毛宴会我要买些什么？三磅糖、五磅小葡萄干、米——我这妹妹要米做什么？但是我的父亲要她主持这次宴会，她手笔太大。她已经为剪羊毛的人和唱三部合唱曲的人，做了二十四枝花束，都是很好的人。不过大部分是唱中音和低音的，其中只有一个是清教徒，由角笛伴奏着唱圣诗。我一定要有一些番红花给梨饼染色。肉豆蔻、枣子——不要，这不在我的单子上——豆蔻仁，七颗，生姜一两根——这是可以向人讨取的——四磅乌梅，还有同样多的葡萄干。

欧陶利克斯　啊！我好苦啊！〔在地上匍匐〕

乡下人　哎呀好可怜！——

欧陶利克斯　啊！帮帮我，帮帮我！只消把这破衣服脱下来，然后再死，死！

乡下人　哎呀，可怜的人！你应该再多穿一些破衣服，不该把这些脱下去。

欧陶利克斯　啊，先生！这些破衣服比我所受的重重的、千万遍的鞭打还要使我难堪呢。

乡下人　哎呀，可怜的人！千万遍的鞭打是很不轻的。

欧陶利克斯　我是被抢了，先生，而且被打了。我的钱和衣服都被夺去了，给我穿上了这些可厌的东西。

乡下人　怎么，强盗是骑马的，还是徒步的？

欧陶利克斯　徒步的，好先生，徒步的。

乡下人　真的，看他给你留下的服装，就知道他必定是徒步的。如果这是骑马的人的衣服，必定是久经战阵的。伸过手来，我来帮助你，来，伸过手来。〔帮他起立〕

欧陶利克斯　啊！好先生，轻一点，啊！

乡下人　哎呀，可怜的人！

欧陶利克斯　啊！好先生，慢一点，好先生！我恐怕我的肩胛骨是脱臼了。

乡下人　怎么！站不起来啦？

欧陶利克斯　轻一些，亲爱的先生。〔摸他的衣袋〕好先生，轻一些。你对我行了一件善事。

乡下人　你需要钱吗？我可以给你一点钱。

欧陶利克斯　不，好先生，不，请不要，先生。我有一位亲戚，离这里不到四分之三英里，我是要去投奔他，到了那里我会有钱及一切我所需要的。不要给我钱，我求你！那会使我伤心。

乡下人　抢你的是什么样的人？

欧陶利克斯　那个人，先生，我知道是带着弹子戏的玩具[7]到处游荡的一个人。我知道他曾经做过王子的仆人。我不知道是为他的哪一宗德行，不过确确实实地是从宫里用鞭子抽出来了。

乡下人　你的意思是说他的罪过。德行不会被鞭打出宫的，他们重视德行，要它留在那里，可是只好短期停留。

欧陶利克斯　我是应该说罪过，先生。我和这人很熟，他后来做了一个耍猴子的，后来又做送传票的差人，后来他又办一个傀儡戏班表演浪子回头的故事，和我房地产一英里距离之内的一个补锅匠的妻子结了婚。混过了一连串的下流职业之后，他结果成为一个流氓，有些人唤他为欧陶利克斯。

乡下人　他真不成东西！是贼，我敢说，是贼。他专到市集、商场和斗熊场上去。

欧陶利克斯　很对，先生，就是他，先生，是他。就是这个流氓使我穿上这个服装。

乡下人　全波希米亚没有一个比他更怯懦的流氓，你只消装模作样地啐他一口，他就会逃跑。

欧陶利克斯　我必须对您实说，先生，我可不会打架，做那种事我横不起心来，这一点我相信他是知道的。

乡下人　你现在觉得怎样?

欧陶利克斯　好先生，比刚才好多了，能立起来走路了。我要向您告辞了，轻轻地走到我的亲戚家去。

乡下人　我来陪你一段路好不好?

欧陶利克斯　不，一团和气的先生，不，好先生。

乡下人　那么再会了，我要为我们剪羊毛的盛会去买些香料。

欧陶利克斯　愿您一切顺利，好先生！〔乡下人下〕你的钱口袋怕不够买香料的了。我还要参加你们的剪羊毛宴会呢。如果我不能从这一窃案再勾出另一窃案，如果不能使剪羊毛的人都变成其蠢如羊，请把我除名，把我的名字列在好人的簿上。

走啊，走啊，顺着小路走。
快快活活地跃过篱笆啊。
一颗快活的心可以整天走，
悲愁的心走上一英里就疲乏啊。〔下〕

第三景：同上。牧羊人茅舍前草地

佛劳利泽与帕地塔上。

佛劳利泽　你身上各部分所穿的不寻常的服装真是显着生气勃勃，简直不是牧羊女，而是在四月初出现的百花之神。你们这次剪羊毛好像是众神集会，你是其中的女王。

帕地塔　殿下，我若是责备您不该做这样古怪的事，那是我的不对。啊！请原谅，我还是要说出来。您自己，乃大众瞻仰的目标，竟隐没在乡巴佬的服装之下，而我呢，一个贫苦低贱的姑娘，竟装扮成为女神的样子。若非我们的宴会中每张桌上都在胡闹，而且客人都视为惯例，看您这样打扮我真要脸红，照镜子看看我自己，我会要晕倒。

佛劳利泽　我真感激那一天，我的那只好鹰飞过你父亲的土地[8]。

帕地塔　唉，愿天神给你感激的缘由！对于我，这阶级悬殊却引起了恐惧。你地位高，一向是无所恐惧。现在我还在战栗，生怕你的父亲会像你一样地偶然经过此地。啊，命运之神！看到他的这样高贵的儿子，打扮得这样低贱，他会露出什么样的神色？他会要说什么话？我摆弄着这一身借来的华丽的装束，又怎样面对他的一副庄严的面孔呢？

佛劳利泽　什么都不要怕，只是作乐好了。就是天神也会为了恋爱不惜屈尊化身为兽，朱匹特变作了牛，做牛鸣；碧绿的海龙王变作了一只羊，咩咩地叫；穿着火袍的金光灿烂的阿波罗变作了一个贫苦低贱的乡巴佬，像我现在这样。他们并非是为了更稀世的美人而做这样的变化，动机也不比我纯洁，因为我不把情欲放在名誉的前面，我的欲望也不比我的忠心更炽烈。

帕地塔　啊！但是，殿下，你的决心怕不能持久，因为无可避免的一定要遭受国王的反对。其结果将是显然地二者必居其一，不是你改变主张，便是我牺牲性命。

佛劳利泽　最亲爱的帕地塔，我请你不要用这些离奇的想法来扫这宴会的兴致。我或是做你的丈夫，或是干脆不做我父亲的儿子。因为如果我不能属于你，我也就不是我自己，更不能成为任何人的什么人。关于这一点我心已决。命运说不也无用。快乐吧，好人，用你眼前所见到的这些事物来扼杀那种种顾虑吧。你的客人们已经来了，抬起头来，就像是到了我们约定的举行婚礼那天一般。

帕地塔　啊命运之神，请你保佑我们！

佛劳利泽　看，你的客人来了，准备好好款待他们。我们要红光满面地尽情作乐。

牧羊人偕化装之波利克塞尼斯及卡弥娄上。乡下人、毛波萨、道尔卡斯及其他上。

牧羊人　哼，女儿！我的老婆活着的时候，到这一天她又是柜上，又是茶房，又是厨师；又是主妇，又是仆人；

欢迎大家，伺候大家，又要唱歌，又要跳舞；时而在这桌子的上首，时而在中间；一下子靠在他的肩头，一下子又靠在他的肩头；为了劳累和消乏的酒，脸上已经火红，但是她还要向每一位客人敬一点酒。你躲在一边，好像你是赴宴的客人，不是宴会的主妇。请你去向这些不熟识的朋友们表示欢迎，这才能使大家成为更好的朋友，更熟识。来，不要脸红，以女主人的身份和大家见面，来呀，表示欢迎我们来参加你这剪羊毛宴会，这样你的羊群就会繁殖。

帕地塔　〔向波利克塞尼斯〕先生，欢迎，我父亲要我今天担任主妇的职务。〔向卡弥娄〕欢迎，先生。把那些花给我，道尔卡斯。两位先生，这迷迭香和芸香是送给你们的。这些可以整冬天地保持原样和香味，愿你们二位永沐圣恩长毋相忘[9]。欢迎你们来到我们的剪羊毛宴会！

波利克塞尼斯　牧羊女——你是很漂亮的一个——你送给我们冬季的香花是很适合我们的年龄。

帕地塔　先生，一年已经过去大半，夏季尚未消逝，冬季尚未诞生，这季节之最美丽的花是康乃馨和一些人所谓天然杂种的斑纹石竹。那种花我们园里是没有的，而且我也不喜欢摘取。

波利克塞尼斯　小姐，你为什么不要那种花呢？

帕地塔　因为我听说那斑纹乃是人工配种，巧夺天工。

波利克塞尼斯　就算是吧。不过人力胜天，那人力也还是天生的，所以，你说人力胜天，天力还是在人力之上。你看，好小姐，我们把良种的嫩枝接种在野树的根株上面，使得贱种的树干生出良种的萌芽，这便是人力改善天工，也可以说是改变，不过这人力本身还是天工。

帕地塔　确是如此。

波利克塞尼斯　那么在你的园里多栽些石竹，不要叫它作杂种。

帕地塔　我不愿在地下挖一铁锹去栽一株石竹，犹如我在擦了脂粉的时候并不愿这位青年来说我擦得好，于是一心一意地想和我结婚。这些花是给你们的，浓馥的欧薄荷、薄荷、香薄荷、唇形薄荷，还有晚上和太阳同时去睡，早上又流着泪和太阳同时起来的金盏草。这都是仲夏的花，我想这是应该送给中年人的。我很欢迎你们来。

卡弥娄　如果我是你的一只羊，我会停止吃草，只靠凝视着你就可以维持生活。

帕地塔　瞎讲，哎呀！你会瘦得一阵寒风就要把你吹个透穿。现在，我的最美的情郎，我希望我有一些春天的花，可以和你的青春相配，以及枝头高挂含苞未放的蓓蕾。啊普洛塞苹娜[10]！我希望能有你惊慌中从狄斯车上遗落下来的花儿！在燕子尚未归来的时候以美貌迷醉了三月的和风之水仙花；颜色沉暗但是比鸠诺的眼睑或维诺斯的呼吸还要香甜的紫罗兰；像薄命女郎之常受打击，尚未受到强烈的阳光孕育之前就枯萎而死的樱草;挺拔的莲香花和贝母，各种的百合花，鸢尾花是其中之一。啊！我没有这些花给你扎花圈，也不能给我的好朋友混身上下地洒！

佛劳利泽　怎么！像对付一具死尸似的?

帕地塔　不，像是给情人们偃卧嬉戏用的花茵，不是像一具死尸。如果是像，也不是要去埋葬它，而是要在我的怀抱中复苏。来，拿去你的花。我好像是在扮演五月皇后，就像是我看见过的他们在圣灵降临节所表演的那样，我这件袍子必是把我的性格都改变了。

佛劳利泽　无论你做什么，现在做的总比以前做的更要好。你说话的时候，亲爱的，我愿你永远说下去。你唱歌的时候，我愿你在买卖的时候也这样唱，施舍的时候也这样唱，祈祷的时候也这样唱，管家事的时候也这样唱。你跳舞的时候，我愿你是海上的波浪，只是不住地翻滚，永远地在动，永远地这样动，不做任何别的事。你每做一件事，无不精妙绝伦，使得你当时所作所为成为登峰造极，你的所有的举动都有皇后一般的风度。

帕地塔　啊道利克利斯[11]！你赞美得太过了，若不是你年纪轻，脸上透露着天真的红晕，显示着你是一个纯洁的牧羊人，我的道利克利斯，我要以为你是在用甜言蜜语来引诱我呢。

佛劳利泽　你没有理由怀疑我，我也无意要你怀疑。来吧，我们跳舞吧，我请你。伸出你的手，我的帕地塔，斑鸠就是这样地成双作对，永不分离。

帕地塔　我愿为它们发誓作证。

波利克塞尼斯　这是草原上最漂亮的一位平民小姑娘。她的行为、仪态都有超乎她的身份的一点意味，其高贵和这地方不相称。

卡弥娄　他对她说了些什么话，使得她脸绯红。真的，她是挤奶女工当中的皇后。

乡下人　来，奏乐。

道尔卡斯　毛波萨一定会做你的舞伴。哼，含一瓣大蒜，等她和你亲嘴的时候气味可以好一点。

毛波萨　哼，你还能说出什么好话！

乡下人　别再说了，别再说了。我们要规规矩矩地来，奏乐吧。〔音乐。牧羊人与牧羊女等跳舞〕

波利克塞尼斯　请问，好牧人，和你的女儿跳舞的是哪一个漂亮小伙子？

牧羊人　他们唤他作道利克利斯，他们说他夸称拥有广大的牧场，不过我是听他亲口说的，我相信他的话，他像是诚实的样子。他说他爱我的女儿，我也这样相信。因为他站在那里对着我的女儿看，好像是要从她眼睛里研究出一点什么来，月亮凝视着水面的时候都没有这样坚定，老实说，要想从他们亲嘴的情形里分辨谁比谁的爱情更深一些那是不可能的。

波利克塞尼斯　她跳得很美妙。

牧羊人　她做什么都是很美妙的，虽然这话不该由我来说。如果年轻的道利克利斯真能娶到她，她会给他带来他所梦想不到的好处。

一仆上。

仆　啊主人！如果您听听门口的小贩，您就不会再配着鼓声笛声跳舞了。不，风笛也不能引动您的兴致。他唱了好几支曲子，比您数钱还快，他唱得烂熟，好像他把歌曲早已吞在肚里一般，大家的耳朵都和他的歌声黏在一起了。

乡下人　他来得正是时候，让他进来。歌谣我是太喜欢了，如果是个悲惨的故事而编得快乐，或是一个快乐的玩意儿而唱得凄凉。

仆　他有给男男女女唱的各种各样的歌。卖妇女用品的小贩为顾客选配手套都不及他之善于适应听众，他有最美丽的情歌给小姐们听，一点也不粗野，真是怪事。有好优美的歌谣的叠句[12]，“摔倒她，捣烂她”。恐怕有些嘴里不干净的家伙要开个玩笑，插进一段淫词，他就用那姑娘的口吻唱起“喂，别害我，好人儿[13]”。把他摆脱开了，唱一声“喂，别害我，好人儿”就把他岔开了。

波利克塞尼斯　这家伙真不错。

乡下人　请相信我的话，你说的这个人是个很会耍花样的家伙。他可有什么新鲜的货色？

仆　他有彩虹上各种颜色的缎带，有波希米亚所有的律师一齐来也处理不了的那么多条的裤带[14]、线带、毛线带、细葛布、薄麻布。唉，他唱着他的货色的名称，好像是神仙或女神一般。你会觉得一件女衬衣像是一位女性天使，他把袖口和胸前的绣活都唱出来了。

乡下人　请你带他进来，让他一路唱着进来。

帕地塔　预先警告他不可在歌词里带脏字眼儿。〔仆下〕

乡下人　这些小贩们，其中有些个颇有你所想不到的本领呢，小妹妹。

帕地塔　是的，好哥哥，我根本不屑去想。

欧陶利克斯唱着上。

雪一样白的细麻纱，
黑细纱黑得像乌鸦。
手套带着玫瑰香气，
遮脸的、遮鼻的，各种面具。
黑宝石的镯子、项链的玛瑙、
闺房里使用的各种香料。
金饰的帽子和小背心，
诸位可以买去送情人。
别针、钢铁做的小熨斗，
小姐们从头到脚应有尽有。
来买啊，来。来买，来买哟。
男士们，来买，否则小姐要哭喽。
来买哟。

乡下人　如果我不是爱上了毛波萨，你休想能赚到我的钱。我既然做了爱情的奴隶，也只好买一点缎带手套了。

毛波萨　你曾答应给我买这些东西准备在宴会时用，现在还不算太迟。

道尔卡斯　他会答应给你买更多的东西，否则他就是说谎。

毛波萨　他答应你的全都给过你了。也许他多给了你一点，你觉得难为情，怕要退还给他哩。

乡下人　姑娘们之间没有一点礼貌了吗？她们在抛头露面的时候也可以穿着衬裙吗？在挤牛奶的时候、睡觉的时候，或是在烘炉旁边，不能谈你们的秘密，而必须当着我们的客人面前嘀嘀咕咕吗？现在她们交头接耳地小声谈起来了。止住你们的舌头，别再多说。

毛波萨　我说完了。好，你答应过送我一条丝围巾和一双薰香的手套。

乡下人　我没告诉你吗，我在路上被骗，把钱全丢了？

欧陶利克斯　真是的，先生，外面有很多骗子，所以大家该小心才是。

乡下人　你倒是不需担心，你在这里不会有任何损失。

欧陶利克斯　但愿如此，先生。因为我随身携带不少值钱的小包包。

乡下人　你有些什么？歌谣？

毛波萨　请你买几个吧！我很喜欢印出来的歌谣，因为印出来之后我们就可以确知那都是一些真事。

欧陶利克斯　这是调子很悲惨的一支歌，讲的是一个放高利贷的老婆一胎生出了二十个钱口袋。她想吃蛇头和斩碎了的蛤蟆肉。

毛波萨　你认为这也是真的吗？

欧陶利克斯　很真，只是一个月前的事。

道尔卡斯　天保佑我可别嫁给一个放高利贷的！

欧陶利克斯　这里有接生婆的姓名为证，是一位长舌夫人，还有五六位当时在场的诚实妇人。我为什么要散布谣言呢？

毛波萨　请你就买它吧。

乡下人　好，把它放在一旁。我们先多看一些歌谣，我们还要买别的东西呢。

欧陶利克斯　这又是一支歌，是四月十八日星期三于水面上四万英寻的海岸上出现的那一条鱼所唱的歌，它对着硬心肠的姑娘们唱着这支歌，据说这鱼原是个女子，变成了一条冰凉的鱼，因为她不肯对爱她的一个人献出她的肉体。这支歌是很凄凉的，并且是千真万确的。

道尔卡斯　你认为这也是真的吗?

欧陶利克斯　这事经过五位法官的手，证人多到我的包袱都装不下。

乡下人　也把这个放在一旁，再来一个。

欧陶利克斯　这是一支快乐的歌，可是很美。

毛波萨　我们要些快乐的。

欧陶利克斯　噫，这就是很快乐的一支，用的是“两个姑娘争一个男人”的调子。西方这一带几乎没有一个姑娘不会唱它，很受欢迎呢，我告诉你说。

毛波萨　我们两个都会唱它。如果你也来担任一角，我们就唱给你听。里面一共有三个角色。

道尔卡斯　一个月前我们就学会这个调子了。

欧陶利克斯　我可以担任一角。你们要知道这是我的本行，你们听我唱起来了。

你去吧，因为我必须走，
到哪里不便向你透露。

道尔卡斯　到哪里?

毛波萨　啊！到哪里?

道尔卡斯　到哪里?

毛波萨　你曾有过誓约在先，
你的秘密应该对我明言。

道尔卡斯　我也要去，让我也到那里去。

毛波萨　你或是到农庄，或是到磨坊。

道尔卡斯　无论到哪里，都不是好地方。

欧陶利克斯　都不是。

道尔卡斯　怎么，都不是。

欧陶利克斯　都不是。

道尔卡斯　你曾发誓做我的情郎。

毛波萨　你对我发誓更多几场:
你到哪里去? 说你到哪里去?

乡下人　我们几个人唱完这支歌儿，我的父亲和两位大人正在商谈正经事，我们不必打扰他们。来，提着你的包袱跟我来。姑娘们，我要给你们两位买。小贩，让我们先来挑选。跟我来，小姐们。〔偕道尔卡斯与毛波萨下〕

欧陶利克斯　你们可要付大价钱啊。
要不要买花边，
镶你们的小披肩，
我的小乖乖，亲爱的人儿?
要不要丝线、棉线，
以及为头上打扮

顶新式的顶美丽的小零碎儿？
来照顾小贩。
钱财最方便，
它发售所有的好玩意儿。〔下〕

仆又上。

仆　主人，有三个赶车的、三个牧羊的、三个放牛的、三个养猪的，都披着羊皮衣。自称是什么山羊怪[15]。他们在跳舞，姑娘们说那是杂乱无章的蹦跳，因为她们并未参加在内，可是他们自己却认为——如果除了滚木球以外便毫无所知的高雅人士不以为那是太粗野——那是很有趣味的。

牧羊人　走开！我们不要那种玩意儿，这里的粗野的玩意儿已经够多了。我知道，先生，我们已经使您厌烦了。

波利克塞尼斯　你们是使得那些想来娱乐我们的人厌烦了。让我们看看那些三人一组的四组牧人吧。

仆　其中有一组三个人，据他们自己说，曾经在国王面前跳舞过。三个当中最坏的一个也能跳到十二英尺半之高。

牧羊人　不要瞎扯了。这些好人既然高兴，就教他们进来吧，但是要快。

仆　哎，他们在门口等着呢，先生。〔下〕

仆又上，率着十二个扮作山羊怪神的乡下人。跳舞，舞毕同下。

波利克塞尼斯　〔向牧羊人〕啊，老者，关于那件事[16]你以后会有更多的消息。〔向卡弥娄〕我们是不是做得太过分了？现在该把他们两个分开了。他很单纯，把心里的话都说出来了。〔向佛劳利泽〕喂，漂亮的牧羊人！你心里必是有事，宴会都无心参加了，老实讲，我年轻的时候，和你一样地进行恋爱，我常拿一些小玩意儿送给我的她。我会把小贩所有的丝绸翻过，恨不得一股脑儿请她赏收，你却让他走了，一点什么也没买。如果你的小姐错会了意，认为这是你缺乏爱情或是不够慷慨，那么你便很难于自解，如果你还想使她快乐。

佛劳利泽　老先生，这些都是不关重要的东西，我知道她并不重视。她期望于我的礼物是锁藏在我心里的，我已经答应给她，只是尚未送过去。啊！这位老公公好像从前也是恋爱过的，听我当着他的面诉说我的衷情吧！我抓着你的手，这手，像鸽子的绒毛一般软，也有那样的白，也可说是白似非洲人的牙，或是北风簸筛过两次的雪。

波利克塞尼斯　还有什么下文？那只手本来已经很白，这年轻的乡下人好像是还想要把它洗得更白！我打断你的话了，你继续你的倾诉吧！让我听听你有什么说的。

佛劳利泽　请听着，并且为我做个见证。

波利克塞尼斯　还有我旁边的这一位？

佛劳利泽　有他，不仅是有他，还有一切的人，以及天地万物，均可为我做见证。如果我贵为国王，而且当之无愧，如果我是最能令人瞩目的美俊少年，而且才智过人，我都要认为是一无是处，假若得不到她的爱，我只能为了她而使用这一切。我奉献一切为她效劳，否则我就诅咒一切令它们自趋毁灭。

波利克塞尼斯　这个愿许得好。

卡弥娄　这表示一股坚贞的爱。

牧羊人　但是，我的女儿，你对他也有同样的话说吗?

帕地塔　我不能说得这样好，没有这样好的话可说。不，也不想说得更好。以我的纯洁的心地做榜样，我可以剪裁出他的心地的光明。

牧羊人　握手吧，这就算是约定了。还有，不相识的朋友们，你们也来做个见证，我把我的女儿给了他，并且我要使得她的妆奁和他的财产相当。

佛劳利泽　啊！那一定是指你的女儿的品德而言了。有一个人故世之后，我拥有的财富将非你所能梦想得到的，那时节将够你诧异的。但是，来吧，当着这些证人面前给我们订婚吧。

牧羊人　来，伸出你的手。女儿，你的手。

波利克塞尼斯　且慢，小伙子，我请问你。你有父亲吗?

佛劳利泽　我有，但是有他什么事呢?

波利克塞尼斯　他知道这桩事不?

佛劳利泽　他不知道，我也不会让他知道。

波利克塞尼斯　我觉得一个做父亲的，在他的儿子订婚的时候，乃是最能使筵席生色的来宾。我再请问，你的父亲是否昏聩得不能照顾他自己的事情?他是否年老糊涂，风湿瘫痪？他能说话吗？能听吗？还认识人吗？还能谈论他的财产状况吗？是不是卧床不起了？是不是除了做些孩子气的事之外什么都不做了？

佛劳利泽　不，好先生。他很健康，比像他那样年纪的大多数的人都要强壮一些。

波利克塞尼斯　凭我这一把白胡子我可以说，果真如此，你对你的父亲有一些不孝。我的儿子为他自己选择一个妻子，那是合理的，但是做父亲的除了指望子孙兴旺之外没有什么乐趣可言——对于这样的大事想参加一点意见，那也是合理的。

佛劳利泽　这个我全承认。但是为了一些别的不便奉告的理由，我没有让我的父亲知道此事。

波利克塞尼斯　让他知道吧。

佛劳利泽　不能让他知道。

波利克塞尼斯　请你让他知道。

佛劳利泽　不，一定不能让他知道。

牧羊人　让他知道吧，孩子。他知道了你所选中的对象，他也不会不满意的。

佛劳利泽　好了，好了，一定不能让他知道。看我们订婚吧。

波利克塞尼斯　看你们离散，年轻人，〔露出他的真面目〕我不敢喊你作儿子，你太卑鄙，我不能认你作儿子，你是一位王子，居然爱上了一个牧羊女！你这个老逆贼，我很抱歉，如果我把你绞死，我也只能缩短你一星期的寿命。还有你，年轻貌美的小妖精，你一定知道你所遭遇的对方是个贵族身份的大傻瓜——

牧羊人　啊，我的心！

波利克塞尼斯　我要用荆棘划破你的面容，使你的面孔比你的身份还要低贱。至于你，糊涂的孩子，如果我知道你为了不能再见这贱货而发出一声叹息——我是有意永远不准你再见她——我就让你不得继承王位，不认你是我的骨血，不，不算是我的一家人，纵然追溯到洪水时代。记住我的话。跟我到宫里去。你，蠢货，虽然惹我大为生气，这一回我饶你过去。还有你，迷人精——你很配得过一个牧羊人。是的，你也很配得过他，其实除了我的家世的名誉以外他是配不上你的——以后如果你再为他轻启柴扉，或是再和他拥抱，我要创造一个你这娇弱的身躯所能忍受的顶残酷的死法。〔下〕

帕地塔　这里一切都完了！我并不很怕。因为有一两次我几乎冲口而出，想对他明说，照耀着他的宫廷的那个太阳也同样地照耀着我们的茅屋，并不掩面而过。您请走好不好？我告诉过你这事将有什么结果。我请你好好地保住你自己的地位，我的这一场梦——现已大梦初醒，不再做王后之想，只要去挤着羊奶暗暗地哭泣。

卡弥娄　噫，怎么了，老者！未死之前说句话呀。

牧羊人　我不能说话，也不能想，更不敢知道我所知道的事。啊，先生！你害了一位八十三岁的老人，我只想安安静静地进入坟墓，是的，在我父亲死在上面的那张床上死去，埋在他的灵骨旁边。但是现在只好请剑子手为我覆盖殓衣，下葬时也将没有牧师往里面铲土[17]。啊该死的东西！你明知他是王子，还要胆敢和他谈情说爱。完了！完了！如果我能在这个钟头之内死，我就认为死得正是时候。〔下〕

佛劳利泽　你为什么这样望着我？我只是遗憾，并不怕，遭遇阻碍，但未变初衷。我从前什么样，现在依然是那个样子。越往后牵我，我越往前拽，不能甘心地让人拉着走。

卡弥娄　我的好殿下，您知道您的父亲的脾气，在这个时候他不准人说话，我想您也不想对他说话，并且我恐怕现在他也必不肯见您。所以在他盛怒未息之前，不必去见他吧。

佛劳利泽　我不想见他。你是，卡弥娄？

卡弥娄　正是，殿下。

帕地塔　我告诉过你多少次，事情会闹到这个地步！我说过多少次，事情一败露，我便无法维持体面！

佛劳利泽　除非我变了心，你的体面不会失掉。到了那一天就让造物主把地球挤扁，捏碎了里面的种子吧！抬起你的脸，废除我的继承权，父亲。我是我的爱情的继承人。

卡弥娄　不可鲁莽。

佛劳利泽　我并未鲁莽，我是听从我的爱情。如果我的理性服从爱情的指挥，我还是一个有理性的人，否则，我的情感是比较喜欢疯狂的，也正不妨疯狂一阵。

卡弥娄　这简直是铤而走险，殿下。

佛劳利泽　可以这样说。如果这样可以实现我的誓约，我就认为是正当的。卡弥娄，就是把整个的波希米亚给了我，以及从中可以取得的一切荣华都给了我，甚至于太阳所照临、大地所孕育、海洋深不可测处所蕴藏的一切也都给了我，我也不肯破坏我对这位美貌情人所做的誓约。所以，我求你，你一向是我父亲最敬重的朋友，当他发现我已经出走了的时候——因为老实说我不打算再见他——请你好好向他劝解一番，让我以后和命运去挣扎吧。我可以告诉你，你也可以报告他，我既然在陆上不能占有她，我要带她到海外去。恰好合于我们的需要，附近停着一艘船，不过不是准备做这用的。至于我想要到哪里去，你知道了也没有用，我也不想告诉你。

卡弥娄　啊殿下！我愿您有较温和的性格，接受别人的劝告，或是较坚强的性格，适应您的需要。

佛劳利泽　听我说，帕地塔。〔拉她到一边〕〔向卡弥娄〕我等一下再和你谈。

卡弥娄　他是不听劝，决计要逃亡。如果我能利用他的逃亡，使它对我自己有益，并且救他脱险，对他也算尽了一番敬爱之意，重见亲爱的西西里亚和我所渴望一见的我的主上那不幸的国王，那我可就太快活了。

佛劳利泽　好卡弥娄，我有好多麻烦的事情要解决，所以失礼了。

卡弥娄　殿下，我想您听说过我过去为了忠于您的父王而尽过一点绵薄吧?

佛劳利泽　你的功劳很大。谈起你的功劳，他便心神畅快，他很费了一番心机想要给你适当的报酬。

卡弥娄　好，殿下，如果您认为我敬爱国王，并且因为他的缘故而也敬爱和他最亲近的人，那就是您自己，请接受我的劝告，您的重大的、坚决的计划若是尚可修改的话，我以我的名誉为誓，我可以指点你在什么地方你会受到适当的款待；在什么地方你可以享受你的爱人——我看出来了你和她是无法拆散的，除非是你遭遇毁灭，而这是上天不准的——你可以和她结婚。在你走后我可以尽全力劝解你那不满意的父亲，使他认可。

佛劳利泽　卡弥娄，这简直是像奇迹，如何能办得到呢？我需要唤你作超人，然后才能信赖你。

卡弥娄　你可曾想起你愿到什么地方去吗？

佛劳利泽　还没有想起。意料不到的突发事件使得我们采取鲁莽的行动，所以我们承认一切听从命运，随便到什么方向去飘荡。

卡弥娄　那么听我说。是这样的，如果你不改变主意，决计逃亡，到西西里亚去吧，到了那里和你的美丽的妃子——我觉得她一定是一位美丽的妃子——就可以谒见利昂蒂斯，要把她打扮得像是你的床头人。我想象中可以看到利昂蒂斯伸出他宽宏大量的胳膊，哭着表示欢迎，求你这个做儿子的宽恕，把你当作你的父亲一般看待；吻你的年轻貌美的妃子的手；一遍一遍地分头述说他过去的残酷和他现在的善意——对于前者他极力诅咒，对于后者他愿迅速滋长。

佛劳利泽　好卡弥娄，我访问他可有什么借口呢?

卡弥娄　作为你的父王派遣你去问候请安的。殿下，你如何应付他，以及你代表你父亲说些什么话，我们三个人之间所知道的事，我都要给你写下来。每次觐见时你该说些什么，我都有指点，好让他相信你所说的都是你父亲的肺腑之言。

佛劳利泽　我很感谢你。你说的颇有道理。

卡弥娄　这是一条比较有希望的路，胜似仓皇投身于浩瀚的海洋、茫茫的异土、必然的苦痛；没有任何指望，除了度过一场灾难之后会再来一场；一切都不安定，都比不上你的铁锚，铁锚如果能把你系牢在一个你所厌恶的地方那就算是尽了最大的功能[18]。并且你也晓得，事业成功乃是爱情的保障，困苦会改变爱情的鲜艳的容貌和它的心。

帕地塔　其中有一件是对的，我想困苦可以征服容貌，但是不能征服心。

卡弥娄　是的，你真这样说吗?你父亲家里再过若干年也不能再生出像你这样的一个人。

佛劳利泽　我的好卡弥娄，她的教养之高雅，正有如她的出身之寒微。

卡弥娄　她没受过教育，我以为不必加以惋惜，因为比起大部分的好为人师的人，她才像是一位教师呢。

帕地塔　对不起，大人，我只好红着脸来谢谢您的夸奖。

佛劳利泽　我的最美丽的帕地塔！但是唉！我们的处境充满了荆棘。卡弥娄，你救了我父亲于前，现在又救了我，你是我们家庭的良医，我们以后将怎么办呢？我的服装不像是波希米亚国王的儿子，到了西西里亚也还是不像。

卡弥娄　殿下，不必担心。我想您知道我的全部财产在那里，我会设法使您穿得富丽堂皇，好像您要演的这一场戏是我自己在那里扮演。为了证明，殿下，让你知道你将来不会缺乏什么的，过来说句话。〔在一边谈话〕

欧陶利克斯上。

欧陶利克斯　哈，哈！“诚实”是何等的傻瓜！他的盟兄弟“信赖”简直是一个蠢材！我的小玩意儿全卖掉了：没有剩下一块假宝石，没有剩下一根缎带、镜子、香球、别针、笔记簿、歌谣、小刀、花边、手套、鞋带、手镯、牛角戒指，我的包里只好空着肚皮挨饿。他们挤着抢先购买，好像我的小玩意儿都是些神圣的纪念品，使购者可以得福，因此我就看出了谁的钱包最值得一摸。我所看到的，我记在心里留备后用。我的那位乡巴佬——他头脑不大清楚，好像是缺点什么——对于女孩子们的歌曲喜欢得不得了，他的两只蹄子站在那边寸步不移，好像要把歌词歌调全都唱得上口才行，于是其余的人都被引到了我的身边，他们一味地竖着耳朵倾听，别的感官全失灵了。

你可以在衬裙上偷一把，它毫无感觉；把男人裤裆上的荷包剪了下来也易如反掌，我可以把挂在链子上的钥匙锉下来。谁也听不见，谁也不感觉，只是听着我的那位大爷唱歌，欣赏其中的废话连篇，于是，在这沉迷的时间，我连扒带剪，把他们大部分的参加盛会的钱口袋都给偷光了。如果不是那老头子一阵叫嚣地来骂他的女儿和国王的儿子，把啄糠的蠢鸟吓散，我会使得全军的钱袋无一生还。〔卡弥娄、佛劳利泽与帕地塔走向前来〕

卡弥娄　不，用这方法我的信可以和您同时到达，便可解释那个疑团了。

佛劳利泽　你从国王利昂蒂斯那边要来的信件——

卡弥娄　可以使得你的父亲心回意转。

帕地塔　多谢你了！你所说的都是好办法。

卡弥娄　〔看见欧陶利克斯〕这是谁呀？我们要利用这个人，对我们有益的事不可放过。

欧陶利克斯　〔旁白〕若是他们偷听到我方才说的话，哼，我就要被绞死了。

卡弥娄　怎么了，好伙伴！为什么这样抖？不要怕，你这个人，这里没有人害你。

欧陶利克斯　我是一个穷人，先生。

卡弥娄　噫，你可以永远地穷。这里没有人想偷你的穷，不过，你的外表的一副穷相，我们倒要和你交易一下。立刻把你的衣服脱下来——你要知道这是非如此不可——和这位先生交换服装，虽然在价值上他一方面已经吃了大亏，可是你拿去吧，这里还额外有一点钱。

欧陶利克斯　我是个穷人，先生。〔旁白〕我知道你们这一套。

卡弥娄　喂，请你，赶快。这位先生已经剥了一半。

欧陶利克斯　你们可是当真吗，先生？〔旁白〕我觉出你们捣的是什么鬼。

佛劳利泽　赶快，我请你。

欧陶利克斯　老实讲，我已经得到一笔钱，但是我很不好意思接受。

卡弥娄　解扣子，解扣子——〔佛劳利泽与欧陶利克斯交换服装〕

幸运的小姐——让我的预言完全实现吧——你须要先到一个树丛里躲避一下。拿着你的爱人的帽子盖住你的前额，遮住你的脸，脱下你的衣服，尽力改变你的本来的仪表，以便安然上船不被别人发现，因为我担心有人在暗中监视。

帕地塔　我看这出戏的样子，我是必须扮演一个角色了。

卡弥娄　无可避免。你完事了吗？

佛劳利泽　如果我现在遇到我的父亲，他不会喊我作儿子。

卡弥娄　不，你不可以戴帽子。〔递给帕地塔〕来，小姐，来。再会，我的朋友。

欧陶利克斯　再会，先生。

佛劳利泽　啊，帕地塔，我们两个忘了一件事！请你来说一句话。〔二人在一旁会谈〕

卡弥娄　〔旁白〕下一桩事我要做的便是向国王报告这一逃亡

事件，并且说明他们是逃向什么地方，希望能因此逼他追赶前去，我陪着他可以去再见西西里亚，我是像馋嘴孕妇一般渴望见见西西里亚。

佛劳利泽　愿幸运维护我们！我们就到海边上去了，卡弥娄。

卡弥娄　越快走越好。〔佛劳利泽、帕地塔与卡弥娄同下〕

欧陶利克斯　我知道是怎么回事了，我听见了。眼明、耳快、手灵，这是一个扒手所必须具备的。一只好鼻子也是必备的，以便为其他的感官嗅出工作来。我觉得现在正是坏人得志的时候。就是没有额外给钱，这笔交易是多么合算！交易之外还有这一大笔钱！显然是，今年天神特别纵容我们，我们可以无须事先策划就去做任何事情。王子都在做着一桩罪恶的事，脚上拖着累赘物偷偷地逃离他的父亲。我就是明知把这件事报告国王乃是正直的事，我也不愿去做。我认为隐密不报才是更缺德的勾当，更合于我的这一行职业。我且躲开，我且躲开。这里又来了一宗令人动脑筋的事。每一街头巷尾、每一家店铺、教堂、法庭、刑场，都给一个勤快的人以工作的机会。

乡下人与牧羊人又上。

乡下人　看，看，你现在可有多么尴尬！没有别的办法，只好告诉国王她是个拾来的孩子，不是你的亲生骨肉。

牧羊人　不，你听我说。

乡下人　不，你听我说。

牧羊人　那么，你说。

乡下人　她既不是你的亲生骨肉，那么你的骨肉即不曾开罪国王，你的骨肉也就不会被他惩罚。把你在她身边发现的东西都拿出来，那些秘密的东西，除了她随身的财物之外，全拿出来。这么一做之后，在法律上便全无干系了，我可以担保。

牧羊人　我要把一切告诉国王，一字不漏，包括他的儿子的胡闹。我可以说，他对他的父亲和对我都不老实，竟想把我做成国王的亲家。

乡下人　是的，最疏远也可以成为他的亲家，那时节我不知道你的每一两血要贵多少钱呢。

欧陶利克斯　〔旁白〕很聪明，傻瓜们!

牧羊人　好，我们去见国王，这包袱里有点东西，可以使得他捋胡子。

欧陶利克斯　〔旁白〕我不知道这一番告诉对于我的主人[19]的逃走有什么妨碍。

乡下人　希望他在宫里。

欧陶利克斯　〔旁白〕我虽然不是天生地诚实，偶然也有时候是诚实的。让我把小贩胡子收起来。〔取下他的假须〕怎么，乡下人！你们到哪里去?

牧羊人　宫里去，大人。

欧陶利克斯　你们到那里有什么事?找什么人?那包袱里装有什么东西?你们住在何处?你们的姓名?年龄?有什么家产?什么出身?以及任何应该声明的事项，都照实说吧。

乡下人　我们只是寻常老百姓，先生。

欧陶利克斯　胡说！你们是一身野相，满脸胡须。不用对我说谎。做买卖的人才最爱说谎，常常对我们军人说谎，可是我们为了他们的谎言而把钱币给他们，并不用钢刀戳死他们，所以他们不能算是对我们说谎。

乡下人　您倒是几乎对我们说了谎，如果您没有当场抓到您自己说谎。

牧羊人　如果您高兴告诉我，先生，您可是一位朝廷上的官？

欧陶利克斯　我高兴也好，不高兴也好，我是朝廷上的官。看我这身衣服，你还看不出官气十足吗？我走路的姿态不带官派的架势吗？你从我身上闻不出官的味道吗？对于你的低贱的身份我不是表示出官家的鄙夷了吗？你以为，只因我婉转打听你的事情，我便不是官了吗？我是官，从头到脚都是，在朝廷上可以给你们帮忙，也可以给你们办事，所以我命令你们把你们的事情公开告诉我。

牧羊人　我的事情，先生，是要去见国王。

欧陶利克斯　你对他有什么孝敬？

牧羊人　我不懂，先生。

乡下人　孝敬是一个官场用语，就是一只山鸡。就说你没有。

牧羊人　没有，先生。我没有山鸡，公的母的都没有。

欧陶利克斯　我们不是糊涂人，实在太幸运了！可是上天很可能把我造成和他们一样，所以我不可藐视他们。

乡下人　这人一定是一位大官。

牧羊人　他的衣服很华丽，但是他穿起来不很体面[20]。

乡下人　他怪里怪气的，格外显着高贵，一位大人物，我敢担保。看他剔牙的样子我就知道[21]。

欧陶利克斯　那边那个包袱呢？包袱里面是什么？那箱子又是做什么的？

牧羊人　先生，那包袱和箱子里面藏有秘密，除了国王之外任何人都不可以知道。我如果能见到他，他立刻就可以知道。

欧陶利克斯　老头子，你的辛苦是白费了。

牧羊人　为什么，先生？

欧陶利克斯　国王不在宫里，他登上一艘新船去遣闷兜风去了。如果你也懂得正经事，你便一定知道国王心里是充满了苦闷的。

牧羊人　听说是这样，先生，是关于他的儿子想要和一个牧人的女儿结婚。

欧陶利克斯　如果那牧人现在还没有捉进监牢，他最好赶快逃，他所要受到的责骂，他所要尝到的苦刑，会把一个人的脊背压断，会把一个妖精的心弄碎的。

乡下人　您这样想吗，先生？

欧陶利克斯　大吃苦头惨遭报复的将不只是他一个人。凡是和他有亲戚关系的，纵然隔着五十层，都不免要受绞刑，这固然是太残酷些，但是必要的。一个看羊的老头子，居然想让他的女儿来高攀！有人说他该用石头砸死，我觉得一死还是太便宜了他。把我们的国王的宝座拖进了羊棚！死多少回都嫌不够，最惨的死法还嫌太轻。

乡下人　这老头子可曾有过一个儿子，先生，您听说过吗，您知道吗，先生？

欧陶利克斯　他有一个儿子，该活剥皮，然后涂上蜜，放在蜂巢的上面，然后站着直到四分之三挂零变成死人，然后用酒或一些别种热的饮料使他苏醒过来，然后拣历书上预告最热的一天，他鲜赤赤的一身肉，让他靠着一垛砖墙，太阳从南方直晒着他，看着他让苍蝇在身上下卵而慢慢死去。可是我们谈起这些叛逆的恶棍做什么呢，他们罪大恶极，他们吃些苦头不是正好令人一笑吗？告诉我——因为你们好像是诚实的平民——你们见国王有什么事。如果你们对我表示一点好意，我可以带你们到他的船上，引你们去见他，为你们说句好话。如果除掉国王之外还有人能够实现你们的请求，此人就在面前。

乡下人　他好像是有很大的权势，就和他接头，给他金子。权势是一只顽强的熊，但是金子也可以牵着他的鼻子走。把你的钱袋的内容放在他的手掌的外面，不要再麻烦了。记住，“用石头砸死”，“活剥皮”！

牧羊人　先生，如果你肯为我们办这桩事，这就是我所有的金子。我可以再给您这么多，我去给您取，留这年轻人在这里做抵押。

欧陶利克斯　在我实现了我的诺言之后？

牧羊人　是的，先生。

欧陶利克斯　好，先给我一半。这件事你也有份吗？

乡下人　有一点关系，先生。虽然我的处境[22]很可怜，我希望不至于把我给剥了出去。

欧陶利克斯　啊！那是牧人的儿子的处境，应该绞死他，给别人做个榜样。

乡下人　好令人安心的话！我们一定要去见国王，把这些奇怪的东西给他看。一定要让他知道她不是你的女儿，也不是我的妹妹，否则我们就算完蛋了。先生，事情做完之前我会和这老头子一样送你一样多的金子，在金子拿来之前我给您做抵押。

欧陶利克斯　我相信你们。先向海边走去，向右转，我要到那边去解个手，随后就来。

乡下人　我们运气好，碰上了这个人，我可以说是运气好。

牧羊人　我们照他的吩咐先走吧。是上天派他来帮助我们的。〔牧人与乡下人同下〕

欧陶利克斯　如果我想诚实一下，我看命运之神也不会准我。她把赃往我嘴里送。她给我双重的机会，金子和给我的主人王子效劳的方法，由此我能得多少好处，谁能知道？我要把这两只瞎眼的田鼠送到他的船上。如果他认为宜于放他们回到岸上，并且他们对国王的陈诉与他无关，那么就让他因我多管闲事而骂我为坏蛋吧！因为那个名称以及和那名称有关的耻辱都不能伤害到我。我要引他们去见他，也许有点什么好处。〔下〕

注释

[1] 前三幕情节紧凑，且富悲剧气氛，至此故事中断，第三幕与第四幕之间剧情中断十六年之久，帕地塔长大成人，利昂蒂斯深自忏悔，自第四幕起剧情缓和，且富抒情气氛，故第三幕与第四幕之间需要一个交代，时间老人如神一般自天而降，作为过渡的桥梁。但讲解人这一段韵语，生硬粗浅，与全剧其他部分颇不相侔，故一般评者多疑其非出莎氏手笔。

[2] 原文"and my profit therein,the heaping friendships. "意义不明。所谓 heaping friendships 应依新剑桥本解作: the heaping up of your friendly offices.。

[3] 见白被单顿起贼念，因偷得被单可以买酒。啤酒为无上饮料，虽供奉国王亦无愧色也。

[4] 原文" If tinkers may have leave to live..." 据 Deighton 释意为:"If such fellows as tinkers are allowed to live and to wander about the country carrying with them their leathern sack (in which are their tools) and freely plying their trade, then there is no reason why I should not give an account of my occupation,or openly avow it when put in stocks. "。但 *New Clarendon Shakespeare* 另为解释:"So long as tinkers are allowed to go around,carrying their tools in their pouch, I shall be able to give an account of myself (saying that I am a tinker) and affirm it when I am put in the stocks. "。事实上补锅匠、小贩、小偷均属一类。两种解释均可。

[5] 自承专偷大件被单，但小件麻布衣物亦顺手偷取也。鸢鹰常抓取零星碎布以为筑巢之用，故云。

[6]Autolycus ，希腊神话中 Mercury 之子，善偷窃。

[7] 原文“trol-my-dames”系一种弹子戏，与现代之 bagatelle 近似，妇女喜玩之。

[8] 按 Greene 的故事，Dorastus 于放鹰行猎时偶然与 Fawnia 相遇，后遂相爱。

[9] 迷迭香（rosemary）亦名 herb of grace，表示“忏悔”之意，故云“永沐圣恩”。芸香（rue）象征“意念”，亦即“友谊”之意，故云“长毋相忘”。

[10] 普洛塞苹娜（Proserpina）在采花时被冥府之王 Dis（Pluto）劫去为后，惊慌中将花遗落。

[11]Doricles 是佛劳利泽之假名。

[12] 原文“delicate burthens of dildos and fadings”大意是歌谣之优美的叠句，但 dildos and fadings 的意义难以确解。新剑桥本解云:“Dildo,lit. the phallus. The word is often found in ballad refrains.”“Fading,‘with a fading’= the refrain of a popular song of an indecent character.”。

[13] 一首古歌谣的名称，亦是此歌之叠句。

[14] points 双关语:（一）将裤子系在紧身衣上之带子;（二）法律上的困难点。

[15]Saltiers 是 Satyrs 之误读，Satyrs 是希腊神话中半人半羊的森林之神。

[16]“那件事”何所指，我们不知道。可能是指帕地塔与佛劳利泽之亲昵。

[17]“爱德华六世改革葬礼之前，习惯由牧师向尸身投土，做十字形，然后洒以圣水。”（Singer）

[18] 新剑桥本注云:“即使是最破败的国土，也比出去航海为佳。含蓄地暗示海洋汽船时代以前海上航行之苦难也。”

[19] 指佛劳利泽，欧自认他为他的主人。

[20] 此处莎氏显然有误。欧陶利克斯穿的是和佛劳利泽换来的衣服，而佛劳利泽原是化装为牧人的，故欧陶利克斯不可能是穿着朝服的。

[21] 牙签是约于一六〇〇年从意大利传入的，游历过大陆的人之时髦标志也。

[22] 原文“case”双关语:（一）情况，处境;（二）皮。

第五幕

第一景：西西里亚。利昂蒂斯宫中一室

利昂蒂斯、克利奥摩尼斯、戴昂、鲍利娜及其他上。

克利奥摩尼斯　陛下，你做得已经很够了，已经像圣徒一般地忏悔了，你不可能有什么尚未赎过的罪愆。老实讲，为了你所犯的过错你已经付出了太多的忏悔。到了最后，你要像上天一样地做，忘记你的罪过吧，同时也宽赦你自己吧。

利昂蒂斯　我一想到她和她的美德，便不能忘记我的过错，于是也永远地想着我对我自己所加的伤害，这伤害可太大了，我的国家的大统断了继嗣，毁灭了一个最能使人希望获得幸福的最可爱的伴侣。

鲍利娜　对，太对了，陛下。如果您和所有的女人一个一个

地都结了婚，或是从活着的每一个女人采取一项优点来造一个完美的女性，您所杀死的那个她仍是天下无双的。

利昂蒂斯　我也这样想。杀死！她是我杀死的！我是杀了她，但是你说我杀了她，实在太令我难受了。你口头的这一句话和我心头的想法是一样地令人难堪。好，以后不可常常这样说。

克利奥摩尼斯　永远别再说了，夫人。合时宜的话，更能表示你的好意的话，你尽管说千句万句也无妨。

鲍利娜　你是希望他再娶的一个。

戴昂　如果你不这样希望，你是不为国家设想，不考虑他的后嗣。你也不想一想，如果他后继无人，这国家和一般彷徨失措的人们将要遭遇何等的危险。希望从前的王后能在地下安眠，有什么事能比这更神圣？为了使国王的心神恢复，为了目前的安慰和将来的益处，给国王的床头再觅致一位如意的伴侣又有什么事比这更为神圣？

鲍利娜　和死去的那一位比较起来，没有一个人是合格的。况且，天神们也决心要实现他们的秘密的意旨，神圣的阿波罗不是在神谕里已经说过了吗，利昂蒂斯国王在遗弃的孩子被寻回之前没有后嗣？要想把孩子寻回来乃是完全不合常情的事，犹之乎我的安提哥诺斯裂开他的坟墓再回到我身边一般，我相信他是和那婴儿一齐死掉了。你主张国王反抗上天，逆着上天的意旨而行。〔向利昂蒂斯〕不要关切后嗣，王冠会有人承继的。伟大的亚力山大把他的王冠传给了最有功劳的人，所以他的继承人大概也就是最贤德的人。

利昂蒂斯　好鲍利娜，我知道，你是在怀念赫迈欧尼的风范。啊！我早听你的劝告就好了！那么就是到如今，我依然可以面对着我的王后的一双满盈的眼睛，从她的嘴唇上汲取甘露——

鲍利娜　那嘴唇供你享用之后会变得内容格外充实。

利昂蒂斯　你说得对，不可能再有这样的妻子，所以，我不要再娶。娶一个不如她的女人，给以较好的待遇，会要使得她的灵魂重新附在肉体上，满怀幽愤地回到世上来——我们现在是罪人了——对我们说："为什么这样侮辱我？"

鲍利娜　她如果能有这种力量，她是很有理的。

利昂蒂斯　她有理，而且会激起我去杀死我所娶的那个人。

鲍利娜　我会这样做，如果我是那个阴魂不散的鬼，我会要你看看她的眼睛，告诉我你看中了她的眼睛上哪一黯淡无光的部分，然后我凄厉地一叫，你的耳朵听了会震裂，随后我要说的话便是"记住我的眼睛吧"。

利昂蒂斯　那是星，星！其他的眼睛全是乌煤。不要怕我再娶，我不会再娶的，鲍利娜。

鲍利娜　您可愿意发誓，不得我的许可永不再娶？

利昂蒂斯　永不，鲍利娜。这样我的灵魂可以得福！

鲍利娜　那么，诸位大人，请为他的发誓做个见证。

克利奥摩尼斯　你试探他太过分了。

鲍利娜　除非他能遇见一个人，像赫迈欧尼的肖像一般地像赫迈欧尼。

克利奥摩尼斯　好夫人——

鲍利娜　我说完了。不过，如果国王要再娶——如果您要，陛下，那也没有办法，只好由您再娶——请由我给您选一位王后，她可不能像先前那一位那么年轻，不过她的模样呢，就是您的前妻的鬼灵出现，看了她偎在您的怀里也会高兴。

利昂蒂斯　我的忠实的鲍利娜，你不教我再娶我决不娶。

鲍利娜　那需要等到您的前妻复活，否则休想。

一侍从上。

侍从　有一个人自称佛劳利泽王子，波利克塞尼斯之子，带着他的妃子——她是我从未见过地那样美——想要谒见陛下。

利昂蒂斯　他带了什么人？他来得不合于他的父亲的气派，这样地缺乏排场，又这样地仓促，我看不是预先安排好的访问，而是由于意外的需要。都带了些什么人？

侍从　很少，而且都很猥琐的样子。

利昂蒂斯　你是说，他的妃子和他一起来了？

侍从　是的，是阳光照耀下的前所未有的举世无双的尤物。

鲍利娜　啊赫迈欧尼！“现今”总是自夸比实际较好的“过去”为优，所以你这个墓中人现在也只好对眼前人让步了。先生，你自己曾经说过并且曾经写过——

可是如今你的笔调比你所歌颂的墓中人还要冷——“她在过去未来都是无与伦比的”。你曾经这样歌颂过她的美貌，你现在又说看到了一个更美的人，像潮水一般退得太快了。

侍从　请原谅，夫人。那一位我几乎忘了——请原谅我——这一位，你亲眼见过之后也要赞不绝口。像她这样的人儿，如果创立一个教派，会把其他教派的人的热诚扑灭，她要谁信奉她，谁就会做她的信徒。

鲍利娜　怎么！女人们不会追随她吧？

侍从　女人们也会爱她，因为她比任何男人更伟大，男人们爱她，因为她是女人当中最出类拔萃的。

利昂蒂斯　去，克利奥摩尼斯。你自己，由你的高贵的朋友们陪同着，去引他们来接受我的款待。总还是件怪事，〔克利奥摩尼斯、贵族等，及侍从下〕他这样偷偷地来见我。

鲍利娜　如果我们的王子——孩子中的珍宝——现在还活着，他和这位王子正好是一对，他们俩的生日相差不到一个月。

利昂蒂斯　请你，不要再说了。住嘴！你知道，一提起他来，等于是要我再看着他死一回那样地难过。你这一番话一定会在我见到这位来宾的时候勾起往事，使我激动得发狂。他们来了。

克利奥摩尼斯与佛劳利泽、帕地塔及其他又上。

你的母亲是个忠贞的女人，王子，因为她在为你怀孕的时候简直是把你父王的影像给印下来了。但愿我只有二十一岁，你的相貌酷似你的父亲，神情一模一样，我就可以叫你一声老弟，像我从前叫他一般。谈谈我们从前一起做的荒唐事。极度欢迎！还有你，美丽的妃子——仙子！啊，哎呀！我失去了一对人儿，本可以挺立于霄壤之间令万人景仰，像你们这一对似的，然后又完全由于我自己的愚蠢，失去了你的英勇的父亲的友谊，我虽然现在生活很苦，还是愿意熬下去能有一天和他再见一面。

佛劳利泽　是奉了他的命令我才到西西里亚这儿来的。他让我转致一个国王对他的弟兄所能表达的问候之意，若非因为年老多病，使得他力不从心，他会亲自跋涉前来拜望于你，他对你的敬爱——他让我这样说——是远超过一切现存的拥有王权的人。

利昂蒂斯　啊，我的老弟！——真是君子——我对不起你的事又重新使我内心惭愧了，你这样地盛意殷勤愈发显得我疏于问候！欢迎你来，犹如大地之欢迎春天。他居然也让这位绝世美人冒着海上风波之险，至少是旅途劳顿，来探望一个她不值得一看的人，尤其是不值得冒性命之险来一看的人。

佛劳利泽　好陛下，她是从利比亚来的[1]。

利昂蒂斯　就是那英勇的斯梅勒斯受人敬畏的那个地方吗？

佛劳利泽　陛下，是从那里来的，她就是他的女儿，临别时他洒的眼泪可以说明她是他的女儿。从那里动身——

一路南风吹送——我们渡过了海，执行我父亲交付我的使命，前来拜谒陛下。我的大部分的侍从人员在西西里亚海岸上我已遣去，他们正在向波希米亚驶去，去传报我不但在利比亚获得成功，而且我和贱内业已平安到达此地。

利昂蒂斯　愿天神在你们在此作客的期间把空气扫除干净！你有一位善良的父亲，他是高尚的君子。他为人如此贤良，而我却对他犯下了罪行，因此上天震怒，使我没有子嗣。你的父亲获得了你，这也是他应得的上天的善报。如果我眼前也有一儿一女，像你们这样的璧人一双，我该有多么幸福！

贵族上。

贵族　陛下，如果不是证据就在眼前，我所要报告的消息怕难以令人置信。波希米亚国王亲自教我向您致意，请您逮捕他的儿子，因为他放弃了他的地位和责任，带着一个牧人之女逃开了他的父亲，舍弃了他的前途。

利昂蒂斯　波希米亚国王在哪里？你说。

贵族　就是您这城里，我刚从他那里来。我说话有些慌张，这是因为我心里惊异而且负有使命的缘故。在他匆匆向您宫廷赶来的时候——好像是在追赶这一对漂亮的人儿——他在路上遇到了这位冒充大家小姐的父亲和哥哥，他们两个都和这位年轻的王子一起逃离了家乡。

佛劳利泽　卡弥娄把我出卖了，他的忠贞一直是禁得起一切考验的。

贵族　你可以这样谴责他，他现在正陪着你的父王。

利昂蒂斯　谁？卡弥娄？

贵族　卡弥娄，陛下。我和他谈过了，他现在正在盘问那两个穷人。我从未见过可怜的人们这样地抖颤。他们跪下，头着地，一开口便咒骂自己。波希米亚国王充耳不闻，威吓着他们要使用各种酷刑把他们处死。

帕地塔　啊我的可怜的父亲！是上天差遣间谍追踪我们，不准我们缔结良缘。

利昂蒂斯　你们结婚了吗？

佛劳利泽　我们尚未结婚，陛下，恐怕也不得结婚了。我看星辰会先照耀山谷，厄运来临的时候是不分高低的。

利昂蒂斯　殿下，她是一位国王的女儿吗？

佛劳利泽　她一旦成为我的妻子，便是一位国王的女儿了。

利昂蒂斯　我看你父亲这样急急地赶来，那“一旦”怕要来得很慢。我很抱憾，非常抱憾，你本该曲尽为子之道，如今竟失了他的欢心，并且我也很抱憾，你选择的对象其门第不及她的美貌，怕不好与她结合。

佛劳利泽　亲爱的，抬起头来，虽然命运女神显然是和我们作对，和我父亲在一起追赶我们，但是她毫无力量改变我们的爱。陛下，我请您回忆一下，当初和我同样年纪的时候，想一想这种恋爱的滋味，请您挺身出来为我说句话吧！在您的请求之下，我的父亲会把顶宝贵的东西当作琐屑的事物一般地答允给你的。

利昂蒂斯　果真如此，我要向他要求你这位宝贝娘子，他一定也会认为是琐屑的事物。

鲍利娜　陛下，您的眼睛里的青春之力未免太多了，在您的王后死前不到一个月的期间，她是更值得受您这样注视的。

利昂蒂斯　我就是在如今注视之际想到了她。〔向佛劳利泽〕我还没有回答你的请求。我要去见你的父亲，如果你的愿望不致破坏你的荣誉，我可以帮助你达成你的愿望。我负着这个使命现在就去见他。跟着我来，看我如何进行，来，殿下。〔同下〕

第二景：同上。王宫前

欧陶利克斯及一侍从上。

欧陶利克斯　请问，先生，讲说这段故事的时候您可在场吗?

侍从　打开包袱的时候我在那里，听到那老牧人讲说如何发现它的，随后，一阵惊讶过后，我们全都奉命退出到宫殿外面。我只听到牧人说，是他发现那孩子的。

欧陶利克斯　我极愿知道下文如何。

侍从　　我只能断断续续地叙说这件事，不过我看出国王和卡弥娄脸上全是诧异的表情，他们面面相觑，好像几乎要把眼珠从眼眶里瞪出来，他们的静默当中有对话，他们的姿势当中有语言。他们的脸色好像是他们听到了一个世界获救或是一个世界毁灭的消息，他们显然是流露出惊讶的表情。不过最聪明的观察者，如果不知表里，只是从旁观看，就无法确说究竟有是欢喜的还是悲哀的含义。总之一定是极端的欢喜或悲哀。

又一侍从上。

又来了一位先生，他也许知道得多些。有什么消息。罗哲娄？

侍从乙　　都是些值得庆祝的事，神谕已经应验了，国王的女儿已经找到了。这一小时之内发生了好多的新奇的事儿，编歌谣的人怕无法形容得出来[2]。

侍从丙上。

鲍利娜夫人的管家来了，他可以告诉你更多的消息。情形如何了，先生？这一桩真实的消息太像是荒诞不经的故事，实在很难令人置信。国王是否找到了他的后嗣？

侍从丙　　如果证据可以说明真相，这是千真万确的事。你所听到的你可以说全都亲眼看到了，证据都完全相符，王后赫迈欧尼的袍子，套在孩子颈上的她的宝石，和孩子在一起被发现的安提哥诺斯的信件，他们说是他的亲笔所写。这孩子神态尊严，酷似乃母，她的高贵的气质不像是小户人家所能培养出来的，还有许多别的证据可以确实认定她是国王的女儿。你看到两位国王的相会了吗？

侍从乙　没有。

侍从丙　那么你可错过了一场只可目睹不可言传的景象。你可以看到一场场的欢乐层出不绝，而且那欢乐的样子，好像是悲哀都哭着离开他们而去，因为他们的欢乐是和眼泪混在一起的。瞪大了眼睛，举起了手，脸上充满了惊慌狂喜的样子，以至于要辨认他们只能靠服装而不能靠面貌。我们的国王，为了找到他的女儿而狂喜忘形，乐极生悲，大叫“啊，你的母亲呀，你的母亲呀！”，然后就向波希米亚国王求饶，然后拥抱他的女婿，然后又搂着他的女儿不放，最后又感谢那个老牧人，他站在一旁像是历经好几个朝代饱经风霜的喷水池里的一尊雕像。我从没听说过这样的一场聚会。令人无法报道，难以形容。

侍从乙　请问你，把孩子带走的安提哥诺斯以后如何了？

侍从丙　也像是个荒诞不经的故事一般，含有可供谈助的情节，虽然没有人相信，更没人爱听。他被一只熊撕碎了，牧人的儿子这样说，他的老实的样子可以证明他不是扯谎，而且有一条手帕、几个戒指都经过鲍利娜的指认。

侍从甲　他的船和他的随从人等以后如何了？

侍从丙　就在他们的主人死的时候触礁覆灭了，牧人亲眼看见的，所以协助把那孩子抛弃的经手人员们，就在孩子被人发现的时候全都殉难了。但是，啊！鲍利娜心里有好一场的悲喜交战。她的一只眼睛因为死了丈夫而哀毁下垂，另一只眼睛因为神谕应验了而欣然昂举。她把公主抱了起来，紧紧地拥抱着，好像是要她钉在她的心上，生怕再丢掉她。

侍从甲　这一幕戏伟大庄严，值得令帝王王子们观赏，因为扮演的人也正是这样的人。

侍从丙　其中最动人的穿插之一，钓我的眼睛的一景——钓出来的是水不是鱼——便是说到王后之如何死去的时候——由国王勇敢地招供并加痛悼，他的女儿细心聆听是多么地难过。她的痛苦的表情步步加深，最后“啊呀！”一声，我几乎可以说，迸出了血泪，因为我敢说我的心是在淌着泪血呢。最硬心肠的人也变色了，有些个晕倒了，大家全都哀痛。如果全世界的人看到这景象，悲哀会弥满了整个宇宙。

侍从甲　他们回到宫中去了吗？

侍从丙　没有。公主听说鲍利娜保有她母亲的一座雕像，是意大利那位杰出的大师朱利欧·罗马诺新近完成的[3]。如果他有造物者不朽的天才以及使作品栩栩欲活的本领，他就会抢造物者的生意，他好善于模仿她，他雕刻的赫迈欧尼就像是赫迈欧尼一般，据说一个人可以和她说话并且站在那里等着她回答。他们都满怀着热望到那里去了，并且预备在那里用晚饭。

侍从乙　我早就想到她在那里必定在做些什么重大的事情，因为自从赫迈欧尼死后，她每天总有两三回要独自到那遥远的屋里去。我们也到那里去给大家凑凑热闹吧？

侍从甲　能有机会去谁不愿意去？一眨眼的工夫，就有新的好事发生。我们不去将使我们孤陋寡闻。我们去吧。〔侍从等同下〕

欧陶利克斯　如果我过去的生活不是有一点不大体面，富贵会逼上我的头来。我带了这老头子和他的儿子到王子船上去的，我告诉他我听到他们谈起一个包袱，可是我不知道究竟是怎么回事，不过他在那个时候，太爱那个牧人的女儿了——那时候他是认定她为牧人的女儿——她晕船很厉害，他自己晕得稍好一些，恶劣的天气继续不止，这秘密一直就没有揭露。不过这对于我没有什么关系，因为纵然这秘密是由我发现，我也不见得能受大家的赏识，因为我有太多的别的劣迹。这儿来了两个我并非本愿地给了好处的人，已经是衣着焕然一新得意扬扬的样子了。

牧人及乡下人上。

牧人　来，孩子，我是不能再生儿育女了，可是你的儿子和女儿将来生下便具有乡绅的身份了。

乡下人　你来得正好，先生。那一天你拒绝和我打斗，因为我没有乡绅的身份，你看见我这身衣裳了吗？你说，你看不见，还以为我没有乡绅的身份，你最好是说，这些衣服不能表明乡绅的身份。你骂我扯谎，骂吧，然后你试试看我有没有乡绅的身份。

欧陶利克斯　我晓得你现在是乡绅了，先生。

乡下人　我至少做了四小时的乡绅了。

牧人　我也是，孩子。

乡下人　你诚然是，不过我是在我父亲之前先具有乡绅身份的：因为国王的儿子握着我的手喊我作内兄，然后两位国王才喊父母作亲家，然后我的妹婿王子和我的妹妹公主才喊我的父亲作父亲，于是我们哭了。那是我们第一遭洒出了乡绅的眼泪。

牧人　儿子，我们可以活下去洒更多这样的泪呢。

乡下人　是的，否则便是运气太坏，我们现在处境很顺了[4]。

欧陶利克斯　我请求您，先生，原谅我过去对您所犯的错误，请您在王子面前为我说句好话。

牧人　就这样做吧，儿子，因为我们是乡绅了，必须放大方些。

乡下人　你愿改过吗?

欧陶利克斯　是的，少爷。

乡下人　伸过你的手来，我要向王子发誓说你是波希米亚最诚实不过的人。

牧人　你可以这样说，但不可发誓。

乡下人　不可发誓，只因现在我是乡绅? 让那些庄稼汉自耕农去说吧，我是要发誓的。

牧人　假如那是虚伪的呢，儿子?

乡下人　无论那是多么虚伪，一个真正的乡绅为了朋友的利益是可以发誓的。我要对王子发誓，你是敢动手的好汉，你不爱纵酒，但是我知道你不是能动手的好汉，而且你爱纵酒，但是我还是要发誓，并且我愿你是一个能动手的好汉。

欧陶利克斯　我要尽量做这样的一个人，先生。

乡下人　是的，无论如何要做一条好汉。你既不是好汉，而又敢纵酒，我若是不觉得奇怪，你不用信任我。听！国王王子们，我们的亲戚，是正要去看王后的雕像。来，跟我们来，我们一定会做你的好主人。〔同下〕

第三景：同上。鲍利娜家中祈祷室

利昂蒂斯、波利克塞尼斯、佛劳利泽、帕地塔、卡弥娄、鲍利娜、贵族等及侍从等上。

利昂蒂斯　啊庄严善良的鲍利娜，你给了我好大的安慰！

鲍利娜　陛下，凡是我做事不力的地方，我都已尽了我的心。我的所有的效劳之处，您已经充分报偿了，倒是您陪同您的王弟和这一对继承大统的王储光临敝舍，这是您的额外的恩典，我毕生难以报答。

利昂蒂斯　啊鲍利娜！我来打搅你了，不过我来是为看我的王后的雕像的，你的陈列室我已巡视一遭，内有许多珍品我甚为激赏，但是我的女儿特别来瞻仰的对象，她的母亲的雕像，我并未见到。

鲍利娜　她活着的时候是举世无双的，我相信她死后的遗像也要胜过你所看到过的人手所能制造的一切，因此我把它单独放在另外一处。就在这里，准备观看一件活人的仿制品，其惟妙惟肖有如睡眠之模仿死亡，看吧！总得说做得好吧。〔鲍利娜拉开幕幔，露出了赫迈欧尼，做雕像状〕我喜欢你们的沉默，这更能表示你们的惊讶，但是还得说话，您先说，陛下，是不是很像?

利昂蒂斯　正是她特有的姿势！亲爱的石像，骂我吧，好让我说你就是赫迈欧尼。或是换句话说，正因为你不骂我，你就是她，因为她总是像婴儿像天使一般地温柔。不过，鲍利娜，赫迈欧尼脸上没有那么多皱纹，不像这样地老。

波利克塞尼斯　啊！老得不多。

鲍利娜　这格外表现出雕刻师的高明，他放过了十六年，按照她现在还活着的样子把她刻画出来。

利昂蒂斯　现在她本可以还活着，给我安慰，现在却死了，令我痛心。啊！我当初向她求婚的时候，她就是这样地站着，就是这样地庄严而温暖，如今却冷冷地站在那里。我很惭愧。石头是不是在骂我比石头还冷酷？啊高贵的作品！你的威严当中有一股魅力，唤起了我的罪行，令我回忆，并且夺去了你的惊异的女儿的魂魄，像石头一般站在你的旁边。

帕地塔　请准许我，不要说这是迷信，我要跪下去求她祝福。夫人，亲爱的王后，我才出生你就死了，把你的手给我吻吧。

鲍利娜　啊，且慢！这雕像是新涂上颜色的，油彩还不曾干。

卡弥娄　陛下，您的悲苦是太浓厚了，十六个冬天都吹刮不散，同样多的夏天都晒不干，任何快乐也不能维持这样久，悲苦之情没有不更快地自行消灭的。

波利克塞尼斯　我的亲爱的老兄，此事由我而起，让我取去你的一部分愁苦由我来分担吧。

鲍利娜　老实讲，陛下，如果我想到这无足轻重的雕像会使您如此激动，因为这石像是我的，我就不会给您看了。

利昂蒂斯　不要拉上幕幔。

鲍利娜　您不可再看了，否则您迷惘之中会以为它要动弹了。

利昂蒂斯　别拉，别拉！我的的确确觉得它已经在——是什么人制作的这具雕像？看，老弟，你不认为它是在呼吸，那些脉管里真有血液吗？

波利克塞尼斯　真是高手的杰作。她的嘴唇上好像是有温暖的生命。

利昂蒂斯　她的固定的眼睛在转动，好像是我们被艺术骗了。

鲍利娜　我要拉上幕幔，陛下看得出神，会以为它将变成为活人。

利昂蒂斯　啊亲爱的鲍利娜！就让我这样痴想二十年吧！全世界的清醒的头脑也比不上这一阵疯狂的乐趣。不要动。

鲍利娜　我很抱歉，陛下，我使您激动到这地步，不过我可以使您更进一步地痛苦。

利昂蒂斯　使我再痛苦吧，鲍利娜，因为这种痛苦和任何药物的慰藉都一样地甜蜜。我还是觉得她口里在吐气，什么精美的凿子能雕刻出气息？我不怕人笑我，我要去吻她。

鲍利娜　好陛下，不可以。她嘴唇上的红颜色还是湿的。你若是去吻，会把它弄坏，把油彩沾在你自己的唇上。我可以拉上幕幔了吧？

利昂蒂斯　不，等二十年也不要拉。

帕地塔　我也可以站在旁边看上二十年。

鲍利娜　不要这样，立刻离开这祈祷室，否则准备接受更多的惊异吧。如果你们敢看，我可以令这石像动，甚至走下来，和你们握手，不过到那时候你们要以为——我是不承认的——我有邪术相助。

利昂蒂斯　你能让她做，我都愿意看；你能让她说的，我都愿意听。如果能让她动，让她讲话也就不难。

鲍利娜　你们必须唤醒你们的信仰。然后，全都肃立。谁要认为我要做的是不法的行为，他们可以离去。

利昂蒂斯　进行吧。谁也不许动。

鲍利娜　奏乐，唤醒她！奏乐！〔音乐〕到时候了，下来，不要再是石头了！走过来，让观看你的人们大吃一惊。来，我要把你的坟墓填起来了，动弹吧！不，走过来！把你的僵硬交给死亡之神，因为你已经从死亡中被救活了。你们看她动弹了！〔赫迈欧尼走了下来〕不要惊怕，我已经说过我的魔术并非邪道，她的行动也都是一样地纯良。在她再死以前不要躲避她，因为你若是躲避她便等于是你再杀死她一回。不，伸出你的手，她年轻的时候你向她求爱，现在老了，她反倒变成求婚者了吗？

利昂蒂斯　〔拥抱她〕啊！她是温暖的。如果这是魔术，让它成为和吃东西一样合法的一门学问吧。

波利克塞尼斯　她拥抱他了。

卡弥娄　她搂着他的脖子。如果她是活的，让她说话吧。

波利克塞尼斯　对，让她说明她一向是在哪里活的，或是怎样从死里逃生的。

鲍利娜　她是活着的，如果由我来告诉你们，一定要被斥为荒诞不经之谈，不过她显然是活着的，虽然她尚未说话。请看一会儿吧。请你走过去，小姐，跪下去求你母亲祝福吧。转过来，夫人，我们的帕地塔已经找到了。〔介绍帕地塔，跪于赫迈欧尼面前〕

赫迈欧尼　天神哟，请向下看，把你们的福泽从你们的圣瓶里倾倒出来洒在我的女儿头上吧！告诉我，我的孩子，你是在什么地方保住了性命？住在哪里？怎样找到了你父亲的宫廷？你要知道，我听鲍利娜说起神谕提到你有生存之望，我这才偷生下去，盼着看看结果。

鲍利娜　以后有的是工夫来谈这些。我怕在这时候大家都各有一段话要讲，反倒要搅扰了你们的快乐的心情。全都走吧，你们全都是胜利者，你们的欢乐是人人有份的。我呢，一只老斑鸠，只好自行飞上一个枯树枝，在那里哀悼我那永不再能找回的老伴，直到我死去为止。

利昂蒂斯　啊！不要说了，鲍利娜。我得到你的允许再娶一个妻，你也应该得到我的允许再嫁一个丈夫，这是我们发誓约定的。你已经给我找到了妻子，但是怎样找到的，我还要追问，因为我以为我是亲眼看见她死去的，在她坟上白白地吊祭过好多次。我给你找一个体面的丈夫是无须远求的，因为他的心意我已晓得了几分。来，卡弥娄，握起她的手。他的德行人品是众所周知的，我们两个国王可以证明。我们离开这地方吧。怎么！你要看看我这位老弟呀，我恳求你们二位的饶恕，我对于你们的纯洁的面貌加上了邪恶的猜疑。这是你的女婿，这位国王的儿子，由于天意的安排已经和你的女儿缔了婚约。好鲍利娜，引导我们去吧，找地方慢慢地畅叙这样长期别离之中各人的经历。赶快领我们去吧。〔同下〕

注释

[1] 这是卡弥娄替他编造的故事。

[2] 当时无新闻纸，编歌谣的人随时搜集各地珍闻编为歌曲在乡里贩卖。

[3] Julio Ramano 是意大利名画家，生于一四九二年，卒于一五四六年，

是 Raphael 的弟子，莎士比亚在此处引用他的名字，显然是时代错误。罗马诺亦曾有雕刻及建筑方面之作品。此处提起罗马诺的作品系在雕像上新加油彩者，这是当时习惯，以求雕像之格外生动。

[4] 原文“preposterous”是乡下人口中错字，应是 prosperous。

暴风雨

The Tempest

序

一　著作年代

《暴风雨》无疑地是莎士比亚晚年最后作品之一。《暴风雨》没有四开本行世，最初的版本就是在一六二三年对折本的全集里。技术的圆熟、文字的老练、声调的自然，以及全剧之静穆严肃的气息，很明显地表示这戏必是莎士比亚的思想艺术臻于烂熟时的作品。但是此剧究竟是哪一年著作的呢？各家的学说很不一致，佛奈斯的新集注本所汇集起来的各家的考释占有密排小字三十四页之多，其各家论断的结果大致如下：

Hunter，1598.

Knight，1602 or 1603.

Dyce、Staunton，after 1603.

Elze，1604.

Verplanck，1609.

Heraud、Fleay、Furnivall，1610.

Malone、Steevens、Collier、W. W. Lloyd、Halliwell Grant White、(ed. i)、Keightley、Rev. John Hunter、W. A. Wright Stokes、

Hudson、A. W. Ward、D. Morris，1610–1611.

Chalmers、Tieck、Garnett，1613.

Holt，1614.

Capell (?)、Farmer、Skottowe、Campbell、Bathurst、the Cowden-Clarkes、Philipcotts、Grant White (ed. ii)、Deighton，a late or latest play.

如从多数论断，大概此剧作于一六一〇及一六一一年间比较地最近于事实。

为确定此剧之著作年代，只有一项绝对可靠的外证。那就是宫廷的娱乐记录，一六一一年十一月一日王家剧团在白宫哲姆斯一世御前上演此剧，一六一三年二月间同一剧团又在宫中为了庆祝伊利沙白公主结婚大典再度上演此剧。此外的各种证据，都是内证，并且都不免是臆测。

二　故事的来源

《暴风雨》的故事来源是不易确定的。

汤姆士·瓦顿（Thomas Warton）在他的《英诗史》卷三（一七八一年版）里的一个脚注里曾记载着，据诗人考林斯（Collins）说，《暴风雨》乃是根据一篇浪漫故事《奥瑞理欧与伊萨白拉》（*Aurelio and Isabella*）而写成的，这故事曾在一五八六年以意大利文、法文、英文三种本子编为一册刊行，在一五八八年复以意大利文、西班牙文、法文、英文四种本子编为一册刊行。考林斯在晚年是个疯子。奥瑞理欧的故事，近已被人发现，其内容与《暴风雨》并不相符。故此说似不能成立。

提克（Tieck）在他的德国戏剧（*Deutsches Theater*，1817）里首先提出《暴风雨》与一篇德国戏剧《美貌的西地亚》（*Die Schöne Sidea*）的关系。这篇德文戏是Jocob Ayrer所作的一个很粗陋冗长的东西，他是在一六〇五年死的。在剧情方面讲，这两出戏相同的地方固然很多，不同的地方也很不少，所以两剧之间有关系是不成问题的，但是我们怎么能确定哪一篇是抄袭的呢？在一六〇四年与一六〇六年有英国剧团到德国去献艺，也许他们把《暴风雨》或类似《暴风雨》的故事带到了德国因而影响了德国的戏剧作家，也许他们把《美貌的西地亚》或类似《美貌的西地亚》的故事带回了英国因而影响了莎士比亚。也许，如提克所曾暗示，两出戏有一个共同的来源。

此外，有些批评家看出了Antonio de Esclava所作的*Las noches de invierno*里的一篇故事（一六〇九年刊于马德里）、Thomas所作的*Historye of Italye*（一五六一年版）、Strachey所作的关于航海遇险的报告"A True Reportory"等等，都与《暴风雨》有关。我们不能不承认，这都是很近情理的推测。又有人看出刚则娄在第二幕第一景所描述的理想社会是采自法国散文家蒙旦（Montaigne）的一篇论文《论食人肉者》（"Of the Cannibals"），论文集的英译本刊于一六〇三年。第四幕第一景的化装表演，据德国学者Meissner的考据，是采自一五九四年哲姆斯王在Stirling Castle为亨利王子行洗礼时举行的一场表演。这一类的指陈只能局部地说明《暴风雨》的来源。

经过二百年来许多学者的搜索，我们现在可以暂时满足地说《暴风雨》的来源问题以阙疑为佳。新莎士比亚本的编者威尔孙教授说得好:“那些一定要给每一莎士比亚戏剧的情节搜寻一个‘来源’的人们(好像莎士比亚自己就不能创造似的!),对于《暴风雨》就要失望了。”就教他们失望吧。

三 《暴风雨》之舞台历史

《暴风雨》在莎士比亚生时曾被王家剧团在宫廷表演过,也曾在公共剧院表演过。此剧以后的舞台历史是特别有趣的,因为这是莎士比亚戏剧被改动歪曲的最严重的例证之一。达文南特(D'Avenant)与德莱顿(Dryden)合编的《暴风雨》,又名《魔岛》,刊于一六七〇年,他们自命这是改良的本子,他们大胆地窜动了剧情不少,主要的是:给米兰达添了一个妹妹道林达,凭空添造一个平生没见过女人的青年希泡利塔,给卡力班配一个雌性怪物西考拉克斯,给爱丽儿配一个雌性精灵米尔卡。这样一改,剧情稍变复杂,人物却有了对称。这改编本最初上演是在一六六七年,很受当时观众的欢迎,证以皮泊斯(Pepys)的日记就可见一斑,是年十一月七日、十三日,十二月十二日,翌年一月六日,二月三日,再下年一月二十一日,都有观看《暴风雨》的记载。皮泊斯特别喜欢这戏里的音乐。实在讲,《暴风雨》本身是有容纳大量音乐的可能。一六七三或一六七四年,这改编本变成音乐剧,谱乐者是Purcell。

《暴风雨》的本来面目在舞台上出现是十八世纪中叶的事。从一七四六年原本的《暴风雨》断断续续地上演,但是改编本也并未绝迹。改编本的势力直到一八二一年还没有消歇,在这一年著名的演员 Macready 还采用改编本上演呢。

四 《暴风雨》的意义

《暴风雨》在第一版对折本的全集里，是第一篇戏。为什么它要占这样光荣的地位呢？Émile Montégut 说，《暴风雨》就像是古书弁首的图案一般，暗示给读者以全书的内容。别的戏不能有这样效用，没有别的一出戏能这样地赅括其余。恰似对于一位有经验的植物学家，三四种选择出来的植物就可代表半地球的花卉，所以普洛斯帕罗、爱丽儿、卡力班、米兰达这几个人物就可以把莎士比亚的整个世界放在我们的想象面前了（见 *Revue des Deux Mondes*, 1865，Vol.Iviii 转引佛奈斯页三五九）。这一番话很新颖，但是究竟不免附会之嫌。

《暴风雨》与《仲夏夜梦》有一个共同的特点，很明显地都有庆祝婚姻的插景。若说这两出戏仅仅是为庆祝贵族婚姻才写的，并且除了庆祝之外别无其他意义，那不是适当的估量。莎士比亚写《暴风雨》的动机，也许是为了供奉皇家，但是我们现在鉴赏《暴风雨》时，不能不承认此剧有更严重的意义。没人能否认，莎士比亚最后一个时期的作品，如《波里克利斯》《辛伯林》《冬天的故事》以及《暴风雨》，都有一种“和解”（Reconciliation）的意味，好像是表示一个老年人阅世已深，已经磨灭了轻浮凌厉之气，复归于冲淡平和之境。在这一点上，《暴风雨》异于《仲夏夜梦》。

但是给《暴风雨》以极端的象征主义的解释，那也是不健全的。Campbell 在一八三八年就说：

“莎士比亚，好像是觉得这是最后一剧了，好像是触动灵机要描写自己，于是把戏里的英雄写成为一个自然的、庄严的、和善的魔术家，能从海底唤起精灵，能用极简易的方术役使他们。——我们的诗人这最后的一剧真是有魔术呢，因为，什么能比飞蝶南与米兰达求婚时所用的言语更朴素，而什么又能比这一段使我们衷心感动的同情更玄妙？在此地莎士比亚自己便是普洛斯帕罗，或者说，是能役使普洛斯帕罗与爱丽儿的更高的精灵。但是这强有力的魔术家该敲碎他的魔杖的时候快要到了，把魔杖沉在深深海底——‘沉到不曾测到过的海底’。……”（转引自佛奈斯本第三五六页）

把普洛斯帕罗认为是莎士比亚自己，这已经成为一种传统的解释。Frank Harris 所作 *The Man Shakespeare* 把这种解释推到极端，他公然地说：“我们从普洛斯帕罗所得到的莎士比亚的画像，是惊人地真实而巧妙。”（第三四七页）。“这《暴风雨》是何等的一出戏！莎士比亚终于看出了他自己的本色，是一位没有国土的帝王；但是一位很‘有力的魔术’的专家，一位大魔术家，以想象为随身的侍从的精灵，能点化沉舟，能奴使敌人，能任意捏合情人，所有的力量都用在温柔仁厚上面。……”（第三五五页）。我们若信任这象征主义的方法，把《暴风雨》当作“比喻”（allegory）看，我们还可以发现许多有趣的解释，爱丽儿是一个象征，米兰达也是一个象征，卡力班也是一个象征，甚而至于像 Garnett 在 *Shakespeare Jahrbuch* XXXV 所主张在这戏里还可以找出一段历史的索隐！攻击这一派象征主义的解释最力的是 Schücking 教授，他的 *Character Problems in Shakespeare's Play*，1922，pp. 237–266 驳倒了一切的传统的误解，重新用写实主义者的眼光来估量这戏里的人物描写。

我们不必把《暴风雨》当作“比喻”，我们越想深求它的意义反倒越容易陷入附会的臆说。莎士比亚在《暴风雨》里所用的艺术手段与在其他各剧里所用的初无二致。他在《暴风雨》里描写的依然是那深邃繁复的人性——人性的某几方面。他依然是驰骋着他的想象，爱丽儿和卡力班都是他的想象力铸幻出来的工具，来帮助剧情的发展。《暴风雨》不一定是最后一剧，所以普洛斯帕罗也不一定就是莎士比亚自己。《暴风雨》终究是一个浪漫故事，比较地严重处理了的浪漫故事，内中充满了诗意与平和宁静的气息，如是而已。

剧中人物

阿龙索（Alonso），那不勒斯的国王。

西巴斯珊（Sebastian），他的弟弟。

普洛斯帕罗（Prospero），米兰的合法的公爵。

安图尼欧（Antonio），他的弟弟，米兰的篡位的公爵。

飞蝶南（Ferdinand），那不勒斯的国王之子。

刚则娄（Gonzalo），一位老成的枢密大臣。

亚德利安（Adrian）
佛兰西斯科（Francisco）——贵族。

卡力班（Caliban），一个野蛮的丑怪的奴隶。

特林枯娄（Trinculo），一个小丑。

斯蒂番诺（Stephano），一个醉醺的仆役长。

船主。

水手头目。

水手们。

米兰达（Miranda），普洛斯帕罗之女。

爱丽儿（Ariel），一个活泼的精灵。

哀利斯（Iris）
塞利斯（Ceres）
鸠诺（Juno）
女神（Nymphs）
刈者（Reapers）——由精灵扮演。

其他伺候普洛斯帕罗的众精灵

地点

海上，有船；以后均在一海岛。

第一幕

第一景：大海中一船上，狂暴的雷电交鸣之声

船主、水手头目分途上。

船主　头儿！

头目　在这里，船主。怎么样啦？

船主　好，去和水手们说：快去努力工作，否则我们要撞到陆上了。快着，快着。〔下〕

众水手上。

头目　喂，伙计们！辛苦啦，辛苦啦，伙计们！快点，快点！收起中樯帆。听着船主的笛子。——刮吧，刮得你迸破了肺[1]，只消海面上还有空地方！

阿龙索、西巴斯珊、安图尼欧、飞蝶南、刚则娄及其他上。

阿龙索　好头儿，要小心些。船主在哪里呢？放出些胆量来。

头目　我请你，下舱里去。

阿龙索　船主在哪里，头儿？

头目　你没有听见他吗？你们搅乱我们的工作。你们到舱里别出来啦，你们简直是帮着风暴。

刚则娄　别，好朋友，你放镇静些。

头目　等海镇静的时候我们就镇静了。去！这风涛[2]还管谁是国王吗？下舱去！别吵！别搅乱我们。

刚则娄　好，不过你也要记得你船上载的是谁。

头目　不管是谁，反正我爱他不能过于爱自己[3]。你是一位枢密大臣，你若能发令叫这风涛平息，使得现在安宁，我们就绝不再扯一根绳。行使你的威权呀！你若是不能，你就谢谢上天活得这样长，赶快到舱里准备万一，假如真这样不幸的话——努力呀，伙计们——别搅我们，我说。〔下〕

刚则娄　我从这人身上得到很大的安慰。我想他是没有溺死相，他的相貌完全是个绞死鬼的神气。好的命运之神哪，请坚持着叫他死在绞刑上吧！让他的命运之绳来作为我们的缆索吧，因为我们自己的缆索是没有用了！如其他不是生来受绞刑的，我们的情形就糟了。〔众下〕

水手头目上。

头目　取下上中樯！快！放下来，放下来！用中樯帆逆风前驶。〔内喊声〕这叫喊声好可恶！他们叫喊得比风涛或我们工作的呼声还要响——

西巴斯珊、安图尼欧、刚则娄上。

又来了！你们到这里做什么？我们放弃工作等死吗？你们愿意淹下去吗？

西巴斯珊　你颈上生疮，你这个咆哮的、侮慢的、没心肝的狗！

头目　那么，你们来工作。

安图尼欧　绞死，狗，绞杀！你这娼妇生的，无礼的叫嚣者，我们不像你那样地怕淹死。

刚则娄　我可以担保他不会淹死的，纵然这船不比一只果壳更坚固，纵然这船是像经期中[4]的妇女一般地漏水。

头目　顶着风前进！顶着风！挂起两只帆来，向海里驶去，躲开陆地。

众水手上，尽湿。

水手　全完了！祷告吧，祷告吧！全完了！

头目　怎么，我们一定要喝凉海水了吗？

刚则娄　国王和王子都在祷告呢！我们也去参加，因为我们的情形是和他们的一样。

西巴斯珊　我实在沉不住气了。

安图尼欧　我们的性命简直是被一班醉汉给骗去了。——你这个张大嘴的恶汉，我愿你淹死之后有十次的潮水冲你的尸[5]！

刚则娄　他还是要死在绞架上的，虽然每一滴海水发誓反对他死在绞架上而张口要来吞他。

〔内乱叫声〕“上帝怜悯呀！”“我们的船碎了，碎了！”“再见吧，我的妻，我的孩儿！”“再见吧，我的兄弟！”“我们的船碎了，碎了，碎了！”

安图尼欧　我们都和国王一同沉吧。〔下〕

西巴斯珊　我们去向他告别。〔下〕

刚则娄　现在我宁愿放弃千里的水乡，换取一亩的荒地，长满了蒿藜、荆棘或任何东西，都不打紧。听天由命吧！但是我愿能死得干松些。〔下〕

第二景：岛上。普洛斯帕罗的窟前

普洛斯帕罗与米兰达上。

米兰达　我最亲爱的父亲，假如您是用了您的法术使得这狂涛怒吼，请您把骇浪平静下去吧。天空好像是要倒下乌黑臭的雷雨，幸亏海水直冲上了天，要扑灭其间的电火。啊！我看那些遭难的人，我心里也难过：一只很漂亮的船，无疑地里面载着许多高贵的人们，全都撞得粉碎。啊！这喊声打得我的心痛。可怜的人们，他们都死了。我若是什么有威权的神，我就要在海还没有吞下这船和其中的旅客之前，先把这海沉到陆地里去。

普洛斯帕罗　你要镇定，不要惊慌。你尽管放心，并没有什么妨害。

米兰达　啊，好惨痛！

普洛斯帕罗　无妨。我所做的事，无一不是为了你，为了你，我的亲爱的！我的女儿！你是还不知道你自己的身份，一点也不知道我是怎样出身；你也不知道我不仅仅是一个破败洞窟的主人普洛斯帕罗，我不仅仅是你的平凡的父亲。

米兰达　我从来也没想多打听。

普洛斯帕罗　现在时候到了，我要多告诉你些。伸过手来，把我的法衣脱下来。好，〔将法衣放下〕你就在此地吧，我的法宝。——擦干你的眼睛，你放心。打动你的同情心的那一场触礁的惨象，我早就用我的法术安排妥帖，不伤害一个生灵。不，你看着要沉的船里，你听见其中叫喊的人们，没有一个受到毫发的损失。坐下来，因为现在你应该多知道一点了。

米兰达　您常常要令我知道我是谁，却总是又停住，使我不得要领地追问，结果是，“等着，时机还未到”。

普洛斯帕罗　现在时候到了，就在这一分钟内你就要听到。要听说，要静心听。你还记得我们未来到这洞前的时候吗？我想你不记得，因为你那时还不满三岁。

米兰达　当然，我记得。

普洛斯帕罗　记得什么？记得什么别的房屋或人吗？无论你记得什么，把那影像告诉我。

米兰达　那是很渺茫的。与其说是我的记忆所能证实的真事，毋宁说是迷梦一场。从前我是否有过四五个女人服侍我的？

普洛斯帕罗　你有过，并且还要多，米兰达。不过这事怎么还留在你心里呢？在黑暗的过去与时间的深渊里，你还记得什么别的？如其你还记得你未来此之前的任何事物，那么你是怎样来到此地的，你也可以记得了。

米兰达　但这我却不记得。

普洛斯帕罗　十二年前，米兰达，十二年前，你的父亲是米兰的公爵，是个有威望的国王。

米兰达　您不是我的父亲吗？

普洛斯帕罗　你的母亲是纯洁的女人，她说你是我的女儿。你的父亲即是米兰的公爵，他的唯一的后嗣是一位公主，恰是这样的身份。

米兰达　啊，天哟！我们是遭了什么陷害才离开那个地方的？还是，我们离开了是幸运的呢？

普洛斯帕罗　全是的，全是的，我的女儿。我们是遭了陷害，如你所说，才从那里被逐出来；不过来到这里，却也是我们的幸运。

米兰达　啊！我当初累你受了辛苦，我是不记得了，不过现在我想起来真是痛心。请您讲下去。

普洛斯帕罗　我的兄弟，你的叔父，他名叫安图尼欧——你要用心听——一个兄弟会居然如此地奸诈！在世上除了你之外我最爱的就是他，我把国家大事交他掌管。在那时各邦中以我的国家为最强大，普洛斯帕罗为领袖的公爵，讲到威权学问，真可说是远近闻名，无人可比。我既然专心学问，政事便交付给我的兄弟，于是我对国事渐渐荒疏，沉溺于魔法的研究。你的奸诈的叔父——你是听着我说吗?

米兰达　是，很注意地听着呢。

普洛斯帕罗　他一旦学会了怎样允许求情，怎样拒绝他们，谁该擢升，谁该为了躁进而加黜降，便把我用的人重新委派，或是调换新人，或是另行支配。官员职位都在他掌握之中，他便随着自己的高兴操纵全国的人心。现在他就像是一株藤，遮掩了我的树干，吸取着我的汁浆。——你又不留心听了。

米兰达　啊父亲！我是留心听着呢。

普洛斯帕罗　请你听我说。我，这样地疏忽了世俗的事务，完全过着隐士的生活，为休养心灵而研求一门学问，这学问若不是需要隐逸的环境实在是比一切赞美还更有价值，却唤醒了我的奸诈的兄弟的恶性。我的信赖，像是贤良的父母，却在他身上生出了和我的信赖一般大的奸诈。我的信赖是无限的，是没界线的信任。他于是妄自尊大起来，他不但吞没了我的入款，并且搜刮了我的权力所能征收的一切，恰似一个记忆错误的人说了与事实不符的话，因为屡次三番地说，把自己的谎语也认为是真实的了，居然自信即是公爵了，只因摄行政务，以一切的特权摆出尊贵的仪表——由此竟生出了野心——你听着没有?

米兰达　您的故事可以治好耳聋。

普洛斯帕罗　他所扮演的角色和他所代为扮演的本人，其间究竟有点隔膜，他当然非真做米兰公爵不可。我呢，可怜的人，我的书房便是我的很够大的领土了。人间的尊贵，他认为我是不配享受的。他急于揽权，便联合了那不勒斯的国王，每年向他进贡称臣，在他面前表示恭顺服从，把这从来未曾屈服过的国土——哎呀，可怜的米兰——断送在最可耻的降顺中了。

米兰达　啊天哪!

普洛斯帕罗　你且听他的条约及其结果吧，然后再说，这样的人可能称为兄弟。

米兰达　我若想到祖母或者有什么不体面的事，这念头真是太罪过，良善的母胎会生出坏的儿子。

普洛斯帕罗　你听这条约吧。这那不勒斯的国王，本是我的宿仇，答应了我的兄弟的请求。请求的是，为了报酬他降约中列举的事项，以及我不知确数的多少贡税，他得要立刻把我和我的眷属驱逐出国，并且把这丰美的米兰，用一切的仪典，册封给我的兄弟。于是兴起了不义之师，在命中注定的一个午夜里安图尼欧打开了米兰城门。在黑夜里，奉命来的人便把我和哭着的你给逐走了。

米兰达　哎呀，可怜！我，不记得那时是怎样哭喊的了，愿再哭一遍，这引得我不由不哭。

普洛斯帕罗　再听我说下去，就要说到我们现在遭遇的事情了。不说到这一点，这故事是全无干系的了。

米兰达　为什么他们那时候不杀死我们呢?

普洛斯帕罗　问得好，女儿，我的故事招惹出这疑问。亲爱的，他们不敢，民众对我是如此地爱戴，他们不敢在这事上留下这样凶残的痕迹，却用较漂亮的颜色涂饰了他们的丑行。简单说，他们把我们送到一只船上，带我们到海中几海里外的地方，在那里他们先备好了一只腐朽的船壳，没有绳索，没有帆，没有樯，就是老鼠都会本能地逃开它。他们把我们丢在那里，由我们去向吼叫的海洋哭泣，去对狂风叹息，风因为怜悯我们叹回了一口气，是好意反倒更害了我们。

米兰达　哎呀！那时候我对你是怎样的累赘呀！

普洛斯帕罗　啊，你是救我的一个天使！我在重担之下呻吟着向海水洒着泪珠的时候，你却微微地笑着，带着自天而降的勇气，提起了我的坚忍的毅力，使我能与未来的命运抵抗。

米兰达　我们怎样到岸上的?

普洛斯帕罗　靠了上天的保佑。一位高贵的那不勒斯人，刚则娄，他是被派来主持这事的，他激于恻隐之心，给我们备下了食粮和水，还有丰富的外衣、衬衫、用具，及其他必需的东西，以后对我们很有用处。并且，同样地，由于他的好意，他知道我爱我的书，便从我自己的书房里给我拿来许多本我认为比我的国土还可贵的书。

米兰达　我很愿能见这人一面！

普洛斯帕罗　现在我该起来了。〔又披上他的法衣〕你坐着别动，听我们的海上愁史之最后一段。我们来到了这个岛上，在这里我做了你的教师，使得你比别的公主们[6]还能多得益处，她们费更多时间去做较空虚的事情，并且也没有这样谨慎的导师。

米兰达　上天酬劳您！我现在请您告诉我吧——我心里老是在怦怦然——你兴起这一场风暴，是为什么原因呢？

普洛斯帕罗　你听我说下去。慈悲的命运女神现在真是我的恩主，她居然借了顶奇特的一件意外事把我的敌人都送到这海滨来了。我预知我的好运来了，完全靠这一颗吉星，此刻若不好好利用这颗吉星的势力，以后运气必将衰落下去。别再多问，你现在想瞌睡，很好，你就睡吧，我知道不由你自主的。〔米兰达睡〕

来呀，小使，来！我现在准备好了。来呀，我的爱丽儿，来！

爱丽儿上。

爱丽儿　给你请安，伟大的主人！尊贵的主人，请安了！我来听候你的吩咐。无论是去飞翔、去泳水、去蹈火、去驾云，爱丽儿愿尽全力去执行你的严命。

普洛斯帕罗　我命你去兴起一阵风暴，你可曾完全依旨去办？

爱丽儿　件件都做到了。我跳上了国王的船，我化作一团火，时而在船首，时而在船身，时而在甲板上，时而在每个舱里，使得大家惊恐。有时候我用分身术到许多地方去燃烧，在船樯上，在帆桁上，在斜桅上，我各处同时地燃烧着，然后再合拢来成为一团，给可怕的雷霆做前趋者之周甫[7]的电火，也不比我更迅速更急促。这一阵硫黄的汹涌，其火焰与霹声竟像是要围困奈普通[8]，使他的雄伟的波涛战栗，是的，使他的可怕的三叉戟要抖颤了。

普洛斯帕罗　我的好精灵！谁能这样地坚决、稳定，而不被这一阵骚动给扰乱了理性呢？

爱丽儿　没有一个人不感觉得疯狂的热病，没有一个人不做拼命的勾当，除了水手们之外，全都跳进了喷沫的海水里去，都离开了船，我把船弄得到处是火了。国王的儿子，飞蝶南，头发竖着——像是芦苇，不像头发了——是头一个跳下去的，喊着："地狱空了，所有的魔鬼都来到此地了。"

普洛斯帕罗　对，这才不愧为是我的好精灵！这是不是离岸很近的呢？

爱丽儿　很近的，主人。

普洛斯帕罗　可是，爱丽儿，他们都安全吗？

爱丽儿　没有伤损一根毫发，他们的耐脏的[9]衣服上没有一点污痕，而且比以前更鲜明。并且，我按照你的吩咐，我把他们分成几队散在岛上了。国王的儿子，我却令他独自登陆，我让他现在岛上的一个僻静的角落里坐着，在那里叹着气乘凉，两臂这样地无聊地交叉着。

普洛斯帕罗　国王的船[10]、水手们，以及其他的船只，你是怎样处置的呢？

爱丽儿　国王的船安全地在港里停着呢，就在那很严密的湾角里，有一次你半夜里叫我起来到那永有波浪冲激的百慕大群岛去采露，就是那个地方，船就在那里藏着。水手们全都收在舱里。他们已经疲劳不堪，再加上我的法术，都睡着了。至于我冲散了的其余的船只，都又聚拢了，在地中海上，无精打采地向那不勒斯驶回去，以为亲见国王的船已经破碎，国王已经遇难了。

普洛斯帕罗　爱丽儿，你的任务已经完全准确地做了，但是还有工作。现在是什么时候了？

爱丽儿　正午已过了。

普洛斯帕罗　至少过了两点钟。从现在到六点钟之间的时候，我们一定要很宝贵地使用。

爱丽儿　还有工作吗？你既给我工做，我要提醒你，你所答应我的，你还没有做到。

普洛斯帕罗　怎么？闹脾气？你能有什么要求？

爱丽儿　我的自由。

普洛斯帕罗　时候还没有到就说这样话！别说了！

爱丽儿　我请你要记着，我曾给你尽了很大的力。不曾对你说过谎，不曾犯过错，伺候你的时候不曾说过抱怨的话。你曾答应我给我缩减一整年的期限。

普洛斯帕罗　你莫非忘记了我是把你从怎样的苦痛中解救出来

的吗?

爱丽儿　没有忘记。

普洛斯帕罗　你是忘记了，以为踩着海底的污泥，冒着寒峭的北风，地面凝霜的时候到地里面给我工作，便算是了不得的工作了。

爱丽儿　我没有，先生。

普洛斯帕罗　你说谎，坏东西！你忘记了那凶恶的巫婆西考拉克斯，年老而性恶，身体弯得成了圈？你忘记了她。

爱丽儿　没有。

普洛斯帕罗　你忘记了。她是在哪里生的？你说，你告诉我。

爱丽儿　在阿尔及耳。

普洛斯帕罗　啊！她是吗？我必须每月一次重述一遍你忘记了的以前的情形。这可恨的巫婆，西考拉克斯，为恶多端，并行使骇人听闻的巫术，所以从阿尔及耳被驱逐出来了，只因她有过一件功劳[11]，他们没有杀死她。这是不是真的？

爱丽儿　是的，先生。

普洛斯帕罗　这个绿眼的巫婆怀着孕被逐到这里，就被水手们丢在此地了。你，我的奴仆，据你自己所说，在那时节是她的仆役，而你是一个太娇嫩的精灵，禁不起她的粗暴的役使，你拒绝了她的命令，她盛怒之下，有她的较强大的使者相助，就把你幽禁在一株裂缝的松树里面了。被囚在那裂缝里，你痛苦地度过了十二年。在这期间她死了，把你丢在那里，你发出的呻吟声和水车的轮齿激水一般地快。那时候这个岛上——除了她产生的儿子，一个遍体生斑的怪胎之外——还不曾见过一个人形。

爱丽儿　有的，她的儿子卡力班[12]。

普洛斯帕罗　蠢东西，我说过了，就是现在由我役使的那个卡力班。你很知道我发现你是正在怎样地受苦——你的呻吟使得狼嚎，使得永远发怒的熊都心痛，这苦痛只有入地狱的人才合该承受，西考拉克斯不能再来解除。我来到此地听见你，便用我的法术，劈开了松树，放你出来。

爱丽儿　我感激你，主人。

普洛斯帕罗　你若再抱怨，我要劈开一株橡树，把你塞进那多瘤的树心里去，让你再哭喊十二年。

爱丽儿　饶恕我吧！我愿遵命，甘心地为你奔走。

普洛斯帕罗　要这样才好。两天以后我就放你。

爱丽儿　这真是我的恩主！我有什么事做？你说什么事？我有什么事做？

普洛斯帕罗　你去变作一个海上的女神，除了你我，不可让任何人看见，任谁的眼睛都看不见。去，变作这个形状再到此地来，去，赶快去！〔爱丽儿下〕醒醒吧，我的乖，醒醒吧！你睡得很够了，醒醒吧！

米兰达　〔醒来〕您的故事的奇异，使得我想瞌睡了。

普洛斯帕罗　摆掉这瞌睡。来，我们去看看我们的奴隶卡力班，他对我们答话永远没有好气的。

米兰达　他是个下流东西，我不喜欢看他。

普洛斯帕罗　不过，在现下，我们还不能缺了他，他给我们生火，捡柴，还做些于我们有益的工作。——喂！贱奴！卡力班！你这块泥土，你说话呀！

卡力班　〔在内〕里面的柴还够用呢。

普洛斯帕罗　出来，我说，还有别的事要你做呢。你这乌龟！要等到什么时候呀？

爱丽儿扮作海上女神又上。

好一个精灵！我的打扮齐整的爱丽儿，我附耳告诉你一句话。

爱丽儿　主人，我遵命去办理。〔下〕

普洛斯帕罗　你这恶毒的贱奴，恶魔和你的娘媾生出来的东西，出来！

卡力班上。

卡力班　我愿从前我母亲用乌鸦的羽毛[13]在龌龊的池沼中刷着的那样的毒露，洒在你们两个身上！愿西南风[14]吹在你们身上，使你们遍体生疮！

普洛斯帕罗　就为了你这诅咒，今晚就得叫你痉挛，叫你肋痛得喘不过气。黑夜里刺猬都出来，用各种方法收拾你，把你刺成一个蜂巢似的，每一刺都比蜜蜂的刺还凶。

卡力班　也得容我吃饭呀。这岛是我的，我的母亲西考拉克斯留下的，而你夺了去。你初来的时候，你安抚我，厚待我，给我浸干果的水喝[15]，教我怎样叫那昼夜照耀的日和月，我于是欢喜你了，把岛上的富源都指示给你，清泉、盐池、荒土、肥田。我这样做实在是该死！——愿西考拉克斯的所有符咒，蟾蜍、甲虫、蝙蝠，都落在你身上！因为我成了你的唯一的臣仆，而我本来是独自称王的，并且你把我囚禁在这岩石里，岛上别的地方你都霸占了去。

普洛斯帕罗　你这胡说的贱奴，只有皮鞭可以感动你，仁慈的心是不能的！你这样的下流东西，我把你当作人待，我一向叫你住在我自己的窟里，一直等到你竟要侵犯我的女儿的贞操。

卡力班　啊喉！啊喉！——我但愿那事成功！是你阻止我了，否则我早把这岛殖满了无数的卡力班。

普洛斯帕罗　可恶的贱奴，你沾染不上一点好的，而坏处全能！我怜悯你，很费力地教你说话，随时地教你这个那个，那时候你这野人，你还不能懂你自己的话，只像畜类一般地叫唤。我教给你语言好传达你的意思，可是你虽然学习了，而你的下流的劣根性，使得美德在你心里不堪同居，所以你只合被囚禁在这岩石里，其实你应得的惩罚不仅是监禁哩。

卡力班　你教给我语言，我得到的益处只是我知道怎样咒骂。就为了你教我语言，愿你染上红疫而死！

普洛斯帕罗　妖婆的孽种，滚开！给我们捡柴去。你最好快一些，还有别的事做。你耸肩吗，坏蛋？你若是不理会我的命令，或是不甘愿，我要用痉挛的老法子治你，让你的所有的骨头发痛，令你吼叫，野兽听了你的吼声都要抖颤。

卡力班　不，我求你！——〔旁白〕我必得服从，他的法术是很有力量的，能制服我母亲供的神塞台包斯，把他当奴仆使唤。

普洛斯帕罗　你又这样了，贱奴，滚开吧！〔卡力班下〕

爱丽儿用隐身法又上[16]，且舞且唱。飞蝶南在后跟随。

爱丽儿之歌

请来到这个黄沙滩，
然后再把手儿牵，
等你们接过吻，行过礼[17]——
凶险的风涛也静下去——
你们到处跳得要轻灵，
并请诸位一齐唱一声。
听，听！
〔合唱：咆，吼，各处散应〕
〔狗叫的声〕
〔合唱：咆，吼，各处散应〕
听，听！我听见了
雄赳赳的公鸡叫。
〔叫：咯——咯——嘀嗒——都〕

飞蝶南　这一派音乐可是在哪里呢？在空中，在地上？又不响了。是的，这音乐准是为伺候岛上什么神仙的，我坐在岸上，正哭着我父亲的覆亡，这音乐从海面掠过，那温柔的声音消灭了涛浪的汹涌，也消灭了我悲戚的情绪。我便跟了它来——也可说是它引了我来——但是声音住了。不，又响了。

〔爱丽儿唱〕

我的父亲睡在五英寻深处，
他的骨头变了珊瑚，
他的眼睛成了珍珠。
他浑身没有一点朽腐，
而是受了海水的冲洗，
成为富丽奇瑰的东西。
〔海上女神时时地敲着丧钟〕
〔合唱：叮当〕
听啊！我听见钟响。——叮当，钟。

飞蝶南　这歌词说的是我的溺死的父亲。这不是人间的勾当，不是尘世所能有的乐声。我现在听见声音在我头上。

普洛斯帕罗　抬起你的眼睑，你说你看见在那边的是什么。

米兰达　是什么？是神吗？天哪，看他举目四望的样子！请您听信我，他有很魁梧的身体，但是它是个神。

普洛斯帕罗　不是的，女人。他吃，他睡，他和我们有同样的感觉，没有两样。你看见的这青年，就是触礁的船里的，若非是带着愁容——那是蚀耗美貌的蠹虫——你很可以说他是个美少年，他迷失了伴侣，正在盘旋着找他们呢。

米兰达　我可以说他是神圣的，因为我从未见过自然界中有如此高贵的东西。

普洛斯帕罗　〔旁白〕这事进行得很顺利，我看出了，恰如我的心愿。精灵，好精灵！为了这个，我两天之内就释放你。

飞蝶南　一定的，音乐伺候的就是这位女神了！请准我祈求，让我知道您是否就住在这岛上，并且指导我怎样在这里过活。我的主要的请求，我留在最后来说，那便是，啊您这神异！您是否一位处女呀？

米兰达　我不是什么神异，先生，但当然是个处女。

飞蝶南　说我的语言！天哪！若是在通用我的语言的地方，我便是说这语言的人中之最尊贵的了。

普洛斯帕罗　怎么！最尊贵的？假如那不勒斯国王听见你说这话，你将算得是什么呢？

飞蝶南　我现在只算得是个孤单的人了，我听你说起那不勒斯国王，心里便很凄怆。我的话，那不勒斯国王实在是听见了，只因他能听见，所以我才哭[18]。因为我自己便是那不勒斯国王，我亲见我的父王舟破死难，我这两眼便还不曾干。

米兰达　哎呀，好可怜！

飞蝶南　是的，的确的，他的大臣们也都遇难了，米兰的公爵和他的漂亮的儿子也在内。

普洛斯帕罗　〔旁白〕米兰的公爵和他的更漂亮的女儿能驳倒你，若是现在适宜于这样做。他们初见面就眉目传情了。机灵的爱丽儿，为这事我要释放你！〔向飞蝶南〕先生，我有句话说，我恐怕你是做了失体统的事。我有句话和你说。

米兰达　〔旁白〕为什么我父亲说话这样地不客气？这是我平生见到的第三个男人，第一个引动我的怜惜，但愿怜悯的心使我父亲也像我这样地对待他！

飞蝶南　〔旁白〕啊！你若是处女，情爱尚无所属，我要使你做那不勒斯的王后。

普洛斯帕罗　且慢，先生，我还有话——〔旁白〕他们两个已经互相迷恋了，我一定要把这迅速的事弄得不很顺利，否则赢来太易反使得到手的东西不值什么了。〔向飞蝶南〕我还有话，我命令你要听我说。你在此地实在是冒称非分的名义，到这岛上是做奸细来的，想要把岛从岛上称王的我的手里夺去。

飞蝶南　不过，我不是那等人。

米兰达　这样堂堂的人，心里不会有坏，假如坏心思而能有这样好的仪表，好的德行会要争着住进去的。

普洛斯帕罗　〔向飞蝶南〕跟我来。〔向米兰达〕你不用替他说好话，他是奸细。〔向飞蝶南〕来，我要把你的颈子和脚锁在一起[19]，只给你海水喝。你的吃食只是些淡水的蛤蜊、干枯的草根，和那些曾为橡实做摇篮的壳皮。跟我来。

飞蝶南　不，我要抵抗这种待遇，等到我的对敌是比我强。

〔拔剑，但被法术所制，不得动弹〕

米兰达　啊亲爱的父亲！别太难为了他，因为他是很温和的，并不可怕。

普洛斯帕罗　什么！我说，你反倒教训起我来了？——收起你的剑来吧，奸细，你不过是做个样子，并不敢真打，因为你良心上有亏。不用做那防御的姿式了，我用这一根手杖就可以解除你的武装，打落你的剑。

米兰达　我求您，父亲！

普洛斯帕罗　走开！别扯我的衣裳。

米兰达　您怜悯他吧！我可以给他担保。

普洛斯帕罗　别说！再要说，我就要责骂你了，虽然不是痛恨你。什么！替一个奸细辩护？嘻！你只见过他和卡力班，以为世上没有比他再漂亮的人，好糊涂的女人！他和大多数人比较起来，是个卡力班，而他们和他比起来，就是天使了。

米兰达　我的爱情是最谦卑的，我并没有野心去见到更好看的男人。

普洛斯帕罗　〔向飞蝶南〕来呀，服从吧！你的筋肉又像是在孩童时一般，没有一点力量了。

飞蝶南　真是的，我的精神、气力，像在梦中似的，全都受了束缚。我父亲的死亡、我自身的疲弱、我的朋友们的遇难，甚至把我降服的这个人的威胁，这一切在我看来都不足重视，我只愿我在监狱中每天能看见这位姑娘一次。世界上所有的其余的角落，让自由的人们去享受吧！我在这样一个监狱里已经觉得很宽绰了。

普洛斯帕罗　〔旁白〕真生效了。〔向飞蝶南〕来呀。——好爱丽儿，你办得好！〔向飞蝶南〕跟我来。〔向爱丽儿〕听我说还有什么别的事要你给我做。

米兰达　你尽管放心，我父亲的脾气比他说话时看来要好得多。他刚才这种样子，是平时没有的。

普洛斯帕罗　你以后可以像山风一般地自由了，可是要把我的命令完全都做到了。

爱丽儿　一点也不能差。

普洛斯帕罗　〔向飞蝶南〕来，跟着。——不必替他说话。〔众下〕

注释

[1] 这句话是对“风”说的，把风比作一个因吹气用力过度而涨破了肺的人。原文“wind”，此处译作“肺”，因据 Furness，此字在俗语中本有“肺”之一义。Schmidt 解此句为“等到你吹得喘不过气来”，似亦可通。

[2] 原文“roarers”据 Wright 指陈系莎氏时代“粗暴叫嚣之徒”的别称，窃疑于意未妥，译为“风涛”。

[3] 盖谓船遇险时当以自己之性命挣扎。自己得救方可救人，故船客虽贵为国王，亦不暇为特殊之顾虑。

[4] 原文“unstanched”据 Schmidt 有三解:（一）淫荡的;（二）小便失禁的;（三）在经期中的。意皆可通。

[5] 海盗判刑之后，率皆乘落潮之际绞杀之，暴尸海滨，令海潮冲击三次。

[6] 对折本原文“princesse”意为“公主”，但系单数，在文法上不可通。Rowe 改为 Princes，系复数，但其义不是女性。殊不知莎氏时代 Prince 亦可不限定为男性。

[7] 周甫（Jove），古罗马之天神，能役使雷电。电光先见而雷声后闻，故云。

[8] 奈普通（Neptune），海神，持三叉戟。

[9] 原文“sustaining garments”通常有二解：一为衣服能使落水者暂不下沉，有使人浮起之力；一为衣服甚耐脏，入水亦无污痕。今从后解。

[10] 牛津本于“国王的船”下无标点，今按第一版对折本之原文于“船”字下加标点，于义较妥。

[11] 这一件功劳是什么？我们不知道。

[12] 约翰孙博士云：“爱丽儿反驳普洛斯帕罗，他说岛上曾有过人形，例如卡力班，但忘记了普洛斯帕罗本已把他除外。普洛斯帕罗怒，故斥爱丽儿曰：‘蠢东西，我早这样说过。’其意即谓：‘我早说过卡力班是在岛上的。’”此说近是。

[13] 迷信传说乌鸦之翅能传疾疫，故巫婆惯用之。

[14] 西南风，湿热，能致疾。

[15] 大概是“咖啡”，在莎氏时尚未通行。据 Strachey's“Reportory”系指 cedar 之果实而言。

[16] 据《汉斯娄日记》（莎士比亚学会重印本，页二七七），当时剧团道具中有特备长袍一袭以为隐身用者，此处爱丽儿上台而作为不可见，当亦用此法。

[17] 第一版对折本原文此处无标点，故可有两种解释：（一）接吻行礼是指参加舞蹈之伴侣相互之间而言；（二）指舞蹈者向大海行礼接吻。牛津本之标点显系照前者解释而加。

[18] 飞蝶南知其父已死，故自命为那不勒斯王。此处所谓“那不勒斯王”系指自己。

[19] 以铁索系颈，再以铁索系足，中连以铁条。

第二幕

第一景：岛上另一部分

阿龙索、西巴斯珊、安图尼欧、刚则娄、亚德利安、佛兰西斯科及其他上。

刚则娄　我请您放快活些吧，您应该喜欢，我们大家也都应该喜欢，因为我们的逃生比我们的遭难还更可怪。我们悲怆的缘由是很平常的，每一天总有一些水手的妻子、船主、商人，有和我们同样的悲哀的资料，但是这奇迹，我们这次逃生，千万人中很少能像我们这样地夸耀，所以您得要把我们的悲哀和我们的幸运好好地称量一下。

阿龙索　请你少说吧。

西巴斯珊　他听安慰的话就像喝冷粥似的[1]。

安图尼欧　但是这个慰问者不能就此罢手。

西巴斯珊　瞧吧，他正在给他的机智的钟上弦呢，不久就要响了。

刚则娄　先生——

西巴斯珊　一下，数着啊。

刚则娄　一个人若是接受一种外来的悲哀，这人就要得到——

西巴斯珊　一元的酬[2]。

刚则娄　诚然是愁，你说的比你所想的还更真些。

西巴斯珊　你的解释比我原来的用意还更聪明些。

刚则娄　所以，陛下——

安图尼欧　呸，他怎么这样地喜欢饶舌！

阿龙索　我请你，别再说啦。

刚则娄　好吧，我说完了。不过——

西巴斯珊　他还是得要说。

安图尼欧　他或亚德利安二人之中，我们赌点什么，哪一个要先作声！

西巴斯珊　这只老鸡。

安图尼欧　我说这只小鸡。

西巴斯珊　好吧。赌什么?

安图尼欧　一笑。

西巴斯珊　就这样赌！

亚德利安　这岛虽然像是荒地——

西巴斯珊　哈，哈，哈！我输了赔你啦。

亚德利安　不可居住，几乎没法走进去——

西巴斯珊　但是——

亚德利安　但是——

安图尼欧　他总会接下去的。

亚德利安　这地方一定是有很美妙的、温柔的、娇嫩的气候。

安图尼欧　“气候”是个娇嫩的女人[3]。

西巴斯珊　对了，并且还很狡诈呢，照他刚才顶渊博地说的。

亚德利安　空气吹在我们身上倒是很新鲜的。

西巴斯珊　好像它有肺似的，并且还是烂的。

安图尼欧　或是好像用臭水滩熏过的。

刚则娄　各种有益人生的东西，此地都有。

安图尼欧　真是的。就是除了生活的资料之外。

西巴斯珊　那是没有的，就是有也很少。

刚则娄　这草长得多么茂盛！多么绿！

安图尼欧　这土地实在是焦黄的。

西巴斯珊　里面有一片绿。

安图尼欧　他并没有多少错误。

西巴斯珊　没有，不过他是整个错误。

刚则娄　不过这稀奇的事是——真是几乎令人难以置信——

西巴斯珊　许多稀奇的事都是如此的。

刚则娄　我们的衣服浸湿在海水里面了，却还保存着原有的鲜明和光彩，好像不是被盐水渍过，而是重新染过。

安图尼欧　只要有一个衣袋若是能说话，会不会就要说他是扯谎？

西巴斯珊　会的，否则便是很虚伪地承受他的报告。

刚则娄　我以为，现在我们的衣服就和我们到阿非利加去参加国王的女儿克拉利白与条尼斯国王的婚礼时初穿上身的时候一般地鲜艳。

西巴斯珊　真是一段好姻缘，我们的归航也很顺利。

亚德利安　条尼斯从没有过像这般的人物做他们的王后。

刚则娄　寡后戴都以后，是没有过。

安图尼欧　寡后！少说这话！怎么提起寡后来了？寡后戴都！

西巴斯珊　他若连鳏夫伊尼阿斯也提起来，又当如何？您又当有怎样的感想呢！

亚德利安　你是说寡后戴都吗？你倒使我想起来了，她是迦太基的王后，不是条尼斯的。

刚则娄　这条尼斯从前就是迦太基[4]。

亚德利安　迦太基？

刚则娄　我敢保，迦太基。

安图尼欧　他的话比那奇迹的琴还有力量[5]。

西巴斯珊　他造起了城墙，还造起了房舍哩。

安图尼欧　他要做的次一个不可能的事是什么？

西巴斯珊　我想他要把这岛放在口袋里带回家里去，当作一只苹果给他的儿子。

安图尼欧　把核种在海里，多产出些岛来呢。

阿龙索　是吗？

安图尼欧　咦，你醒得正是时候。

刚则娄　〔向阿龙索〕先生，我们正在说，我们的衣服现在像是我们在条尼斯参加您的女儿现在贵为王后的婚礼时一般地鲜艳。

安图尼欧　并且还是到那里去的最美的一个。

西巴斯珊　请别再提寡后戴都吧。

安图尼欧　啊！寡后戴都！对了，寡后戴都。

刚则娄　您看，我的内衣不是像我初穿的那一天同样地鲜明吗？我的意思是说，有点像。

安图尼欧　最后这一句令人等了好半天了。

刚则娄　和我在你的女儿婚礼中穿的时候不是一样的吗？

阿龙索　你把这些话塞进了我的耳朵，也不管是否消受得下。我真愿我从没有把我的女儿嫁到那里去！因为，从那里回来，我的儿子丢了，并且，由我看来，女儿离开意大利这样远，我永远不得再见她，她也算是丢了。啊你，我的那不勒斯和米兰的继承者，什么样的怪鱼把你当饭吃了？

佛兰西斯科　陛下，他也许还活着呢。我看见他打着身下的浪头，骑着浪头的脊背，他踩着水，挣拒着凶恶的水性，冲着最高涨的浪头。他把头抬出汹涌的海上，用他的胳臂奋力地抽击泳到了海岸，那海岸是向前伸着的，凸出它的海潮冲坏的根基，像是要蹲下来救他。他一定是活着上了陆，我毫无疑虑。

阿龙索　不，不，他是死了。

西巴斯珊　这场损失，该怪您自己，是您不愿把您的女儿嫁在欧洲，而宁肯把她送给一个非洲人。至少您是不能再看见她，这也就很够令您落泪。

阿龙索　请你别说了。

西巴斯珊　我们全都给你下过跪，请求你不要这样做。美貌的公主她自己也很犹豫，又厌恶这婚姻，又不敢不服从，不知何所适从。我猜想你的儿子是完了，永不得再见了，并且米兰和那不勒斯因此而添增的寡妇要比我们所能带还安慰她们的男人还多些，这都是你自己的错。

阿龙索　这损失之最可痛心处亦即在此。

刚则娄　西巴斯珊殿下，您的话是不错，不过是太刻薄，也未免是太不合时宜。现在您应该给涂膏药，而您竟揉那创伤。

西巴斯珊　很好。

安图尼欧　并且很像个高明的外科医生。

刚则娄　陛下，您若是罩上一层愁云，我们大家也就像是遭了坏天气。

西巴斯珊　坏天气?

安图尼欧　很坏。

刚则娄　陛下，我若是能在这岛上殖民[6]——

安图尼欧　他要种植荨麻。

西巴斯珊　或是酸模，或是锦葵。

刚则娄　并且我若是岛上的王，您知道我将怎样办?

西巴斯珊　没有酒喝，可以免得烂醉。

刚则娄　我在这国土里将用与流俗完全不同的方法处理一切。我不准有各种的商业；没有官吏的名义；不懂得什么学问；财富、贫穷、雇用仆役，全没有；契约、继承、地界、田产、耕耘、葡萄园，全没有；不用金属、谷类、酒、油；不要职业；人人都闲着；女人也都闲着，但是天真而纯洁；没有国王——

西巴斯珊　但是他还愿在岛上称王。

安图尼欧　他的理想国说得首尾不符了。

刚则娄　一切大家公用的东西都不需努力挥汗地去生产;叛逆、犯罪、剑、矛、刀、炮或任何战器，我都不要，但是由着自然界自然地生产一切的食粮资料，来供养我的人民。

西巴斯珊　人民没有结婚的事吗?

安图尼欧　没有的，全都闲着，都是奸夫淫妇。

刚则娄　先生，我就愿这样完美地统治着，胜似黄金时代。

西巴斯珊　天佑吾王!

安图尼欧　刚则娄万岁!

刚则娄　并且，您听见了吗，陛下?

阿龙索　请你别说了，你所说的对我毫无兴趣。

刚则娄　我很同意您的话，我说这些话也无非是博这几位先生一笑，他们对于无趣的话也是忍俊不住的。

安图尼欧　我们笑的是你。

刚则娄　讲到插诨凑趣，我比起你们来仍然是个没趣的人，所以你们所笑的仍然是个没趣。

安图尼欧　这是何等的一下打击!

西巴斯珊　可惜是平着打下来的[7]。

刚则娄　你们是有胆量的人，你们会把月亮从她的圆轨里给挖出来的，假如她能在里面五个星期不变动。

爱丽儿隐形上，奏庄严之乐。

西巴斯珊　我们会这样做的，随后就去捉鸟[8]。

安图尼欧　不，好先生，你别恼。

刚则娄　不，我一定不的。我决不这样轻易动怒的。我很想睡，你们把我给笑睡着了吧?

安图尼欧　你去睡，听着我们笑吧。〔除阿龙索、西巴斯珊及安图尼欧外，均入睡〕

阿龙索　怎么！都这样快地睡了！我愿我的眼皮闭上的时候把我的心思也同时闭上，我觉得我的眼皮想闭了。

西巴斯珊　您就请睡吧，别忽略这瞌睡的好意，他很少时候来探视悲哀的人，他来便是安慰。

安图尼欧　您自管睡，有我们两个在此卫护您的安全。

阿龙索　多谢。好困啊。〔阿龙索睡。爱丽儿下〕

西巴斯珊　多么奇怪的一种瞌睡附在他们身上了！

安图尼欧　这是因为天气的性质。

西巴斯珊　为什么我们的眼皮不发沉呢。我自己就不想睡。

安图尼欧　我也不，我的精神很足壮。他们一下子都睡着了，好像是商量好了似的，好像是遭雷殛，一齐倒了。这时节何事不可，好西巴斯珊? 啊，何事不可? ——不用说了——不过我在你脸上看出了你应该做到什么尊荣的地步。现在正是给你的机会，我的幻想看见了一顶金冕落在你的头上。

西巴斯珊　什么！你是醒着吗?

安图尼欧　你没听见我说话吗?

西巴斯珊　我听见了，不过那确是梦呓，你是在睡中说话。你说的是什么来的? 这睡得是奇怪，睁着眼睛睡，站着，谈着，动着，然而还是这样地熟睡着。

安图尼欧　高贵的西巴斯珊，你是让你的幸运睡着——简直是去死，你简直是醒着打盹。

西巴斯珊　你是清清楚楚地在打鼾，不过你的鼾声是有意义的。

安图尼欧　我现在是很正经的，不是平常那样，你也得放正经些，假如你愿听我说话。你若肯听，可以使你更加三倍地高贵。

西巴斯珊　好，我是一湾死水[9]。

安图尼欧　我来教你怎样流动。

西巴斯珊　你教我吧！我的天性的懒惰只教我往下落。

安图尼欧　啊！你是不晓得，你越这样地嘲弄这件事，你其实是越希冀做成这件事！你越想摆脱它，你其实是越想穿上它！堕落的人们，极常坠到离水底很近，只因为他们自己的犹豫懒惰。

西巴斯珊　请你说下去：你两眼的凝注和你的脸色，都表示你心里是有重要的事情，并且使得你很痛苦，不能不吐。

安图尼欧　是这样的，先生，这一位健忘的先生，他入土之后也就同样地被人遗忘，他刚才几乎说服了——因为他最善说辞，只把劝说当作他的职业——国王，说他的儿子还活着，不过虽然他是如此说，其实若说他没有溺死简直是和说这些睡着的人正在泳水一样地不可能。

西巴斯珊　若说他没有溺死，我是没有这样的希望了。

安图尼欧　啊！从那“没有希望”之中你有多么大的希望呀！这一方面没有希望，即是另一方面的绝大的希望，纵然“野心”都不能于此以外再多看一眼，逾此便是渺茫的了。飞蝶南是淹死了，你与我同意吧？

西巴斯珊　他是死了。

安图尼欧　那么你告诉我谁是那不勒斯国王的继承者?

西巴斯珊　克拉利白。

安图尼欧　做条尼斯王后的她，住在走一辈子还余十海里地的她，从那不勒斯得不到消息的她，除非太阳做邮差——月中老人是太慢了[10]——等到新生的婴孩长了胡须，她，她从谁得消息?我们是全都被海吞下去了，虽然有几个是又被吐了出来，不过既然命该不死，我们便可开始做一桩大事，以往的只算得是序幕，将来的便要看你我怎样去处置了。

西巴斯珊　这是胡说了!——你说什么?我哥哥的女儿现在是条尼斯王后，这并不错，所以她是那不勒斯王的继承者，并且两个地方之间确是距离很远。

安图尼欧　这距离间的每一尺都像是喊着:“克拉利白怎样能从我们身上跨回到那不勒斯呢?她就住在条尼斯吧，让西巴斯珊快醒醒吧!”假设现在他们是死了，哼，他们也不比现在睡着的情形更坏。有人能统治那不勒斯，和睡着的这位一般;有的是大臣能和这位刚则娄一般地会多嘴饶舌，我自己便能同样地高谈阔论。啊，愿你能有我这样的意向!他们这一场睡于你是何等有利呀!你懂我的意思吗?

西巴斯珊　我想我是懂的。

安图尼欧　对你自己的这好运是有如何看法呢?

西巴斯珊　我记得你替代了你的哥哥普洛斯帕罗的位置。

安图尼欧　的确，你看看我的衣服穿着多么合身，比从前体面多了。我哥哥的仆从从前是和我平等的，现在他们是我的仆从了。

西巴斯珊　但是，你的良心呢——

安图尼欧　是啊，先生，良心在哪里呢？假如良心是块冻疮，我就穿上拖鞋了，但我不觉得我胸里有这么一个主宰。在我和米兰之间纵然有二十个良心，那也都是凝冻的，在谴责我之先就溶解了！你的老兄躺在此地，实在不比他身下的泥土更好什么，假如他真是他现在仿佛是的样子，那即是死。我可以用这把钢刀——只消三寸——让他去长眠。你呢，这样一来，也可以把这一块老古董，这位“拘谨先生”，弄得永久安眠，他是不会怪罪我们的勾当。其余的人，他们会受诱惑的，像猫舐乳一般。我们说什么时候宜做什么事，他们就会数着钟声的。

西巴斯珊　你的那桩事，好朋友，就是我的前例吧。像你得到米兰一般，我来夺取那不勒斯。拔你的刀，你只消一击，我就免除你所纳的贡税，并且我这为王的以后准喜欢你。

安图尼欧　同时拔，我举起了手，你也举起来向刚则娄砍下去。

西巴斯珊　啊！我还有句话。〔二人在一旁密语〕

乐声。爱丽儿隐身上。

爱丽儿　我的主人用他的法术预先察知了他的朋友，你们二位，所遭的危险。派我前来——否则他的计划全毁了——搭救你们。〔在刚则娄耳边唱〕

你们在此鼾睡的时候，
小心谨慎的阴谋
正在大胆进行。
你们若想把性命保存。
摆脱瞌睡，并且留神：
快醒！快醒！

安图尼欧　那么我们都要赶快下手。

刚则娄　哎，愿好天使保佑吾王！〔他们醒来！〕

阿龙索　噫，怎么了！喂，醒来！你们为什么拔出了刀？为什么脸上这样地狰狞？

刚则娄　怎么回事？

西巴斯珊　我们在这里保护你们睡觉的时候，就是刚才，我们听见一阵吼声，像是牛，又像是狮子。没有把你们惊醒吗？我听起来是很可怖的。

阿龙索　我没听见什么。

安图尼欧　啊！是怪物听了都要害怕的声音，使得地都要震动，一定是一整群的狮子吼了。

阿龙索　你听见这声了吗，刚则娄？

刚则娄　以名誉为誓，陛下，我听见了一阵营营的微声。并且是很奇怪的，惊醒了我。我推起了您，并且叫起来了。因为我一睁眼，看见他们的刀都拔出来了。是有一阵声音，那是真的。最好是我们起来防卫着，或是离开这地方，我们也拔出刀来吧。

阿龙索　引路离开这地方，再去寻找我的可怜的儿子。

刚则娄　上天保佑他别遇见这些野兽！因为他一定是在岛

上的。

阿龙索　　我们领先走吧。〔偕众下〕

爱丽儿　　我向普洛斯帕罗报告我的功绩:

国王，平安地寻找你的儿子去。〔下〕

第二景：岛上另一部分

卡力班负柴上。雷声闻。

卡力班　　太阳从泥沼、污泽、浅滩，摄取起来的一切的毒疫，都降在普洛斯帕罗头上，令他浑身一寸一寸地生疮！虽然他手下的精灵能听见我，我还是诅咒他。不过除非他命令他们，他们是不掐我的，不变厉鬼吓我，不把我陷在泥里，也不像鬼火似的在昏暗中引我迷路。可是为了每一桩小事，他就派他们来惩治我：有时候化为猿猴，向我做脸嘴，喋喋不休，随后就咬我；有时候变作刺猬，横在我赤脚走的路上，刺我的脚；有时候我又整个地被毒蛇绕起，吐着两尖的舌头嘫嘫作声，把我吓得发狂。

特林枯娄上。

看啊！看！他的一个精灵来了，只因为我搬柴慢了，又来惩治我。我趴下去，也许他不注意我。

特林枯娄　这里没有森林也没有矮树可以遮蔽风雨，可是又有一阵暴风雨在酝酿着，我听见它在风里唱着呢。那边的那块黑云，那顶大的一块，像是一个大酒囊就要洒出酒来。若还像前次那样打雷，我不知把头往何处藏，那一块云一定要洒下一场倾盆大雨。——这是什么？是人还是鱼？死的还是活的？是一条鱼，味道是鱼的。一股陈腐的鱼腥气，还不是一条顶新鲜的咸鲞鱼。一条怪鱼！我现在若是在英格兰——我到过一次——只消把这鱼画出来[11]，每一个逛热闹的乡下佬儿都会出一块银钱来看看，这怪物就可以使一个人致富。在那个地方任何怪兽都可以使人致富。他们不愿出一文钱救济一个跛脚的乞丐，他们却愿出十文钱看看一个死了的印第安人。这东西的腿像是人的！鳍像是胳臂！温的，我敢赌咒！我现在忍不住要说出我的见解：这不是鱼，是个岛民，最近受了雷殛。〔雷鸣〕哎呀，暴风雨又来了。我最好的法子是趴在他的袍子底下，附近没有避雨的地方了:困难中容易使人和怪客同床。我就在此地藏身，等雨过去。

斯蒂番诺歌唱上，手持酒瓶。

斯蒂番诺　我再也不到海上去，海上去，
我愿在这个岸上边死——
这是给人送殡时唱的一支很下流的歌。好，这里有

我的乐趣。〔饮酒〕
船主、夫役、水手头目和我自己，
炮手和他的伴侣，
爱上了毛尔、麦格、玛利安和玛格利，
但是我们谁也不爱凯蒂，
只因她的舌头太尖利，
爱向水手喊，“挨绞去”。
她不爱闻柏油沥青的臭味道，
但她痒的地方却叫裁缝匠来搔。
到海上去，伙计，让她挨绞去。
这也是个下流的歌，但这里有我的乐趣。〔饮酒〕

卡力班　别惩治我，啊！

斯蒂番诺　这是什么事？我们此地有魔鬼吗？你莫非是要用野人和印第安红人来吓骗我们吗？哈！我没被淹死，却不怕你这四条腿的，因为俗语说得好，好好的一个四条腿走路的人，你是不能令他屈服的。现在我也可以这样说，只消我斯蒂番诺鼻孔里喘着气。

卡力班　精灵害我来了，啊！

斯蒂番诺　这是岛上的一个四腿怪物，他大概是害了疟疾。这东西怎样学会了我们的语言了呢？只为了这个缘故，我来救济他一下吧！假如我能给他治好病，把他驯服了带回那不勒斯去，可以贡献给任何一位穿皮靴的皇帝。

卡力班　别惩治我，请你，我可以快些往家里搬柴。

斯蒂番诺　现在他的病正发作，所以语无伦次。让他尝尝我的瓶子里的酒，假如他从前没有喝过酒，这差不多就可以治好他的病。假如我能治好了他，把他驯服了，我从他身上要捞到多少钱都可以，谁要想要他，就得出一笔价钱，并且大价钱。

卡力班　你现在还没有伤害我什么，你不久就要下手了，因为你的抖颤使我明白了[12]，现在普洛斯帕罗附在你身上了。

斯蒂番诺　过来，张开你的嘴，这东西下去就能使你言语了，猫！[13]张开你的嘴，这就可以使你不抖了，一点也不抖了。〔给卡力班酒喝〕你真辨不出谁是你的友人，再张开嘴。

特林枯娄　我应该是认识这声音，这应该是——但是他已经淹死了！这是鬼。啊！上天保佑！

斯蒂番诺　四条腿，两个声音，一个顶好玩的怪物！他前边的声音刚说他的朋友的好话，他后边的声音就说坏话，叫骂起来了。假如我这一瓶酒能治好他的疟疾，我就治他。来。阿门！我在这边的嘴里也倒些酒。

特林枯娄　斯蒂番诺！

斯蒂番诺　是你那边的嘴叫我吗？天哪！天哪！这是魔鬼，不是怪物，我躲开他吧！我没有长匙[14]。

特林枯娄　斯蒂番诺！——你若是斯蒂番诺，你过来摸我，和我说话。我是特林枯娄——别怕——你的好朋友特林枯娄。

斯蒂番诺　如其你是特林枯娄，你出来。我抓住这小一点的腿来拉你。若是这些腿里有两条是特林枯娄的，一定就是这两条。你真是特林枯娄！你怎么变成这怪物的粪便了？他能屙出特林枯娄吗？

特林枯娄　我以为他是被雷殛了。不过你不是淹死了吗，斯蒂番诺？我现在希望你是没有淹死。暴雨过去了吗？我因为避雨所以躲在这死怪物的袍下。你是活人吗，斯蒂番诺？啊斯蒂番诺！两个那不勒斯人算是逃生了！

斯蒂番诺　请你别旋转我，我的胃容易作呕。

卡力班　〔旁白〕他们倒是好东西，假如不是精灵。那一个必是个天神，还带着天上的琼浆。我给他跪下。

斯蒂番诺　你怎样逃生的？你怎样到此地的？你吻着这酒瓶发誓，你是怎样到此地的？水手们掷到海里一只大酒桶，我便是浮在那桶上逃命的，我凭这酒瓶发誓！这酒瓶还是我漂到岸上之后亲手用树皮制的呢。

卡力班　我也要凭你那酒瓶发誓，做你的顺民，因为那酒不是世间所有。

斯蒂番诺　这里，你发誓，你是怎样逃的？

特林枯娄　你这人，我是游到岸上来的呀，像只鸭子似的，我敢赌咒，我能像鸭子似的游水。

斯蒂番诺　这里，吻这本书吧[15]。〔给特林枯娄酒喝〕你虽然能游水像鸭子一般，你生得却像一只鹅[16]。

特林枯娄　啊斯蒂番诺！这东西你还有些吗？

斯蒂番诺　你这人，还有一整桶呢，我的酒在我酒窖里收着，就是海边的一块岩石里。怪物，觉得怎样了！你的疟疾怎样了？

卡力班　你不是从天上降下来的吗？

斯蒂番诺　我告诉你吧，从月亮里来的，我即是月中老人，曾经有过一个时候。

卡力班　我看见过你在月亮里，我崇拜你。我的女主人曾指给我看，你，你的狗，你的树。

斯蒂番诺　来，发誓吧！吻这书吧！我就去再装新酒，发誓吧。

特林枯娄　我敢说，这是一个很蠢笨的怪物——我怕他——很蠢笨的怪物——月中老人！好可怜的一个迷信的怪物！喝得好，怪物，真喝得好。

卡力班　我引你看这岛上的每一英寸的肥沃的地。我愿吻你的脚。我请你，做我的神吧。

特林枯娄　我敢说，真是一个顶狡诈的酒醉的怪物，等他的神睡着了的时候，他曾偷他的酒瓶的。

卡力班　我愿吻你的脚，我发誓做你的顺民。

斯蒂番诺　那么来吧，跪下去，发誓。

特林枯娄　这昏头昏脑的怪物真使我笑得要死。顶下贱的一个怪物！我心里真想打他一顿——

斯蒂番诺　来，吻吧。

特林枯娄　若非是这怪物正在醉着，好可厌的怪物！

卡力班　我引你去看最好的泉水，我给你摘果，我给你捕鱼，我给你捡柴够你用的。我伺候的那个暴主真该死！我不再给他捡柴了，我追随你，你这奇异的人。

特林枯娄　顶可笑的怪物，竟把一个醉汉当作了异人！

卡力班　我请你，容我带你去到生山查子的地方去；我用我的长指甲给你挖落花生；引你找喜鹊巢，并且教你怎样捉那矫捷的小猴子；我带你去采一丛一丛的榛子，有时候我从岩石上给你捕几只海鸥[17]的雏儿。你愿跟我去吗?

斯蒂番诺　我请你就引路吧，不要再说了。——特林枯娄，国王和我们的伙伴都淹死了，我们就拥有这块地方了。——这里，你拿着这个瓶子。——特林枯娄，我们随后再来灌他。

卡力班　再会了，主人，再会，再会！〔醉中乱唱〕

特林枯娄　一个叫嚣的怪物，一个酒醉的怪物。

卡力班　我不再筑坝给你摸鱼了；
不再听你的话
给你把柴打；
不再给你刷盘子洗碗了；
班，班，卡——卡力班，
我有了新主子——你另雇新佣人！
自由，万岁！万岁！自由！自由！万岁！自由！

斯蒂番诺　啊好一个怪物！引路。〔众下〕

注释

[1] 冷粥为不适口之物，言不受欢迎之意。

[2] 原文“A dollar”意为“一元”，但因其音与 dolour 近，故又有“愁”之意。

[3] 亚德利安误 temperature 为 temperance，而 temperance 适为当时普通女人的一个名字，故云。

[4] 条尼斯（Tunis）在迦太基（Carthage）西南十英里。

[5] 希腊神话: Amphion 鼓琴声造起了 Thebes 的城墙。

[6] 原文“plantation”，双关语，有“殖民”与“种植”二义。

[7] 言其刀落时并非以刃朝下，故无伤。譬刚之言并不锋利也。

[8] 捉鸟（原文“bat-fowling”）系一种游戏。此种游戏须于昏夜举行。上文言挖取月亮，因联想到无月光时黑夜之游戏。其法系乘黑夜时聚众入林，高持火炬，鸟惊起绕火而飞，即乘机用梃击落之。

[9]“死水”喻慵懒消极，言其无所可否。

[10] 月中阴影，似一老人带灯狗树枝状，故云。

[11] 市场中展览怪兽者每将怪兽形状绘于布上，揭于场外以为招徕。

[12] 恶魔附体时则浑身发抖。

[13] 谚云:“佳酿能使猫言语。”

[14] 谚云:“与恶魔共餐须用长匙。”言勿离恶魔过近致为所害也。

[15] 发誓前例须向《圣经》接吻以示虔诚。此处以酒瓶代《圣经》，故吻书即就瓶饮酒之意。

[16] 鹅为蠢笨之象征。

[17] 原文“scamels”意义至今不明。佛奈斯本为此字做两页的注释，博引各家之猜测，仍不能得妥恰之结论，今姑从 Theobald 所测，认系 sea-mall 或 sea-mell 或 sea-mew 之误，译作“海鸥”。

第三幕

第一景：普洛斯帕罗的窟前

飞蝶南负柴上。

飞蝶南　有些运动是很吃力的，可是其中的趣味可以抵消它；有些低贱的事，却被人高贵地担当起来，并且顶贫贱的事往往有造于丰美的结果。我现在所做的低贱的工作，对于我本是又烦重又可厌的，但是我伺候的女郎使得死板的变成活泼，使得我的劳苦变成愉快。啊！比起她父亲的乖戾，她真是十倍地温柔，而他是十足地尖刻。我遵从他的严命，我得搬运几千根这样的柴木，堆积起来。我的温柔的小姐看见我工作便落泪，并且说这样低贱的事从没有用这样的人去做的。我忘了工作了，但是这些甜蜜的思想很能调剂我的苦工，我工作的时候想得最厉害[1]。

米兰达上，普洛斯帕罗隐随。

米兰达　哎呀我现在请你，别这样用力地工作：我真愿你奉命堆积的这些柴木都被电火烧掉！请放下，休息吧。烧这柴的时候，柴都要流泪，因为劳累了你。我父亲正在专心读书，请你休息一下吧，三个钟头以内他是不会出来的。

飞蝶南　啊最亲爱的小姐，我一定要做的工作，在未做完以前，太阳怕就要落了。

米兰达　你若是坐下来，我可以替你搬一会儿。请你把那根给我，我给搬到堆上去吧。

飞蝶南　不，娇贵的小姐，我宁愿撕裂了我的筋肉，折断了我的脊骨，也不能让你做这不体面的事而我在旁闲坐着。

米兰达　这事情由我来做是和你做一样地合适。并且我来做是更安然的，因为我情愿做，而你不是甘心。

普洛斯帕罗　〔旁白〕可怜虫！你是动情了，你来探视便表示你是动情了。

米兰达　你的样子很疲倦。

飞蝶南　不，高贵的小姐，夜晚有你在旁边，在我看来就像是清晨一般。我请问你——主要的是为了在我的祈祷里面好称呼你——你的芳名？

米兰达　米兰达。——啊我的父亲！我违犯你的命令说出来了。

飞蝶南　可敬爱的米兰达[2]！真是的，绝顶地可敬可爱，价值抵得过世人所认为最贵重的东西！有许多女郎，我看着很有好感，有些时候她们的簧舌束缚了我的倾听的耳朵。我喜欢许多女人，各有各的妙处，我从没有用全副诚心地爱过一个，总是有一点缺憾在她身上，和她的最美妙的地方作对，使之减色。但是你，啊你！如此之完美，如此之无比，你是用各个的优点捏合成的。

米兰达　我没见过一个女性，我不记得一个女人的脸，除非是从镜子里看见过我自己的。所谓男人的，除了你，好朋友，和我亲爱的父亲之外，我也没见过一个，外国人的面貌是什么样，我也不知道。但是，凭我的贞洁起誓——贞洁是我的妆奁中的宝贝——除了你之外我不要任何人跟我在世上做伴侣，除了你之外我也想象不出另一个人的形状能讨我的喜欢。我说话太放肆了，忘记了我父亲的告诫。

飞蝶南　我的地位本是一个王子，米兰达，我想，已经是国王了——我并不愿如此——我本不肯忍受这运柴的贱役，就如同不能由着苍蝇在我嘴上下蛆一般——听我心坎里的话：我刚一见到你，我的心飞了，情愿伺候你，我的心落在这里了，甘愿做你的奴隶，为了你，我才这样耐心地当了一名柴夫。

米兰达　你爱我吗？

飞蝶南　啊天哪！请来给我的话做个见证，并且如果我说的是实话，让我的供状得到美满的结果；如果我说的是假话，使我的好运都变成为灾劫！我，超过了世上其他的任何事物的一切的限制，我真是爱你，重视你，尊敬你。

米兰达　我喜欢得哭了，我真是个傻子。

普洛斯帕罗　〔旁白〕两股顶少有的爱情遇在一处了！愿上天降福给这一对结合！

飞蝶南　你为什么哭？

米兰达　我是哭我的自惭形秽，我不敢献出我所愿意给的，更不敢接受那非得到便不能活命的。不过这样说是没有用的，越遮掩，越表现得明白了。滚开吧，羞赧的狡诈！来帮助我，坦白神圣的天真！我是你的妻，假如你愿娶我；你若是不，我一生不嫁了。做你的伴侣，你也许拒绝我，但是我愿做你的奴仆，不管你愿意不愿意。

飞蝶南　我的小姐，最亲爱的，我永远这样对你忠诚。

米兰达　那么是我的丈夫了？

飞蝶南　是的，满心情愿，如同奴隶愿意自由一般。我的手在这里。

米兰达　我的手[3]，我的心也在里面。现在再会吧，半点钟后再见。

飞蝶南　让我说千万声再会！〔飞蝶南与米兰达分别下〕

普洛斯帕罗　我不能像他们这样地喜欢，他们是喜出望外。不过我在任何事也不能得到更大的喜悦了。我要去读书[4]，在晚饭前，我还有许多事要准备。〔下〕

第二景：岛上另一部分

卡力班持酒瓶，斯蒂番诺与特林枯娄上。

斯蒂番诺　不用和我说：桶干了之后，我们就喝水，没干以前，一滴水也不喝。所以，扳过舵来。向前冲[5]。——怪物听差，你喝酒祝贺我。

特林枯娄　怪物听差！这岛上可太荒唐了！据说这岛上只有五个人：我们是其中之三，其余的两个若也是像我们这样的头脑，这国家可就要倒了。

斯蒂番诺　喝吧，怪物听差，我教你喝的时候你自管喝。你头上的两眼都发直了。

特林枯娄　不在头上在哪里？假如长在尾巴上，他是一个更可观的怪物了。

斯蒂番诺　我的怪物人说不出话来了，舌头溺在酒里了。至于我，海也淹不死我，未到岸之前，我能游泳，来回游个一百多英里，我敢赌咒。你做我的副官，怪物，或是执旗官。

特林枯娄　做你的副官吧，若是你愿意，因为他站不起来了。

斯蒂番诺　我们并不跑步，怪物先生。

特林枯娄　也不慢步走，你可以卧着，像狗似的。他还是不说话。

斯蒂番诺　怪物，你这一辈子再开一回口吧，假若你是一个好怪物。

卡力班　先生您好？我来舐您的鞋。我不伺候他，他不勇敢。

特林枯娄　你胡说，顶愚蠢的怪物，我现在可以打一个警官。哼，你这烂醉的鱼，像我今天喝这样多酒的人，可有是懦夫的吗？你不过是半鱼半怪，你就要扯一个大大的怪谎吗？

卡力班　看，他是怎样地讥嘲我！您能容他那样吗，陛下？

特林枯娄　“陛下”，他说！一个怪物会蠢得这样！

卡力班　看，看，他又来了！咬死他，我求您。

斯蒂番诺　特林枯娄，你说话要客气一点，你若是反叛，下一棵树[6]！这可怜的怪物是我的属民，他不能受人欺侮。

卡力班　我谢谢您。您愿意再听一次我所要求于您的一件事吗？

斯蒂番诺　可以的，跪下，说吧。我站着，特林枯娄也站着。

爱丽儿隐形上。

卡力班　我向您已说过一回，我是被一个魔术家给降服了，他用狡计夺去了我这个岛。

爱丽儿　你说谎！

卡力班　你说谎，你这逗笑的猴子！我愿我的勇敢的主人打死你。我没有说谎。

斯蒂番诺　特林枯娄，你若是再搅扰他说话，我凭这手起誓，我要敲落你几颗牙。

特林枯娄　噫，我没说什么。

斯蒂番诺　那么就闭嘴别再说了。——〔向卡力班〕讲下去。

卡力班　我方才说，他用魔术夺取了这个岛，从我手里夺了去。假如您愿意，请报复他一下，因为，我知道，您敢，这东西不敢——

斯蒂番诺　那是一定。

卡力班　您便可以在岛上称王，我伺候您。

斯蒂番诺　这事怎样才能办成功呢？你能带我去到他们那里去吗？

卡力班　可以，可以，主人，我乘他熟睡的时候带你去，你可以把一个钉子钉进他的脑壳。

爱丽儿　你胡说，你不能。

卡力班　这是什么样子的一个小丑！你这个下贱的奴才！——我请求陛下，打他几下子，把他的酒瓶抢过来。没有酒瓶，他就只得喝海水了，因为我不指示他泉水在什么地方。

斯蒂番诺　特林枯娄，你不可再冒险了。你若再说一句话搅扰这怪物，我以此手为誓，我就要摒除一切的宽容，把你打成一条咸鱼[7]。

特林枯娄　咦，我做什么了？我什么也没有做。我离远点。

斯蒂番诺　你没有说他是胡说吗？

爱丽儿　你胡说。

斯蒂番诺　我胡说？你受这一下吧。〔打特林枯娄〕你若是喜欢这一下子，你还可以再说我是胡说。

特林枯娄　我没有说你是胡说。你糊涂了，并且听不清了！——酒瓶真可恶！酒喝多了就能这样——让你那怪物生牛瘟，让恶魔咬去你那只手！

卡力班　哈，哈，哈！

斯蒂番诺　现在，你讲你的故事吧。——请你再站远一点。

卡力班　把他打够了，过一会儿我也要打他。

斯蒂番诺　站远一点。——讲下去吧。

卡力班　我已经和您说过，他有个习惯，午后要睡觉的。您先抓到他的书之后，您就可以使他的脑浆迸裂，或是用一根木橛子打碎他的脑壳，或是用一根木桩子戳破他的肚皮，或是用您的刀子割断他的气管。要记住，先抓到他的书，因为去掉了书，他就是个傻人，和我一样了，他便一个精灵都不能使唤了：他们都和我一样地痛恨他。只要烧掉他的书。他有许多好的陈设——他叫作陈设——他若是有一间房子，便可用来做装饰。最值得注意的是他的女儿的美貌，他自己称她为绝色。我从没有见过女人，除了我的妈妈西考拉克斯和她之外，但是她确实是远在西考拉克斯之上，犹如最大的远胜过最小的一般。

斯蒂番诺　果然是这样漂亮的一位姑娘吗？

卡力班　是的，主人，我敢保，她配和你同床，并且给你养出漂亮的小孩。

斯蒂番诺　怪物，我去杀掉那个人，他的女儿和我就做国王和王后。上帝保佑！特林枯娄和你就做总督。你喜欢这个计划吧，特林枯娄？

特林枯娄　好极了。

斯蒂番诺　我们来握手。我打了你，我很抱歉，不过，你以后可不要再胡说乱道。

卡力班　在半小时以内他就要睡了，你愿就去杀他吗？

斯蒂番诺　愿意，以我的名誉为誓。

爱丽儿　我要把这事报告我的主人。

卡力班　你使得我很高兴，我是很喜欢。我们快活吧。你方才教我的那支曲子，你再唱一遍好不好？

斯蒂番诺　怪物，你若是请求，一切合理的事我都可以做。来，特林枯娄，我们唱。〔歌唱〕

嘲笑他们，讥讽他们；
讥讽他们，嘲笑他们；
我们的心情是自由的。

卡力班　这调子不对。〔爱丽儿用小鼓与笛奏此调〕

斯蒂番诺　这是什么？

特林枯娄　这就是我们的歌曲的调子，是那没身体的人[8]奏出来的。

斯蒂番诺　如其你是个人，显你的原形；如其你是个魔鬼，随你的便。

特林枯娄　啊，饶恕我的罪恶！

斯蒂番诺　人一死便付清了一切的债，我不怕你。——上天慈悲吧！

卡力班　你也怕了吗？

斯蒂番诺　不，怪物，我不怕。

卡力班　不要怕。这岛上竟是声音，音乐，很好听的，不伤害人。有时候有千种的乐器在我的耳畔铮铮地响。有时候，我恰从长睡醒来，有些声音能使我又瞌睡起来，随后，在梦中，我觉得天上的云彩裂开了，露出了富丽的东西，就要落在我的身上，以至于我醒了之后，哭着愿意再到梦中。

斯蒂番诺　这将成为我的绝妙的一个国土，我不用花钱就有音乐听了。

卡力班　得要等到普洛斯帕罗被杀掉以后。

斯蒂番诺　那是不久就会做到的。我想起你的话来了。

特林枯娄　这音乐走了，我们跟着去，随后再做我们的事。

斯蒂番诺　引路，怪物，我们跟着。我愿意我能看见这个打鼓的人！他又用力敲起来了。你来不来？

特林枯娄　我来跟着，斯蒂番诺。〔众下〕

第三景：岛上另一部分

阿龙索、西巴斯珊、安图尼欧、刚则娄、亚德利安、佛兰西斯科及其他上。

刚则娄　我可真不能再走了，陛下，我的老骨头都痛了。我们走的真是一条好错综的路，又是直路，又是弯路！求您恩准，我需要休息一下了。

阿龙索　老先生，我不怪你，我自己也倦了，我的精神很疲怠，坐下，休息吧。现在我放弃我的希望了，不再用希望宽解我自己。我们这样巡行觅找的他，必是淹死了，海水都要嘲笑我们这样徒劳无功的寻找。

好，由他去吧。

安图尼欧 〔向西巴斯珊旁白〕我很喜欢他这样的绝望。别为了一次失败，就放弃了你的坚决的主意。

西巴斯珊 〔向安图尼欧旁白〕下次有机会的时候我们必要行事。

安图尼欧 〔向西巴斯珊旁白〕就在今晚吧。因为他们走得疲乏，他们不会，并且也不能，像在有精力的时候那般地警醒。

西巴斯珊 〔向安图尼欧旁白〕我说今天晚上。不用再说了。

庄严而奇异的乐声；普洛斯帕罗自上面[9]出现，用隐身法。许多怪形自下入，设列饮食，围而舞，用轻妙之动作，并致敬礼，召请国王等人享食，遂退。

阿龙索 这是什么乐声？我的好朋友们，听！

刚则娄 非常美妙的音乐！

阿龙索 天哪，派天使保佑我们！这是什么？

西巴斯珊 活傀儡戏。现在我可相信世上真有独角兽，在阿拉伯真有一棵树，凤凰的宝座，真有一只凤凰现在在那里称尊。

安图尼欧 我两样都相信，若还有其他令人难以置信的，找我来，我敢发誓说是真的。远路的旅客从来不曾说谎，虽然家乡的傻子斥骂他们。

刚则娄 我若是在那不勒斯报告这一件事，他们会相信我吗？我若是说我看见了这样的岛民——这一定是岛上的居民——他们的形状虽然奇特，但是，你看，他们的举止却比我们人类的许多种族，不，几乎任何种族，都要来得更有礼貌。

普洛斯帕罗 〔旁白〕诚实的先生，你说得不错，因为你们当中有几位确是比恶魔还坏呢。

阿龙索 我惊讶得无以复加了，这样的形状，这样的姿式，这样的音乐，虽然他们不说话，却表示了一种极美妙的哑剧。

普洛斯帕罗 〔旁白〕等临完时再称赞吧。

佛兰西斯科 他们很奇异地逝灭了。

西巴斯珊 那倒没有关系，因为他们把食物留下了，我们的胃口正好。——你们愿意尝尝这个吗?

阿龙索 我不。

刚则娄 真的，陛下，您不用怕。我们小的时候，谁肯相信有些山上的居民像牛似的在脖子底下悬着肉袋[10]？或是头生在胸口上的人[11]？而如今则每个五倍索偿的人[12]都给我们带来很好的证明。

阿龙索 我来动手吃，纵然是我最后一餐，没有关系，我觉得我的好日子已经过去。——兄弟，公爵大人，来像我似的吃呀。

雷电。爱丽儿做人首怪鹰状上。在桌上鼓翼，用精妙手法使食物幻灭。

爱丽儿 你们是三个罪人，命运之神——他是把这尘世以及其中的一切当作工具用的——使得那永填不够的大海把你们吐了出来，并且把你们冲到这没人居住的岛上。你们是人间最不配活着的。我使得你们发狂。〔见阿龙索、西巴斯珊等人拔剑〕使得你们鼓起了敢于自缢或自溺的勇气。你们这群傻子！我和我的伙伴就是命运的部下，你们那凡间制炼的剑，若想伤害到我的一根羽毛，那就如同要砍伤呜呜的风一般，或是抽刀断水一般地可笑。我的伙伴也是和我一样地不受伤害。你们若是能伤害，现在你们也不能举动你们的剑了。但是，你们要记住——这就是我来对你们要说的话——你们三个把善良的普洛斯帕罗从米兰给撵走了；把他和他的天真的孩子送到海上，海总算是替他报复了。这桩罪过，天神虽然迟缓，却不曾忘记，所以使得海水、海岸，以及一切生灵，都来害得你们不得安宁。他们把你的儿子夺去了，阿龙索，并且派我前来宣布，绵延的灾难——比任何样的一死都还难堪——一步一步地来降在你的身上以及你一切的行为；若想避免这灾难——否则在这顶荒凉的岛上一定要降在你们的头上的——别无他法，只有诚心忏悔，改过自新。〔于雷声中逝去，随后悠扬之乐声又起，奇异之形状又上，以讥诮轻狂之态舞蹈，抬桌下〕

普洛斯帕罗　〔旁白〕你变成怪鹰扑食的形状，做得很好，我的爱丽儿。我的命令你完全执行了，我要你说的话，你一点也没遗漏。我的一群较小的精灵也都认真听命，各尽厥职。我的高超的法术见了功效，我的这些敌人全都困在昏迷状态当中，他们现在可由我支配

了。我由他们在这里发狂，我去看望那年轻的飞蝶南——他们以为他是淹死了——和他的与我的痛爱的姑娘。〔自上面下〕

刚则娄　我用神圣的东西的名义来请问，陛下，为什么您站在那里瞪着眼发呆?

阿龙索　啊，好奇怪！奇怪！我觉得波涛都说话了，在数我的罪状；风也在唱着我的罪状；雷，沉重可怖的风琴，也在叫着普洛斯帕罗的名字，并且吼着我的过失。所以我的儿子是睡在泞泥里了，要到铅锤测不到的更深的地方去找他，同他一起睡在泥里。〔下〕

西巴斯珊　魔鬼若是一个一个地来，我可以把他们整队地打退。

安图尼欧　我来做你的助手。〔西巴斯珊与安图尼欧下〕

刚则娄　他们三个全都不要命了。他们的大罪，像是很久以后才发作的毒药一般，现在开始侵蚀他们的心灵了。——我请你们几位筋骨灵活的，赶快跟着他们去，防止他们因疯惹出的祸端。

亚德利安　跟了去，我请你们。〔众下〕

注释

[1] 第一版对折本原文为“Most busie lest,when I doe it”，不可解，必有误植。但如何改正则各家聚讼纷纷，佛奈斯新集注本引征各家意见占十二页之多（自第一四四页至第一五六页），为莎士比亚剧本中受各家

评释最繁之一处。牛津本系采取 Holt and Singer 的意见，改为“Most busiest，when I doe it”，意固可通，但亦不圆满。

[2] 拉丁文 miranda 一字即有“可敬爱”之意。飞蝶南骤闻女名 Miranda 因联想及之。

[3] 握手表示定情。

[4] 魔术的书。

[5] 原文“bear up,and board'em. ”系航海术语，原意谓:“扳转舵机使船向下风驶，并强登敌船”，此处当系比喻引瓶而饮之意，亦即向酒瓶进攻之意。

[6] 吊死在最近的一棵树上。

[7] 咸鱼系先打后煮。

[8] 原文“The picture of Nobody”系指伊利沙白时代一书贾 John Trundle 之招牌上所绘之形，其形有头有臂有腿而无躯干，故云 nobody，今借作“无身体的人”，亦即“无形之人”。

[9] 指舞台后壁之上层言，所谓 upper-stage 是也。

[10] 指“颈腺肿”，俗谓“气瘰脖”。瑞士之山下居民多患之。

[11] 即“Anthropophagi”（见《奥赛罗》第一幕第三景第一四四行）。

[12]“五倍索偿的人”即是“航海客”之别称。莎士比亚时，航海为冒险事，航海者往往在行前先保一种寿险，付若干金，如能生还，则数倍索偿，有至五倍者。如不得生还，则其金被没收。索偿多寡，视航程之危险而定。

第四幕

第一景：普洛斯帕罗窟前

普洛斯帕罗、飞蝶南、米兰达上。

普洛斯帕罗　我若是惩罚你过于严厉了，你所受的补偿总可以抵得过，因为我现在给你的乃是我的生命的线，我活着就是为了她。我再说一遍，我把她许配给你。你所受的苦恼不过是我用以试验你的爱情，你居然很坚忍地禁住了试验。现在，当着上天，我认可送你这一份厚礼。啊飞蝶南！你不要笑我这样夸奖她，你自己会发现她是超出一切的赞美，使赞美追赶不上她。

飞蝶南　这我是相信的，纵然这是悖了神谕。

普洛斯帕罗　那么，作为我的赠礼，也是你分所应得的收获，接受我的女儿吧。但是你如果在未用盛大仪式举行神圣婚礼之前就破坏了她的处女的带，上天将永不降福使这婚姻美满；而使不育的厌恨、尖酸的侮慢、夫妻间的反目，弄得你们的床第变成荒芜之场，以至你们两个都厌恶它，所以要留心，喜神不久就要照耀着你们了。

飞蝶南　我是想过安宁日子的，我是想生男育女的，我是想长寿的，并且我现在如此地爱她，所以最幽暗的山洞、最机缘凑巧的地点、我们的劣性最强烈的诱惑，绝不能使我的荣誉变为淫欲，以至毁去我结婚那天的愉快的锋利，不过那时刻可真来得慢，我想不是太阳的骏马跑不动了，就是黑夜在下面被锁住了。

普洛斯帕罗　说得很好。那么坐下，和她谈话吧，她是你的了。喂，爱丽儿！我的勤快的差役爱丽儿！

爱丽儿上。

爱丽儿　我的主人有何吩咐？我在此地。

普洛斯帕罗　你和你手下的伙伴这一次已经很可嘉奖地尽了你们的职务。我一定要用你们再做这样一回把戏。去传你那一班伙伴来，我给你权力调度他们，带到此地来，催他们敏捷些：因为我要让这年轻的一对看看我的法术，我答应他们了，他们盼望我施展一下。

爱丽儿　立刻吗？

普洛斯帕罗　是的，要在一霎眼的时间。

爱丽儿　你来不及说“来”和“去”，

你来不及喘上两口气，
一个个地蹑着脚尖，
来到此地做着鬼脸。
您看着喜欢不喜欢？

普洛斯帕罗　我很喜欢，我的娇小的爱丽儿。你不要过来，等着我呼唤你。

爱丽儿　好，我明白。〔下〕

普洛斯帕罗　留心，你要信实，不要用情过于放纵。顶坚强的誓约遇到了欲火狂炽的时候也就成了一根稻草了。要忍制些，否则和你的誓约告别吧！

飞蝶南　我向您担保，先生，我心头有冰霜一般的贞节，早扑灭了我的情欲之火。

普洛斯帕罗　好。——来呀，我的爱丽儿！宁可多带一个来，别缺少了一个。出现吧，要敏捷。别开口！睁开眼！静默。〔悠扬之乐声〕

假面剧登场。哀利斯上。

哀利斯　塞利斯，最慷慨的女神，你拥有
小麦、裸麦、大麦、蚕豆、雀麦、豌豆；
你的草山上住着活泼的羊群，
平原上堆着草料供养它们；
你的掘刨耕耘过的岸旁[1]，
湿润的四月奉你的命令加了装潢，
给贞静的女神制造花冠；你的丛林，
失恋的男子最喜欢其间的树荫；

你有缠绕架柱的葡萄园，
你也有荒芜巉岩的海边，
你喜欢在那里游玩畅意；
我是天上的彩虹，天后的侍役，
天后命你离开你的园地，陪着她
到这地方这草地上来玩耍，
她的孔雀已经飞了过来[2]；
来来，塞利斯，给她开怀。

塞利斯上。

塞利斯　敬礼了，彩色绚烂的前驱，
你从不违抗朱匹特的妻；
你用你的橙黄色的翅膀，
把甘霖洒在我的花朵上；
你用你的蓝色虹的两端，
给我的莽丛荒坡加了冠冕，
你是我的大地的美丽的披肩；
你的天后为何令我来到这里，
这一片长满短草的绿地？

哀利斯　来庆祝一段真正恋爱的婚姻，
并且送礼给这对幸福的情人。

塞利斯　彩虹，你告诉我，你是知道的，
是维诺斯，或是她的儿子呢，
现在陪着天后？因为她们设计
曾让狄斯夺去我的爱女，

我便从此立意地要躲避
她和她的瞎儿子那样下流的东西。

衰利斯　你不必害怕和她遇在一起；
我亲见她冲云破雾向佩孚斯[3]去，
还有她的儿子，一同驾着鸽车。
她们本想给这对痴男女一点情魔，
而他们发誓在结婚前绝不同床，
于是这战神的情妇[4]回转了家乡；
她的暴躁的儿子折断了他的箭，
赌咒不再射，只和麻雀逗着玩，
完全做个孩子。

塞利斯　最高贵最豪华，
伟大的鸠诺来了，看脚步就知道是她。

鸠诺上。

鸠诺　我的阔绰的妹妹可好？跟我去，
祝那一对男女，令他们腾达如意，
并有显达的儿女。〔歌唱〕

鸠诺　愿尊荣、财富、结婚的幸福，
长久地延续，繁昌富庶，
时时的快乐降给你们！
鸠诺唱着她的祝福给你们。

塞利斯　大地的生产，五谷的丰收，
仓廪不空，粮库常足：
葡萄园里结实累累；

果树的枝子压得低垂;
春天来到你的田庄,
最迟在收获完的时光!
贫匮穷乏永远轮不到你们,
塞利斯这样地祝福你们。

飞蝶南　这是顶壮丽的景象,并且巧妙地和谐:我想这大概是些精灵吧?

普洛斯帕罗　是精灵,我用法术把他们从他们住处唤来扮演我的计划。

飞蝶南　让我永远在此地住吧!这样稀有的奇异的一个岳父和一个妻[5],使得这地方成为天堂了。〔鸠诺与塞利斯耳语,并派哀利斯去做事〕

普洛斯帕罗　亲爱的[6],现在,别作声!鸠诺与塞利斯严重地耳语呢,还有别的要做。住声,别响,否则我们的法术就破坏了。

哀利斯　诸位奈亚得,弯曲河流的女神,
戴芦苇的冠,面貌永不狰狞,
请离开你们的皱纹的水面,
到这草地上来,鸠诺在呼唤。
来,贞洁的女神,来帮同庆祝
一段真爱的结合,不可迟误。

众女神上。

你们晒黑的刈者,八月最难堪,
离开田陇到这里来,来狂欢。

作乐吧，戴上你们的麦秸帽，
和这些鲜艳的女神们来舞蹈。

众刈者上，着适宜之服装，与众女神做曼舞；临完时普洛斯帕罗突起发言；言毕，于奇异之沉重紊乱声中，众怆然消逝。

普洛斯帕罗　〔旁白〕我忘记了卡力班那畜牲的一段险恶的阴谋，还有他的同谋者，想要害我的性命，他们阴谋定下的时间几乎到了。〔向众精灵〕干得好！去吧！不要演了！

飞蝶南　这很奇怪，你父亲动气了，很激昂的样子。

米兰达　到今天为止我从没有见过他如此地发怒。

普洛斯帕罗　我的孩子，你的脸上很兴奋，像是很忧愁。请你放心吧！我们的游戏现在完了。我们的这些演员，我已说过，原是一些精灵，现在化成空气，稀薄的空气。顶着云霄的高楼、富丽堂皇的宫殿、庄严的庙宇，甚至这地球本身，对了，还有地球上的一切，将来也会像这毫无根基的幻象一般地消逝，并且也会和这刚幻灭的空虚的戏景一样不留下一点烟痕。我们的本质原来也和梦的一般，我们的短促的一生是被完成在睡眠里面。我心里很懊恼，请原谅我的弱点，我的衰老的头脑有毛病了。不要因我的老病而感觉不安。你们若是愿意，回到我的洞府，休息一下，我要散步一回，来镇定我的跳动的心。

飞蝶南
米兰达　我们愿您安好。〔同下〕

普洛斯帕罗　刚一想到就来了！〔向他们〕多谢你们。爱丽儿，来！

爱丽儿上。

爱丽儿　我总是遵从你的意旨。你要什么？

普洛斯帕罗　精灵，我们要准备对付卡力班。

爱丽儿　是的，我的主人。我表演出塞利斯的时候，我本想就告诉你来的，不过我怕触怒了你。

普洛斯帕罗　你再说，你把这群下流东西丢在什么地方了？

爱丽儿　我已经告诉过你，他们喝得涨红了脸；胆量大得甚至于殴打空气，因为风吹了他们的脸；捶打土地，因为地吻了他们的脚；但是始终不忘进行他们的计划。于是我敲起我的小鼓。他们一听见，像没被骑过的野马一般，竖起了耳朵，抬起了眼皮，翻起了鼻孔，像是嗅着音乐似的。我便这样用魔术吸引住他们的耳朵，他们像小牛一般随着我的声音走，走过带刺的荆棘、尖锐的金雀花、刺人的山楂灌木，刺进了胫骨。最后我把他们丢在你的洞前那浮淤着秽物的池沼里，水没过颈子，他们舞蹈着，水臭掩过了他们的脚臭。

普洛斯帕罗　办理得很好，我的小鸟。你还是要隐起你的形体。去到我房里把我的好看的衣服拿来，好诱捕这些贼人。

爱丽儿　我去，我去。〔下〕

普洛斯帕罗　是个恶魔，天生的恶魔，在他的本性上，教育是一点也黏着不上的。在他身上我枉费了苦心，我的好意全失败了，完全失败了。他的身体越长越丑，他的心也越来越腐蚀。我要把他们全都收拾一下，甚至要他们叫唤。

爱丽儿带着辉煌的服装等物上。

来，都给挂在这菩提树[7]上。

普洛斯帕罗与爱丽儿用隐身法。卡力班、斯蒂番诺、特林枯娄，衣履尽湿，上。

卡力班　请你们轻点走，让那瞎鼹鼠都听不见脚步声。我们现在离他的窟近了。

斯蒂番诺　怪物，你说你的精灵是不害人的，可是他害得我们不下于一颗“鬼火”[8]。

特林枯娄　怪物，我浑身都是马尿味，我的鼻子闻了好不舒服。

斯蒂番诺　我的鼻子也是不舒服。你听见吗，怪物？我若是讨厌起你来，你要当心——

特林枯娄　你便是个可怜的怪物了。

卡力班　先生，请还多照应我吧！要耐心些，我将给你们找到一点好处，可以赔补这一场意外，所以小声些，全都像半夜一般地静。

特林枯娄　对了，可是我们的酒瓶都丢到池里了——

斯蒂番诺　怪物，这不仅是失了体面，还是无穷的损失哩。

特林枯娄　那对于我比浸湿还要紧：这全是你的不害人的精灵惹出来的，怪物。

斯蒂番诺　我要去捞取我的酒瓶，虽然有灭顶之虞。

卡力班　　我的皇帝，请你别说了。你看这里，这就是洞口。别作声，进去。放出那个好手段，便可以把这岛永远变成为你的，而我，也永远是你的卡力班，你的奴仆。

斯蒂番诺　　我们握手吧，我已起了杀心。

特林枯娄　　啊皇帝斯蒂番诺！啊贵人！啊好斯蒂番诺[9]！看呀，这是给你的多么好的一堆衣服！

卡力班　　不要管它，你这傻子，那是不值什么的。

特林枯娄　　啊，啊，怪物！我们懂得估衣店里有什么。——啊皇帝斯蒂番诺！

斯蒂番诺　　放下那件袍子，特林枯娄！我以此手为誓，我要那件袍子。

特林枯娄　　敬献给陛下。

卡力班　　这该死的奴才！你是什么用意，竟爱上这些累赘物？我们走吧，先去杀人。他若是醒了，他会把我们的皮肤从头到脚给拧遍了，把我们弄得不成样子。

斯蒂番诺　　你不要说，怪物。——菩提树，这不是我的背心吗？现在这背心可是在“赤道”下了[10]。背心呀，你怕要脱毛，变成一件秃背心哩。

特林枯娄　　对，对，我们是“盗亦有道”[11]。

斯蒂番诺　　我多谢你这句笑话，这件衣服是酬劳你的。我在此地为王，有才智的人总是有报酬的。“盗亦有道”是很好的一句俏皮话，再酬劳你一件。

特林枯娄　　怪物，来，手指上涂些鸟黐，把其余的都拿去。

卡力班　　我是一件也不要。我们要耽误时候了，我们怕要被变作鹅，或是低额的猴子。

斯蒂番诺　怪物，帮一把手，帮着把这些送到我藏酒桶的地方，否则我要把你逐出国境。去，带着这个。

特林枯娄　还有这个。

斯蒂番诺　对了，还有这个。

猎户声。各样精灵扮作猎狗上，向众追逐；普洛斯帕罗与爱丽儿在后唆使。

普洛斯帕罗　喂，高山，喂！

爱丽儿　白银！那边去，白银！

普洛斯帕罗　狂怒，狂怒！那边，霸王[12]，那边！听，听！〔卡力班、斯蒂番诺、特林枯娄被逐下〕

去，命令我的精灵们叫他们抽干疯，揉磨他们的骨节；用老年人患的痉挛抽缩他们的筋，并且掐得他们满身斑痕，比豹和野猫的还要多。

爱丽儿　听！他们叫唤呢。

普洛斯帕罗　痛痛快快地追赶他们一顿。我的所有的敌人现在都由我摆布了，我的工作不久就要完毕，你也就可以自由地去翱翔了。目前且跟随着我，给我做点事。〔同下〕

注释

[1] 此行原文“Thy banks with pioned and twilled brims”费解。佛奈斯集注本有六页的注释。大别之有两派解释：一派以 pioned 为 peonied 之

误，意为“生满了芍药”，以 twilled 为“生满了芦苇”之意；一派则直认为 trenched and tilled 或 trenched and ridged。后说较欠雅而亦较平易，姑从之。

[2] 天后即鸠诺（Juno），朱匹特（Jupiter）之妻，天神中位置最高，其车以孔雀曳之。

[3] 佩孚斯（Paphos），维诺斯之生身地。

[4] “战神的情妇”，即维诺斯，马尔斯（Mars）曾恋之，故云。

[5] 第一版对折本有作 wife 者，亦有作 wise 者，因旧式写法 f 与 s 本极易混淆之故。牛津本随第二、第三、第四对折本作 wise，但不若 wife 之平易。但主张作 wise 者亦有两个理由: wise 与 paradise 谐韵，并且此句之动词 makes 为单数的。

[6] “亲爱的”指米兰达言。或谓此句应是米兰达对飞蝶南所说，颇近理。

[7] 原文“line”可解作“毛绳”，亦可解作“菩提树”（lime,or linden）。今从后解。

[8] 原文“Jack”即 Jack-o-lantern（鬼火）。能诱人误入歧途或陷入泥泞之中。

[9] 戏称斯蒂番诺为“皇帝”“贵人”，因有古歌谣一阕其首句即为“King Stephen was a worthy peer”云云。《奥赛罗》第二幕第三景曾采入二节，参看拙译本。

[10] 原文“line”双关语，一方面提“菩提树”，一方面 equinoctial line（赤道）。皮衣至热带地域最易脱毛，故云。

[11] 原文“We steal by line and level”意为“我们行窃亦按规矩行之”。line 乃测垂直所用之线，level 乃测水平之具。

[12] “高山”“白银”“狂怒”“霸王”，均犬名。

第五幕

第一景：普洛斯帕罗的洞前

普洛斯帕罗披法衣上。爱丽儿同上。

普洛斯帕罗　我的计划现在可要成熟了。我的法术没有失败，我的精灵都很服从，事情进行得很顺利。现在什么时候了？

爱丽儿　快六点了。你说过到这时候我们的工作该停止了。

普洛斯帕罗　我起初兴起风暴的时候是这样说过。喂，我的精灵，国王和他的一班随从现在怎样了？

爱丽儿　都按照你所吩咐的那样囚禁在一起了，现在还是那个样子：全都是囚徒，囚禁在给你的洞口做遮蔽的菩提树林里；你不释放，他们是不能动弹的。国王、他的兄弟、你的兄弟，三个人都还在发狂，其余的人都充满了忧愁，为他们而难过；不过最哀痛的是你所谓的那位“老好先生刚则娄”，他的泪珠从他胡须上滚下来，像屋檐上的冰柱一般。你的法术很强烈地制服了他们，假如你现在去看看他们，你的情感会变缓和些的。

普洛斯帕罗　你真这样想吗？精灵？

爱丽儿　我若是个人，我的心会变软些的。

普洛斯帕罗　我的心是一定会变软的了。你，不过是空气罢了，居然对他们的苦痛有感触同情，那么，我既是与他们同类，有同等的敏感，有同样的情绪，能不比你更加受感动吗？对于他们的罪大恶极我虽然是痛心疾首，但是我究竟依从我的较高尚的理智，抵御我的愤怒，克己比报复是更难得的。他们既已忏悔，我就不愿再深究了。去，释放他们，爱丽儿。我就去解除我的符咒，我恢复他们的感觉，他们就会清醒了。

爱丽儿　我去带他们来。〔下〕

普洛斯帕罗　山川湖林的众精灵们，还有你们，举起不留痕迹的脚步在沙滩上追逐低落的海潮，潮水回来的时候你们又逃；你们傀儡一半大的小精灵们，月夜中在草地上跳舞留下圆圈的痕，羊都嫌酸不肯吃；还有你们，喜在午夜造着蕈蘑玩，喜欢听庄严的晚钟，靠了你们的帮助——虽然你们是脆弱的精灵——我曾遮暗午间的太阳，唤起倔强的狂风，在绿水蓝天之间激起狂号的奋战。我曾给辚辚的雷声以电火，用周甫自己的雷霆劈裂他们自己的坚强的橡树；我使得根基牢固的山岩震动，把松杉连根拔起；坟墓曾受我的命令惊醒了里面睡眠的人，张开口，借了我的伟大的法术放他们出来。但是这种强暴的法术，我现在放弃了，等到我需要一点天上的音乐——现在我就需要——来唤醒他们的感官并且解除这为他们而设的魔术的时候，我就折断我的法杖，深深埋在土里，并且把我的魔术的书沉到不曾测到过的海底。〔庄严的乐声〕

爱丽儿重上。在他后面是阿龙索，做癫狂的姿态，由刚则娄陪侍着；西巴斯珊与安图尼欧亦做癫状，由亚德利安与佛兰西斯科陪侍着；均走入普洛斯帕罗所设之圈，呆立不动，普洛斯帕罗看了便发言。

庄严的音乐最能抚慰迷惘的心灵，让这音乐来治疗你们的脑筋吧，现在你们的脑筋是没有用，在你们的脑壳里沸滚着呢！站在那边，因为你们是被法术定住了。公正的刚则娄，可敬的人，我的眼睛对你的眼睛极表同情，也流下同情之泪了。法术不久就消散，恰似晨曦暗袭昏夜来消减黑暗一般，他们的感觉就要开始驱散蒙蔽理智的迷雾。——啊好刚则娄！你是我的救命恩人，你是你主上的忠臣，在言行两方面我都要重酬你的恩惠。——阿龙索，你对待我和我的女儿真是最残忍了，你的兄弟是帮着鼓动下这毒手的人——为了这个你现在受着苦痛呢，西巴斯珊。——同胞骨肉，你，我的亲兄弟，为了野心，竟排斥了怜悯与骨肉间的至情；你，伙同了西巴斯珊——他内心的苦痛因此是极强烈的——意图在此地杀死你们的国王。我饶恕你，虽然你是伤天害理！——他们的理性开始高涨了，不久就可充溢到现在污垢的理智的边岸。他们一个都不看我，都还不认识我。——爱丽儿，到我洞里把我的帽子和刀拿来。〔爱丽儿下〕我要脱掉我的服装，露出我的本来面目，像我从前做米兰公爵时的模样。——快些，精灵，不久你就可自由了。

爱丽儿唱着上，助普洛斯帕罗上装。

爱丽儿　在蜜蜂吸蜜的地方我吸蜜：
我卧在莲香花的钟儿里；
我一直睡到鸮鸟的鸣声起。
我骑在蝙蝠背上飞去，
快活地去追寻着夏季：
我现在可以快乐地快乐地流连
在那枝头悬挂着的花朵下边。

普洛斯帕罗　这才是我的乖巧的爱丽儿！我以后会想念你，但是我还要给你自由。——好，好，好——还照你现在这样地隐形，到国王的船上去：水手们还在舱里酣睡着，船主和水手头目醒了之后，逼他们到此地来，要赶快，我告诉你。

爱丽儿　我乘风而去，在你的脉跳两次之前我就回来。〔下〕

刚则娄　　一切的痛苦、艰难、离奇、怪异，这里全都有，愿天上的神力引导我们离开这可怕的国境！

普洛斯帕罗　国王先生，请看这蒙冤的米兰公爵，普洛斯帕罗。为更能证明现在和你说话的是个活着的君主起见，我现在来拥抱你，我热诚地欢迎你和你的伴侣们。

阿龙索　　你究竟是不是他，或者是我最近所看见的一些骗我的幻象，我不知道。你的血脉直跳动，像是一个血肉的人，并且自从我一见了你，我的苦痛也缓和了，那一阵苦痛我想大概是由疯狂而来。假如这全是真实的，这需要一个顶奇异的解释。你的领土我现在放弃了，请你宽恕我的过错，但是普洛斯帕罗怎么还是活着，并且在此地呢？

普洛斯帕罗　高贵的朋友，让我先拥抱你的老体，你的尊荣是不能限量的。

刚则娄　　这究竟是真还是假，我不敢说。

普洛斯帕罗　你还是在尝着这岛上的异味，以至使得你不相信真实的东西。——欢迎！诸位朋友！〔向西巴斯珊与安图尼欧旁白〕但是你们这一对，我若是有意，我大可以引起国王陛下对你们的恼怒，并且证实你们是叛逆。现在我却不愿告发。

西巴斯珊　　〔旁白〕一定是恶魔告诉了他。

普洛斯帕罗　不。至于你，顶阴险的人，我若叫你兄弟都怕脏了我的嘴，我现在饶恕你的顶恶劣的过失，我全都饶恕，我要你交还我的国土，我知道你是非交还不可的。

阿龙索　如其你真是普洛斯帕罗，详细地告诉我们你得救的经过。三小时以前我们的船在这岸上撞碎了，你是怎么在此地遇见我们的。就是在这地方我失掉了——啊想起来多么难过——我的爱子飞蝶南。

普洛斯帕罗　我很为这事难过。

阿龙索　这损失是不可补偿的，忍耐都说是不能救药。

普洛斯帕罗　我以为你并没有求她的帮助，靠她的温柔的力量，我曾得她的很大的帮助，安慰我的同样损失，使我知足常乐。

阿龙索　你也有同样的损失！

普洛斯帕罗　对于我是同样地大，也同样地是新近的事。在我若设法使这重大损失变成为可以忍受，其方法是还弱于你的自寻宽解之术，因为我失掉了一个女儿。

阿龙索　一个女儿？啊天哪！我真愿他们都在那不勒斯活着，在那里做王和后！我宁愿我自己陷在我儿子卧着的泥泞的海底，让他们活着。你什么时候丢掉的你的女儿？

普洛斯帕罗　就在上一次风暴里。我看出，这些位先生对于这回遭遇是如此地诧异，以至于不信任他们的理智，几乎以为眼睛所见的不是真实，口里所说的不是真话。不过，无论你们是如何地感觉错乱，你们可以确信我是普洛斯帕罗，从米兰被赶出去的公爵；我是在你们撞船的岸上很奇怪地登了陆，就在这岛上为了王。这且慢表，因为这是需要一天一天讲下去的历史，不是一顿早点的工夫就可以说完的，并且也不适于初次见面就说。欢迎，先生！这洞就是我的宫廷，这里我的随从很少，外面也没有臣民。请你，向里面看看。你既然把我的国土还给我，我也要以同样好的东西报答你，至少我要给你一个惊异令你满足，像我的国土使我满足一般。〔洞之入口揭开，见飞蝶南与米兰达下棋〕

米兰达　亲爱的先生，你骗我了。

飞蝶南　不，我最爱的，就是把世界给了我，我也不骗你。

米兰达　不要紧，你若是夺去二十个国土，我也认为是公平的。

阿龙索　若是这也是岛上的幻象，我的一个爱子将要失掉两次。

西巴斯珊　最高妙的奇迹！

飞蝶南　海水虽然威胁，究竟还是慈悲的。我咒骂它，实在是我太无理了。〔向阿龙索跪〕

阿龙索　现在，让一个快乐的父亲之所有的祝福来环抱着你！起来，告诉我你是怎样到这里的。

米兰达　啊，好奇怪！这里怎么有这样多的好人！人类有多么美！啊优美的新世界，有这样的人在里面！

普洛斯帕罗　这对于你是新鲜的。

阿龙索　这和你下棋的姑娘是谁？你认识她顶多也不到三小时。她就是使我们分离又团聚的女神吗？

飞蝶南　她是凡人，不过靠了天意，她是我的了。我在不能征求父亲意见的时候选中了她，并且那时候我以为我已没有父亲了。她是这位有名的米兰公爵的女儿，他的声名我是常听说过的，但是从没有见过。我从他得到第二个生命，这位女郎使得他成为我的第二个父亲。

阿龙索　我也是她的父亲了，但是唉！我得向我的孩子求饶，这说起来多么奇特！

普洛斯帕罗　别再提了，先生，我们不可再以过去的烦恼来回忆。

刚则娄　我在内心里落泪，否则我早就发言了。天神哪，向下界看吧，把一顶幸福的冠冕降在这一对人头上，必是天神指引我们来到此地的！

阿龙索　我说“阿门”，刚则娄！

刚则娄　米兰公爵从米兰被赶出去，就为的是好教他的后人做那不勒斯的国王吗？啊，要快乐得超过平常的快乐，把这段情由用金字雕刻在石柱上。在同一次的航程里，克拉利白在条尼斯找到了她的丈夫，她的兄弟飞蝶南在他迷失的地方找到了一个妻；普洛斯帕罗在一个破岛找到了他的国土；我们大家，在各个都昏迷不能自主的时候，找到我们自己。

阿龙索　〔向飞蝶南与米兰达〕伸过手来给我，凡不愿祝你们俩快乐的人，让悲哀永远环抱他的心！

刚则娄　真愿如此，阿门！

爱丽儿上，船主与水手头随上做惊讶状。

啊看，陛下！看，陛下！我们的人又来了两个。我预言过，若是有绞架在陆地上，这家伙是不会淹死的。——喂，你这胡说乱道的人，你竟爱赌咒，连慈悲都给咒跑了，到陆地上就不发誓了吗？你到陆上没有嘴了？有什么消息吗？

水手头　最好的消息就是我们平安地寻到了国王和众人;其次，我们的船——三小时前我们认为是撞碎了——现在是帆缆完整和初下海时一般。

爱丽儿　〔向普洛斯帕罗旁白〕先生，这都是我去了以后做的事。

普洛斯帕罗　〔向爱丽儿旁白〕我的乖巧的精灵！

阿龙索　这不是自然的事，这越来越怪了。——说，你们是怎样到此地来的？

水手头　陛下，我现在若是真醒着，我就尽力说给你听。我们都睡得死沉沉的，并且，我们也不知怎么，全都被关在舱门底下，就在方才，一些奇怪的各种的吼声、叫声、号声、锁链叮当声，各种各样的声音，全都怪可怕的，惊醒了我们。立刻，我们都自由了，并且看见我们的大好的船只帆缆完整。我们的船主看见了直跳，一瞬间，像在梦里一般，我们离开他们了，迷迷糊糊地被带到此地。

爱丽儿　〔向普洛斯帕罗旁白〕这做得好吧？

普洛斯帕罗　〔向爱丽儿旁白〕好，我的勤谨的精灵！你就可以自由了。

阿龙索　这是人间踏过的最奇异的迷宫。这件事中有非人工所能为力的，必须神谕来解释。

普洛斯帕罗　陛下，请不必盘算这件事的奇异，不久我们可以挑一个闲暇的时候，我私下给你解释——你将认为是近情理的——每一桩发生的事故，目前请安心吧，不必多虑。〔向爱丽儿旁白〕到这里来，精灵，去把卡力班和他的伙伴们都释放，把魔术除了吧。〔爱丽儿下〕陛下你好吗？你的同伴中还有走失的几位尚未发现，你许不记得了。

爱丽儿又上，驱卡力班、斯蒂番诺、特林枯娄等着偷来衣服上。

斯蒂番诺　每人都要管别人，人人都别管自己[1]。因为一切都是命运。——勇敢！蠢怪物，勇敢！

特林枯娄　如其我的两眼可靠，这里颇有可观哩。

卡力班　啊塞台包斯！这真是一些美观的精灵。我的主人服装何等华丽！我恐怕他要责罚我。

西巴斯珊　哈，哈！这些是什么东西，安图尼欧先生？可以用钱买他们吗？

安图尼欧　很可能的，其中有一个显然地是一条鱼，一定是可以出卖的。

普洛斯帕罗　诸位，请看这些位的服装，然后再说他们是不是诚实的人。——这个怪形的东西，他的母亲是个巫婆，本领高强，她能操纵月亮，能使潮涨潮落，她能独自命令，不需月亮的力量。这三个人偷了我的东西，这个半人半鬼的东西——他本是个杂种——跟他们设计要陷害我的性命。这些人中有两个你一定认识并且是你的人，这个蠢陋的东西我承认是我的人。

卡力班　我这回可要被掐死了。

阿龙索　这不是斯蒂番诺，我的醉酒的管家吗？

西巴斯珊　他现在是醉了，他从哪里得到酒的？

阿龙索　特林枯娄也喝得蹒跚了，他们从什么地方得到这佳酿使得他们醺醉？你怎么醉得这个样子？

特林枯娄　我自从上次见你之后就被咸水弄成这个稀脏的样子，我恐怕这咸味离不了我的骨头了，我倒不怕苍蝇在我身上下蛆了。

西巴斯珊　咳，怎么了，斯蒂番诺！

斯蒂番诺　啊！别触我，我不是斯蒂番诺，是一团痉挛。

普洛斯帕罗　你还想做这岛上的王呢，先生？

斯蒂番诺　那么我也一定是个恶王[2]。

阿龙索　这真是个怪东西，我从未见过。〔指卡力班〕

普洛斯帕罗　他的行为是和他的形容一般地丑怪。——去，到我的洞里，带你的伙伴一同去。你若想求我饶恕，把我的洞里好好地装饰一番。

卡力班　是，我遵命，以后我要学乖，求你饶恕。我以前太混蛋了，竟把这醉汉当作上帝，并且崇拜这个糊涂东西！

普洛斯帕罗　算了，去吧！

阿龙索　去，这些衣服从什么地方找到的还放回什么地方去。

西巴斯珊　应该说是偷到的。〔卡力班、斯蒂番诺与特林枯娄同下〕

普洛斯帕罗　先生，我请陛下和你的随从到我的寒碜的洞里，在那里你们可以休息一夜。我用一部分的时候对诸位谈一些话，一定能使时间过得很快。我的一生的故事以及我来到这岛上之后所经历的各种事变。明天早晨我带你们到你们的船上去，到那不勒斯去，在那地方我希望看见我们的爱子爱女举行婚礼，随后我就要退休到我的米兰，也该不时地想想我的坟墓了。

阿龙索　我很想知道你一生的故事，一定是很动听的。

普洛斯帕罗　我要整个地讲，并且我答应给你们平静的海面、顺利的风，航行很快可以追上你们的远处的舰队。〔向爱丽儿旁白〕我的爱丽儿，乖，这便是我的命令：以后你便可以自由翱翔。再会吧！——请你们，走进来。〔众下〕

注释

[1] 斯蒂番诺仍在醉中，故语无伦次。谚语:“Every man for himself and God for us all.”意为“人人各理自己的事，上帝照应着我们大家”。因醉，故将此语颠倒。

[2] 原文“a sore one”，系双关语，意谓:（一）一个浑身酸疼的王;（二）一个凶恶的王。

尾声

普洛斯帕罗诵:

现在我的魔术已经毁去,
我有的力量是我自己的,
那是很薄弱。现在,老实说,
诸位可以在此地监禁我,
或是送我回那不勒斯去。
我既然恢复了我的土地,
并且也把骗我的饶恕了,
请别教我再住这个荒岛。
请诸位开恩把我释放,
只消诸位帮忙鼓鼓掌。
必要诸位夸奖,吹饱我的帆,
否则我失败,没得诸位的喜欢。

现在我没有精灵魔术，
我的结局将是很悲苦，
除非是诸位肯替我祷祝，
上天慈悲原谅我的错处。
诸位有罪必愿受人原谅，
请诸位大量也把我释放。